PLUMA

Anjos de Elysium - livro 1

olivia wildenstein

HIERARQUIA DOS ANJOS

SERAPHIM

Também conhecidos como Arcanjos. Existem sete deles. Ser celestial
de mais alta classificação.
Verities (anjos de sangue puro).

MALAKIM

Coletores de almas.
Verities.

ISHIM

Responsáveis pelos rankings. Eles estabelecem as pontuações do
pecador.
Verities.

ERELIM

Sentinelas celestiais.
Verities e híbridos.

OPHANIM

Trabalhadores da sociedade celestial: professores e supervisores.

Principalmente híbridos, mas abertos a Verities.

PLUMAS
Jovens anjos que ainda não completaram suas asas.
Verities e híbridos.

NEPHILIM
Anjos caídos. Desonrados. Sem asas. Mortais.

GLOSSÁRIO FRANCÊS

À la tienne. Saúde (brinde).

Absolument pas. De jeito nenhum.

Adieu. Adeus.

Allez-y. Vá em frente.

Au revoir. Tchau.

Bon, tu viens ou pas? Bem, você vem ou não?

Bonjour. Bom dia.

Bonsoir. Boa noite.

Celle-là parle le Français. Esta fala francês.

C'est elle, non. É ela, não?

Elle est mignonne, celle-là. Ela é fofa, essa aqui.

Elles sont peut-être des putes. Elas provavelmente são prostitutas.

Flûte. Caramba.

Hé-oh. Derrière. Ei. Volte para a fila.

Il y a bien trop de merde dans ce monde. Há muita merda neste mundo.

Incroyable. Incrível.

Jamais de la vie. De jeito nenhum.

Je me la ferais bien, celle-là. Eu pegaria essa daí.

Je n'arrive pas à croire qu'elle a réussi. Não posso acreditar que ela conseguiu.

L'amie. (*no contexto*) A namorada.

La bouteille. A garrafa.

La petite est un peu jeune pour se prostituer, non? A pequena é um pouco jovem para se prostituir, não?

La Cour des Démons. A Corte dos Demônios.

Le culot de celles-là. A ousadia dessas duas.

L'enculé. Arrombado (gíria).

Les bons coups. Empreendimentos comerciais lucrativos *ou* bons esquemas.

Loge. Camarote.

Ma chérie. Minha querida.

Ma petite. Minha pequena.

Ma plume. Minha pluma.

Magnifique. Linda.

Merci. Obrigado.

Mon amour. Meu amor.

Mon argent. Meu dinheiro.

Non. Não.

On va chez vous? Nós vamos para a sua casa?

Où à Saint-Germain? Onde em Saint-Germain?

Oui. Sim.

Pains au chocolat. Folheado de chocolate.

Pardon. Me desculpe.

Pardonne-moi. Me perdoe.

Praliné. Pralina (Pasta de Avelã)

Putain, lâches la meuf. Merda, deixe a garota ir.

Sablés. Biscoito.

Salaud. Filho da mãe.

S'il vous plaît. Por favor (*formal*).

Suis-moi. Siga-me.

T'es drôle. Você é engraçado.

T'es un ange. Você é um anjo.

Tu peux aller lui chercher quelque chose à se mettre? Et un pansement. Você pode encontrar algo para ela vestir? E um Band-Aid.

Tu t'occupes d'elle? Você pode aprontá-la?

Une vraie merveille. Delicioso (*na verdade, literalmente as palavras significam: uma maravilha real*).

Viens, ma chérie. Venha, querida.

Vous êtes perdue? Você está perdido?

Vous êtes si beaux. Vocês são muito bonitos.

Apenas a escuridão
revela o
alcance de uma luz.

PRÓLOGO

JAROD

Há 17 anos

A neve caía de um céu cinza como aço no dia em que minha mãe foi enterrada, pulverizando a grade de lápides e mausoléus no cemitério de Montparnasse. Algumas pessoas haviam saído da cama para se juntarem a nós, mas as razões para estarem ao nosso lado eram egoístas: ou trabalhavam para minha família ou esperavam cair nas boas graças do meu tio.

— Jarod.

Estiquei o pescoço ao ouvir meu nome. Flocos de neve atingiram meus olhos secos, derretendo e escorrendo pelo meu rosto, tomando o lugar onde minhas lágrimas deveriam estar.

Meu tio acenou com a cabeça para o zelador que segurava uma tigela debaixo do braço. Por um segundo horrível, acreditei que continha as cinzas da minha mãe e meus membros paralisaram.

— É só sujeira, filho. — O vento frio trouxe as palavras do meu tio para mim. — Para jogar na cripta.

Mimi apertou os braços ao redor dos meus ombros antes de dar um beijo no topo da minha cabeça e me liberar para que eu cumprisse meu dever de filho por uma pessoa que abandonou seu dever materno.

Endireitando a coluna, avancei em direção ao ministro, peguei a colher de seus dedos grossos e peludos e observei o solo quebradiço por um longo momento antes de pegá-lo e jogá-lo no buraco escuro de onde minha mãe nunca mais sairia.

Uma cova em que eu a coloquei, embora meu tio insistisse que foi a morte do meu pai que fez seu coração parar, e não o abridor de cartas.

LEIGH

Dias atuais

*E*u nunca perdi uma pena.

Isso não queria dizer que eu era perfeita. Os anjos perfeitos não tinham uma queda devastadora por doces ou eram viciados em romances. Eu só não perdi nenhuma pena porque as minhas imperfeições não eram pecados de verdade. Graças a Elysium. Caso contrário, os ossos das minhas asas estariam tão nus quanto o traseiro de um querubim.

Acima da chuva implacável e buzinas incessantes de carros presos no tráfego na saída do trabalho, ouvi o gemido arrastado de Eve.

— É o Ben de novo.

Embora não fôssemos encorajadas a namorar, minha melhor amiga e eu estávamos a poucos meses de completar vinte e um anos, então a gente sempre estava pensando em garotos. Os pensamentos variavam entre eles, ajudar os humanos e ascender ao Elysium, nosso futuro lar.

De alguma forma, um táxi amarelo acelerou no engarrafamento e espirrou água da sarjeta sobre meu vestido azul marinho e minhas botas de salto alto. Ofeguei quando gotas geladas e imundas escorreram pelas minhas panturrilhas e em meus sapatos.

— Não é *tão* chocante. Ele está me ligando sem parar desde... — Eve tirou os olhos do celular. Quando viu a lambança, ela virou a cabeça na direção do taxista, seu cabelo preto úmido bateu no meu braço e gritou palavras que soaram como obscenidades, mas não eram.

Palavras desagradáveis custavam penas, e embora Eve tivesse perdido algumas, ela estava tão perto de completar suas asas que era extremamente cuidadosa ao usar o vocabulário aprovado pelos anjos.

— Sério — ela bufou, me oferecendo o guardanapo de papel que pegamos na sorveteria no caminho de volta para a associação.

Havíamos entrado para nos proteger da chuva, mas o aroma doce me levou direto ao balcão. Onde Eve pediu um café preto e eu comprei um milkshake de framboesa.

Ela olhou para as luzes traseiras do táxi.

— Alguns humanos são imprudentes demais.

Me equilibrando de forma precária em um pé, esfreguei uma bola marrom de sujeira no meu tornozelo.

Eve grunhiu quando seu telefone começou a tocar novamente.

— Dancei com esse cara uma vez no Baile da Primavera da associação e agora ele está me ligando várias vezes ao dia. *Argh.*

— Você disse a ele que não estava interessada?

— Não com tantas palavras.

— Talvez você devesse fazer isso. Honestidade é a melhor política — acrescentei com um sorriso.

— Certo. — Ela enfiou o dedo na tela do telefone e então murmurou — *Vou resolver isso em um segundo* — antes de falar: — Ben, oi. — Sua voz assumiu um tom ofegante que me fez revirar os olhos.

Se os anjos apostassem, eu apostaria que ela tem planos de sair com esse cara antes do final da semana. Apesar de todo o seu aborrecimento com o pobre rapaz, Eve gostava de atenção, especialmente masculina.

Atravessei a rua em direção ao prédio que abrigava minha casa angelical na Terra. No primeiro ano que tive permissão para me aventurar no mundo humano, na idade avançada de doze anos, eu só entrava depois que a calçada estivesse livre de pedestres. O que era bobo, considerando que os humanos não podiam ver a opulenta residência de quartzo que se espalhava atrás da porta verde indefinida.

Puxei a maçaneta, ouvindo os pés rangerem dentro das minhas botas. *Que nojo.*

Ao contrário da confusão molhada que era a cidade de Nova York, a associação estava, como sempre, quente e ensolarada, porque o céu que aparecia além das claraboias que protegiam todos os cômodos e corredores era de Elysium e não da Terra. E nunca chovia na terra dos anjos.

Enquanto eu contornava as fontes no Átrio, um pardal com asas de arco-íris voou em minha direção, em seguida virou para a direita, provavelmente desanimado pelo mau cheiro da cidade que emanava de mim.

— Eu faria o mesmo — suspirei enquanto alguém gritava:

— Ele vem hoje à noite.

Quando me virei para o corredor que levava ao meu dormitório, vi a ponta de penas laranja que balançavam em um canto e o rangido de solas de borracha no chão de quartzo branco.

Não tínhamos muitos visitantes do sexo masculino em nossa associação só de mulheres, então quem era ele?

Movi minhas asas com magia, sentindo como se elas também estivessem cheias de água e merecessem um pouco de sol, embora as penas fossem impermeáveis e pesassem tanto quanto açúcar. Enquanto eu tomava um pouco do milkshake, vasculhei minha bolsa em busca de outro guardanapo, mas encontrei meu livro com páginas dobradas.

— Cuidado por onde anda, Pluma! — uma voz estridente que eu conhecia muito bem de minhas intermináveis aulas de história celestial gritou no mesmo momento em que bati em um grande corpo.

O choque empurrou o canudo de papel cheio de milk-shake de framboesa entre meus dentes e espalhou o líquido rosa no torso de...

De um...

Engoli em seco quando meu olhar subiu por um peito coberto com couro que terminava em um rosto talhado à perfeição, parecendo ter sido feito de metal e não de carne e osso.

Antes que o milk-shake escapasse da minha boca, fechei os lábios, mas me lembrei que devia um pedido de desculpas à minha vítima. Eu engoli.

— D-desculpe.

— Garota desajeitada, desajeitada. Aqui, me deixe tirar isso de você, Seraph. — A mão de Ophan Mira cintilou com chamas douradas, que ela passou sobre a túnica de couro marrom do arcanjo, queimando os respingos claros antes que manchassem o tecido flexível.

Empalideci. *Seraph?* Eu estava na presença de um dos Sete?

Ah, bebê demônio sagrado

O fogo deve ter reduzido a quantidade de oxigênio no corredor de pedra, porque respirar se tornou extremamente difícil.

— Obrigado, Ophan. — O arcanjo tinha a voz suave de todos meus namorados literários. — Qual é o seu nome, Pluma?

— M-meu nome? — gaguejei.

Os Arcanjos estavam no topo da cadeia alimentar celestial. Os Plumas estavam na base. Nunca conheci ninguém que se interessasse por nós. Mas também, eles não voltavam para a Terra com tanta frequência, ocupados demais reinando sobre Elysium, onde vários habitantes chegavam a cada segundo.

— Esta é a Leigh — minha professora de história disse, obviamente me julgando incapaz de juntar as palavras.

— Ley, não Lee — corrigi sua pronúncia. Quantas vezes eu disse a Ophan Mira sobre minha preferência? Claro, ela raramente usava meu nome, preferindo o termo *Pluma*.

— Leigh. — Enquanto o Arcanjo pronunciava meu nome, que soava como mel aquecido pingando de sua língua, ele inspecionou minhas asas.

Embora fosse minha melhor característica, escondi-a nas costas. Nossa linhagem fazia com que nossa espécie tivesse dois tipos de plumas: coloridas — mistura de anjo-humano, coloquialmente chamadas de híbridos – ou coloridas e metálicas – anjo puro, também conhecidos como Verities.

E essa era na qual eu me classificava.

— Verity. Verity *pura* — ele murmurou com admiração. — Que raro.

O que faltava em pigmento em minhas penas, era compensado com brilho.

— Eu nem sabia que Verities puras ainda estavam nascendo — ele acrescentou, traçando minhas asas prateadas com os olhos. — De quantas penas você precisa para se juntar a nós em Elysium, Leigh?

— Hum... — Umedeci os lábios. — Ah. — Seu olhar estava causando um curto-circuito em meu cérebro.

Eu tinha ouvido muitas histórias sobre o garoto de ouro de Elysium, a maioria de Eve. Com apenas cento e trinta e poucos anos, ele ganhou uma das cobiçadas cadeiras do Conselho dos Sete depois de vários atos de bravura – a maioria no mundo humano, mas um no mundo celestial. Foi esse que lhe deu a promoção. Não recebemos informações específicas sobre o que aconteceu, apenas que aconteceu em Abaddon, onde ele se ofereceu como guarda durante seus anos de formação, embora a maioria dos novos anjos se mantivesse longe do lugar sombrio e infestado de pecadores de alto escalão.

Um cotovelo cutucou minhas costelas.

— Leigh precisa de oitenta e uma penas, Seraph.

Ele arqueou uma sobrancelha em surpresa.

— Oitenta e uma?

Fiz uma careta para Eve por dizer meu número. Eu não poderia ter mentido – mentiras custavam penas – mas talvez eu pudesse ter evitado a pergunta do Arcanjo com uma das minhas.

Qualquer coisa para tirar seu foco das minhas asas sem plumas.

A pele da minha amiga começou a pulsar com luz, o que felizmente roubou o olhar dele. Eve era sem-vergonha. Eu teria ficado mortificada em mostrar minha atração tão publicamente. Com discrição, verifiquei meus braços nus, esperando não estar acesa como um vaga-lume. Felizmente, eu estava pálida como sempre, apenas mais úmida.

O Arcanjo se abaixou e suas penas cor de turquesa acobreada pegaram cada partícula de sol celestial que caía sobre nós. Tive o desejo repentino de passar a mão sobre elas, mas tocar deliberadamente as asas de alguém era uma grande gafe. Uma vez casado, você poderia tatear as penas do seu parceiro.

Quando o Arcanjo desdobrou seu corpo musculoso, fixei meu olhar no seu – turquesa com um toque de marrom ao redor da pupila. Embora nossas penas geralmente não combinassem com nossas íris, as dele, sim.

— Já ganhei novecentos e oitenta e sete — Eve murmurou, embora ele não tivesse perguntado. Provavelmente porque notou que suas asas estavam praticamente cheias. — Faltam apenas treze.

— Você está quase pronta para ascender. — Ele deu um sorriso ofuscante antes de voltar a atenção para o que estava segurando em sua mão: meu livro. Ele o observou e o devolveu sem fazer comentários. Provavelmente achou que era uma porcaria. Os anjos não eram muito ligados em romance, considerando essa uma característica humana, em outras palavras, uma falha mesquinha.

Passei as mãos pelo meu cabelo cor de pêssego, sentindo as bochechas em chamas. Não literalmente. O fogo do anjo só seria concedido a mim alguns anos depois de ascender ao Elysium e provar meu valor.

Ophan Mira colocou seu corpo magro entre nós.

— Com licença, Seraph Asher, mas os Ophanim estão esperando ansiosamente por você.

Recuei, porque suas penas vermelhas fizeram cócegas em meu nariz.

— Peço desculpas, Ophan — Asher disse, piscando para mim por cima do ombro da minha professora.

Ele estendeu suas asas como se estivesse se esticando, mas os anjos só faziam isso quando estavam prestes a voar ou em demonstração de domínio. Como suas botas não haviam se levantado do chão de quartzo, presumi que fosse para me colocar no meu lugar, por não ter desviado o olhar, o que teria sido o procedimento habitual a seguir na presença de um ser tão poderoso.

Um sorrisinho apareceu em seus lábios enquanto ele empurrava as asas para trás e passava por mim, e as pontas de suas penas roçaram em meu antebraço, me arrepiando.

Quando eles sumiram ao virar no corredor, Eve me girou para encará-la. Seus olhos castanhos estavam tão arregalados que os cílios bateram na sobrancelha.

— Estou com *muita* inveja de você agora, Leigh.

— De mim?

— Hum, olá, um Arcanjo acabou de balançar as asas para você.

— *Balançou as asas* para mim?

Ela revirou os olhos com a minha ignorância, em seguida segurou meu pulso e me puxou em direção aos nossos dormitórios.

— Se você prestasse metade da atenção nas aulas de etiqueta de Ophan Greer do que presta em seus romances mortais — ela inclinou o nariz atrevido para o meu livro —, saberia que balançar as asas significa que um homem está interessado em cortejá-la. Nós ardemos sem chamas e eles balançam as asas.

— Achei que ele tivesse feito isso porque eu estava sendo indelicada.

Será que ele estava mesmo balançando as asas para mim? Eu nunca tinha passado por isso. Nem com outro Pluma. Talvez ele tivesse feito isso para Ophan Mira.

Antes que Eve pudesse derramar mais do meu milkshake, tirei seus dedos do meu pulso.

— Por falar em arder sem chamas, você estava emitindo muita luz.

Ela sorriu.

— Você sonha em se tornar uma Malakim, e eu em me tornar uma Seraphim, mas como os sete lugares estão ocupados no momento, posso me contentar em ser a esposa de um. Se eu precisar queimar as pupilas de Seraph Asher para fazê-lo me notar, então que seja. A propósito, você viu os olhos dele?

Enquanto Eve se animava com as íris deslumbrantes, meu coração acelerou, ressoando contra os tímpanos, silenciando as árias gorjeadas pelos pardais voando sobre nossas cabeças e os passos rápidos de meus colegas correndo para os dormitórios para se trocarem antes das festividades noturnas.

— Achei que ele tinha vindo aqui para se familiarizar com as associações e encontrar os\as Ophanim — eu disse enquanto Eve escancarava a porta do nosso quarto, que era um dos maiores da associação, medindo cerca de quinze metros em cada direção e totalmente adornado com quartzo branco, exceto pelo teto que era feito de vidro arqueado. Em todo aquele espaço, porém, a mobília era esparsa. Só havia duas camas queen-size, duas mesinhas de cabeceira e um banco de seda, já que os anjos preferiam as necessidades básicas à desordem.

— Tem certeza de que ele está procurando uma esposa?

— Leigh, Leigh, Leigh — ela me repreendeu enquanto pressionava a palma da mão contra a parede para fazer a porta do armário abrir. Ela a arrastou para expor sua prateleira cheia de sedas, cetins e lantejoulas em tons de pedras preciosas.

— O quê? — Joguei meu livro na cama.

— Como o meu pai conheceu a minha mãe? — Cabides tilintaram enquanto ela contemplava suas escolhas.

Fiz uma careta até entender o que Eve queria dizer.

— Quando ela visitou as associações exclusivamente masculinas depois de ser integrada como Arcanjo.

Ela bateu palmas de forma dramática.

— Ela ouve!

Considerando que Eve tinha contado a história um trilhão de vezes, é claro que eu a ouvi. Apostava que todas as associações americanas sabiam do namoro entre a primeira mulher Arcanjo e o Pluma conhecido como sessenta e cinco, porque esse era o número de penas que faltavam no dia em que conheceu a mãe de Eve.

Sua ambição em ser considerado um pretendente em potencial o levou a completar suas asas em um mês, que era o tempo que ele tinha até que o período de namoro expirasse. Essa conquista o tornou uma lenda por si só, porque nenhum outro Pluma ganhou mais do que vinte penas naquele período de tempo – minha média era de cerca de dez, e aquele tinha sido um mês particularmente agitado.

Mas também eram raros os Plumas que escolhiam Triplos: pecadores que valiam cem penas. Era possível ter mais sorte ensinando uma joaninha a limpar suas manchas do que fazer um Triplo se arrepender de seus pecados.

Eve pegou um vestido de lamê adornado com pérolas colhidas do Mar do Nirvana de Elysium, um presente de aniversário de sua mãe.

— Você deveria usar o vestido que comprei para você.

Engoli o resto do milkshake e, em seguida, fui jogá-lo no incinerador de fogo angelical do nosso banheiro antes de voltar para o quarto. Abri meu próprio armário e peguei o cabide de roupas. O vestido cor de marfim que Eve comprou para mim se destacava como um farol em meio às minhas roupas quase todas cinza, pretas e azul marinho. A única explosão de cor em meu guarda-roupa era minha preciosa coleção de sapatos de salto.

Movi as asas com magia e abri o zíper do meu vestido encharcado. Em seguida, tirei as botas e joguei tudo no cesto que se fechou com sucção antes de aquecer com o fogo do anjo que queimaria a sujeira. Pelo menos, lavar roupa era indolor.

— Eu estava pensando em um preto — eu disse, voltando para o banheiro e entrando no chuveiro, onde a água estava sempre na temperatura ideal. Passar um tempo no mundo humano me ensinou a nunca tomar essas vantagens como garantidas. Depois de me ensaboar mais de uma vez, sequei meu corpo.

Eve apareceu no banheiro, balançando o vestido cor de marfim.

— Você está sempre vestida de preto. Por favor, use este?

Suspirando, cedi. Quando a seda fria se acomodou em minhas curvas, olhei para meu reflexo no espelho do banheiro. O tecido combinava com o meu tom de pele melhor do que qualquer base que já comprei.

— Você não acha que ele me deixa abatida?

Eve apareceu atrás de mim, amarrando uma faixa de contas ao redor da sua cintura fina.

— Pelo contrário. Faz seu cabelo e olhos realmente se destacarem.

Eles *sempre* se destacavam. Penteei meus longos cabelos ondulados com os dedos, colocando-os sobre um ombro. Dentre todas as cores, por que fui *premiada* com laranja?

Eve tirou um lápis preto de seu estoque de maquiagem para acentuar seus olhos castanhos. Depois de borrar as linhas para criar um efeito esfumaçado, ela se virou em minha direção enquanto o tecido dourado de seu vestido balançava ao redor de sua forma esguia.

A inveja me atingiu ao ver como o meu corpo era pouco angelical ao lado do dela. Claro, minha cintura era definida, mas meu peito e quadris eram tão... Argh.

Um Arcanjo balançou as asas para você, Leigh, lembrei a mim mesma. A menos que Eve estivesse errada, e ele só estivesse exibindo suas asas.

Ela estalou os lábios, uniformizando a tonalidade vermelha que aplicou.

— Promete preencher suas asas rapidamente? Não quero que fiquemos separadas por muito tempo.

— Eu só tenho quatorze meses restantes, então é melhor terminar logo — murmurei.

Se eu falhasse...

Estremeci.

O fracasso não era uma opção.

2

A voz de Ophan Mira ecoou pela associação, pedindo que fôssemos para o Átrio.

Até me perguntei se deveria comparecer à celebração, já que eu não era elegível – ainda faltavam muitas penas. Além disso, eu nem queria ser esposa de um Arcanjo... se esse era de fato o motivo da visita de Seraph Asher.

Embora as consortes Arcanjos fossem figuras sociais importantes em Elysium, o equivalente às primeiras-damas, elas não podiam viajar para a Terra. Minha ambição era entrar nas fileiras dos Malakim, a fim de pastorear as almas de um corpo para o outro.

A voz de Ophan Mira reverberou novamente no sistema de intercomunicação da associação.

— As Plumas que não aparecerem para cumprimentar nosso convidado de honra perderão uma pena.

Gemendo, fechei o livro e rolei para fora da cama. Calcei um sapato de salto agulha vermelho e caminhei pelo labirinto de quartzo iluminado pelas estrelas. No Átrio, me esgueirei contra as videiras de madressilva que subiam pelas paredes. As veias de fogo angelical irrigando a pedra faziam as pequenas flores brilharem tão intensamente quanto as garotas cintilando para Asher.

Como mariposas para uma chama.

— Você acha que elas se sentem atraídas por ele por causa de seu status ou aparência? — A voz pertencia a Celeste, uma menina de quinze anos com cabelos do mesmo tom de castanho de seus olhos pontiagudos e rosto com sardas.

Estudei nosso convidado de honra quando ele inclinou a cabeça para trás e riu de algo que uma de minhas colegas tinha acabado de lhe dizer.

— O poder torna as pessoas mais atraentes, não é?

Embora fosse cinco anos mais velha que Celeste, às vezes eu percebia que tinha mais em comum com ela do que com Eve.

— Leigh, por que você está aqui atrás?

— Pela mesma razão que você.

— Duvido disso.

Fiz uma careta.

— Estou aqui atrás por causa disso. — Ela inclinou a cabeça para suas asinhas roxas.

Embora ela tivesse ganhado os ossos das asas aos dez anos, um ou dois anos mais jovem do que a maioria das garotas da associação, poucas penas as enfeitavam. Celeste normalmente as escondia com magia, odiando os olhares de pena que recebia das outras garotas de quinze anos com asas muito mais cheias.

Voltei meu olhar para a multidão brilhante e tagarela de Plumas.

— Ainda me faltam oitenta e uma penas, Celeste. Não tenho como ganhá-las a tempo para ser considerada.

— Você poderia escolher um Triplo.

Eu grunhi.

— Em primeiro lugar, não estou interessada em passar tempo com um assassino. — Os Triplos tinham sangue nas mãos. Não se ganhava a pior pontuação como pecador cometendo pequenos furtos. — E depois, quero ser uma Malakim, não a esposa troféu de um Arcanjo.

Ela deu um suspiro.

— Eu também gostaria de ser uma pastora de almas. Ou uma classificadora.

Mordi o lábio, triste pelo fato de que se tornar Malakim ou Ishim estava fora do alcance de Celeste.

— Sabe, se você fosse a esposa troféu de um Arcanjo, poderia mudar essa regra estúpida e arcaica.

Arqueei as duas sobrancelhas antes de perceber que era mais um sonho do que uma ambição palpável.

— Quatro dos Sete teriam que decidir a favor de deixar os híbridos se tornarem Malakim e Ishim. Quando foi a última vez que uma lei foi alterada? Há dois séculos?

— Há trezentos e sessenta e um anos. A lei que permite aos anjos abrirem mão de suas asas.

E, portanto, sua imortalidade. Antes que a lei fosse emendada, os anjos que queriam perder sua imortalidade eram punidos com trabalhos braçais ou trancados em Abaddon por nutrirem tais ideias blasfemas.

Suspirei.

— As chances de revisar qualquer coisa são bastante sombrias.

— Desanimador é melhor que impossível.

Ela estava certa. Mas ainda assim, era um tiro no escuro. Além disso, eu não queria me casar com alguém para ganho político, queria me casar por amor. Isso era tão ultrajante?

— Ouvi dizer que ele balançou as asas para você mais cedo — Celeste disse, tirando minha atenção dos lírios iridescentes que floresciam ao anoitecer e se fechavam ao amanhecer.

Minhas bochechas queimaram tanto quanto a parede nas minhas costas.

— Não acho que foi essa a intenção dele...

Ela me lançou um olhar.

— Ele te mostrou a sua envergadura ou não?

Desviei os olhos dos dela que tudo viam e encarei a estátua do anjo jorrando água de uma palma solenemente levantada.

— Não me lembro.

Ela bufou antes de ficar contemplativa. Depois de um momento, ela disse:

— Seja os dois.

— O quê?

— A esposa dele *e* uma Malakim.

— Não posso, Celeste. Consortes não podem viajar para a Terra.

— Já pensou que talvez isso não aconteça porque elas não querem?

— Por que elas não iriam querer voltar aqui?

Celeste soprou ar pelo canto da boca.

— Você acha que sua melhor amiga vai voltar para a Terra assim que ascender?

— Não. Mas a Eve não gosta daqui.

— A Eve não gosta de humanos. Nem de híbridos, por falar nisso.

Cruzei os braços.

— A Eve não tem nada contra híbridos.

— Leigh, eu te admiro porque você é o anjo mais gentil que conheço, mas está cega demais por aquela garota. Ela é uma cobra com asas.

— Celeste! — eu a repreendi assim que seu rosto se enrugou e uma pena roxa caiu no chão.

Ela olhou para a pluma por vários segundos. Franzindo o nariz pequeno, se agachou, a pegou e fechou os olhos para reviver como ela a mereceu. Depois que as farpas felpudas lhe mostraram a lembrança, elas se desintegraram em pó brilhante.

— Aquele cara era tão teimoso. Me deixou louca — ela disse, abrindo os olhos.

Prendendo a respiração, examinei suas pequenas asas, rezando para que sua confissão sobre seu pecador obstinado não lhe custasse mais uma pena. Quando nenhuma caiu, eu suspirei.

— Você pode, por favor, ser um pouco mais cuidadosa com suas asas?

— Quer dizer, parar de falar o que penso? Minha cabeça está muito barulhenta.

— Bem, diga a ela para ficar quieta.

Nós tínhamos dez anos a partir do momento que os ossos das nossas asas apareciam para merecer nossas penas. Se falhássemos, elas caiam de nossas costas e nos tornávamos mortais... pior que mortais...

Nephilim. Não havia vida após a morte em Elysium ou em Abaddon para os Nephilim. Nem reencarnação também, porque os Nephilim não tinham alma.

Quatro pardais voaram sobre nossas cabeças, gorjeando uma ária tão lânguida que parecia inspirada por estrelas e a escuridão. Sempre que tinham audiência, os pássaros elísios enchiam o átrio de pedra abobadado com música celestial, cancelando a necessidade das associações de contratar bandas ao vivo e sistemas de som humanos.

Celeste deu de ombros.

— A imortalidade é superestimada.

— Não diga isso.

Ela apertou os lábios.

— Além disso, morrer é egoísta — acrescentei. — Não seja egoísta.

— Como se alguém fosse se importar se eu partisse.

— *Eu* me importaria, Celeste!

— Eu também me importaria. — As palavras vieram de uma voz profunda que fez com que eu me virasse.

O queixo pequeno de Celeste se projetou para frente quando ela inclinou o pescoço para olhar Asher diretamente. Sua expressão me disse que ela não acreditava nele.

Ele passou os dedos pelos cabelos loiros na altura dos ombros.

— Por que vocês duas estão discutindo a morte?

— Porque, assim como a Leigh, quero me juntar aos Malakim — Celeste respondeu — mas não sou uma Verity.

Asher observou minha amiga.

— Tem razão. É injusto que os híbridos não possam ser Malakim.

— Injustiça o suficiente para levar isso ao Conselho, que pensa tanto no futuro e é todo-poderoso? — ela zombou.

— Celeste — resmunguei, direcionando meu olhar para suas asas. Como eu temia, uma pena caiu.

Ela não se agachou para pegá-la desta vez, mas Asher, sim. Sua testa franziu enquanto a memória da pena passava por sua mente.

Quando ela se desintegrou, ele disse:

— Seria terrível perder alguém com tal tendência para a empatia.

Sua postura rígida afrouxou. Meus membros também suavizaram

com as palavras de Asher. Não que eu acreditasse que os Arcanjos fossem seres egoístas, mas eu não achava que eles estivessem particularmente preocupados conosco, os Plumas.

— Leigh — a maneira como Asher pronunciou meu nome fez meu coração disparar —, não comentei isso antes, mas suas asas são impressionantes.

Engoli a decepção. O elogio deveria ter me agradado, mas, de alguma forma, gostaria que ele tivesse elogiado minha personalidade. Não que ele a conhecesse.

— Obrigada — eu disse em uma voz tão baixa que o som foi absorvido pelo gorgolejar das sete fontes.

Ele franziu o cenho. Ele esperava que eu queimasse porque elogiou minhas asas?

— Não são? — Eve, que devia ter acabado de me ver parada no fundo da sala, parou entre mim e Asher. — Digo isso a ela o tempo todo, mas como sou sua melhor amiga, ela acha que estou mentindo.

Meu pulso desacelerou. Ela realmente achava que eu não acreditava nela?

— Elas são lindas porque combinam com seu coração. — Celeste gesticulou para mim. — E o resto dela. Sabia que ela permanece em contato com todos os humanos que salva? Vai aos casamentos deles. Dá presentes de aniversário. Dá sua mesada a eles quando passam por tempos difíceis.

— Isso não é verdade — falei, corando. — Gasto muito com livros e sapatos.

Celeste revirou os olhos.

— Você só compra romances da livraria do cara que você salvou há três anos. Antes disso, você tinha um cartão da biblioteca.

Entreabri os lábios. Contei isso a Celeste de passagem. Nunca imaginei que ela fosse gravar.

— A Leigh tem um grande vício por romances — Eve disse.

Celeste deu um passo à frente.

— Esse tipo de vício não é pecado.

Mesmo que os olhos de Eve brilhassem de aborrecimento, seus lábios pintados de vermelho estavam arqueados em um largo sorriso.

— Acho que não.

— Estou com sede. Alguém mais está com sede? — Sufocando com o cheiro da madressilva nas minhas costas, me afastei da parede e caminhei para longe dos três anjos que me cercavam. Eu não gostava de atenção e, como não era nada notável, normalmente não a recebia. Especialmente quando minhas asas não eram exibidas.

Minhas *lindas* asas prateadas.

Enquanto eu me afastava para encontrar água, eu as eliminei com magia e desapareci na multidão de corpos esbeltos.

3

— Como todas vocês devem ter ouvido — a voz de Asher ressoou sobre as fontes e pardais cantando —, minha visita às associações não é puramente altruísta. Vim procurar uma consorte. — Seu olhar passou por suas admiradoras, dando a todas elas igual atenção. — Vocês devem estar se perguntando por que não escolhi alguém que já ascendeu. Sinceramente, queria dar a todas vocês uma chance justa, não porque me considero um candidato superior à sua atenção, mas porque quero uma cônjuge que compartilhe as mesmas crenças que me são caras e ainda não encontrei essa pessoa em Elysium.

Seus lábios se curvaram em um sorriso incrivelmente branco. Tentei me lembrar se isso era uma característica dos Seraphim, se seus dentes, de alguma forma, irradiavam fogo de anjo. O único outro Arcanjo que conheci foi a mãe de Eve quando ela visitou sua filha para a cerimônia de osso de asa. Eu não me lembrava dos sorrisos de Seraph Claire brilharem. Bom, eu também não me lembrava dela sorrindo.

Olhei para Eve, parada ao meu lado, enquanto as insinuações de Celeste reverberavam na minha cabeça. Eve não era cruel. Fomos colegas de quarto nos últimos quinze anos. Se ela tivesse sido mal intencionada comigo, teria perdido penas – maldade é um pecado – e eu não conseguia me lembrar de ela ter perdido nenhuma. Como se me sentisse pensando em suas asas, ela as flexionou e as penas amarelas com pontas douradas pulsaram.

— O Conselho me deu o mês habitual para finalizar meu noivado. Ainda tenho dez associações para visitar, então, em dez dias, a contagem regressiva começará. Infelizmente, isso significa que muitas de vocês não se qualificarão, pois a cerimônia precisa acontecer em Elysium. No entanto, ser inelegível não diminui o fato de que eu gostaria de me relacionar com todas vocês. — Ele gesticulou com um movimento de braço para as setenta Plumas diante dele.

Eve agitou suas asas douradas novamente, o que fez o olhar azul-claro de Asher se concentrar nelas. Duas garotas, que estavam longe de completar suas asas, gravitaram perto dela. Tirando as Plumas com ossos de asas, apenas cinco poderiam realmente se qualificar para se tornar a esposa de Asher, precisando de trinta penas ou menos. Elas ainda teriam que se apressar, mas escalar o tecido entre os reinos era uma perspectiva alcançável.

Asher se virou lentamente para as outras – as que não tinham chance de ascender, aquelas com quem eu deveria estar.

— Quando eu era um Pluma, ansiava que minha voz fosse ouvida em Elysium, mas não encontrei ninguém para ouvi-la. Assim, depois de ser empossado pelo Conselho dos Seraphim, declarei que minha intenção era me tornar sua voz, o elo entre este reino e o nosso.

Inclinei a cabeça para o lado. Um homem poderia ser atraente, poderoso e compassivo? Nunca conheci alguém que tivesse todas essas características, mas Asher parecia ter as três, o que não só me surpreendeu, mas também me intrigou.

— Tudo isso para dizer que vocês vão me ver muito. — Ele lançou outro lindo sorriso em nossa direção. — Todas vocês devem estar cansadas de me ouvir falar — eu duvidava que alguém pudesse se cansar de ouvir uma voz tão sedutora — e desesperadas para se fartar com as maravilhosas oferendas que as Ophanim fizeram para minha visita, mas acrescentarei uma última coisa. Um critério que me é caro. Isto é para minhas possíveis consortes. — Ele olhou na direção de Eve novamente, já que todos as Plumas elegíveis se aglomeraram ao redor dela. — Quero que minha parceira viaje comigo. Que me acompanhe. Que trabalhe ao meu lado. Quero juntar a voz dela à minha — ele passou o olhar sobre a assembleia novamente — e a de todas vocês.

De repente, desejei que minhas asas estivessem mais cheias ou que as núpcias de Asher fossem daqui a um ano em vez de em um mês.

— Você está dizendo que vai cancelar a proibição de um século de viajar de volta à Terra? — A voz de Celeste ecoou sobre o silêncio.

Asher procurou na multidão por minha amiga. E eu também. Ela ainda estava de pé na parte de trás do Átrio, encostada na parede com uma bota preta levantada batendo na madressilva.

— Eu quis dizer depois do século habitual — Asher corrigiu.

O pátio se encheu de sussurros abafados.

— Ele é real? — Ouvi Megan – um dos anjos elegíveis – perguntar a Eve. Ela colocou a mão sobre o coração. Sua pele estava tão brilhante quanto a de um vaga-lume.

Três outras deixaram suas asas em exibição para que todos pudessem ver, embora eu suspeitasse que era principalmente para chamar a atenção do Asher.

Asher que ainda estava concentrado na pequena Celeste.

— Preciso encontrar meu próximo pecador — Eve anunciou. — Quer me ajudar a escolher quem salvar, Leigh?

Eu me virei para ela.

— Achei que você não queria voltar para a Terra.

Eve ergueu seus longos cabelos negros, enfiou as asas para dentro e então soltou a tira de seda que caiu como tinta sobre suas penas com pontas douradas.

— Quero me tornar a esposa de um Arcanjo. Se eu precisar vir para a Terra, então que seja.

Alguém entrelaçou o braço no de Eve.

— Vou para a Sala de Classificação com você — Megan ofereceu.

Eve se virou para que o braço de Megan se soltasse do dela.

— Sem ofensa, Megan, mas nossos interesses não estão mais alinhados. Ou melhor, eles estão demais. O mesmo vale para vocês três. — Ela semicerrou o olhar para Phoebe. — Quero dizer, vocês duas, já que a Phoebe não pode competir.

Mesmo que a longa franja loira de Phoebe obscurecesse metade de seu rosto, percebi que seus olhos estavam cada vez mais arregalados.

— Por que não posso competir? Só faltam vinte e uma penas.

— Querida, você é uma híbrida — Eve explicou com naturalidade. — O Conselho Seraphim não aceita híbridos. Nem como Arcanjos nem como consortes.

As penas laranja de Phoebe se eriçaram.

— Mas Asher é mais moderno.

— Seraph Asher. — Eve estalou os dedos sob o queixo de Phoebe. — Demonstre respeito a ele.

Um rubor coloriu as bochechas de Phoebe.

— Seraph Asher? — A voz de Eve ressoou sobre o burburinho de conversas que soava no pátio estrelado. — A posição está aberta para híbridas?

Asher franziu a sobrancelha.

— A posição?

— De consorte — Eve adicionou com a desenvoltura de alguém que significava o nível mais alto de poder.

— Infelizmente, apenas Verities são elegíveis.

O sorriso de Phoebe sumiu de seus lábios assim como dos meus. Por que nosso mundo tinha que ser tão rígido?

Talvez Celeste estivesse certa... talvez eu devesse tentar me qualificar. Nossos olhos se encontraram e se fixaram nas pontas das asas douradas de Eve. Eu sabia que os híbridos muitas vezes sofriam com desdém e difamações de Verities. Perdi a conta das vezes em que repreendi alguém por depreciar a plumagem sem brilho de um híbrido ou sua vocação inferior.

— Leigh? — A voz de Eve desviou minha atenção de Celeste. — Você vem?

Concordei.

Eu não só iria, como escolheria meu próximo pecador, porque os híbridos mereciam o mesmo respeito e oportunidades concedidas a Verities, e talvez, *minha* voz pudesse conseguir isso para eles.

4

A imagem holográfica de uma adolescente chupando um pirulito iluminou o perfil de Eve.

— Ela é perfeita, não é?

Parei de folhear os pecadores em potencial para ler a descrição abaixo da imagem em movimento da colegial cuja saia era tão curta que fiquei surpresa por não ser um pecado por si só.

PENELOPE MOREL (11 dias)
Propensa a bullying.

O vestido dourado de Eve brilhou enquanto ela girava em seu banquinho.

— Bem o meu estilo.

Passos ecoaram no chão de pedra clara, e em seguida as portas de vidro da Sala de Classificação se abriram. Megan e Lana se acomodaram à nossa frente no balcão de quartzo que ocupava toda a extensão da sala circular, depois pressionaram as palmas das mãos nos painéis de vidro embutidos na pedra para ligar os holofotes.

Quando os raios de luz explodiram das vidraças quadradas, Eve apertou a mão contra a dela. A imagem de Penelope se acalmou e um zumbido vibrou a mesa enquanto a mão de Eve era examinada. Um segundo depois, um bipe apitou e as palavras *ATRIBUÍDA A EVE DA ASSOCIAÇÃO 24* se materializaram sobre a imagem tridimensional como um selo.

Sua respiração pareceu se acalmar depois disso. Ela se inclinou em minha direção para olhar o perfil holográfico que eu estava vendo.

— Eca. Obrigada, mas não.

— O quê? — Olhei de volta para a imagem mutável de um condenado musculoso e tatuado que ganhou uma pontuação de oitenta e seis por ter agredido quatro mulheres.

— *Nunca.* — Ela estremeceu. — Vou deixar esse tipo de pecador para os garotos. Eles estão mais bem equipados que nós para lidar com eles.

— Eu não estava... ele não era... — *Para ela.*

— Tente me encontrar pecadores que não parecem pesadelos ambulantes, tá? — Eve pediu

Era besteira – eu ainda precisava de muitas penas – mas o desespero que tingiu o olhar de Celeste aumentou meu desejo de competir.

— Ele não era para você — admiti.

A verdade é que não era nem para mim. Por mais frenética que eu estivesse para completar minhas asas, não tinha espinha dorsal para ajudar um humano como o que estava diante de mim a diminuir sua pontuação de pecador. Além disso, no fundo, eu acreditava que os pecadores terríveis mereciam Abaddon e os anos de tortura que seus crimes hediondos lhes rendiam.

O sistema exibia seu nome, endereço atual e há quanto tempo ele estava no Sistema de Classificação: 124 meses. Também exibia quantos pontos ele ganhou de volta naquele tempo: 1 e quantos Plumas se inscreveram para ajudá-lo: 3. O que não exibia eram os nomes desses Plumas. Já que a pontuação de pecador havia caído um ponto, imaginei que um dos meus colegas tivesse tido sucesso.

Senti o olhar de Eve desviar para o meu rosto.

— *Você* quer concorrer?

Apoiei a mão nos meus joelhos através do vestido de seda.

— Não sei. Talvez.

Ela se mexeu no banquinho de couro.

— Achei que você queria ser Malakim, Leigh.

Embora eu ainda tivesse esperança de me tornar uma mensageira de almas, minha ambição era egoísta. Se eu pudesse ajudar Celeste e outros híbridos a ganhar os mesmos direitos que Verities, então...

Um bipe ressoou nas paredes curvas e no teto de vidro abobadado. Uma das garotas escolheu um pecador. Não olhei por cima do ombro para ver quem havia encontrado sua próxima missão. Apenas continuei olhando fixo para minha amiga.

Eve se inclinou para frente.

— Bem, então me deixe te ajudar a encontrar alguém que não vai colocar sua virgindade em risco.

Meu coração parou.

Ela pousou a mão na minha e apertou meus dedos.

— Não quero que você se machuque.

Senti alívio. Alívio por Celeste estar errada sobre Eve. Que minha amiga realmente se importava comigo.

Ela começou a rolar a tela, mas depois respirou fundo e escreveu um nome com a ponta do dedo no meu painel de vidro.

— Tenho o pecador *perfeito* para você!

Minha imagem holográfica vacilou e o rosto de um homem com uma mandíbula marcada, cabelo escuro rebelde e olhos tão negros que pareciam feitos de pecado e da luz das estrelas apareceu diante de mim.

Meu estômago embrulhou e se apertou com a visão de um rosto bonito e perigoso. Passei o dedo no painel de vidro para rolar para baixo até sua descrição.

JAROD ADLER (201 meses)

LÍDER DE LA COUR DES DÉMONS.

Duzentos e um meses? Ele estava no sistema há dezessete anos?

Como poderia se ele não parecia muito mais velho que eu? Passei o dedo pela imagem para ver sua pontuação.

100

Meu estômago parou suas estranhas contorções.

— Ele é um *Triplo*?

As sobrancelhas arqueadas de Eve se inclinaram enquanto ela também o estudava. Já que ela mencionou o perfil dele, imaginei que não fosse a primeira vez que via aquele pecador.

— O que é *La Cour des Démons*?

— A Corte dos Demônios — ela traduziu.

— Eu entendo francês, Eve. — Compreender cada língua era uma proeza angelical. — O que eu quis dizer foi: *o que* essa corte demoníaca faz? Terrorismo? Assassinatos em massa?

Enquanto observava os olhos semicerrados do Triplo, ela disse:

— É apenas uma palavra mais bonita para a máfia parisiense.

Entreabri os lábios.

— Ele comanda a máfia? Como ele pode ser mais seguro do que um estuprador?

— Porque essa é a única coisa que ele não é.

— Ele deve ter assassinado pessoas, Eve! Ou ordenou suas mortes.

Olhares arrepiaram minha nuca.

Eve lançou um olhar duro para as duas Verities atrás de mim.

— Nenhum inocente.

Me obrigando a ficar calma, murmurei:

— Como você sabe tanto sobre esse cara?

— Porque conheci alguém durante uma das minhas missões que o contratou. Então procurei por ele. Ele é um Triplo porque dirige a Corte dos Demônios. Tudo o que você precisa é fazer com que ele cancele *uma* operação – como fazê-lo reconsiderar extorquir algum empresário de renome ou fazê-lo ajudar uma pessoa – e você terá cem penas. O quanto isso pode ser difícil?

— Tudo que eu tenho que fazer? — Bufei. — Eve, ele está no

sistema há dezessete anos. — Apontei em direção ao número de Plumas abaixo da pontuação do pecador Jarod, meus dedos cortando a projeção tridimensional. — Cento e trinta e uma pessoas tentaram reformá-lo. *Cento e trinta e uma*, Eve. E sua pontuação não oscilou nenhuma vez, o que significa que nenhuma delas teve sucesso. Nunca vi um perfil assim. Obviamente, há algo de muito errado com este homem.

Sem se abalar com a minha explosão, Eve disse:

— Se alguém pode fazer isso, é você, Leigh. A Pluma que nunca falha.

Nunca falhei com um pecador, mas também nunca peguei um Triplo que *cento e trinta e um* outros Plumas foram incapazes de recuperar.

Encarei o retrato holográfico de Jarod Adler novamente, os olhos escuros emoldurados por cílios tão grossos e enrolados que pareciam colados. Eu poderia realmente alterar este homem?

A mão macia de Eve envolveu a minha novamente.

— Pelo menos tente. Se eu tiver que perder Asher para alguém, prefiro que seja para você — ela apontou para as outras com o queixo — do que qualquer uma delas.

Mordisquei o lábio.

— Além disso, o que você tem a perder, Leigh? Se não pode recuperá-lo, basta voltar aqui e escolher outra pessoa. Sem danos causados.

Sem dano causado, mas tempo perdido. Além disso, ele morava na França. Eu precisaria me mudar para a associação parisiense durante minha missão.

— Se meu pai fez isso, você também pode — Eve disse.

Olhei de lado para ela.

— E a França tem a melhor comida.

— Eu iria lá para trabalhar, não para provar a cozinha francesa.

— Você vai precisar de comida para manter sua energia durante a missão. Além disso, você já foi a Paris? É lindo na primavera.

Fiz uma careta.

— Quando você foi?

Seu olhar se voltou para Jarod.

— Há dois anos. Mais ou menos na época em que você estava ajudando aquela viciada em crack a se recuperar.

— Aquela viciada em crack tem um nome: Abigail. — Ela era a mãe de duas crianças que afundou tanto que perdeu seus filhos, o apartamento e o emprego. Mal estava consciente na noite em que a encontrei enrolada em uma calçada em Alphabet City.

Demorou meses para recuperá-la, mas ela conseguiu e, embora não tivesse recuperado os filhos, conseguiu um trabalho estável que colocou um teto sobre sua cabeça.

Eve sacudiu a mão.

— Todos têm.

Ela se lembrava de algum nome das pessoas que ajudou?

— Se você não quer esse cara, vamos olhar outros perfis.

Antes que o bom senso pudesse me dar um tapa na cabeça, puxei a mão da sua e apoiei a palma no painel. Eu daria a Jarod três dias e, se não chegasse a lugar nenhum com ele, abandonaria minha missão e incorreria no custo de desistência de duas penas.

A máquina zumbiu para a vida, escaneando minha mão antes de emitir um bipe estridente e inscrever meu nome sobre o de Jarod, cimentando meu destino com o dele.

A constatação de que estava enfrentando um Triplo me atingiu como uma chuva torrencial, encharcando minha medula e me fazendo estremecer violentamente.

Eve saltou do banquinho.

— Isso pede algumas Bolhas de Anjo.

Esse era apenas um termo chique para água com gás de flor de laranjeira. O álcool era proibido nas instalações e também fora das associações. O consumo de substâncias que alteravam o desempenho do cérebro ou do corpo era amplamente desaprovado e custava caro.

Desliguei meu holograma, depois me levantei do banquinho com pernas que pareciam desprovidas de sangue e ossos. Tropecei, me segurando no assento que Eve tinha acabado de desocupar. Antes que eu pudesse remover a mão, a Sala de Classificação desapareceu, e me vi parada na frente de uma garotinha com lágrimas escorrendo pelo rosto.

— E-e-eu v-v-vo-ou de-de-volver — *ela gaguejou.*

— *Você já tirou o kit de slime da embalagem, Amy. Não pode devolver.* — *Ouvi a voz de Eve, que parecia diferente, mais jovem, um pouco anasalada.*

Eu estava revivendo uma de suas missões...

— *M-a-mas ela tinha tantos p-presentes.*

— *Que eram todos dela. Não seus. Agora, escreva essa carta e vamos entregar para ela juntas.*

— *Ela vai contar para todo mundo na e-escola.*

— *Deveria ter pensado nisso antes.* — *Enquanto a menina esfregava os olhos lacrimejantes, Eve deixou escapar um grunhido irritado.* — *Vamos. Não tenho o dia todo.*

A imagem se transformou em outra, desta vez um corredor movimentado de uma escola primária. Observei Amy levar a carta para outra garota da sua idade, o papel amassado em suas mãos. Depois de entregá-lo, Amy fechou as mãos e saiu correndo. Corri atrás dela. Ou melhor, Eve correu. Nós a encontramos trancada em um banheiro.

— *Chega de roubar, tá? Ou vou ter que voltar. Você não quer que eu volte, quer?*

— *N-não. Eu nunca mais vou roubar de novo.*

— *Boa menina.*

A pintura cinza descascada na parede do banheiro desmoronou.

— Eve! — Ofeguei enquanto levantava a mão de sua pena se desintegrando.

— O quê?

Inclinei minha cabeça para a poeira cintilante.

— Você perdeu uma pena.

Ela olhou para a poeira levitando até que ela sumiu da existência.

— Parece que sim.

— Como? Por quê?

Ela ergueu o olhar para mim.

— É a primeira vez que quero algo que pode não ser meu.

A culpa apertou meu coração. Eu não queria perder minha amiga por causa de um homem, Seraphim ou não.

— Não sabia que a inveja era um pecado — acabei dizendo.

— Isso é porque você nunca teve inveja de verdade.

Nunca gostei do tom alaranjado do meu cabelo e invejava a figura elegante de Eve. Desejar e ter despeito não eram o mesmo que inveja?

5

*D*epois de sair da Sala de Classificação, não voltei às festividades por Bolhas de Anjo. Não estava com vontade de comemorar. Na verdade, minha próxima missão deixou meu estômago tão embrulhado que me senti mal. Percebendo minha inquietação, Eve me acompanhou de volta ao nosso quarto e me ajudou a organizar roupas para três dias dentro de uma bolsa espaçosa.

— Qual é o nome da pessoa que te falou sobre ele?

O cinto de couro que Eve estava enrolando se soltou.

— Por quê?

— Estava pensando em perguntar a ele por que não tiveram sucesso.

Ela o enrolou de volta, então o enfiou dentro da minha bolsa.

— Disseram que Jarod Adler era rude e não era receptivo.

Fiz uma careta.

— A maioria é assim no início. Ainda assim, posso saber o nome da pessoa?

Ela balançou a cabeça.

— Desculpe, mas seria uma quebra de confiança. Ninguém quer exibir seus fracassos.

Afundei na cama ao lado da minha bolsa cheia.

— Estou ficando louca? É como me sinto.

Eve se sentou ao meu lado e colocou o braço em volta dos meus ombros.

— Você é ambiciosa, não louca.

Apoiei a bochecha em seu ombro.

— Não ascenda antes de eu voltar, certo?

— Ainda faltam treze – *quatorze* – plumas — ela disse. — Ainda vou ficar aqui por um tempo.

— Você é tão boa nisso que as receberá antes mesmo do fim da semana.

— Acho improvável. — Por um minuto, nenhuma de nós falou, então ela disse: — Mas se eu completar minhas asas antes de você voltar, prometo parar na Cidade das Luzes antes de ascender.

— Ou você poderia enfrentar um pecador francês?

— Ou eu poderia fazer isso.

Me enchi com o cheiro de néroli que perfumava sua pele desde que ela descobriu o perfume em seu primeiro ano no mundo humano.

— Um Triplo... — sussurrei, porque ainda não parecia real.

Depois de um momento de silêncio, ela disse:

— Aconteça o que acontecer, lembre-se de que eu te amo, tá?

O que acontecer?

— Você quer dizer, se você me vencer?

Seu corpo ficou um pouco rígido.

— Sim.

As probabilidades eram que isso acontecesse. Fiz uma pequena oração para Elysium para que Jarod fosse cooperativo. Ou, pelo menos, não muito grosseiro.

— É melhor você ir — ela disse, se levantando.

Respirando fundo para criar coragem, enfiei o braço na bolsa e me levantei. Troquei de roupa para um vestido roxo que minimizava minhas curvas. Fora da associação, eu me sentia normal, mas dentro das paredes de quartzo celestial, parecia que meu corpo era muito pesado, meus seios muito grandes, meus quadris muito largos e minha barriga muito mole.

— É tudo ou nada — murmurei enquanto arrastava Eve para fora do nosso quarto e de volta ao Átrio para encontrar uma Ophan disposta a me levar para o Canal. Até que minhas asas estivessem completas, eu não poderia viajar pelos portais da associação sem ajuda.

Plumas ainda estavam voando pelo pátio, festejando e bebendo do banquete organizado em homenagem a Asher, que ainda estava conversando com as Ophanim. Achei que ele não ficaria por perto depois de entregar sua mensagem.

Ao lado de Eve, fui até nossas superiores aladas.

— Desculpe interromper sua conversa, mas preciso de transporte para a associação em Paris.

— Greer? — Ophan Mira chamou. — Você pode levar Leigh pelo Canal?

— Claro. — Minha professora de etiqueta passou a mão sobre seu vestido cinza justo.

Como eu, ela estava no lado mais pesado do espectro dos anjos. Eve uma vez brincou que ela devia puxar os músculos de suas asas quando voa. Seu comentário custou uma pena da minha amiga, embora ela insistisse que não era um insulto.

— Eu estava prestes a partir — Asher falou. — Posso levá-la.

A cor inundou minhas bochechas. *Doces querubins*, um Arcanjo iria me escoltar através do Canal?

As mãos de Greer soltaram o vestido.

— Tem certeza, Seraph?

Olhei para Eve, cujas asas pareciam ocupar um pouco mais de espaço. Se eu pudesse, me abaixaria atrás delas.

— Sim. — Os olhos cor de turquesa de Asher focaram na minha bolsa. — Vejo que já está pronta.

Apertei a bolsa contra mim, esperando ter escondido minhas roupas íntimas no fundo. Se elas estivessem no topo, eu morreria. Principalmente considerando que eu gostava muito de rendas e seda.

Enquanto Asher elogiava as Ophanim por seu trabalho impressionante, Eve me envolveu em um abraço de esmagar os ossos.

— Vá buscar essas cem penas.

Esqueci tudo sobre meu constrangimento e minha mente ficou

totalmente focada em Jarod Adler e sua Corte de Demônios. Garanti a mim mesma que nenhum demônio realmente se escondia ali.

Pelo menos, nenhum real.

Demônios, o tipo que os humanos retratam em suas mentes, bestas com chifres que sugam sua alma com suas presas e arranham sua carne com suas garras, felizmente não existiam.

— Podemos? — Asher perguntou.

Tirando a imagem de extremidades afiadas e ensanguentadas de minha mente, me afastei de minha amiga.

— Eu te amo, querida.

Seus olhos brilhavam como os lírios d'água balançando nas fontes.

— Eu também.

Ela estava prestes a chorar?

— Ei. — Segurei sua mão fria, apesar do fogo-anjo irrigando as paredes do átrio, mantendo a temperatura em agradáveis vinte e dois graus o ano todo. — Nos veremos em breve.

Seus lábios vermelhos tremeram com um sorriso.

Eu a abracei novamente, em seguida me virei e segui Asher em direção ao Canal.

Ele cruzou as mãos nas costas.

— Vocês duas são muito próximas?

— Somos amigas desde que tínhamos cinco anos e fomos atribuídas ao mesmo quarto. Acredite ou não, nunca trocamos de colega de quarto.

Mas isso mudaria em breve.

Tanta coisa mudaria em breve.

— Então, Paris? — Asher perguntou quando viramos uma esquina em outro corredor claro banhado pela noite brilhante. — Quem é o seu pecador, Leigh?

Olhei para ele.

— Um homem chamado Jarod Adler.

Ele parou tão de repente que meu coração até saltou.

— O que foi, Seraph?

O som do couro soou sobre sua pele bronzeada enquanto seu peito se expandia.

— Ele é um Triplo.

Ele tinha assumido que eu ganharia as cem penas que Eve mencionou com vários pecadores?

— É, sim.

Ele olhou fixamente para mim por tanto tempo que apertei ainda mais a bolsa de encontro a mim.

— Por que você escolheu um Triplo?

O calor substituiu o frio que inundou minhas veias.

— Ah. — Mordi meu lábio. — Porque ainda estou precisando de oitenta e uma penas.

Sua expressão suavizou e um sorriso se formou nos cantos de sua boca.

— Estou lisonjeado.

Meus dedos congelaram na alça da bolsa.

— Está?

— Sim.

Ele não me tocou, mas o sangue quente bombeando sob sua pele, sim. Penetrou cada fibra do meu ser, solidificando minha determinação como metal resfriado.

Recuei antes que pudesse fazer algo repreensível como tocar as asas gloriosas de Asher, que novamente estavam em plena exibição. A romântica em mim esperava que ele as tivesse exibido em minha homenagem. A realista percebeu que elas estavam se abrindo porque estávamos nos aproximando do Canal, e ele precisaria delas para me levar para fora da associação.

— Não gaste muito tempo tentando reformar um Triplo — Asher finalmente disse. — Eles são Triplos por motivos específicos.

Engoli em seco.

— Eu sei.

Ele baixou o queixo como se não acreditasse que eu entendia no que estava me metendo.

Era besteira, mas me irritei.

— Eu nunca falhei em uma missão.

Não era típico de mim me gabar, mas queria que ele parasse de me olhar como se eu fosse o anjo mais ingênuo do mundo humano. Caminhei na frente dele para a sala quadrada cheia de luz branca brilhante. Quando ele se juntou a mim, o espaço, que não era maior do que um poço de elevador, de repente parecia mais apertado do que uma caixa de sapatos.

Asher estendeu as palmas das mãos e deslizei as minhas por cima. Sua pele derramou fogo nelas, afastando a umidade e substituindo-a por um formigamento.

Ele murmurou palavras da língua celestial que fez uma fumaça lilás se juntar e girar ao nosso redor. Apertando a mão, ele moveu suas asas e nós subimos pelo feixe de luz elísia.

6

Quando chegamos à Associação 7, uma réplica perfeita da que eu havia acabado de deixar para trás, duas mulheres já estavam esperando por nós no Canal, provavelmente avisadas de nossa chegada iminente por Ophan Mira. Elas me cumprimentaram de forma sucinta antes de dar atenção a Asher. Elas estavam lá pelo Seraphim, não pela Pluma insignificante.

Espere até eu me tornar sua esposa... Uau. Meu sarcasmo fez meus passos vacilarem. De onde veio essa confiança?

Asher olhou para mim através da cortina de cabelo dourado que emoldurava seu rosto.

— Você está bem, Leigh?

Eu o encarei com os olhos arregalados, rezando para que ele não pudesse discernir meus pensamentos delirantes.

— Estou. Obrigada, Seraph. — E então voltei minha atenção para a loira com asas da cor de maçã verde. — Ophan Pauline, poderia me mostrar um quarto livre para que eu possa guardar minhas coisas, por favor?

— *Biensûr. Suis-moi.* — Mesmo ela falando em francês, meu cérebro traduziu automaticamente suas palavras. *Claro. Me siga.* —

Não se esqueça de falar nossa língua enquanto estiver aqui. Isso tornará os parisienses muito mais agradáveis.

Mantive isso em mente. Antes de sair, me virei para Asher.

— Obrigada pela carona, Seraph.

— O prazer foi todo meu, Leigh. — Seu sorriso incandescente substituiu a preocupação que flutuava em seu rosto com a menção do nome de Jarod.

Enquanto eu seguia Ophan Pauline por um caminho de corredores silenciosos, olhei para a faixa de céu elísio queimando com estrelas, a única fonte de luz além do quartzo com veias de fogo.

Ela me levou a um quarto semelhante ao meu, mas menor — quatro paredes de quartzo, uma claraboia abobadada, um banheiro privativo e duas camas queen-size arrumadas com lençóis brancos.

— Quanto tempo você acha que vai ficar conosco?

— Depende de como vai minha missão.

Ela pressionou uma das paredes e a porta do armário se abriu.

— Myriam ascendeu no mês passado, então este quarto é seu pelo tempo que você precisar.

— Obrigada. — Enquanto eu caminhava até a cama e colocava a bolsa sobre ela, eu a senti me encarar. Olhei por cima do ombro, me perguntando o que justificava a atenção, já que minhas asas estavam escondidas com magia.

— A cor do seu cabelo é muito... diferente.

Diferente nunca foi um elogio.

— Assim como minhas asas — murmurei.

— De que cor elas são?

— Prata.

— E?

— Apenas prata.

Suas pálpebras se arregalaram um pouco mais.

— Posso vê-las?

Eu as trouxe de volta através da magia.

Ela andou ao meu redor, absorvendo-as. Eu esperava que a cor, ou a falta dela, mantivesse seu olhar longe da minha escassez de penas.

— *Incroyable*. Nunca vi um Pluma com asas Verity puras antes. Você deve ser puro-sangue total.

— Ou os anjos que me fizeram usaram toda a cor no meu cabelo.

Ela sorriu.

— Seus pais têm asas Verity puras?

— Não sei.

— Você nunca viu as asas deles?

— Eu não os conheci.

— Eles nunca te visitaram?

— Não.

Não era incomum que os pais não procurassem seus filhos até que eles ascendessem. Alguns não queriam se apegar no caso de sua progênie não conseguir chegar à cidade celestial. Mesmo que eu estivesse curiosa sobre eles, havia dor misturada a essa curiosidade, e essa dor esmaeceu meu desejo de conhecê-los.

Se eu fosse mãe, viveria na associação com meu Pluma. Ou pelo menos, tentaria. Não era permitido, mas talvez se eu fosse a consorte de um Seraphim... lá estava eu de novo, tendo sonhos descomunais.

— Eu deveria voltar para o nosso convidado de honra, mas foi um prazer conhecê-la. Leigh, *certo*?

— *Oui*.

— Se precisar de alguma coisa, venha me encontrar.

— Obrigada, Ophan.

Depois que ela saiu, pendurei minhas roupas, tomei banho e fiquei na frente do armário, debatendo se deveria dormir ou me vestir para o dia seguinte. O rosto de Jarod me veio à mente. A quem eu estava enganando? Não havia como dormir. Olhei para o céu claro cor de cobalto, estimando que o amanhecer estava próximo. Jarod provavelmente não estaria acordado ainda, mas sair tão cedo me daria tempo para estudar a configuração do terreno. Eu não tinha ideia de onde a associação era comparada à sua casa.

Vesti uma saia preta na altura do joelho e uma blusa preta de mangas compridas que tinha sido lavada com tanta frequência que o tecido ficou um pouco largo e caía de um dos meus ombros. Tentei centralizá-la, mas quando coloquei meus pés nos saltos pretos e agarrei minha bolsa, ela escorregou novamente. Ah, bem. Talvez os franceses o achassem estiloso.

Com cuidado para não fazer muito barulho, pisei de leve em direção ao som de água jorrando, mas meus saltos fizeram um som ao tocar a pedra. Assim como em nossa associação, as paredes do Átrio eram cobertas por flores. Em vez de madressilvas, rosas cor-de-rosa floresciam aqui, o que deu ao espaço um aspecto e um cheiro ligeiramente diferentes dos nossos. Uma diferença acentuada pelas estátuas no centro das sete fontes. Enquanto eu estudava as esculturas de quartzo dos seres celestiais, a fragrância pungente combinada com a minha falta de sono e adrenalina disparada fez minha cabeça girar. Conhecer alguém novo e partir em uma aventura com ele geralmente me emocionava, da mesma forma que começar um novo livro fazia. Esta manhã, porém, o pavor substituiu minha empolgação, porque muito estava em jogo.

Tirando coragem da estátua de um anjo brandindo um escudo dourado, atravessei o átrio e entrei no vestíbulo em meia-lua onde destranquei um compartimento de vidro da parede de armários escaneando meu dedo. Dentro, havia um maço de notas que poderia ser reabastecido desde que a soma exigida não fosse ultrajante.

Escondi o dinheiro dentro da bolsa e então, pegando mais uma lufada de ar celestial, abri a porta e entrei no desconhecido.

7

*D*epois que a porta da associação se fechou, dei um giro para ver os arredores. O céu estava escuro, mas a rua, não. Paralelepípedos lisos emoldurados por calçadas estreitas demais para o uso de pedestres brilhavam sob a fileira de lanternas antigas de ferro fundido que se projetavam da fachada de calcário das casas de dois andares.

Um homem fumando um cigarro estava lavando a calçada em frente à padaria, aparentemente a única outra alma acordada às... verifiquei a hora no telefone: 4:15h.

Sorri para ele, o que me rendeu um:

— *Bonjour, mademoiselle.*

O cheiro de manteiga aquecida exalava de dentro da padaria iluminada, onde uma mulher com bochechas vermelhas e inchadas estava desenrolando uma longa tira de massa branca.

Meu fascínio fez o homem proclamar em um francês rápido:

— Fazemos os melhores croissants de Paris. Estarão prontos em duas horas.

Meu estômago roncou.

— Volto mais tarde — falei, começando a descer a rua curva de paralelepípedos.

— Vendemos tudo antes das oito.

Olhei por cima do ombro para ele.

— Estarei de volta antes das oito então.

Abri o aplicativo de mapas no telefone para verificar onde estava – *Cour du Commerce Saint-André* – e então indiquei para onde precisava ir – *Place des Vosges*. Descobri que era uma caminhada de meia hora por um bairro chamado Saint-Germain que me lembrava o East Village com seu labirinto de ruas pitorescas.

Quando saí do labirinto e entrei em um cais com vista para o rio, meus lábios se entreabriram. A pedra calcária esculpida terminava em telhados de ardósia que brilhavam tão intensamente quanto a correnteza que cortava a cidade. De repente, desejei não estar com tanta pressa de encerrar minha missão. O pensamento amorteceu o esplendor ao meu redor, e então a visão de duas pessoas sem-teto encasuladas em sacos de dormir e painéis de papelão me lembrou que nem tudo era belo no mundo humano.

Cruzei a ponte sobre o rio que bifurcava em torno de *l'Île de la Cité*. A pequena ilha era ainda mais tranquila do que o bairro que deixei para trás. Mas assim que cheguei à outra margem do rio, havia barulho. Não muito no início – um carro ou caminhão ocasional – mas então cheguei a uma rua maior chamada Rivoli, e a música se espalhou pela calçada junto com pequenos grupos de clientes embriagados. Eu os evitei, me aproximando cada vez mais de uma praça repleta de árvores exuberantes. Examinei as construções que circundavam o jardim público até que localizei a mansão de pedra, que eu tinha voado de Nova York, no meio da noite, para procurar. Embora sua entrada fosse sombreada por uma arcada que ocupava toda a extensão da rua, meu mapa digital indicava que este era o quartel-general de Jarod.

Atravessei a rua e passei debaixo das arcadas góticas em direção a enormes portas vermelhas. Se este não fosse o domínio de um mafioso, eu poderia ter achado a cor atraente. Em vez disso, achei ameaçadora.

O porte-cochère se abriu com um clique e dois homens vestidos de smokings saíram. Fiquei perfeitamente imóvel, tentando me misturar à sombra de uma coluna de pedra, mas os dois me notaram.

Uma garota sozinha a esta hora certamente chamaria a atenção de qualquer pessoa.

Enquanto um perdeu o interesse rapidamente, o outro continuava olhando. Embora seu cabelo fosse grisalho, sua pele era lisa.

— *Vous êtes perdue?*

Minha mente traduziu suas palavras: *Você está perdida?*

— *Non.*

Seus olhos azuis claros semicerraram em mim.

— Tristan! — seu amigo gritou, abrindo a porta de um sedan preto com chofer.

— Estou procurando Jarod Adler — falei rapidamente, esperando que o homem de olhos azuis pudesse me ajudar de alguma forma.

— O que você quer com o Jarod? — ele perguntou em francês.

— Eu gostaria de discutir um... *projeto.*

O homem sorriu.

— Que escolha de palavra interessante.

Era?

— Você poderia me apresentar a Monsieur Adler?

O amigo de Tristan resmungou.

— *Bon, tu viens ou pas?* — Você vem?

— *Non* — Tristan respondeu, mantendo seu olhar em mim. — Acho que posso apresentá-la.

Quando seu olhar desceu para meus seios, cruzei os braços.

— Bem, estou indo — seu amigo disse e fechou a porta do carro.

— Jarod está acordado? — perguntei a Tristan.

— Não é possível fazer uma festa dormindo.

Uma festa? Acho que isso explicava o traje chique de Tristan.

— Então não é uma hora ruim para falar com ele?

— Linda, se o Jarod não quiser falar com você, ele não vai falar. — Meus olhos devem ter se arregalado um pouco, porque Tristan acrescentou: — Relaxe. Ele com certeza vai querer falar com você.

— O que te faz ter tanta certeza?

— Ele gosta de coisas bonitas e suaves.

Ele estava falando sobre meu decote, que ainda estava cobiçando, ou sobre mim como um todo?

Ele piscou para mim.

— Venha. Vou levá-la ao covil do diabo.

Um arrepio subiu pela minha espinha. No que eu me meti?

— Não estou vestida para a ocasião.

— Não se preocupe com sua roupa.

Levantei uma sobrancelha.

— Ninguém mantém as roupas por muito tempo ali dentro.

Engoli em seco, o que fez o homem rir.

— Eu, ah... — Segurei o celular com mais força. — Eu provavelmente deveria voltar mais tarde...

— Besteira. — Tristan voltou sua atenção para uma placa de prata sem marca – não uma placa, uma campainha que ele apertou.

Asher. Celeste. Repeti seus nomes em minha mente até que eles se juntaram como aquarelas e formaram uma única palavra. *Asherceleste.*

8

*P*assei pela soleira elevada e entrei em um enorme pátio pavimentado em torno de uma fonte que continha a estátua de uma mulher, envolta em um vestido de um ombro só, jorrando água. Era bonita, até demais para um refúgio de mafiosos.

— Você não está aqui para matá-lo, está? — A voz de Tristan me fez desviar o olhar da fonte.

— Claro que não. — Uma batida constante soou em meus ouvidos. A princípio, pensei que fosse o som do meu coração, mas então uma voz lânguida e aguda se misturou às batidas, e percebi que era música.

— Só estou checando. Não quero ter problemas com o chefe. Deveria ter verificado antes, mas eu estava... distraído.

Passei a mão, que ainda segurava o celular sobre a saia para livrar minha pele de sua umidade.

— Você tem um leve sotaque. É americana?

Eu tinha?

— Sim.

Ele liderou o caminho em direção a outra porta.

— Em que lugar na América?

Enquanto caminhava ao lado dele, percebi um movimento em minha visão periférica. Um homem vestido com um terno preto se destacou das sombras e lançou um olhar penetrante em nossa direção. Tristan acenou para ele e o homem voltou para a escuridão. Outra figura vestida de preto rondou na parede oposta. De repente, fiquei incrivelmente grata pelo meu encontro casual. Eu não tinha certeza de como entraria no domínio de Jarod se não fosse pelo homem ao meu lado.

— Nova York — eu finalmente disse.

Ele bateu duas vezes em uma porta.

— E quantos anos você tem?

— Idade o bastante.

Seus lábios se curvaram.

O que me levou a responder *isso*? Nervosismo. Eu estava nervosa.

Um homem vestido com um terno sob medida preenchia a porta.

— Voltou cedo, Tristan?

— E quando é que eu vou embora? — meu acompanhante respondeu com bom humor.

— Infelizmente nunca.

Tristan riu.

— Quem é a garota? — o grande homem perguntou.

— Uma amiga — Tristan respondeu. — Uma amiga que gostaria de ter uma audiência com o chefe.

O homem me observou por um longo momento antes de recuar para me deixar passar. Ele acenou com a cabeça para a minha bolsa, que abri para provar que não havia nenhuma arma escondida ali dentro.

Ele grunhiu.

— *Elle est mignonne, celle-là.* — *Ela é fofa, essa aqui.*

Minha espinha formigou com o comentário depreciativo.

— *Celle-là parle le Français.* — *Essa daqui fala francês*, rebati.

Os lábios do homem se achataram.

— Sua bolsa. Ela fica aqui. Bem como seu telefone. Muriel! — ele gritou.

Uma mulher usando um vestido justo na altura dos joelhos e cabelo ruivo enrolado em um coque elegante abriu um conjunto de cortinas pesadas.

O segurança acenou para minha roupa.

— *Tu t'occupes d'elle?* — *Você pode aprontá-la?*

Os olhos muito maquiados de Muriel brilharam na luz fraca do vestíbulo enquanto ela me olhava de cima a baixo.

— Viu por que não precisava se preocupar com a roupa? — Tristan sussurrou em meu ouvido, fazendo minha clavícula se arrepiar.

Quase saí correndo.

Quase.

Asherceleste.

Escondi meu telefone dentro da bolsa antes de entregá-lo ao segurança corpulento.

Ele não aceitou.

— Muriel vai guardar seus pertences. Siga-a.

— Vou esperar aqui — Tristan prometeu.

Eu estava prestes a dizer que ele não precisava esperar, mas pensei melhor sobre me livrar desse homem que parecia fazer parte do círculo íntimo de Jarod.

Muriel me conduziu através das cortinas de veludo vinho para dentro do que parecia uma loja de esquisitices, que explodiu dentro de uma velha sala de estar britânica.

Ela abriu uma gaveta funda.

— Pode deixar sua bolsa e roupas aqui.

Coloquei minha bolsa dentro.

Ela me olhou de cima a baixo.

— Qual é?

— O quê?

— O tamanho da sua roupa.

— Ah. 42.

Ela foi em direção a uma arara cheia de roupas femininas e tirou um vestido feito de couro preto e renda.

— Hum. — Limpei a garganta. — Você tem alguma coisa... com mais pano?

Muriel sorriu, revelando uma lacuna entre os dentes da frente.

— Este é o mais conservador que tenho disponível.

— Que tipo de festa é essa? — questionei.

Ela baixou o cabide e o sorriso diminuiu.

— *Ma chérie*, se não sabe o que está acontecendo lá dentro, por que é que você está aqui?

— Porque preciso falar com o Monsieur Adler.

Ela me contemplou por quase um minuto inteiro antes de enganchar o vestido de volta no cabide e escolher um mais modesto. A fenda na saia ainda atingia o meio da coxa, mas pelo menos, este não era feito de couro – infelizmente, era da cor dos meus olhos. Em outras palavras, muito verde. Ainda que eu não me importasse que meus olhos fossem dessa tonalidade, usar uma roupa dessa cor não me agradava.

— Você não tem nada... outro? — Algo que não me fizesse parecer com uma planta decorativa.

Muriel balançou a cabeça.

Eca.

— Tem um vestiário?

Muriel se virou.

Imaginei que não.

— Não vou olhar — ela falou.

Ela deve ter olhado, porque empurrou meus dedos desajeitados para longe do zíper ao longo das costas do vestido, puxando-o antes de me virar para ajustar as mangas que caíam dos meus ombros.

De quem era o vestido que eu estava usando?

— De onde vêm todas essas roupas?

— Várias boutiques. Sou encarregada de comprá-las para as festas de Jarod para quando as roupas das convidadas não atendem às suas expectativas. — Sua maquiagem preta pesada corria para as rugas ao redor dos olhos cor de oceano.

Que tipo de pessoa se importava tanto com o que os outros vestiam?

— Parece que foi feito para você. — Muriel juntou meu cabelo e colocou-o sobre o ombro, onde se curvou como cobre fiado, depois olhou para os meus pés. — Lindos sapatos.

— Obrigada. — Alisei o cetim que parecia ter sido pintado com spray na minha pele. — Ele é tão horrível quanto todo mundo diz que é? — Quando Muriel ergueu uma sobrancelha, acrescentei: — Jarod Adler. Ouvi dizer que ele não era muito legal.

— Estou ao serviço dele há vinte e cinco anos.

— Vinte e cinco?

— Sim. Vinte e cinco. Fui contratada no dia em que ele nasceu. — Ela deu um passo em direção a uma cesta em uma prateleira. — As pessoas não o procuram por sua bondade.

No entanto, foi para isso que vim.

Muriel pegou uma máscara de filigrana preta, que amarrou em volta da minha cabeça antes de me conduzir para fora do armário estranho.

— Por que você não vai se decidir sobre ele?

Quando irrompi pelas cortinas, Tristan interrompeu qualquer discussão que estava tendo com o segurança mal-humorado.

— Talvez levar você lá para dentro não seja uma boa ideia.

— Por que não?

Ele tirou uma máscara do bolso da jaqueta e a vestiu com a destreza de alguém acostumado a usá-la.

— Porque eu prefiro manter você para mim mesmo.

— Oh. — Toquei a base do meu pescoço enrubescido, de repente grata pela máscara que protegia parte do meu rosto.

O segurança musculoso grunhiu enquanto caminhava até uma porta de madeira ornamentada tão grossa que quando a abriu, a melodia lenta e sensual dentro da sala explodiu. Tristan me ofereceu seu braço, que eu estava hesitante em aceitar, mas me lembrei de que ele tinha me colocado para dentro.

E era apenas um braço.

Aceitando, entrei em uma sala tão escura que meus olhos precisaram de um momento para distinguir qualquer coisa. E quando o fiz, fechei os olhos e abaixei a cabeça, certa de que o que acabei de ver me custaria penas.

Talvez, todas elas.

9

Em certo momento, abri os olhos para não pisar em nada ou em ninguém. Embora eu tenha mantido meu olhar focado no assoalho brilhante, infelizmente não consegui proteger meus ouvidos da sinfonia de grunhidos e gemidos que se sobrepunham a melodia encantadora que circulava pela sala.

Meu coração foi parar na garganta ao mesmo tempo que as cordas dedilhadas da harpa acompanhavam o canto do cantor. Nunca, em meus sonhos mais loucos, me imaginei participando de boa vontade de uma festa onde os convidados estavam em vários estados de nudez e fazendo coisas uns com os outros que eu nunca tinha lido em meus romances mais pesados.

Parecia que eu tinha viajado um quarteirão inteiro antes de Tristan parar de andar. Um par de sapatos pretos brilhantes bateu nas pontas dos meus saltos agulha, refletindo meu rosto pálido e mascarado.

— Quem é? — A voz era profundamente masculina e muito blasé.

— Leigh — eu disse, ainda sem vontade de olhar para cima.

— E você está aqui por quê?

— Ela tem um projeto para você — Tristan falou.

Um dedo alcançou meu queixo e ergueu minha cabeça. Embora

ele estivesse mascarado, reconheci seus olhos – escuros e com cílios tão longos que podiam enrolar em volta do meu dedo mindinho.

Minha pulsação acelerou enquanto os olhos escuros me observavam. Sobre a mistura de almíscar e especiarias circulando pela sala, um novo aroma atingiu minhas narinas – mineral e verde, como folhas de figueira após uma tempestade. Respirei profundamente, quase ofegando com o cheiro de Jarod Adler.

Ele devia ter achado que eu não desviaria o olhar, porque abaixou o dedo.

— Quem recomendou meus serviços?

Corpos se contorceram em minha visão periférica.

— Existe algum lugar mais privado que possamos ir para discutir isso?

O canto de seus lábios se contraiu.

— Não recebo pagamentos em espécie.

A repulsa cresceu dentro de mim.

— Não sou uma prostituta.

Embora a máscara escondesse sua expressão, não escondia a curva de seus lábios que temperou com a minha réplica ardente.

— Qual é o seu sobrenome?

— Não é importante. — Eu não tinha um. — Você não conheceria minha família de qualquer maneira. Eles estão todos na América.

— Não atuo fora das fronteiras do meu país.

— O trabalho não é no exterior.

Ele baixou a cabeça e uma mecha de cabelo escuro caiu sobre sua máscara.

— Que tipo de trabalho é?

— Eu te disse. Não quero discutir isso aqui.

Ele travou os olhos com Tristan, que sugeriu:

— Podemos resolver isso em seu escritório.

— Você tem cinco minutos do meu tempo, Leigh. — Ele enfatizou meu nome. Em vez de *lay*, a única sílaba saiu como *leh*, que significa feio em francês. Era essa a sua intenção? Me atingir com meu próprio nome?

Tristan colocou a palma da mão no meu antebraço, que ainda estava preso no dele.

— Venha.

— Ela não precisa da sua ajuda para andar, Tristan — Jarod disse.

— *Claro* — ele respondeu com um desafio e facilidade que me fez ponderar sobre a natureza de seu relacionamento.

Primos? Melhores amigos? Um homem como Jarod tinha amigos?

Jarod se virou e saiu em um ritmo acelerado pela sala lotada, evitando um casal que estava comendo o rosto um do outro. Pelo menos, eles ainda estavam com a maior parte de suas roupas.

Enquanto caminhávamos pela sala escura, me concentrei na linha do corpo de Jarod, tenso e magro.

— Vocês são parentes? — acabei perguntando.

— Você acha que somos parecidos?

— Não, mas todo mundo por aqui parece te conhecer. E a maneira como você fala com ele...

O olhar de Tristan pousou na nuca de Jarod.

— Crescemos juntos, mas não somos parentes.

Eu estava curiosa para saber mais, mas havíamos alcançado Jarod, então guardei minhas perguntas para depois. Jarod abriu um conjunto de portas que levava a um corredor de mármore quadriculado em preto e branco com uma ampla escada curva. Ele morava no andar de cima ou era apenas seu local de trabalho?

Um guarda-costas estava ao lado das portas que tínhamos acabado de passar, e outro estava ao lado das que Jarod estava abrindo.

Ele apertou um botão. Luminárias de piso e arandelas de cobre ganharam vida no espaço visivelmente masculino que cheirava a papel velino antiquado e verniz de madeira. Estantes de mogno esculpidas cobriam as paredes e veludo verde cobria as quatro poltronas macias que ficavam no centro da sala sem mesa de centro para separá-las.

Jarod se sentou em uma delas e gesticulou para a que estava em frente a ele. Eu me separei de Tristan para me acomodar no assento oferecido, uma façanha, considerando o vestido que mais parecia uma camisa de força.

— Tire a máscara — ele ordenou.

Mesmo que um *por favor* caísse bem, eu a removi e coloquei no meu colo, onde meu vestido de cetim esticava tanto que me preocupei que pudesse rasgar.

Jarod me inspecionou através de sua máscara preta.

— Tristan, sirva uma bebida a nossa convidada.

— Eu não bebo — falei.

— Não vamos te drogar, Leigh — Jarod disse, errando meu nome novamente.

Meus dedos cerraram em torno dos laços da minha máscara.

— Mesmo assim, eu não bebo.

Jarod olhou para mim novamente e seu olhar pareceu endurecer por trás da máscara.

— E meu nome é pronunciado como *lay*.

— Não era assim que eu estava falando?

— Não, você estava dizendo de forma diferente.

A sombra do sorriso em seus lábios provou que ele sabia muito bem como o pronunciava.

— Me conte sobre o seu projeto.

Girei a fita de seda em meu dedo indicador.

— Você vai tirar a máscara? Isso está me deixando desconfortável.

Jarod se inclinou para trás e as mangas do smoking se esticaram, brilhando em tom violeta-escuro na luz baixa.

— Não.

Eu pisquei.

— Não me importo se isso te deixa desconfortável. No momento, não me importo muito com você, e você só tem... — ele verificou um relógio brilhante e octogonal que parecia mais caro do que o retrato a óleo de um cavalo pendurado entre dois conjuntos de portas francesas com cortinas — três minutos para que eu me importe, então é melhor começar a explicar o que quer que eu faça por você.

Enrolei a fita com tanta força na ponta do dedo que cortei minha própria circulação. Eu a soltei, deixando-a desenrolar.

— Estou aqui porque gostaria de entender o que você faz.

O leve movimento de sua cabeça me disse que ele não esperava essa resposta.

— Entender o que eu faço? — Ele quase ofegou antes que seus olhos se tornassem meras fendas. — Para quem você trabalha? O DGSI?

— DGSI? Não tenho certeza do que...

Jarod girou em sua cadeira para olhar para Tristan, que estava se servindo de um copo de um líquido transparente.

— Onde você encontrou essa garota?

— Na sua porta.

Jarod girou de volta e olhou para mim com uma ferocidade que fez minhas vértebras travarem.

— Que merda você estava fazendo na minha porta?

Mordisquei o lábio inferior, me perguntando como expressar minhas intenções.

— Vim ajudá-lo.

— Ah. Me ajudar. — Sua expressão relaxou em diversão desdenhosa.

Tentei endireitar os ombros, mas meu vestido estava tão justo que mal conseguia me mover.

— Me deixe adivinhar. Seu projeto é salvar a minha alma.

Meus lábios se entreabriram.

Ele sabia o que eu era? Espiei por cima do ombro para ter certeza de que minhas asas não tinham feito uma aparição improvisada. O que eu estava fazendo? Os humanos não podiam vê-las, mesmo que nossas penas fossem enfiadas em seus narizes.

— Não estou interessado no que você quer vender. Estou perfeitamente satisfeito com a vida que levo. — Ele se levantou e voltou a cruzar a sala. — Tristan, tire a pequena fanática da minha casa e se certifique de informar a equipe para nunca mais deixá-la entrar em *La Cour des Démons*.

Eu pisquei.

— Mas...

— Saia.

O calor atingiu meu rosto. Eu me levantei e corri até ele.

— Você é tudo o que me disseram que era, Jarod Adler. — Minha voz tremeu. — Só vim aqui para te ajudar.

— Mentirosa. — Ele deu um passo à frente, pairando sobre mim como o monstro das histórias infantis que Ophan Pippa costumava nos contar quando ainda morávamos no berçário. Monstros feitos de pecado e carne. — Você veio aqui para se ajudar.

Respirei fundo.

— Não sou mentirosa, mas você está certo. Eu vim aqui para me ajudar.

Suas sobrancelhas se ergueram por trás da máscara.

— Você está admitindo isso?

— Eu te disse, não minto.

— Todo mundo mente.

— Eu, não. — Encarei seu olhar duro, então segui para o silencioso saguão de mármore.

— Como me ajudar te ajuda? — ele perguntou.

Olhei para ele por cima do ombro.

— Não posso te dizer.

— Por que não?

— Você não entenderia minhas razões.

— Me teste.

Balancei a cabeça, selando meus lábios.

— Para melhorar a sua alma?

— Não.

— Para conseguir uma promoção?

— Não.

— Me. Fale.

— Por que eu deveria? Você acabou de dizer que nunca mais queria me ver.

Ele acenou com a cabeça para seus guarda-costas.

— Eles não vão deixar você sair desta casa até que você o faça.

Fechei os dedos.

— Você não deve usar seu poder para prender as pessoas.

— Deixe-me levá-la para fora... — Tristan começou, mas Jarod bateu no peito do amigo para segurá-lo.

— Para que devo usar meu poder então, *Leigh*? — Lá estava ele de novo, fazendo meu nome soar de forma desagradável.

— Você deve usá-lo para o bem.

Jarod teve a audácia de sorrir com malícia.

— Me deixe te contar um segredinho. Quando eu pioro a vida de algumas pessoas, torno a vida de outras melhor. Eu restauro o equilíbrio.

— Por que você não deixa a restauração do equilíbrio para as pessoas cujo trabalho é esse?

— Deixe-me adivinhar. É quando você me fala sobre Deus e como devo tentar encontrá-lo...

— Deus não existe.

Seus olhos brilharam por trás da máscara.

— O que existe então?

— Nada. Não existe nada — grunhi, sem intenção de contar a este humano com complexo de rei a nosso respeito. Não que eu pudesse revelar nossa existência.

A sensação de algo afiado cortando minha omoplata me fez virar. Rangendo os dentes, eu me preparei para dizer aos guardas para recuarem, mas encontrei apenas o vazio atrás de mim.

10

*A*lgo brilhou no quadrado de mármore preto embaixo de mim. Embora meus lábios tenham se entreaberto novamente, nenhum som saiu.

Eu perdi uma pena.

O choque tomou conta de mim.

Minha veemência – ou seria minha mentira? – me custou uma pena.

As penas prateadas estremeceram e começaram a se desfocar enquanto as lágrimas se formavam em meus olhos. O desejo de recuperá-la e apertá-la contra meu peito aumentou, mas quatro humanos me cercavam. Me agachar para pegar o ar me faria parecer a lunática que eles já acreditavam que eu era.

Engoli em seco e levantei meu olhar ardente do chão.

— Eu gostaria de ir agora — murmurei com a voz rouca enquanto uma lágrima espontânea rolava pela minha bochecha. Limpei-a com os nós dos dedos. Vim para ganhar penas, e aqui estava eu, perdendo-as.

Sem tirar os olhos de mim, Jarod disse:

— Leve-a para casa, Tristan.

Tristan olhou para o jovem chefe da máfia antes de balançar a cabeça e segurar meu cotovelo com suavidade, como se meu colapso tivesse de alguma forma reduzido meu status a lixo. Ou talvez, Tristan estivesse sendo gentil comigo porque ele tinha o órgão que faltava a Jarod: um coração.

Enxuguei outra lágrima enquanto recuava para a sala cheia, seguindo as linhas entre as tábuas do assoalho.

Não pronunciei uma única palavra enquanto Muriel me acompanhava para dentro do vestiário e me ajudava a tirar o vestido. Se ela estava pensando em alguma coisa, não deixou transparecer. Dei a ela um sorriso choroso, que fez seus olhos enrugarem com o que parecia preocupação, mas por que ela se preocuparia comigo? Se ela trabalhou para os Adler desde o nascimento de Jarod, sua lealdade estava com ele.

Tristan estava enfiando a máscara no bolso da camisa do smoking quando saí do vestíbulo.

— Te vejo em algumas horas, Amir.

O segurança grunhiu enquanto abria a porta.

Passei de forma taciturna por ele e entrei no pátio escurecido pelo amanhecer, dando uma última olhada na estátua que enfeitava a fonte. Uma discrepância no ombro da mulher me fez andar ao seu redor. Rachaduras e lascas salpicaram suas costas, o que era estranho em comparação com o quão bem preservada ela estava.

— Ela tinha asas — Tristan comentou, vindo por trás —, mas o Jarod as destruiu no dia em que a mãe dele morreu. Bateu com um martelo na estátua gritando que anjos eram idiotas.

Um arrepio se apoderou de mim.

— Ele perdeu os pais quando tinha oito anos, então você pode imaginar como isso destruiu sua fé em seres superiores fantásticos.

— E você? Você acredita em seres superiores?

Um sorriso gentil apareceu nos cantos de sua boca.

— *Il y a bien trop de merde dans ce monde.* — *Há muita merda neste mundo.* — Se alguém está cuidando de nós, está fazendo um péssimo trabalho. Mas, ei, se você acredita em algo, eu seria a última pessoa a julgar.

— Obrigada.

— Pelo quê?

Por restaurar minha fé na humanidade.

— Por ser legal.

Seu sorriso ficou um pouco mais enérgico.

— Esse geralmente não é o adjetivo associado a minha pessoa.

Além do ombro de Tristan, um conjunto de cortinas pesadas ondulou como se alguém as tivesse aberto antes de soltá-las. Essa era a janela do escritório de Jarod ou a cova infestada de íncubos?

— Nossa carona está lá fora. — A voz de Tristan desviou meu olhar.

— *Nossa* carona?

Ele seguiu para o porte-cochère pintado de vermelho por dentro.

— Jarod me pediu para te levar para casa, então eu vou te levar para casa.

Corri para alcançá-lo.

— Eu posso andar. Até prefiro.

Ele abriu a porta.

— Sinto muito, Leigh, mas se eu desconsiderar a ordem de Jarod, vou pagar.

Empalideci.

— Pagar? Como?

— Não preocupe sua linda cabecinha com a forma como Jarod pune os insurgentes.

— Você não pode dizer esse tipo de coisa e esperar que eu não me preocupe.

Ele caminhou até um carro escuro, não muito diferente do que levou seu amigo para casa. Talvez fosse o mesmo.

Fui atrás dele.

— Tristan, você teme por sua vida? Eu poderia te ajudar a sair...

Ele franziu a testa e em seguida começou a rir.

— Devo minha vida a Jarod, Leigh. Além do mais, gosto do que faço. Alguns podem até dizer que sou bom nisso. Se ainda estivessem por perto para falar sobre meus feitos.

Ele piscou para mim como se o que tivesse dito fosse engraçado, mas se as pessoas não estavam mais por perto, então... estremeci.

Ele acenou com a cabeça para o banco de trás.

— Entre.

Eu queria recusar, especialmente depois de seu último comentário, mas engoli minha recusa e entrei no carro, incrivelmente grata por ser impossível me matar.

Assim que Tristan se acomodou ao meu lado, o motorista de cabelos brancos olhou para mim pelo espelho retrovisor.

— *On va chez vous, Monsieur Tristan? — Vamos para a sua casa?*

— *Non.* Vamos deixar minha acompanhante. *Saint-Germain,* certo?

Fiquei boquiaberta.

— Como...

— É onde os turistas costumam ficar.

Ah.

O motorista se afastou do meio-fio.

— *Où à Saint-Germain? —* Onde em Saint-Germain?

— *Odéon —* respondi, relembrando o nome do mapa.

Tristan passou os dedos pelo cabelo preto.

— *Odéon* é uma estação de metrô, Leigh.

— É perto de onde estou.

— São cinco horas da manhã — Tristan falou. — Não vou te deixar na frente de uma estação de metrô.

— Eu vim andando até aqui.

— Eu ainda não te conhecia.

— Sério, Tristan, está tudo bem.

— Leigh...

Argh.

— Tudo bem. — Não era como se eu fosse vê-lo novamente depois de hoje. — *Cour du Commerce Saint-André.*

O pensamento amorteceu meu desânimo. Não admira que ninguém jamais tivesse conseguido reformar Jarod Adler. Repensei sobre cada minuto que ele me reservou. Eu poderia ter feito algo diferente ou ele teria me jogado para fora independentemente do que eu dissesse? Eu ainda estava pensando nisso quando o motorista parou no meio-fio da *Boulevard Saint-Germain.*

Tristan e eu saímos.

— Você não está planejando me acompanhar até a porta, não é? — Nossas residências de quartzo só apareciam para anjos, então não era como se ele fosse ver qualquer coisa além de uma entrada humana normal se espiasse dentro da associação, mas ainda assim, não acho que minhas companheiras Plumas e as Ophanim apreciariam pecadores sabendo onde eles moravam.

Ele abriu outro sorriso descarado.

— Tenho orgulho de ser cortês.

Seu cavalheirismo estava começando a pesar em mim.

— Você é implacável.

— Não me chamam de Pitbull à toa.

Me arrepiei.

— Como você ganhou esse apelido?

— Porque eu nunca solto.

Absorvi sua resposta lentamente.

— É por que você tem medo de onde cairia?

Seu sorriso vacilou.

— O quê?

— As pessoas geralmente se seguram porque têm medo de cair.

Comecei a descer a rua estreita e sinuosa, esperando que a análise de sua psiquê tivesse sido tão indesejada que ele não me seguisse. Mas ouvi passos ecoando atrás de mim.

— Eu não tenho medo de nada. — Tristan segurou meu ombro e me virou.

Examinei seu rosto.

— Todo mundo tem medo de alguma coisa, seja conscientemente ou não.

Umedecendo os lábios, pensei em como temia falhar em meu treinamento angelical a tempo — e não estava falando sobre as núpcias com Asher. Estava me referindo aos quatorze meses que eu tinha antes que os ossos das minhas asas desaparecessem.

Suspirei. *Oitenta e duas...* Eu só tinha perdido uma pluma, mas minhas asas pareciam quilos mais leves.

— Mas o medo não é inteiramente ruim. Não se você o usar como combustível para seus objetivos.

Ele me soltou.

— O que *você* teme?

— Não ter sucesso no que nasci para fazer.

— E o que é?

Como eu poderia explicar sem revelar nenhum segredo?

— Ajudar as pessoas a se tornarem versões melhores de si mesmas.

Ele fechou os olhos com força.

— Você nasceu para se tornar uma santa?

— *Virtuosa.*

— Bem, *Maman* esperava que eu fosse sapateiro, mas fiz uma escolha diferente.

Tive um breve flash de Tristan transformando couro em sapatos, mas afastei o pensamento.

— No meu caso, não há nada que eu prefira fazer.

— Seus pais são missionários?

— Acho que você pode chamá-los assim.

— Então eles estão impondo seu modo de vida a você?

— Não — falei tão rápido que seu olho fechado reabriu. — É uma escolha.

— Tem certeza disso, Leigh?

— Tenho, sim.

Ele fez um som como se não estivesse convencido.

— O quê?

— Uma escolha é quando você tem mais de uma opção. Você tem outras opções?

Minha outra opção era me tornar mortal e inútil.

— Não estou interessada em outra opção.

— Então não é uma escolha.

— Nossa, você é mesmo um pitbull — resmunguei.

Ele sorriu, claramente orgulhoso, embora eu não tivesse pretendido dizer isso como um elogio.

— Eu adoraria explicar minha vida para você, mas não posso. Além disso, depois de hoje, nunca mais nos veremos.

— Nunca diga nunca.

— Me deixe reformular então. É *extremamente* improvável que nos encontremos de novo, porque vou deixar a cidade antes do final do dia e não vou procurar a você ou ao Jarod para dizer *adieu*.

Os cantos de sua boca se ergueram ainda mais.

— Já ouvi esse discurso milhares de vezes, mas as mulheres *sempre* encontram o caminho de volta para mim.

Revirei os olhos.

— Tchau, Tristan.

Eu me virei e comecei a descer a rua. Desta vez, ele não me seguiu, mas senti que ele estava me observando até que desapareci dentro do meu mundo de quartzo e penas.

$\mathcal{E}$nquanto eu seguia pelo átrio em direção à seção de dormitórios, cruzei com duas madrugadoras. Falei *oi*. Depois de erguerem as sobrancelhas, elas responderam minha saudação. Não me incomodei com as apresentações, já que estava prestes a fazer as malas e ir embora. Me ocorreu que antes que o dia acabasse, eu estaria duas penas mais leve.

Argh.

Entrando em meu quarto, murmurei:

— Pior. Decisão. De. Todas.

— Qual?

Dei um gritinho.

— Celeste? O que você está fazendo aqui?

Ela dobrou uma camiseta, enrolou-a e guardou-a dentro de uma gaveta.

— Acontece que há muitos pecadores nesta cidade, e um deles precisava ser salvo.

Depois que o choque de ver minha amiga passou e minha pulsação diminuiu para um ritmo normal, perguntei:

— Você não escolheu um Triplo, não é?

— Não. Cinco. — Ela me olhou com cautela. — Então, qual foi a sua pior decisão de todas?

Fui até a cama e me joguei nela, com os braços estendidos. O colchão saltou duas vezes antes de moldar em torno do meu corpo cansado.

— Escolher um Triplo.

E pensar que fiz isso para acessar Elysium mais rápido. Talvez fosse por isso que minha missão estava fadada ao fracasso desde o início. Porque não vim aqui por Jarod. Vim por mim.

— Não foi tão bem?

— Perdi uma pena.

A boca em forma de coração de Celeste se abriu.

— Você nunca perdeu uma pena.

— Exatamente. — Eu gemi com a minha estupidez. Ou foi ingenuidade? — E pensar que vou perder mais duas.

— Você vai desistir? — ela exclamou.

— Ele não quer mudar.

— Desde quando os pecadores querem?

— Ele foi rude.

— Desde quando eles são legais?

— Ele me fez perder uma pena.

— Como?

— Ele me irritou tanto que menti sobre uma coisa.

— Sobre o que você mentiu?

— Ele me perguntou se havia algo *lá em cima* — fixei meu olhar na claraboia que dava para Elysium — e eu disse que não.

O colchão afundou e então uma mão suave pousou no meu braço.

— Não é como se você pudesse ter contado a ele sobre nós.

— Não. Mas eu não precisava mentir. Eu poderia ter evitado sua pergunta dizendo que acreditava em algum ser superior.

Celeste não falou por um tempo. Até que disse:

— Então você está desistindo porque ele te deixou com raiva?

— Ele me fez perder o controle. Eu nunca perdi o controle.

— Recupere o controle, mas não desista.

Soltei uma respiração curta.

— Você perdeu a parte sobre ele não estar interessado em meus serviços?

— Não, eu entendi isso, ele é do tipo mal-humorado, mas da maneira que eu vejo, se você for embora agora, vai perder mais duas penas, o que vai te deixar...

Quando ela começou a marcar os dedos, eu disse:

— Oitenta e quatro penas para Elysium.

— Ele é um Triplo, então ainda vale cem penas.

— Ótimas habilidades matemáticas, garotinha.

Ela bateu nas minhas costelas.

— Então, que tal você dar mais dezesseis penas antes de jogar a toalha?

Meus olhos se arregalaram.

— Você está me incentivando a perder mais dezesseis penas?

— Estou te encorajando a não ser covarde. — Ela se levantou e voltou a desempacotar suas roupas que pareciam tão pequenas nos cabides, quase do tamanho de uma boneca. Bem, Celeste tinha um metro e meio. — Já mencionei como eu te admirava? E não é porque você é trinta centímetros mais alta. — Eu não tinha um metro e oitenta – apenas um e setenta. — É porque você não desiste. Então, não comece agora. — Ela me olhou de lado. — E se você precisar de motivação extra, todos em casa esperam que você desista.

— O quê? — Me sentei tão rápido que minha visão falhou. — Quem acha que vou desistir?

— *Todo mundo.*

Eve certamente não achava que eu ia desistir, então não poderia ser todo mundo. Talvez todos, menos Eve.

— Estou com fome. Quer tomar café da manhã? Ouvi dizer que *pains au chocolat* são muito saborosos por aqui.

Afastei meu aborrecimento por todos estarem apostando contra mim.

— Eu te deixei com raiva? Seus olhos ficaram negros como Abaddon. — Havia uma cadência em seu tom que me fez pensar que ela não estava nem um pouco arrependida da raiva que me causou.

Meus lábios estavam apertados com muita força para permitir que as palavras saíssem. O olhar com cílios estupidamente longos de Jarod apareceu na minha mente. Eu não poderia voltar lá... Tristan ia me provocar e Jarod... o que ele faria se eu aparecesse em sua porta de novo? Seu guarda-costas enorme, Amir, me jogaria em um aterro sanitário?

Os cantos dos olhos de Celeste se inclinaram em sincronia com os de sua boca.

— Você vai tomar café comigo antes de voltar para Nova York?

— Que olhar é esse?

— Olhar? — Ela fingiu inocência.

— De gato que está de olho no canário.

Ela piscou como se não tivesse ideia sobre o que eu estava me referindo.

— O que você quer dizer?

— Você veio aqui para se certificar de que eu não desistisse.

Ela afastou o olhar.

— Porque eu quero *você* lá em cima, não a Eve, nem qualquer outra Pluma. E pelo que vi na festa da associação, Seraph Asher também. Então, por favor, *por favor*, não desista.

Torci os lábios, me lembrando da minha pena caída brilhando sobre o mármore preto.

— Sei que sou intrometida, Leigh, mas quero ver você ter sucesso. O que você vai ter. Você *sempre* tem.

Eu era como uma versão alada de Tristan. Quando a imagem de um pitbull voador se materializou em minha mente, quase abri um sorriso.

— Promete dar outra chance ao seu Triplo? Ou dezesseis chances? — Celeste me olhou com olhos tão arregalados e esperançosos que suspirei.

Passei um braço sobre seus ombros estreitos.

— Não vou sacrificar dezesseis penas, mas vou tentar mais uma vez. Agora, vamos caçar esses *pains au chocolat*. Vou precisar de sustento se quiser sobreviver ao dia que vem por aí.

— A propósito, eu ronco — Celeste avisou.

Eu ri.

— Bom saber.

Seus olhos castanhos brilharam. Eu não tinha irmãos – pelo menos, nenhum que eu conhecesse. Éramos lançados em associações após nosso primeiro sopro celestial, então nossa verdadeira família não era aquela da qual nascemos, mas aquela que forjamos durante nossos anos de formação. Alguns Plumas consideravam essas relações simples amizades, mas não havia nada de simples sobre os laços tecidos nas associações.

Pelo menos, não para mim.

Meu relacionamento com Celeste e Eve era profundo e intrincado, encoberto por lágrimas e cortado pelo riso, o tipo de vínculo que duraria tanto quanto nós.

Uma eternidade.

Apertei o corpo pequeno de Celeste contra mim.

— Obrigada por vir aqui para me sacudir.

Suas sardas escureceram.

— Me conte sobre sua missão atual — pedi.

Quando ela falou sobre o garoto ladrão, me perguntei se Eve teria vindo se não estivesse ocupada com sua própria missão. E em seguida, me perguntei se ela já tinha conseguido, mas parei de pensar nela e me concentrei em Celeste, que era quem estava aqui.

Aquela que veio por mim.

12

*D*epois de vagar pelas ruas tortuosas de Paris durante a maior parte da manhã, Celeste foi ao encontro de seu pecador, e eu tirei um cochilo que se transformou em horas de sono. Quando acordei, o céu elísio estava roxo com estrelas, o que significava que a noite havia caído sobre Paris também.

Não me levantei de imediato, muito ocupada contemplando as estrelas e a terrível escolha que fiz. Eu realmente tinha me inscrito para um Triplo? Eu fui mesmo à casa dele e o conheci? Perdi mesmo uma pena?

Virei de lado, encontrando um pequeno volume emitindo roncos suaves e coberto por um emaranhado de longos cabelos castanhos na cama ao lado da minha – *Celeste*.

Suspirando, afastei os lençóis das pernas e andei na ponta dos pés pelo quarto o mais silenciosamente possível. Enquanto eu passava uma escova no cabelo, que parecia salpicado de cobre e ouro à luz do fogo angelical, abri os dois botões superiores do meu vestido preto, porque meus seios estavam esticando o algodão. Eles tinham crescido novamente? Virei de lado, inspecionando meu corpo. O corpete era muito justo, mas abrir mais botões me faria parecer uma das mulheres da festa de Jarod, e embora eu quisesse voltar para *La Cour des*

Démons, não queria ser confundida com uma das suas convidadas especiais.

Eu estava lá a negócios, não a lazer.

Larguei a escova, peguei a bolsa e saí do quarto, fechando a porta atrás de mim. Ao contrário desta manhã, muitos Plumas estavam fora de casa. Recebi minha cota de olhares novamente enquanto caminhava pela associação.

— *Bonsoir*, Leigh — Ophan Pauline disse quando passei por ela.

Sorri e desejei a ela uma boa noite. Ouvi Plumas perguntarem a ela quem eu era – uma transferência da Associação 24 – e depois ouvi o nome de Asher sair de muitos lábios. Ele já devia ter feito seu discurso. Será que ainda estava por perto ou havia partido? E se ele tivesse ido, será que deu carona para alguém? Quando saí para a noite escura, o ciúme me cobriu como uma teia de aranha, mal estava lá, mas estava presente mesmo assim.

Parei de forma brusca.

O ciúme custou a Eve uma pena. Rezei para que não me custasse uma também. Fechei os olhos, esperando a dor chegar. Três respirações depois, abri os olhos e dei uma pirueta, verificando os paralelepípedos ao redor.

Não devo ter ficado com ciúme a ponto de perder uma pena. Peguei o metrô, desta vez imaginando que seria mais rápido do que caminhar, mas me arrependi da decisão quando senti o mau cheiro saindo dos humanos pelos túneis.

Uma mulher com roupas rasgadas, bochechas manchadas de sujeira e uma criança dormindo aninhada em seu colo estendeu um copo de papel cheio de moedas.

— *Shivouplait* — ela disse, sacudindo o copo.

Levei alguns segundos para descobrir que ela queria dizer *S'il vous plaît. Por favor.* Peguei uma nota azul da minha bolsa e coloquei dentro do copo dela.

Ela piscou para a nota, depois para mim, mas não agradeceu. Com sorte, ela usaria o dinheiro para alimentar o filho, embora eu duvidasse disso. Tínhamos nosso quinhão de mendigos em Nova

York, e a maioria trocava seu dinheiro por álcool ou dava para o chefe de sua organização.

Continuei descendo o túnel, me apressando quando o rangido de um trem freando ecoou contra o cais de azulejos, e quase voei por um lance íngreme de escadas, cambaleando para dentro do trem antes que as portas de vidro se fechassem.

Quatro paradas depois, mudei de trem em uma estação ainda mais movimentada e depois passei outros dez minutos balançando em um tubo de metal serpenteando sob Paris. Quando emergi, engoli o ar fresco com avidez.

Como eu desejava voar.

Verifiquei a placa azul marinho pregada no prédio na esquina para descobrir onde eu estava. Assim que me situei, me dirigi para o leste em direção à praça bem cuidada e às portas vermelhas agourentas. Enquanto caminhava, deliberei sobre estar prestes a implorar para ter mais uma audiência com o líder do Tribunal do Demônio.

Estremeci com a ideia de voltar e enfrentar Jarod, mas quando alcancei a entrada vermelha, apertei a campainha. Ao contrário de ontem, a porta não se abriu com um clique. Esperei antes de tocar novamente. Nada. Imaginei que Jarod tivesse passado ordem de não me deixarem entrar.

Mas ele não poderia ficar trancado dentro de casa para sempre. E considerando seu trabalho, ele estava fadado a receber visitantes. Eu era boa em esperar as pessoas.

Peguei o livro que trouxe e me acomodei contra um dos pilares de pedra, inclinando as páginas em direção ao poste. Eu esperaria a noite toda se fosse necessário.

Uma hora depois, fechei o livro, chocada com a reviravolta na história – o duque não tinha ficado com a garota. O cavalariço, sim. Eu não tinha certeza de como me sentia sobre a virada dos eventos. Eu estava tão certa de que a heroína acabaria com o duque que descartei o cavalariço e aqui estava ele, derrotando seu soberano.

— Achei que ela ia deixar o país — uma voz rouca falou.

Afastei o olhar da capa, quase me dando uma chicotada.

Os olhos claros de Tristan brilharam na obscuridade e um sorriso apareceu nos cantos de sua boca.

Antes que ele pudesse dizer *eu avisei*, umedeci meus lábios.

— Monsieur Adler, eu sei que você não queria me ver...

— Jarod.

— O quê?

Ele cruzou os braços, esticando as mangas de seu belo terno azul-marinho. Abotoaduras de caveira e ossos brilhavam nos punhos da camisa branca.

— Monsieur Adler era meu tio.

— *Ah.* Hum, tudo bem.

— Por que você está aqui?

— Para explicar minhas motivações. — A única maneira de ele aceitar minha ajuda seria se eu a expusesse como algo totalmente diferente. — Apostei com minha melhor amiga que conseguiria te levar a ter *um* ato gentil e tenho muito a perder se falhar. — Esperei que uma pena se soltasse de minhas asas porque, na verdade, não fiz nenhuma aposta. Os anjos não tinham permissão para jogar, nem mesmo que fosse para ganho monetário. Por alguma razão, talvez porque houvesse alguma verdade no que acabei de dizer, nenhuma pena se desprendeu de minhas asas.

— Atitudes gentis não me beneficiam de forma alguma.

— Elas beneficiam sua alma.

Ele bufou.

— Gosto da minha alma do jeito que ela está.

Fiquei boquiaberta. *Ele é um Triplo*, me lembrei. *Os triplos não se importam com suas almas, da mesma forma que não se importam com ninguém além de si mesmos.* Olhei para a rua que estava vazia. O que eu ainda estava fazendo aqui?

Certo...

Celeste.

Asherceleste.

— Você não gostaria da sua alma do jeito que ela está se soubesse o que significa — eu disse.

— O que significa? — Jarod inclinou o queixo coberto de pelos. — O que isso *significa*, Pluma?

Eu estava prestes a alimentá-lo com uma explicação básica, aquela que tínhamos permissão para compartilhar com os humanos quando minha mente alcançou a palavra que ele acabou de pronunciar. *Pluma*. As batidas em meu peito migraram para minhas têmporas.

— Por que você me chamou assim?

— Por que eu chamei você do quê?

— Você acabou de chamá-la de Pluma — Tristan explicou.

O tempo se estendeu indefinidamente antes de Jarod dizer:

— Porque ela parece sem espinha e macia. Como uma pluma.

Eu deveria ter estremecido ou recusado o uso da palavra – primeiro Tristan, agora Jarod... eu não poderia ser descrita de outra forma? – mas o apelido parecia muito próximo da realidade.

— Vermes é que são macios. Plumas tem hastes.

— Hastes não são espinhas. — Um sorriso apareceu nos lábios de Jarod. — Mas se você preferir que eu te chame de Verme...

— Não! Pluma está bem. — Umedeci os lábios. — Isso significa que você vai me dar uma segunda chance?

— Bem, você é mais agradável de se olhar do que Tristan.

— *Salaud* — Tristan o xingou de filho da mãe, mas sua risada me disse que ele não estava com raiva.

Jarod se virou em direção ao porte-cochère.

— Isso vai ser divertido.

Isso não seria divertido. Nem um pouco. Mas se eu pudesse fazer com que ele corrigisse apenas uma de suas formas terríveis, então valeria a pena.

Enquanto tocava a campainha – ele não tinha a chave da casa? – ele se virou para mim:

— Quanto tempo antes de sua aposta expirar?

— Um mês.

Clique.

Ele pressionou os dedos na madeira laqueada.

— Você tem vinte e quatro horas.

— O quê? — questionei.

— Sou seu por um dia. Quando seu tempo acabar, você nunca mais vai me procurar e vai parar de me perseguir.

— Não estou te perseguindo.

Ele inclinou a cabeça para o pilar em que eu estava encostada e o livro ainda preso em minhas mãos.

— O que você chama de frequentar minha porta? Passeio turístico?

Certo, talvez, eu o estivesse perseguindo.

— Em vinte e quatro horas, quero que você saia da minha vida para sempre. É pegar ou largar, Pluma. Não faz diferença para mim.

Meu coração batia forte como uma bomba dentro do peito. Eu poderia reformar este homem em um dia?

— As horas que você dorme não contam no meu período de tempo.

— Ela é uma negociadora difícil — Tristan comentou.

— Tudo bem — Jarod falou.

Tristan se aproximou de mim e murmurou:

— Muito bem, Leigh.

Me virei para ele com os olhos arregalados, me perguntando por que ele estava me parabenizando.

Sua mão pousou na parte inferior das minhas costas.

— O Jarod não tem o hábito de dar uma segunda chance.

— Os minutos que você passa flertando com minha equipe contam o triplo. — A voz de Jarod me fez afastar o olhar e o corpo de perto de Tristan.

— Eu não estava flertando — falei, seguindo em direção à porta que Jarod estava segurando aberta.

Tristan começou a segui-lo, mas Jarod disse:

— Vá para casa. Tenho tudo sob controle.

Um lampejo de hesitação cruzou o rosto de Tristan e isso fez meu estômago se apertar. Eu realmente não conhecia Tristan, mas ele me parecia como um amortecedor, e eu meio que queria um. Mas mantive a boca fechada. Eu não mostraria fraqueza. Esta era minha única chance. Cem penas poderiam ser minhas antes mesmo que o dia acabasse.

Criando toda a coragem que pude, endireitei as costas e passei por Jarod. Ele me daria uma chance justa ou tinha planos nefastos para mim?

— O que você está pensando, Pluma?

— Você vai me chamar assim o tempo todo?

— Você quer dizer nas próximas vinte e quatro horas que estaremos juntos? Sim. A menos que você goste mais de *Leigh*.

Por que ele teve que fazer meu nome soar tão horrível?

— Não gosto da maneira como você fala.

— O que há de errado com a maneira como eu digo?

Semicerrei os olhos para mostrar a ele que não estava comprando seu falso ato de inocência.

Ele sorriu.

— Será Pluma então.

Quando a porta pesada se fechou, deixei escapar um suspiro abafado. O ar livre se estendia sobre o pátio, mas nunca me senti tão confinada.

Jarod olhou para os meus lábios entreabertos, depois para os meus olhos e em seguida para o meu cabelo, que coloquei atrás das orelhas em um gesto nervoso. Ele deu um passo à frente e puxou um cacho, segurando-o contra a luz tênue que refletia da lanterna de ferro e vidro acima de nós.

Afastei seus dedos.

— O que você está fazendo?

— Verificando se a cor é real.

— Isso não é da sua conta.

— Gosto de saber com que tipo de pessoa estou lidando. Mulheres que pintam o cabelo de uma cor ousada o fazem para se destacar, e ainda assim você me parece introvertida.

— É real, tá? — Sob minha respiração, acrescentei: — Confie em mim, se eu pudesse mudar para algo normal, eu o faria. — As tinturas não combinavam com o cabelo angelical. Eu tentei. Várias vezes.

— Se você pudesse mudar isso? — Ele franziu o cenho. — É contra a sua *fé* pintar o cabelo?

— Não vou desperdiçar as vinte e quatro horas que você me concedeu em uma discussão sobre meu cabelo, certo?

Um canto de sua boca se ergueu.

— O que devemos discutir então? O clima?

— Maneiras de você se tornar um homem melhor.

Ele bufou.

— Sou uma causa perdida, Pluma. Se eu fosse você, não me incomodaria.

— Mas você não sou eu. — Esfreguei meus antebraços para afastar o tempo frio da noite de abril.

— Prefiro discutir seu cabelo.

— E se você realmente acreditasse que era uma causa perdida, por que me dar uma segunda chance?

Ele parou de sorrir e disse:

— Tenho meus motivos.

Minha pele se arrepiou.

— Que são?

— Não tem importância.

Eu deveria ter desistido e escolhido outra pessoa. Alguém que não parecia um predador que gostava de brincar com sua comida.

— Você vai me trancar e me torturar? — acabei perguntando.

— Prometi a você vinte e quatro horas, não uma explicação para fazer essa promessa.

Ele começou a andar em direção a Amir, que estava parado na entrada da mansão de calcário como uma viga de aço, me olhando furiosamente como se eu fosse um rato que Jarod tinha arrancado dos esgotos e trazido para casa para manter como seu animal de estimação.

— Você vem, Pluma? Você só tem vinte e três horas e quarenta e sete minutos para corrigir meus péssimos modos.

O tom zombeteiro de sua voz não passou despercebido. Ele não acreditava que eu pudesse mudá-lo. A verdade era que eu mesma não acreditava, mas queria desesperadamente minhas penas perdidas,

então segui adiante e meus saltos altos rasparam contra os paralelepípedos. Ao passar pela fonte, meu olhar vagou para as costas em ruínas
da estátua.

Não é um presságio, Leigh.

Então por que parecia assim?

Um arrepio tomou meu corpo inteiro quando entrei na casa.

— Você parece cativada pela minha fonte — Jarod apontou.

Olhei para seu rosto sombrio.

— Pena que está quebrada.

— Achei que você tivesse fascínio por coisas quebradas.

Examinei seus olhos encobertos. A iluminação no vestíbulo era
fraca, mas eu poderia dizer que eles eram de um tom de marrom tão
profundo que poderia ser confundido com preto.

— Obrigação, não fascinação — respondi enquanto o evitava.

Muriel não estava lá esta noite, e a porta que levava à cova dos
íncubos estava aberta, então fui até ela.

— Sua bolsa, Pluma — Jarod falou. — Não permito telefones celu-
lares dentro da minha casa.

Coloquei o couro macio contra mim.

— Não vou usar.

— Outra razão para deixá-lo aí.

Mordi o lábio e, balançando a cabeça, tirei a bolsa do ombro e a
estendi. Amir a pegou.

— Ele vai cuidar bem dela — Jarod disse.

Seu guarda-costas não parecia o tipo de cuidar bem de nada. Ele
parecia o tipo que esmaga gargantas com as mãos gigantes e crânios
com a cabeça.

Quando comecei a me virar, Jarod perguntou:

— Você vai consertá-la quando terminar comigo?

— O quê?

— A estátua da minha fonte. — Ele desabotoou a gola de sua
camisa branca.

— Depende. — Eu o observei abrir outro botão, revelando uma
trilha de pelos escuros no peito. — Você guardou as asas dela? —

Levantei meu olhar até o comprimento de seu pescoço, pegando a curva acentuada de seu pomo de adão.

— Não. Eu as transformei em pó.

— Então não há muito que eu possa fazer. — Passei por ele, rezando para que meu destino fosse mais amável do que o de sua estátua. Que eu deixaria *La Cour des Démons* com minhas asas intactas.

Ou mais cheias.

Mais cheias seria bom.

13

O salão que havia sido usado para a festa era na verdade uma sala de jantar descomunal. A longa mesa envernizada devia ter sido empurrada para um canto ontem à noite, porque eu não conseguia me lembrar de tê-la visto, e considerando que poderia acomodar confortavelmente dezesseis pessoas, não havia como eu não ter percebido.

Uma tapeçaria desbotada de uma cena de caça se estendia por uma parede. Três conjuntos de portas francesas, todas com saída para o pátio, ocupavam o comprimento da outra. O teto era a parte mais espetacular da sala. Querubins – do jeito que os humanos os imaginavam, alados e gordinhos – voavam por um céu azul ou espiavam por trás de nuvens fofas.

— Meu tio mandou decorar para minha mãe como presente de casamento. Era seu lugar favorito na casa. Eu queria pintá-lo.

Desviei meu olhar do mural.

— Estava pensando em um tom de bege. Ou talvez eu deva pintar de preto. Para combinar com minha alma.

Senti que ele estava tentando me irritar. Se ele quisesse apagar a coisa favorita de sua mãe, teria feito antes.

— Por que você quer se livrar da sua mãe, Jarod? Ela não foi legal com você?

As linhas de seu rosto endureceram. Eu não tinha certeza se ele estava com raiva de mim ou da mulher que achava querubins cativantes. De repente, desejei que seu arquivo tivesse me contado mais sobre ele.

— Você come alguma coisa além de arco-íris, Pluma?

Sua pergunta me abalou.

— Arco-íris?

A severidade deixou suas feições. O que não queria dizer que ele era suave. Não havia nada de suave em Jarod Adler.

— Potes de ouro, mas só no café da manhã — acabei dizendo.

Minha resposta me rendeu um sorriso que eu poderia chamar de devastador se ainda não estivesse com medo do que se escondia por trás dele.

— Vou avisar a Muriel.

— Ela tem um fornecedor?

— E eu que achava que os fanáticos eram chatos.

— Você tem um número surpreendentemente grande de noções preconcebidas sobre fanáticos. Estou assumindo que não sou a primeira que você encontrou.

Seu olhar cravou no meu.

Antes que eu pudesse perguntar a ele sobre os outros, as portas da sala de jantar se abriram.

— *Pardonne-moi*, Jarod. Eu não sabia que você estava entretendo alguém.

— Você está enganada, Mimi. Sou *eu* quem estou sendo entretido.

Mimi? Jarod tinha um apelido para cada mulher em sua vida? Não que eu fosse uma mulher em sua vida – embora, tecnicamente, eu fosse uma mulher e estaria em sua vida pelas próximas vinte e três horas.

Muriel deu um sorriso fácil. Apesar de sua maquiagem pesada, ela era uma mulher bonita.

— Você gostaria de jantar?

— Eu adoraria.

Seu sorriso aumentou.

— Sua convidada vai se juntar a você?

— Vai — Jarod respondeu por mim.

— Obrigada — eu disse antes de ela sair.

— É claro. — Ela fechou a porta.

— Ela se importa muito com você — falei.

Jarod tirou o paletó e o jogou nas costas de uma das cadeiras estofadas antes de se sentar na cabeceira da mesa.

— Ela é paga para se importar.

Eu me assustei.

— Não é por isso que ela se importa.

Ele recuou e cruzou um pé sobre o joelho, fazendo a perna da calça subir, revelando uma meia vermelha que combinava com o lenço do bolso que vi adornando seu paletó.

— Ela não ficaria se eu a afastasse.

— Não acredito nisso.

— Claro que não. Em seu mundo, todos são bons e gentis.

Minha garganta ficou seca.

— No meu mundo?

— É óbvio que você vive em uma bolha, Leigh. É preciso alguém extremamente inocente para entrar em meu covil esperando bondade.

Eu não tinha certeza se devia ficar aliviada ou ofendida.

Ele esticou o pescoço de um lado para o outro, e ele estalou.

— Então, me diga por que você precisa ganhar esta aposta. O que você tem a perder?

— Algo que quero.

— Que é?

— Não tem importância — eu disse, jogando a expressão de volta para ele.

— Não tenho dúvidas de que não é importante e superficial, mas me deixa interessado. O que você quer tanto que está disposta a passar um dia com alguém tão terrível quanto eu?

— Por que você faz o que faz?

— O quê?

— Por que você mata, tortura, ou faz qualquer outra coisa desse tipo em sua organização?

Eu esperava que ele lançasse outra pergunta para mim, mas ele se inclinou para trás e colocou o braço sobre a estrutura de madeira entalhada de seu assento que parecia mais um trono do que uma cadeira.

— Porque eu gosto de punir as pessoas.

Um arrepio me atingiu.

— Por quê?

— Por que você sente a necessidade de consertar as pessoas, Pluma? — Jarod era um defletor profissional. Cada vez que me aproximava demais de algo, ele zombava de mim ou mudava de assunto.

— Para dar a elas a chance de ter uma vida melhor.

— Bem, eu gosto de punir as pessoas porque dá àqueles que erraram a chance de ter uma vida melhor.

— Como você escolhe quem será punido?

— Normalmente, por meio de grandes doações, mas no primeiro dia de cada mês, permito que os necessitados venham e pleiteiem seu caso. Sou como um Robin Hood da vida real.

Me sentei à esquerda de Jarod.

— Robin Hood era um ladrão e assassino que se considerava acima da lei e ganhou notoriedade por ser um criminoso mesquinho. Você não deve escolhê-lo como modelo.

Isso apagou a expressão descontraída do rosto de Jarod.

— Você não é uma Pluma. É um cálamo — ele resmungou, se referindo a estrutura oca na base das penas.

Antes que eu pudesse dizer a ele que não estava tentando irritá-lo, as altas portas duplas se abriram e Muriel entrou com dois homens vestindo uniformes cinza engomados. Enquanto um colocava jogos americanos bordados e guardanapos de tecido dobrados como leques diante de nós, o outro colocava pratos com frango assado, cenouras em fatias finas e uma porção do que cheirava a purê de batata.

Muriel ofereceu um prato de molho.

Peguei a concha de prata para cobrir a refeição cheirosa com molho.

— O cheiro está delicioso.

— É o prato favorito do Jarod — ela respondeu.

Isso me fez lançar um olhar semicerrado para Jarod, que estava ocupado observando sua taça de vinho.

Muriel não ficaria pelo seu dinheiro. Pelo menos, não só pelo dinheiro. Ele realmente não via isso? Ele acreditava que todos tinham um interesse escuso?

Antes que eu pudesse recusar o vinho, minha taça foi enchida. Enquanto o garçom girava a garrafa com um movimento do pulso, seu olhar vagou sobre mim.

— Olhos para cima, Sylvain — Jarod resmungou.

O rapaz desviou o olhar para a tapeçaria, com as bochechas em chamas.

— Saia — Jarod disse.

Ele recuou, quase tropeçando no tapete bordô e verde-floresta, e então saiu correndo.

Jarod agarrou seu garfo.

— Demita-o, Mimi.

Entreabri os lábios. Ele estava falando sério?

Depois que Muriel e o segundo garçom se retiraram e me deixaram com o sr. Mal Humor, perguntei:

— Só porque ele olhou para o meu cabelo? Você também olhou, Jarod. *Todo mundo* olha. Realmente não vale a pena despedir alguém por isso.

Ele deu uma garfada no frango e levou um pedaço à boca. Depois de engolir, ele disse:

— Não me diga como administrar minha casa, Pluma.

Me sentei um pouco mais ereta.

— Você *tocou* no meu cabelo. Ele, não. Ele nem comentou sobre isso.

Jarod finalmente levantou os olhos, tão negros, que pareciam feitos de ônix.

— Ele não estava olhando para o seu cabelo — ele falou antes de dar outra garfada. — Ele estava olhando para seus seios. Mas levando em consideração que estão saltando de suas roupas, talvez você quisesse que ele olhasse.

Como o garçom, minhas bochechas queimaram. Meu decote estava em exibição, mas não de propósito. Eu não disse nada e nem Jarod. Comemos em um silêncio tão tenso que eu podia sentir na pele, pegajoso como melaço.

Depois de limpar o prato, ele pegou sua taça de vinho.

— Você deveria experimentar o vinho. — Sua voz não estava alta, mas depois do silêncio, parecia que ele estava falando através de um megafone. — É um *Chateau Lafitte* de 1978.

Alinhei meu garfo e faca na lateral do prato e bebi um pouco de água.

— Eu te disse ontem, não bebo.

— Isto não é uma bebida, Pluma. É a história em uma garrafa. Ouro líquido. Ambrosia dos deuses.

— Não posso.

— Experimente.

— Jarod, eu não posso.

— Experimente, ou vou passar as próximas horas no meu quarto enquanto você os desperdiça sentada aqui sozinha.

— Você não entende.

— Me explique então!

— Minha *fé* proíbe o álcool.

— Sua fé não tem sentido. Um gole não vai te matar.

Mordi o lábio, não porque estava hesitando, mas porque estava ficando com raiva dele por ser tão teimoso e preocupada em dizer algo que pudesse me custar uma pena.

— Não vou contar — ele disse.

Cerrei os dentes.

— Eu. Não. Posso.

Ele se afastou da mesa e se levantou.

Quando ele se dirigiu para a porta, falei:

— Você não está sendo justo!

— Pare de esperar que eu seja justo. Não sou um homem *justo*. Mas sou um homem de palavra. *Vou* embora se você não provar meu vinho. Eu não estou pedindo para você se embriagar. Eu estou pedindo...

Com lágrimas se formando em meus olhos, peguei a taça e engoli seu conteúdo escuro. Tentei muito não sentir o gosto, não apreciar a textura aveludada revestindo meu palato, não saborear os gostos doces e de terra caindo sobre minha língua.

Tentei odiar, mas não consegui. Então, decidi odiar o homem que me fez quebrar as regras.

— Você é um homem cruel, Jarod Adler.

Ele voltou ao seu lugar.

— Não estava delicioso?

— Eu odiei.

A dor aguda que eu esperava sentir ao beber vinho me atingiu. Apertei meus molares e bati com a taça na mesa. A haste se partiu da base, arranhando a palma da minha mão, mas a ferida na carne não era nada comparada à agonia de ter perdido outra pena.

As lágrimas escorreram do meu queixo quando a pena prateada caiu no tapete.

— Voltar aqui foi um erro.

Eu precisava sair antes de ser depenada como a ave que tinha acabado de comer. Minha garganta fechou ao mesmo tempo que meus olhos, e as lágrimas escorreram pelo meu rosto, se fundindo com o vinho derramado que umedecia minhas coxas.

m tecido foi enrolado em volta da minha mão cortada. Abri os olhos que ardiam para encontrar Jarod agachado ao meu lado, cuidando de mim.

Mesmo que eu tremesse de raiva, me ocorreu que não era o gosto do proibido que me custou uma pena, mas a mentira que se seguiu. Pelo menos, essa foi minha suposição. Cansada de supor, peguei a taça de Jarod ainda cheia e a esvaziei.

E então esperei.

E esperei.

Nada aconteceu.

Nada. Aconteceu.

Isso só azedou meu humor ainda mais, porque eu não podia culpar Jarod pelos danos às minhas asas. Era tudo por minha conta.

— Você não odiou, não é, Pluma? — Seu tom leve me irritou.

— Nunca mais me ameace — sussurrei indignada. — Se eu disser não, significa não.

Sua respiração ficou presa.

— *Pardon.*

O nó na minha garganta afrouxou. De todas as respostas que eu esperava dele, me desculpe, não era uma opção.

As portas da sala de jantar se abriram e, em seguida, comandos rápidos foram trocados. Um momento depois, Jarod apertou o guardanapo em volta da minha mão e delicadamente o colocou em cima do meu colo antes de se afastar para que o garçom pudesse varrer o vidro quebrado e limpar a mesa.

Enquanto eu observava a mancha se espalhar como sangue fresco no guardanapo branco, ouvi Jarod perguntar:

— *Mimi, tu peux aller lui chercher quelque chose à se mettre? Et un pansement.* — *Você pode pegar algo para ela vestir? E um Band-Aid.*

— *Non* — eu disse. — Para o vestido.

Jarod e Muriel olharam para mim.

— É preto. — Mesmo que o vinho tivesse encharcado o tecido, não apareceria.

— Também está úmido — Jarod falou.

— Vai secar. — Eu não ia colocar um dos vestidos de seu armário de esquisitices. Mesmo que o meu não fosse o mais confortável, era meu. Não havia tocado na pele de outra mulher. Não havia absorvido o perfume de outra mulher. — Lamento ter quebrado sua taça — falei de forma mecânica. — Me deixe saber o quanto eu lhe devo.

O cristal canelado provavelmente me custaria toda a minha mesada. Tudo na casa de Jarod me parecia caro.

— Tenho taças de vinho suficientes para seis vidas.

Não que ele fosse receber uma a mais se não corrigisse seus hábitos. Fiz um trato comigo mesma: se perdesse mais uma pena, iria embora.

Sem mais mentiras para mim.

— Você gostaria de sobremesa, Leigh? — Muriel perguntou. — Fiz mousse de chocolate para a equipe esta tarde.

Mesmo que meu estômago parecesse estar com um nó gigante, murmurei:

— Claro.

Ela voltou alguns minutos depois carregando uma única tigela de cristal cheia de mousse tão escura que lembrava os olhos de Jarod. Depois de colocá-la na minha frente em uma nova arrumação da mesa, ela exigiu ver o corte. Hesitei em mostrar a ela, sentindo que minha pele estava se curando. E se a carne já estivesse fechada? Como eu explicaria de onde veio o sangue? Eu manuseei o ferimento, estremecendo enquanto eu separava a pele, então levantei minha mão.

Delicadamente, ela desembrulhou o guardanapo e borrifou antisséptico na minha palma, soprando para diminuir a dor antes de colocar um curativo. Ninguém cuidou de mim desde que desenvolvi ossos das asas, e seus cuidados roubaram um pouco do desespero de ter perdido outra pena.

— Obrigada — eu sussurrei.

Ela sorriu enquanto pegava o guardanapo sujo.

— Depois me diga o que achou da mousse.

Quando ela saiu, perguntei a Jarod:

— Você não quer?

— Não gosto de sobremesa.

Fiz uma careta.

— Por quê?

Ele deu de ombros, levando sua taça de vinho à boca.

— Simplesmente nunca gostei. — Eu o observei engolir, vendo seu pomo de Adão pontudo saltar na garganta elegante.

Antes que ele pudesse me pegar olhando, me virei para a mousse, que era tão aerada que não pesava nada. Enfiei uma colherada na boca e quase gemi quando o chocolate atingiu minha língua. Muitas vezes me perguntei por que o doce não era pecado. Não que eu estivesse reclamando. Se fosse, eu teria que viver sem ele, e que vida monótona teria sido. Peguei outra colherada e levei a boca, fechando os lábios para que nenhum som constrangedor escapasse.

Depois de engolir, lambi a colher até ficar limpa.

— Você está perdendo. Isso é divino.

Ele girou o vinho e o ergueu, mas antes de tomar um gole disse:

— Para você. — O timbre de sua voz ficou mais rouco, como se o álcool tivesse esfolado suas cordas vocais. — Estou tentando decidir quantos anos você tem.

— Quantos anos você acha que eu tenho?

— Que tal você me dizer?

— Vinte. Farei vinte e um em breve.

— Onde você nasceu?

— Eu nasci... — Estava prestes a dizer em Elysium, mas não podia falar sobre a minha primeira casa para os mortais. — Cresci em Nova York, mas nasci em um lugar do qual não me lembro. — Não era uma mentira, já que fui levada para uma associação no segundo em que meu cordão umbilical foi cortado.

— Você tem irmãos?

— Duas. Uma de quinze anos e outra da minha idade.

Um pequeno sulco apareceu entre suas sobrancelhas.

— Gêmea?

Dei um tapinha na mousse com as costas da colher, nivelando por cima.

— Mais ou menos. Não somos irmãs de sangue. — Quando ele franziu a testa, acrescentei: — Crescemos juntas. Em um internato só para meninas.

— Por que seus pais são missionários?

— O quê?

— Tristan me disse que eles eram pregadores.

— Ah. Bem. Não são pregadores. São mais como guardiões. Não tenho muito contato com eles. — Meus pais eram Erelim em Abaddon – sentinelas do submundo celestial.

Ele largou sua taça de vinho e uma gota espirrou.

— Quem eles protegem para mandar você para um colégio interno?

A curiosidade de Jarod tornou difícil não mentir. Isso me fez lembrar do jogo *nem-sim-nem-não* que eu costumava jogar com Celeste quando ajudava no berçário da associação, aquele em que, sem dúvidas, ela me vencia.

Eu disse:

— Meus pais protegem uma prisão. — O que era meio que verdade, já que eles patrulhavam Abaddon.

Ele soltou um grunhido baixo que, junto com seu olhar de desaprovação, fez minha espinha enrijecer.

— Você não pode julgá-los, Jarod.

— Talvez não, mas você pode. E você não parece estar incomodada por ter sido abandonada.

— Porque não vejo isso como abandono.

— Como você vê?

Em vez de medir forças, virei o jogo contra ele.

— Você cresceu com seu tio? Ele era um homem bom?

— Meu tio foi o fundador do *La Cour des Démons*, então não, ele não era um homem bom.

— Ele foi bom com você pelo menos?

— Foi. Ele deu um teto para meus pais quando eles não tinham nada, me adotou depois que minha mãe faleceu e me deixou tudo isso. — Ele gesticulou para a casa.

— Como ele morreu?

Jarod enganchou o pé no joelho e o empurrou.

— Você não procurou saber sobre a minha família? Saiu em todos os tabloides.

Eu deveria, mas na pressa de chegar aqui, não o fiz.

— Ele sofreu um acidente de carro. — Ele olhou para o pátio quieto e a fonte iluminada além de sua janela. — O que não foi acidente.

Sua confissão não me chocou. Chefes da máfia tinham muitos inimigos e não encontravam fins gentis. Jarod teria o mesmo destino se não mudasse de profissão.

— Você não tem medo de ser morto?

Ele me lançou um sorriso fulminante.

— Prefiro morrer de uma bala do que de tédio.

— Os trabalhos normais não são todos chatos. Especialmente se você encontrar algo que ame.

— Vamos falar sobre você de novo.

— Não gosto de falar sobre mim.

Ele entrelaçou os dedos atrás da cabeça e se recostou.

— Quais são seus fetiches sexuais favoritos?

Minhas bochechas pareciam ter sido queimadas.

— Não precisa corar, Pluma. Sou a última pessoa que te julgaria.

— Não é isso. — Olhei para minha mousse. — Só não quero discutir sexo com você.

— Por que não?

— Porque não te conheço.

— É esse o motivo?

— É um deles.

— Qual é o outro?

Argh. Tristan disse que ele era um pitbull, mas Jarod também era.

— Porque a discussão não vai me deixar mais perto do meu objetivo.

— Achei que seu objetivo era me fazer realizar um ato gentil.

— E é.

— Que tal eu fazer isso no quarto? — Ele pegou o copo de água de haste longa ao lado de seu vinho e o bebeu.

Fiquei boquiaberta. Uma vez que me recuperei de sua sugestão obscena, falei:

— Em primeiro lugar, isso não contaria. Depois... — *eu perderia todas as minhas penas, porque sexo fora do casamento era um pecado* — estou me guardando para o casamento.

Ele ofegou, se engasgando com a água. Não achava que nada poderia atordoar Jarod Adler, mas preservar minha virtude aparentemente podia. Imaginei que as mulheres que viviam em seu círculo não eram do tipo que se preocupavam com virtude e votos.

Ele enxugou a boca na manga da camisa, então passou um dedo pela borda do copo, fazendo-o cantar.

— Que interessante. — Seu tom seco desmentia o que dizia. Idiota, antiquado, hediondo, mas nada interessante. — Minha oferta vale durante nosso encontro, caso você queira reconsiderar.

— Acabei de lhe dizer, não vou fazer sexo antes do casamento.

— A melhor parte do sexo não é a penetração, Pluma.

O calor disparou em minhas veias, ruborizando o resto da minha pele.

Ele sorriu com meu desconforto.

Balancei a cabeça.

— Pare de tentar me provocar.

— Ah, não estou tentando te provocar. Só o que você esconde debaixo desse vestido.

Me perguntei por que ele estava tão dedicado a me desconcertar, até que a ficha caiu.

— Você adora intimidar as pessoas, não é? Isso faz com que você se sinta poderoso.

Ele não disse nada. Não se moveu. Até seu peito pareceu ficar mais quieto. Ele não esperava que eu descobrisse quem ele era.

— Não tenho medo de você, Jarod Adler. — Não mais. Não me iludi pensando que sua mordida não doeria tanto quanto seu latido, mas eu não poderia ser morta e desde que não mentisse ou xingasse, não perderia outra pena.

Ele descruzou as longas pernas e se levantou.

— Bem, você deveria ter.

Quando ele estava de costas, alcancei a pena que havia caído da minha asa.

— *Olá, sou a Leigh.*

Trevor balançou suas pernas desajeitadas sobre o precipício vertiginoso abaixo de nós.

— *Seus pais estão realmente preocupados com você.*

Ele me olhou antes de bufar e voltar seu olhar para o rio azul-acinzentado correndo sob a grade de metal em que estávamos empoleirados.

— *Tem um monte de gente procurando por você.*

Ele manteve seu olhar no rio Hudson. Se ele realmente quisesse pular, já o teria feito. O fato de que ele estava sentado aqui desde o anoitecer e era quase amanhecer me disse que ele não queria acabar com sua vida.

O que Trevor queria – descobri com seu arquivo holográfico antes de ir para o centro da cidade – era acabar com a tristeza que o atormentava desde que seu irmão mais novo se aventurou em uma piscina enquanto ele jogava videogame na sala de estar.

— *Como você me achou? — ele finalmente perguntou.*

Apertei os olhos para a sugestão de lavanda brilhando no horizonte. Eu não podia dizer a ele que tinha recebido suas coordenadas precisas, mas também não podia mentir.

— *Acabar com a sua vida... não trará o Sam de volta.*

— *Como você sabe sobre o Sam?*

— *Eu li sobre ele.*

O acidente do menino encontrado boiando em uma piscina abalou toda a cidade, gerando polêmica sobre os pais confiarem os filhos menores aos irmãos mais velhos.

Os olhos avermelhados de Trevor cairam para o rio abaixo de nós.

— *Seus pais te amam.*

Toquei seu braço, e ele se encolheu.

— *Não, eles não amam. Eu matei meu irmão.*

— *Você não o matou.*

— *Matei!*

Recuei com a dureza de seu tom.

— *Eu deveria vigiá-lo, mas em vez disso, estava... estava jogando Fortnite* — *Sua voz falhou em volume e em força. E então seus ombros se curvaram e ele começou a tremer.* — *Não posso voltar.*

— *Acidentes acontecem.*

— *Ele morreu por minha causa.*

— *Você acredita em vida após a morte, Trevor?*

A sombra de pelos faciais revestia seu lábio superior trêmulo. Ele era apenas um ano mais novo que eu, mas a tristeza havia emprestado a seu rosto de menino uma expressão grave.

— *Porque eu, sim* — *eu disse.* — *E acredito que seu irmão foi recolhido por anjos e levado para o céu.*

Ele me observou sem dizer uma palavra.

— *Acredito que ele está olhando para você e desejando que você não sinta tanto pesar e culpa.*

Trevor olhou para o horizonte.

— *Acredito que ele gostaria que você saísse daqui e encontrasse seus pais.*

— *Eu te disse... eles me odeiam.*

— *Eles não te odeiam, Trevor.*

— *Pare de dizer isso. Você não os conhece! E você não sabe nada sobre mim!*

Eu sabia tudo sobre ele e sua família. Sabia que ele valia seis penas, o que era mais do que a maioria das crianças de doze anos. Sabia que a inveja lhe valeu seu primeiro ponto de pecador — ele fez xixi no troféu de hóquei do primo. Ele ganhou os outros cinco pontos por ter deixado a porta do pátio destrancada e usado fones de ouvido para jogar o videogame, deixando de ouvir o barulho alto.

Ele agarrou meus ombros e me sacudiu.

Espere... não. Isso não era possível. A única vez que ele me tocou naquele dia foi para pegar minha mão estendida, finalmente me permitindo ajudá-lo a subir no corrimão de ferro.

Ele nunca me sacudiu.

— Pluma?

Pisquei para um par de olhos sombreados por tantos cílios que era impossível dizer o que eles escondiam.

— Você está bem? Você estava vacilando. — Jarod parou de me sacudir, mas suas mãos permaneceram nos meus ombros, como se estivesse preocupado que se as removesse eu fosse desmaiar.

Há quanto tempo estive fora do ar?

— Sinto muito.

Ele se levantou e se aproximou de mim, e então se agachou de novo, colocando um copo d'água em minhas mãos.

— Quando era criança, eu desmaiava ao ver sangue.

Tomei um gole, com a cabeça ainda girando com a memória do meu primeiro encontro com Trevor.

— Não desmaia mais?

— Eu não seria muito bom no meu trabalho se desmaiasse, não é?

Minha garganta ficou seca com o lembrete de que eu estava na casa de um Triplo.

Eu precisava ficar atenta.

Esvaziei meu copo de água para afastar as memórias da missão anterior para que eu pudesse me concentrar na atual.

uriel e um dos seguranças armados de Jarod estavam no saguão de mármore, com as mãos cruzadas.

— Podemos tirar o jantar, Jarod? — Muriel perguntou.

Ele assentiu para ela antes de subir as escadas.

Eu deveria segui-lo? Ele tinha outra área de recepção no andar de cima? Não me mexi, esperando por suas instruções.

— Pluma, você vem?

Manuseando a fita adesiva da minha bandagem, atravessei o mármore em direção à escada curva, sentindo todos me analisarem. Sua equipe provavelmente presumiria que eu iria para a cama com o chefe. Mesmo que eu desejasse esclarecer a todos, o que eles pensavam que faríamos esta noite não importava.

Quando comecei a subir os degraus acarpetados, Muriel chamou o nome de Jarod.

Ele gesticulou para eu continuar.

— Subo em um minuto. — Ele voltou para a mulher mais velha e falou em voz baixa com ela.

Espiei por cima do ombro, mas não perdi tempo, suspeitando que seria interpretado como espionagem. No andar de cima, uma coleção de paisagens marinhas em suntuosas molduras esculpidas cobria as paredes revestidas de cerejeira, com salpicos grossos de lavanda, cinza e ouro dando vida a oceanos atormentados que lançavam navios com velas brancas inchadas. Eu queria tocar na tinta, mas e se disparasse um alarme? Além disso, provavelmente não era uma boa ideia tocar em arte. Me inclinei para a frente e apertei os olhos para ver a assinatura na parte inferior - *Aivazovsky*. Senti que já tinha lido o nome em algum lugar antes. Talvez, em um museu?

Quando me endireitei, minhas costas bateram em um corpo.

Por reflexo, coloquei minhas omoplatas sem asas para dentro. Sem me virar, perguntei:

— Você tem que ficar tão perto?

— Não achei que a proximidade te incomodasse, considerando como você se agarrou a Tristan na noite passada.

Eu me virei. Mesmo em meus saltos de sete centímetros, Jarod era bem maior que eu.

— Eu o deixei me guiar porque ele conhecia a sua casa e eu não.

Ele bufou, sugerindo ceticismo.

Curvei meus dedos, descolando uma das abas pegajosas do Band-Aid antes de empurrá-lo de volta no lugar e cruzar os braços para criar uma barreira entre nossos corpos muito próximos.

— Por que você está tão decidido a me fazer sentir presa? Acha que isso vai me fazer fugir?

Seu olhar parecia um redemoinho como a tempestade na paisagem marinha.

— Possivelmente. Ou talvez eu goste de te ver se contorcer.

— Que azar. Eu não me contorço. — Endireitei meus ombros. — Então, o que há neste andar?

— Meu quarto.

— O andar inteiro?

— Não. Existem dois outros quartos, mas são muito menos interessantes do que o meu.

— O que estou fazendo aqui?

— Eu preciso de um banho e trocar de roupa, e você precisa

encontrar uma maneira de me tornar gentil. Já que não pretendo descer as escadas até de manhã – Mimi acabou de me lembrar que amanhã é o primeiro dia do mês, e agora você sabe o que acontece nesse dia – achei que poderíamos continuar nossa conversa extraordinariamente esclarecedora no meu quarto.

Levantei meu queixo.

— Você não está pensando em tentar nada comigo?

O sorriso sumiu de seu rosto e seus olhos ficaram mais duros.

— Durante o meu tempo livre, procuro estupradores e molestadores de crianças e me livro deles. Mesmo os que estão trancados com segurança nas prisões. Então, por favor, nunca insinue algo desse tipo novamente. — Ele se virou de forma brusca, seus sapatos Oxford lustrados rangeram na madeira, e empurrou um conjunto de portas.

Meus braços caíram contra meus lados enquanto eu o seguia.

— Você não pode sair por aí matando pessoas.

— Não espero que você entenda. Sua espécie tem uma visão distorcida da justiça.

— Minha espécie? — Minha espinha formigou como se minhas asas estivessem prestes a aparecer.

Ele pendurou o paletó nas costas de uma cadeira antiga e começou a abrir as abotoaduras.

— Devotos fanáticos de seres superiores. — Ele as jogou em uma bandeja laranja.

Quando ele tirou a camisa, desviei o olhar para a arte sobre sua cama de dossel. As representações em tons pastéis de mulheres de bochechas rosadas com cachos dourados contrastavam nitidamente com os painéis de madeira escura e os lençóis que brilhavam como aço líquido na iluminação suave que saía da estante de livros.

Eu precisava me desviar do assunto religião que se aproximava demais de quem eu era.

— Você realmente ama arte, não é?

— Meu tio amava.

— Mas você não?

Ele deu de ombros.

— Não me livrei delas.

Olhei para ele, me forçando a não descer os olhos para o pelo escuro cobrindo seus peitorais.

— Por que você nunca pode me dar uma resposta direta?

Ele me lançou um sorriso fulminante.

— Se considere sortuda por estar recebendo respostas de mim em primeiro lugar. Não tenho o hábito de divulgar nada a meu respeito. Nem para amigos. Muito menos para estranhos.

— Por que você está se despindo na minha frente?

— Onde você gostaria que eu me despisse, Pluma? Este é o meu quarto.

Quando seus dedos baixaram para a fivela do cinto, eu me virei.

— Vou esperar por você lá fora. Venha me buscar quando você tomar banho e se trocar.

— Não estava gostando do show? Faz muito tempo que não tiro a roupa na frente de uma mulher. — Tive dificuldade em acreditar nisso. — Talvez eu não esteja indo bem?

Felizmente, eu estava de costas, então ele não podia ver o quanto fiquei nervosa. Fechei a porta e caminhei para o outro lado do piso, ouvindo os saltos baterem no chão no ritmo da minha respiração acelerada.

Eu estava errada em baixar minha guarda perto de Jarod. Eu não tinha certeza de que jogo ele estava jogando, mas não gostei. Espiei por cima da grade de ferro, desejando correr escada abaixo e pelo pátio.

Seus guarda-costas me deixariam sair?

Envolvi os dedos trêmulos ao redor do corrimão.

Asherceleste.

Apertei os dedos, as palmas moldando em torno do metal frio, fazendo a ferida doer.

Eu não poderia partir sem tentar ajudar Jarod.

Você não pode morrer, Leigh, eu me lembrei pela enésima vez.

Claro, ele poderia me torturar, machucar minha pele ou colocar uma bala em minha carne, mas meu sangue angelical iria me curar. Enquanto eu tivesse asas, era imortal.

Fechei os olhos e forcei minha respiração a desacelerar e meu coração a se acalmar. Eu ficaria bem.

— Mudou de ideia sobre passar a noite comigo? — A voz de Jarod fez minhas palmas derraparem do corrimão.

Ele estava encostado no batente da porta, com os braços cruzados sobre um roupão de seda preta que parava bem acima dos joelhos. Ele havia tomado um banho muito rápido ou fui eu quem passei uma quantidade excessiva de tempo contemplando meu destino calamitoso.

— Achei que você não tivesse medo de mim. — Seus lábios se curvaram em um sorriso depreciativo.

Era tão óbvio?

— Você me confunde.

— E eu que pensei que era um livro aberto.

Se ele fosse um livro aberto, então eu era a rainha do Elysium e não havia realeza em meu mundo.

— Você já teve outra ambição além de assumir o lugar do seu tio?

Suas sobrancelhas escuras franziram. Por um longo minuto, ele não disse nada, então:

— Não. — O silêncio me disse que ele queria outra coisa.

— O que você preferia ter feito?

— Acabei de te falar. *Nada.*

— Você hesitou. — Me virei em direção a ele. — E agora está ficando bravo.

Um grunhido arranhou sua garganta.

— Não estou ficando bravo, Pluma. Você não me viu bravo. Nem quer me ver assim.

Seu robe de seda se abriu, revelando aquele torso duro e peludo dele. Eu não tinha visto o peito de Asher, mas tinha visto seus braços – dourados e sem pelos – e imaginei que seu peito seria nu e esculpido. Por que eu estava imaginando os peitorais de Asher? Eu queria me casar com ele por seu status, não por seu corpo, embora o seu – ao contrário de Jarod – fosse sem dúvida lindo.

— Vê algo de que gosta? — A voz de Jarod soou uma oitava mais profunda.

Tudo sobre este pecador era sombrio, como se ele tivesse sido mergulhado em alcatrão ao nascer e esse alcatrão colorisse seus cabelos, olhos e alma. Se ele tivesse asas, elas também seriam certamente negras.

— Interessante — ele falou.

— O quê?

— O seu silêncio.

— Por que meu silêncio é interessante?

— Porque eu te fiz uma pergunta, que você parece incapaz de responder.

— Não sou *incapaz* de responder. Eu simplesmente escolhi não responder.

Ele inclinou a cabeça para o lado.

— E por quê? Meu corpo claramente te atrai. Você não consegue tirar os olhos dele.

Um rubor atingiu minhas bochechas.

— Só nunca vi ninguém tão peludo como você antes.

Seus olhos brilharam com diversão.

— Tão peludo? Você sabe que sou um homem, certo? A maioria dos homens tem pelos no corpo. Alguns têm até nas costas, o que, felizmente, não é o meu caso.

Uma fragrância sufocante e sensual emanou de sua pele, me lembrando do incenso que um dos meus pecadores queimava enquanto conduzia as sessões espíritas, fingindo falar com os mortos para roubar o salário suado de seus crédulos clientes.

Engoli a saliva.

— Podemos voltar a discutir algo que você poderia fazer para me ajudar a ganhar minha aposta?

Ele se afastou do batente da porta e gesticulou para seu quarto que parecia mais escuro do que quando eu saí.

— Depois de você, Pluma.

Enquanto eu passava por ele, o pelo de seu peito tocou meu ombro, me fazendo arrepiar. Esfreguei minha pele exposta, tentando afastar a reação do meu corpo ao dele antes que ele pudesse concluir que tinha sido causado pela atração.

Porque eu não estava atraída por ele.

Nem um pouco.

Eu me sentia atraída por pessoas puras de alma e coração – não pessoas que estavam envoltas na escuridão por dentro e por fora.

$\mathcal{M}$e sentei na beirada da poltrona reclinável de couro que ficava ao lado das estantes. Como em seu escritório, apenas livros antigos encadernados em couro com relevo de ouro nas lombadas enfeitavam as prateleiras.

— Você aumentou o aquecimento?

Jarod sorriu com afetação.

— Essa é a reação do seu corpo ao meu, Pluma.

Ele caminhou até uma bandeja de prata com um decantador de cristal com gravações, cheio de um líquido claro, um balde de gelo de aço inoxidável e dois copos vazios. Enquanto ele se servia de um copo, cruzei as pernas, mas isso quase fez a cadeira cair para a frente, então as descruzei e plantei os pés firmemente no chão.

Ele sorriu.

— Você deveria se deitar. Vamos ficar aqui um pouco.

— Não se preocupe comigo.

Ele colocou dois cubos de gelo em seu copo, em seguida serviu o que quer que estivesse na garrafa sobre eles.

— Era a cadeira favorita da minha mãe. Ela passava as tardes lendo aí.

Por alguma razão, seu comentário me fez deslizar para trás e me acomodar na forma rígida que era surpreendentemente ergonômica.

Ele tomou um gole de sua bebida, o gelo tilintando contra o vidro.

— Ela morreu aí.

Meu corpo enrijeceu e eu pulei, não me sentindo mais confortável. Encarei o couro, esperando ver uma mancha de sangue, mas o tecido grosso era branco e marrom – não vermelho.

— Não foi a cadeira que a matou. — Ele tomou outro gole de sua bebida.

— E-eu imagino que não.

Ele olhou além de mim para a mesa no lado oposto da sala, e uma mecha de cabelo caiu em seus olhos.

— Como ela *morreu*?

O silêncio diminuiu entre nós antes que ele dissesse:

— Se esfaqueou.

Eu suspirei.

As almas das pessoas que cometiam suicídio não eram levadas para Elysium nem para Abaddon. Eles eram considerados fracos demais para serem recuperados, porque os anjos consideravam a vida um presente que não deveria ser jogada fora e desperdiçada. Outra lei que eu queria mudar. Eu acreditava que cada alma – que não estivesse irrevogavelmente manchada – merecia ser escoltada através dos Portões Perolados e, pelo menos, julgada pelos Sete antes de ser considerada irrecuperável e descartada no éter.

— Por que ela se matou?

— Porque ela amava demais o meu pai e a mim, muito pouco. — Mesmo que sua voz fosse baixa, me cortou como vidro quebrado.

— Ah, Jarod... — Se ele fosse outra pessoa, eu o teria abraçado, mas Jarod não me pareceu alguém que gostaria de um abraço, muito menos um de pena.

— Não sinta pena de mim — ele murmurou. — Ela ficou catatônica e infeliz depois que meu pai faleceu. A morte dela foi melhor para todos.

— Você realmente não acredita nisso.

— Você se importaria se sua mãe morresse?

— Não conheço a minha mãe. — Além disso, ela não podia morrer. A menos que ela desistisse de suas asas, mas apenas os anjos que favoreciam a Terra consideravam desistir de suas asas. Considerando que ela nem mesmo viajou para as associações, eu duvidava que ela amasse tanto a Terra.

— Olhe para isso. O pecador e a santa têm algo em comum.

Isso afastou todos os pensamentos de minha mãe da minha mente.

— Nós dois órfãos de mãe — acrescentou.

— Eu disse que não conhecia a minha, não que ela estivesse morta.

— Não quer ter nada em comum com um pecador, quer?

— Eu ficaria feliz em ter algo em comum com você, Jarod. — Uma dor familiar apunhalou minha espinha e meu polegar, que estava brincando com o band-aid, derrubou-o no chão.

Outra pena, não.

Por favor, outra, não.

Meus olhos se encheram de calor quando a pena roçou em meu tornozelo antes de se acomodar ao lado da bandagem caída.

Este homem seria a morte das minhas asas se eu não partisse agora.

Levantei meus olhos úmidos de volta para os dele.

— Jarod, eu deveria... — Parei quando o peguei olhando para o espaço ao lado do meu sapato. — O que você está olhando?

Ele se aproximou e se agachou. O ar em meus pulmões ficou preso.

Impossível...

Ele não tinha asas.

Ele não poderia ver...

Ele pegou o Band-Aid e o enrolou antes de jogá-lo na estante.

— Quer um novo?

Ele desgrudou minha mão ferida do quadril e verificou minha cicatriz.

— Olhe para isso... completamente curado.

— Não era profundo — eu disse.

Ele me soltou e eu puxei a mão de volta para o meu lado.

Eu me coçava para recuperar minha pena, mas não podia correr o risco de ser levada para outra memória. *Mais tarde.* Eu a pegaria mais tarde. Não era como se ela fosse desaparecer até ser tocada. O que me fez pensar na pena que perdi no corredor na noite passada. Um humano a tocou sem querer? Eles não podiam vê-las, mas se suas mãos passassem por cima, a memória afundaria em suas mentes. Alguns humanos consideraram isso como uma tontura, alguns como um déjà-vu, outros como uma visão divina.

A pena de ontem provavelmente foi sugada para o vácuo.

Quando meu olhar se afastou do chão, encontrou o corpo de Jarod e o roupão que abriu-se amplamente. O oxigênio ficou preso na minha garganta e esqueci tudo sobre a pena perdida.

Tracei as espirais de tinta de cor pastel nas telas acima de sua cama com meus olhos.

— Você poderia colocar uma roupa, por favor?

Eu peguei o flash de dentes em minha visão periférica. Claro, meu desconforto o divertiu.

— Te garanto, ele não morde — ele falou.

— Esqueça. — Eu me dirigi para a porta. Eu tinha feito uma promessa a mim mesma de ir embora se perdesse outra pena e manteria essa promessa.

— Aonde você está indo?

— Para casa. Esta foi uma má ideia.

— Você vai perder sua aposta.

Apoiei a mão na maçaneta de metal.

— Neste ponto, tenho mais a perder tentando ganhar esta aposta do que perdendo.

— Vai ficar se eu me vestir?

Minha pressão vacilou e a maçaneta saltou sem destrancar a porta.

— Você não quer que eu vá embora? Você me chamou de branda e covarde. Para não mencionar perseguidora.

— A palavra que usei foi suave, não branda.

— Era para ser um elogio? Porque certamente não parecia um.

— Não faço elogios porque adoçar a vida não ensina resiliência.

— Pode não ensinar resiliência, mas mostra compaixão.

— Não sou uma pessoa compassiva, Pluma. Não tenho certeza do que te levou a acreditar que eu era...

Me virei para ele.

— Mesmo que não seja o seu trabalho, você pune molestadores e estupradores de crianças.

— Como eu disse, eu os puno porque sua espécie não o faz. Seus iguais estão muito ocupados tentando localizar um raio de esperança em suas almas pútridas.

Respirei fundo com sua advertência.

— Você está certo, Jarod. Minha espécie arranha a feiura para encontrar uma centelha de beleza. Minha *espécie* tenta salvar pecadores em vez de acabar com suas vidas miseráveis.

Olhamos um para o outro através do quarto – bem, eu olhei furiosamente. Ele apenas olhou para mim daquele jeito firme e inescrutável dele. Me lembrei de que os Triplos não conseguiam sua pontuação por serem dóceis e terem moral, eles conseguiam isso sendo cruéis e egoístas.

Ele começou a ir para o lado oposto do quarto.

— Eu disse aos meus seguranças para não deixar ninguém entrar ou sair até de manhã.

Soltei um suspiro.

— Você vai me manter aqui contra a minha vontade?

Seus longos dedos envolveram a borda de madeira elegante do batente de uma porta.

— Não te forcei a voltar, Pluma. — Ele sumiu de vista, mas sua voz chegou até mim. — Você pode ficar na sala de jantar até o amanhecer. Todos os outros lugares têm alarme, então, a menos que você queira que os seguranças corram em sua direção com armas, sugiro que continue na sala de jantar.

Meu queixo caiu em outro suspiro.

— Me manter aqui contra a minha vontade é errado.

Jarod voltou descalço, vestindo uma camiseta e calça de moletom preta. Ele não parecia o tipo que usava calças de moletom, nem que trancava mulheres. Não, isso não era verdade. Ele parecia o tipo que faria algo tão insensível.

Ele passou a mão pelo cabelo que se enrolou mais ao secar.

— Você parece pensar que tenho uma bússola moral. — Ele abriu um conjunto de janelas francesas, a barra de metal tilintando enquanto se retraía do teto e do chão, permitindo que as portas de vidro se abrissem.

Fechei os dedos, sentindo vontade de socar Jarod. Ele estava trazendo à tona o que havia de pior em mim. Felizmente, a raiva não custava penas, mas bater nele custaria. Quando ele não reapareceu, fui procurá-lo.

Entrei em uma varanda estreita de pedra laqueada ao luar. Levei um momento para meus olhos se ajustarem à escuridão e outro para localizar Jarod reclinado em uma espreguiçadeira.

— Me deixe sair e você *nunca* mais ouvirá falar de mim. — Meus batimentos cardíacos estavam frenéticos. — Eu prometo.

Ele virou a cabeça para olhar para mim.

— Claro, Pluma, desça as escadas.

— Não me refiro ao seu quarto, quero dizer da sua casa.

Ele checou seu relógio de pulso.

— Daqui a cinco horas, eles vão desarmar o lugar para deixar os suplicantes entrarem. Você poderá sair.

— Por quê?

— Por que o quê?

— Por que você não desarma a casa agora?

— Porque Amir e Mimi são os únicos com o código do sistema de alarme, e eles foram dormir para se recuperar depois das festividades de ontem.

Parecia uma mentira. Como ele poderia não saber o código do alarme de sua própria casa? Olhei para o pátio abaixo e notei um movimento nas sombras - um guarda. Fui até a balaustrada de pedra e medi a queda.

— A última pessoa que *pulou* da minha varanda quebrou a coluna.

Paralisei.

— Não se preocupe. Ele não sofreu muito. Meu segurança meteu uma bala no seu crânio.

Minha boca se abriu.

Jarod voltou seus olhos para o céu que se estendia sobre nós. Nem uma única estrela pontilhava a escuridão fria. Como em Nova York, as estrelas perdiam para a poluição e as luzes da cidade cada vez mais acesas.

— E antes de começar a proferir sermões, saiba que ele era um assassino de aluguel pago para me assassinar.

— Seus guardas colocariam uma bala em meu crânio se eu tentasse escapar?

Jarod cruzou os dedos sobre o abdômen.

— Se eu ordenasse, sim.

— Você ordenaria a eles que fizessem isso?

— Você quer me matar, Pluma?

Fiz que não com a cabeça.

— Então você não tem nada com que se preocupar. Agora, porque você não se senta naquela outra espreguiçadeira e me diz todas as coisas que eu deveria mudar em mim.

— Estou bem em pé. — Meu tom foi curto.

Ele desviou o olhar para o meu calçado.

— Nesses saltos?

Inclinei o quadril contra o corrimão de pedra áspera.

— Me conte sobre como vai funcionar amanhã. Que tipo de ajuda as pessoas procuram de você?

— Isso varia, mas geralmente envolve alguma forma de retribuição física ou doação monetária.

— As pessoas vêm até você para pedir esmolas?

— Você parece surpresa.

Mendigar em uma estação de metrô era uma coisa, mas mostrar a palma da mão em para o chefe da máfia era outra bem diferente. Sem mencionar que o dinheiro de Jarod provavelmente estava manchado de sangue.

— O que você pede em troca?

— Nada.

Se isso fosse verdade, isso significaria que ele era generoso, e a generosidade apagava pontos do pecador de seus cartões de pontos. Desde que ele foi registrado no Sistema de Classificação, sua pontuação nunca oscilou.

Então percebi por que isso deveria acontecer: o dinheiro não pertencia a ele. Dinheiro sujo expurgava qualquer boa ação com ele.

— E a retribuição física? O que isso implica?

— Isso varia de espancar cônjuges a chefes assustadores.

— Você bate ou os assusta?

— Que tipo de salvador eu seria se não fizesse qualquer resgate?

Lá estava ele com seu complexo de Robin Hood novamente.

— Você faz verificações de antecedentes para verificar as reivindicações antes de usar suas armas?

— Sei que você me acha amoral, mas não achei que você me achasse idiota.

Suspirei.

— Não te acho idiota, Jarod. Conspirador, calculista, controlador, mas não idiota.

— Obrigado.

Me movi, porque a pedra estava machucando minha articulação.

— Não eram elogios.

— Meu tio era todas essas coisas e muito mais.

— Acho que você o idolatrava.

Jarod moveu as mãos unidas para a nuca.

— Ele veio do nada. Abandonou a escola aos treze anos e depois trabalhou em um haras fora de Paris por seis anos. Ele começou removendo merda de cavalo antes de trabalhar para treiná-los. Um dos cavalos que ele treinou acabou quebrando todos os recordes de corrida por dois anos consecutivos, ganhando milhões para seus estábulos. O proprietário deu ao meu tio cinco mil euros para lhe agradecer. Cinco mil euros... — Jarod bufou.

— Ele poderia não ter recebido nada.

— Ah... sempre a voz da razão.

— Não estava sugerindo que ele não merecia mais.

— Não, você estava insinuando que ele deveria ser grato por seus ganhos.

Dei de ombros.

— Então, como ele passou de treinador de cavalos para... — balancei a cabeça em direção ao pátio — isso?

— Por que você não se senta? Está me deixando com cãibra no pescoço.

— Tenho certeza de que seu pescoço está bem — eu disse.

— Você é implacável.

Revirei meus olhos.

— Então o que aconteceu?

— Ele agradeceu gentilmente a seu chefe e devolveu o bônus.

— Ele devolveu?

— Cada centavo, e então ele pediu ao seu chefe que o presenteasse com o potro esquelético de linhagem medíocre que meu Tio sabia que deveria ser vendido por uma ninharia a um haras nas proximidades. Ele observou o potro e discerniu algo na estrutura muscular do cavalo que seu chefe e o criador não perceberam.

Mosquitos zumbiam ao redor da única arandela acesa que surgia da densa hera subindo no calcário. Seu zumbido era interrompido pelo som ocasional de pneus na estrada fora da mansão de Jarod.

— Para o horror dos meus avós, ele trouxe o potro para casa. Eles moravam nos subúrbios e só tinham um quintal. — A diversão cintilou em seu rosto. — Eles disseram que ele não poderia manter aquela criatura em casa. Minha avó tinha uma amiga em uma aldeia próxima que tinha uma grande propriedade. Ela perguntou se ela estaria disposta a levar o cavalo. A amiga dela concordou, mas fez meu tio prometer que cuidaria dele. Quando suas economias acabaram, ele perguntou à mulher se ela tinha algum trabalho para ele. Ela encontrou tarefas para ele fazer pela casa - ela tinha uma casa muito velha e tudo dentro precisava de conserto. Ele acabou passando a maior parte de seus dias lá. E então, no verão após a visita da neta da velha senhora, suas noites também.

— Por quê?

— Ele se apaixonou.

Tentei conciliar a imagem do implacável fundador da *Corte do Demônio* que invoquei na minha cabeça com a imagem que Jarod estava pintando de um homem trabalhador, apaixonado e honesto.

— Eles treinaram o cavalo juntos, e quando o cavalo fez dois anos, minha tia, que era uma mulher pequena, se tornou jóquei. Já ouviu falar do *Le Démon*?

Levantei as sobrancelhas.

— Foi assim que ele chamou o cavalo?

— Aparentemente, o animal tinha uma personalidade impetuosa. — Seus lábios se esticaram sobre os dentes. — Depois de ganhar o *Prix de l'Arc de Triomphe*, tornando-se assim o maior cavalo a ter pisado nas pistas de corrida francesas, meu tio se divertiu muito lendo as manchetes: *Le Démon champion*.

— Imagino que ele tenha ganhado muito dinheiro com aquele cavalo. — Eu estava tão absorta por sua história que não percebi que me aproximei da espreguiçadeira vazia.

— Muito é um eufemismo. O cavalo permitiu que ele comprasse este lugar — ele inclinou a cabeça para o lado — e uma fazenda de criação em Chantilly.

Finalmente me sentei, sentindo que a história não poderia ter um final agradável, já que os Adler não eram conhecidos por suas habilidades de criação de cavalos.

— Cerca de um ano depois, enquanto meu tio estava fora negociando direitos de reprodução, alguém arrombou seus estábulos e deu um tiro no crânio de *Le Démon* e outro no peito de minha tia quando ela tentou salvar seu cavalo.

Estremeci.

— Meu tio passou semanas rastreando o assassino. Acontece que era seu ex-chefe. O idiota sentiu como se meu tio o tivesse enganado e disse que minha tia levou um tiro porque atrapalhou. Que foi um acidente.

— Meu tio foi à polícia com as evidências que reuniu, mas eles descartaram o caso como sem substância. A questão é que não era. Ele até registrou a confissão, mas o chefe de polícia disse que ele a obteve de forma ilegal e, portanto, era inaceitável no tribunal.

Ele continuou.

— Foi então que ele resolveu o problema com as próprias mãos. Visitou seu ex-chefe e atirou nele – primeiro para ferir e depois para matar. Ele foi pego e jogado na prisão. O governo tentou confiscar seus bens, mas ele colocou tudo em nome do meu pai... que ainda era menor de idade. Para encurtar a história, ele passou os próximos anos coletando contatos valiosos e aprendendo habilidades. Ele saiu por bom comportamento uma década depois de ter sido colocado atrás das grades.

— Bom comportamento?

Jarod me lançou aquele sorriso sombrio.

Observei as paredes claras da casa pontilhadas por vidros tão brilhantes que imaginei que fossem limpas diariamente.

— A prisão o fez criar este lugar?

— Não, Pluma, a injustiça o fez criar este lugar. A prisão simplesmente deu a ele as ferramentas para construí-lo.

Mordi o lábio.

— Você está pensando coisas horríveis sobre mim e meu tio?

— Na verdade, estou pensando em como você é um bom contador de histórias, Jarod. Você me fez sentir algo diferente de medo e aversão por sua família.

Seus olhos brilharam.

— Cuidado, Pluma.

Eu cruzei minhas pernas.

— Com o quê?

— Você pode realmente começar a gostar de mim.

Apertei meus joelhos com força.

— Só porque você conta uma boa história, isso não o torna agradável. Agora, se você me deixar...

— Vá. — Ele projetou o queixo em direção ao quarto. — Não há alarme.

— Você mentiu?

— Menti.

— Por quê?

— Porque é isso que eu faço. Eu minto. Chantageio. Tiro dinheiro das pessoas. E às vezes, mato. Eu sou um homem mau, muito *mau*, Pluma.

— Por que você queria que eu pensasse que era sua prisioneira?

Seu olhar percorreu o cabelo alaranjado que eu estava enrolando.

— Porque me divertiu.

Soltei meu cabelo e abaixei as mãos para a almofada grossa.

— Isso te divertiu? — resmunguei, genuinamente magoada por ele ter me deixado agitada. Enquanto meu cabelo se desenrolava contra minhas omoplatas, me levantei, e a crueldade de suas palavras de despedida tornou meus movimentos desajeitados.

Ele me observou, e o peso de seu olhar fez meus olhos esquentarem de irritação.

— Tenha uma boa vida, Jarod Adler.

Ele não falou, nem mesmo para se despedir. Nem mesmo para dizer boa viagem.

Parei na soleira entre a varanda e o quarto.

— Alguma parte da história que você acabou de me contar foi verdadeira

— Talvez, sim. — Ele voltou seu olhar para o céu. — Talvez, não.

Argh. O homem era irritante. Por que ele nunca me dava uma resposta direta? Quando me virei para sair, ele disse:

— Te vejo mais tarde, Pluma.

Olhei por cima do ombro para seu corpo prostrado e relaxado.

— Não vê, não.

Embora ele não tenha desviado o olhar do profundo firmamento índigo, notei os cantos de sua boca se erguendo.

Que ousadia dele. Pensar que eu voltaria.

O que havia com ele e Tristan que eram tão convencidos de que eram tão irresistíveis?

Depois desta noite, nada e ninguém – nem altruísmo, nem Celeste – poderia me arrastar de volta para este lugar.

a primeira coisa que fiz depois de recuperar minha bolsa do vestíbulo e sair da casa de Jarod foi digitar o cavalo de corrida *Le Démon* no navegador do telefone. Quando os resultados da minha pesquisa carregaram, um carro buzinou.

Eu pulei, quase deixando o telefone cair.

O motorista de cabelos brancos de ontem circulou o sedan e abriu a porta traseira.

— Monsieur Adler insiste em que eu a deixe em sua casa.

Engoli em seco. Não duvidava de que Jarod tivesse pedido ao motorista para me levar. O que eu duvidava era do destino. Aposto que Jarod instruiu o homem a me expulsar da cidade... até mesmo do país.

— Por favor, agradeça a Monsieur Adler por sua *generosidade*, mas prefiro caminhar.

— Mademoiselle, estamos no meio da noite.

Achei seu comentário quase cômico. Me avisando sobre os perigos que podiam se esconder nas ruas escuras. Ele não sabia para quem trabalhava?

Eu me virei e desci pela arcada sombria, checando por cima do ombro quando ouvi a porta do carro se fechar. Luzes traseiras vermelhas acenderam, mas o carro não se moveu. Eu apostava que o motorista estava retransmitindo minha recusa da carona para Jarod. Acelerei meus passos e atravessei a rua. Quando olhei para trás, o sedan havia desaparecido.

Assim que a Place des Vosges estava atrás de mim, voltei minha atenção para a tela do telefone e cliquei no primeiro artigo: *Isaac Adler e seu garanhão premiado.*

Rolei para baixo até que eu pousei na foto de um jovem – não muito mais velho que Jarod – com a cabeça cheia de cachos castanhos descontrolados e olhos azuis brilhantes. Então esse era o tio infame?

Estudei suas feições em busca de semelhanças com as de Jarod. As bocas arqueadas eram iguais, assim como o leve estrabismo com que Isaac olhava para o mundo. Mas onde o estrabismo dava a Isaac uma impressão de juventude e despreocupação, a Jarod dava uma impressão de sarcasmo e desdém.

Li o artigo, pesquisei o assassinato e li o máximo que pude. O homem que assassinou a esposa e o cavalo de Isaac acabou em Abaddon ou sua crueldade lhe rendeu uma pontuação tripla? A Sala de Classificação não oferecia informações sobre pecadores do passado, mas talvez um dos trabalhadores da associação soubesse o que havia acontecido com ele.

Apesar de toda sua conversa sobre ser mentiroso, Jarod havia falado a verdade, e isso me confortou.

Quando eu estava prestes a guardar o telefone e me concentrar em não me perder, ele começou a tocar. Atendi imediatamente, porque as únicas pessoas que tinham meu número eram membros da associação e alguns dos pecadores que ajudei nos Estados Unidos.

— Você recusou meu motorista. — A voz de Jarod quase parou meu coração.

— Como... como você conseguiu meu número?

— Adivinhei.

— Não, você não adivinhou.

— Certo. Não adivinhei. — Algo farfalhou em sua extremidade. — Amir o conseguiu para mim mais cedo.

Então era isso que eles faziam com os pertences pessoais deixados sob sua custódia... eles os vasculhavam. Também plantaram um rastreador na minha bolsa?

Não importava. Eu estaria em um canal a caminho de Nova York em breve.

— Por que você está me ligando, Jarod?

— Para verificar se você não foi atacada com uma faca. É a coisa mais nova desta cidade. Loucos te esfaqueando sem motivo.

Verifiquei a rua e meu pulso acelerou. Ser esfaqueada não seria agradável. Até que eu completasse minhas asas, eu sangraria como uma humana, mas me curaria mais rápido. Parei em uma faixa de pedestres deserta, observando o ponteiro vermelho brilhante do semáforo de pedestres, em vez de examinar meus arredores como uma garota nervosa.

— Você realmente espera que eu acredite que você se preocupa com minha segurança? Você provavelmente recompensaria a pessoa que me esfaqueasse.

Por um momento, não houve nenhum som em sua extremidade.

— Se por recompensa você quer dizer esquartejá-lo, então sim, isso é exatamente o que eu faria.

A mão vermelha se transformou em um boneco branco, mas eu não conseguia atravessar a rua.

— Por quê?

— Por que o quê, Pluma?

— Por que você se importa com o que acontece comigo?

— Porque minha cidade não é segura. Porque você é uma mulher caminhando sozinha à noite. Porque você saiu da minha casa com raiva, e por algum motivo inexplicável, sua raiva me fez sentir culpado. Eu não sinto culpa por nada.

Franzi meus lábios, finalmente caminhando através das listras no chão, embora o boneco branco estivesse piscando. Não era como se houvesse carros. Não, na verdade, havia um carro. Apertei os olhos para ver o motorista atrás do para-brisa escurecido.

— Você está me seguindo? — questionei.

— Estou te protegendo. Para sua segurança.

— Você é inacreditável...

— Costumo ouvir isso, mas geralmente depois de me deitar com uma mulher. Não antes. — Sua voz tinha adquirido um tom rouco, que combinado com suas palavras, fez meus passos vacilarem.

— Você nunca vai para a cama comigo — eu disse.

— Sabe o que eu gosto mais do que justiça? Desafios. Adoro desafios. Então eu aceito o seu.

Embora o rio ainda estivesse a um quarteirão de distância, o som dele assobiou contra meus tímpanos.

— Não estou te desafiando. Estou dizendo que não estou interessada.

— Eu sei o que você disse, mas também sei o que seu corpo disse. E você estava interessada, sim.

Grunhi um pouco.

— Você acha que o mundo inteiro gira em torno de você, não é? Bem, deixe-me esclarecer algo... não estou interessada em ficar nua com você. Só queria fazer de você um homem melhor para que eu pudesse ter a chance de estar com o homem que eu realmente quero. — Minha respiração estava ofegante como se eu tivesse gritado. Eu esperava que não.

Várias janelas estavam abertas nos prédios ao meu redor, e a última coisa que eu queria era acordar as pessoas no meio da noite.

— Como me tornar um homem melhor aumentaria suas chances de estar com quem você deseja? — Não havia mais nada rouco ou provocador em seu tom.

Suspirei. Eu não queria discutir Asher com Jarod. Além disso, não era como se eu pudesse explicar nosso sistema de pontos.

— Olha, você e eu não somos amigos. E como eu disse antes, não vamos nos ver de novo, então...

— Como me tornar mais gentil beneficia sua vida amorosa?

— Vou desligar agora.

— Permiti que você entrasse na minha casa. Compartilhei a história da minha família. O mínimo que você pode fazer é explicar suas intenções.

— Não tente me culpar.

— Eu não gosto de ser usado, Pluma.

Fechei meus olhos e apertei a ponta do nariz.

— Fui sincera sobre isso ser uma aposta.

— Não sabia que era para conseguir outro homem. Achei que fosse apenas uma aposta boba com uma amiga. Agora me sinto um idiota. Não gosto de me sentir um idiota.

— Você não é idiota, tá? E não mencionei o objeto da minha aposta, porque não tinha nada a ver com você.

Esperei que ele dissesse algo sarcástico ou ameaçador, mas o que saiu do receptor não foi sarcástico, nem ameaçador.

— Você é romântica, Pluma.

Olhei para a água envolvendo as fundações da ponte, para a espuma cinza e redemoinhos brancos.

— Você percebeu isso como? Quando eu disse que estava me guardando para o casamento?

— Não, percebi pela sua escolha de leitura.

Apertei o braço contra minha bolsa, o que fez meu livro afundar na minha cintura. Amir deu a Jarod um relatório detalhado de seu conteúdo ou Jarod pegou o enredo de seu breve vislumbre da capa?

— Seu apreço por comida — ele continuou. — Sua convicção de que a bondade se esconde em todos.

— Porque se esconde.

— Não, não importa. — Eu estava prestes a discutir quando ele acrescentou: — Românticos se casam por amor. Se você precisa ganhar uma aposta para conseguir esse cara, então você não está apaixonada por ele.

— Claro que não estou apaixonada por ele. Eu só o encontrei uma vez. As pessoas não se apaixonam na primeira vez que se encontram.

Houve uma longa pausa em sua extremidade, como se estivesse refletindo sobre o fato de que um romântico não acreditava no amor à primeira vista.

— Acho que estou me perguntando por que você está tão decidida a se casar com essa pessoa então.

— Tenho meus motivos. — Motivos que não me importava em compartilhar com ele.

— Você estava disposta a passar um tempo com o homem mais

temido de Paris para conquistar essa pessoa. Isso me diz que você realmente deseja estar com ele.

Suspirei.

— E daí? Você se importa com o que eu quero agora?

— Quanto você quer este homem?

Suspirei.

— Nunca quis nada mais do que isso.

— Então por que você está desistindo?

Endireitei as costas.

— Não estou desistindo. Estou mudando meu método de conseguir.

— Venha amanhã de manhã.

Me afastei da grade da ponte.

— Jarod...

— Escute os suplicantes. Encontre alguém que lhe agrade e vou te ajudar.

Senti que havia cordas amarradas à sua oferta e temia que essas cordas se prendessem às minhas penas e arrancassem mais.

— Isso é uma armadilha?

— Esta noite foi uma armadilha?

Eu ainda não tinha certeza do que tinha sido esta noite. Além de uma noite muito estranha.

— Te vejo em algumas horas, Pluma.

— Não vai, não.

— Vou, sim.

— Não, você não vai. E diga ao seu motorista para parar de me seguir.

Jarod não respondeu.

— Jarod?

Quando tirei o telefone do ouvido, ele exibia minha tela inicial. *Ele desligou...* Claro que desligou. Eu não entendia muito sobre Jarod, mas deduzi que ele não gostava de ouvir o que fazer.

E então, quando fui seguida por seu motorista durante todo o caminho de volta para a associação, percebi mais uma coisa sobre o Triplo: ele não recebia ordens de ninguém.

18

*A*chei que não encontraria ninguém no caminho para a Sala de Classificação para encerrar minha missão, mas as pessoas estavam de pé. Bem, duas meninas. Eles estavam verificando imagens holográficas de pecadores, comparando notas. Quando entrei na associação, as duas me olharam.

Elas me seguiram com os olhos enquanto eu me sentava à mesa alta e pressionava a mão contra o painel de vidro.

— Você é a americana que enfrentou Jarod Adler? — O cabelo loiro da menina era curto, o que exibia orelhas enfeitadas com brincos de diamante.

A outra Pluma voltou seus grandes olhos azuis para mim.

— Você é louca?

— Devo ter pensado que ele poderia se redimir. — Dobrei o tecido do vestido até que ficasse plissado como um acordeão. Estava mais duro onde o vinho havia derramado.

— *Chérie*, se você tivesse nos perguntado. Acho que doze de nós dessa associação tentamos ajudar o cara. Ele é irremediável, para não mencionar um idiota completo.

— Quando a Laura — a garota de olhos azuis inclinou a cabeça em direção à amiga — apareceu na porta dele, ele disse ao guarda-costas para jogar o lixo fora.

— Nem me deu uma olhada de passagem — Laura confirmou. — Mas Leo, da associação 8 – é a associação só de homens em Paris – ele teve um momento ainda pior. Jarod fez aquele buldogue dele – qual é o nome mesmo?

— Ethan? — a outra respondeu.

— Você quer dizer Tristan? — perguntei.

— Sim. Tristan. — Ela estremeceu. — Aquele cara chicoteou as costas de Leo até sangrar.

Soltei o vestido, que permaneceu amassado. O leve cheiro de amoras-pretas quentes e rolha úmida combinada com a imagem de um dorso flagelado fez a bile subir pela minha garganta.

— E pensar que a pontuação de pecador de Tristan é de apenas setenta e oito. O cara é um demônio com D maiúsculo.

Laura brincou com um de seus brincos.

— Sim, ele é bem pior do que Jarod. Às vezes, não entendo como os Ishim marcam os pecadores.

Nem Tristan nem Jarod pareciam monstros para mim – tortuosos e dominadores, claro, mas não algozes maus. Pelo menos, não Tristan. E Jarod... bem, Jarod tinha problemas e possuía o potencial para ser cruel, mas também possuía o potencial para a compaixão.

O pensamento me pegou de tal surpresa que pisquei ao ver sua imagem 3-D piscando em meu holograma. Encarei aqueles olhos negros como breu, observei seus cílios grossos sobre eles. Se eu realmente acreditava nisso, então por que estava me desligando dele?

— Você é da associação de Nova York? — Os olhos azuis da garota brilharam contra sua pele preta.

— Sou.

— Você conhece uma Pluma chamada Eve?

— Ela é minha melhor amiga.

— Hum. — Laura cruzou uma perna sobre a outra.

Minha pele se arrepiou de cautela com seu tom.

— *Por quê?*

— Ela não disse para você ficar longe do Triplo?

Desta vez, não foi a cautela que fez minha pele arrepiar.

— Ela me avisou que ele dirigia a Corte dos Demônios e essa era a razão de sua pontuação alta.

A garota de pele negra colocou seu cabelo crespo atrás das orelhas, mas eles saltaram de volta.

— Sei que não devemos influenciar uma a outra, mas se você e eu fôssemos melhores amigas, e eu já tivesse tentado reformar alguém como Jarod Adler, eu encontraria uma maneira de impedir você de se inscrever.

— Ela... ela tentou?

Laura me lançou um olhar desconfiado.

— Ela não te contou?

Engoli em seco, sentindo meu coração bater mais forte do que quando Jarod me declarou prisioneira em sua casa.

— Eu não deveria ter dito nada. Por favor, não diga a Ophanim — a amiga de Laura pediu. — Eu simplesmente presumi que você sabia.

— Não vou contar a ninguém. — Minha voz soou baixa.

Baixei o queixo e olhei para a palma da minha mão com a cicatriz, traçando a linha pálida com meus olhos, observando-a brilhar e borrar enquanto as lágrimas se formavam. Se eu não controlasse meu choro, poderia tomar o lugar da estátua de anjo quebrada na fonte de Jarod. Eu encheria aquela fonte antes do final do dia.

— Talvez você devesse conseguir amigas melhores — ela acrescentou.

— Marie! — Laura sibilou.

— O que foi? Não é pecado dar conselhos.

— Sua amiga provavelmente teve um motivo para não lhe contar sobre o tempo que passou em Paris com Jarod. — Laura estava tentando me fazer sentir melhor sobre a traição de Eve, mas seu comentário teve o efeito oposto.

Eve me incentivou a escolher Jarod, porque ela sabia que ele era um pecador impossível e queria que eu falhasse. Não foi o ciúme que a fez perder uma pena, mas a mentira.

Como você pôde fazer isso comigo, Eve?

Me levantei de forma brusca e caminhei rapidamente para o meu quarto emprestado, os corredores de quartzo da associação se fechando ao meu redor. O céu elísio além do teto com cúpula de vidro geralmente me confortava, mas não esta noite. Esta noite, tudo dentro de mim doía. Tirei os sapatos depois de entrar no quarto temporário, me esquecendo de que Celeste estava lá dentro.

Celeste que me avisou que Eve não era verdadeira.

Lutei tanto para defendê-la. A decepção fez um soluço subir pela minha garganta. Me joguei na cama. Um minuto depois, o colchão afundou e uma mão suave tocou minha espinha.

— Oi... e aí? — Celeste parecia grogue.

— Sinto muito por te acordar — resmunguei.

— Esqueça sobre me acordar. O que aconteceu, Leigh? Ele te machucou?

Eu balancei minha cabeça.

— Ele não. Ela.

— *Ela?*

— Eve — eu murmurei.

— Eve?

Meus ombros tremeram em outro soluço.

— Ela está aqui? — Desta vez, não havia nada grogue na voz de Celeste. Parecia de aço e alarmada.

Me sentei e limpei as bochechas no meu antebraço.

— Como você é tão sábia e eu sou tão estúpida?

— Você não é estúpida e eu definitivamente não sou sábia. Quer dizer, você viu minhas asas? Tenho toda aquela aparência de pássaro depenado a meu favor..., mas o mais importante, o que a Eve fez agora?

— Ela me disse para escolher Jarod.

Celeste ergueu as sobrancelhas.

— Ela me disse para escolhê-lo porque sabia que eu iria falhar — acrescentei com a voz falhando.

— Ainda não entendo.

— Ela tentou reformá-lo, Celeste. — Amassei o travesseiro com os dedos. — Eve sabia que seria uma missão impossível. É por isso que ela me disse para enfrentá-lo.

As sobrancelhas de Celeste arquearam.

— Perdi três penas e nem sequer me desliguei dele. — Minhas asas acabariam se curando, mas meu coração... eu não tinha certeza se ele poderia se curar de sua falsidade.

Celeste não disse nada, mas eu poderia dizer que pensamentos estavam girando por trás daqueles olhos penetrantes dela.

Relaxei meus dedos no travesseiro e abaixei minha cabeça, fazendo meu cabelo laranja cair em meu rosto.

— Eu deveria ter te ouvido.

— Leigh?

— Sim?

— Eu não vou deixar você falhar.

Levantei a cabeça e a encarei com os olhos inchados.

— O mais importante primeiro, você vai me fazer uma promessa. Você não vai desistir ainda, tá?

Engoli audivelmente.

— Mas, Celeste..

— *Combinado?* — ela repetiu, seu tom inflexível.

Soltei outra respiração irregular.

— Jarod traz à tona o que há de pior em mim. Perdi mais duas penas por mentir!

— Sobre o que desta vez?

Fiz uma careta.

— Sobre a degustação de vinhos horrível.

— Você provou vinho?

— Ele me obrigou.

Ela torceu o nariz.

— Te *obrigou?*

— Ele me disse que iria embora e nunca me permitiria me aproximar dele novamente se eu não provasse a garrafa que ele serviu com o jantar.

— Espere... você jantou com ele?

Contei a Celeste sobre minha noite estranha, sem omitir um único detalhe. Contei a ela sobre as tendências exibicionistas de Jarod – ou o que quer que tenha sido a tentativa de me deixar desconfortável em seu quarto – seu estranho flerte e ainda mais estranho telefonema e convite depois que saí de lá. E então expliquei como descobri sobre a traição de Eve.

— Todos nos hologramas podem ser recuperados. Não estariam lá se não fosse o caso. — Celeste pegou minhas mãos nas dela. — Leigh, você é o anjo mais determinado e paciente do mundo humano.

Revirei os olhos.

— Não revire os olhos para mim. Estou falando sério. Você é a melhor de nossa espécie.

— Não sou, não.

— Você é a única Pluma na história dos Plumas que adquiriu mais de novecentas penas sem nunca perder uma. E você provavelmente não teria perdido penas se não tivesse decidido enfrentar um Triplo.

— Aposto que há outros.

— Não. Não existem. Na verdade, pesquisei, porque estava curiosa. Agora vá dormir. Amanhã, faremos uma visitinha ao seu pecador.

— Celeste, não acho... não quero que você venha comigo.

— Por que não?

— Porque é a Máfia, querida.

— *Ah*. Você está preocupada comigo?

Apertei seu pulso.

— Sim, eu me preocupo com você.

Ela me lançou um sorriso que alcançou seus olhos.

— Não há nada para se preocupar. Sou a mais resistente – e de acordo com sua melhor amiga – a Pluma mais repugnante que voa por aí.

O aborrecimento endureceu meus ossos.

— A Eve te chamou de repugnante?

O sorriso de Celeste cresceu, criando covinhas em suas bochechas.

— Eu a chamei de coisa pior. Me custou uma pena. Mas valeu a pena.

Balancei a cabeça.

— Celeste, Celeste, Celeste. O que vou fazer com você?

— Vai ascender para Elysium, se casar com Asher e, em seguida, começar a mudar essas nossas leis estúpidas.

Pela primeira vez naquela noite, sorri e jurei que faria o meu melhor.

Ela esticou o dedo mindinho e o mexeu.

— Promessa de mindinho.

— Por que a minha palavra não é boa o suficiente para você?

— Sua palavra é boa. Seu mindinho é melhor.

Não sabia como meu dedo mindinho poderia superar minha palavra, mas concordei e o enganchei no dela. E então eu a puxei contra mim e dei-lhe um longo abraço.

Contra o seu cabelo emaranhado, eu disse:

— Acho que jamais poderei perdoar a Eve pelo que ela fez comigo. — Respirei o cheiro limpo e quente da pele de Celeste, como lençóis recém-lavados que acabaram de sair da secadora. — É só você agora. Só você.

Seus braços firmes me apertaram com uma força surpreendente.

— Você e eu contra o mundo humano.

Suspirei em seu cabelo.

— E o angelical.

19

Dormi como se alguém tivesse me atingido na cabeça. Era um sono profundo e sem sonhos que aliviou o latejar em minhas têmporas, mas pouco fazia para acalmar o latejar em meu peito.

O sono me ofereceu um alívio, mas no instante em que meus olhos se abriram, a traição de Eve me atingiu como uma cachoeira ártica, me deixando gelada até a medula óssea das asas. Enrolei os dedos em torno do travesseiro quente, ponderando se deveria contatá-la através do sistema de *holocomunicação* da associação.

Confrontá-la provavelmente não era uma boa ideia. Além disso, não estava com vontade de ver seu rosto em nosso telefone holográfico. Se ela atendesse minha ligação. Ela provavelmente estava muito ocupada coletando uma das quatorze penas restantes.

De repente, me lembrei de sua relutância em enfrentar um pecador em Paris. Ela deveria saber que eu descobriria o que havia feito.

Um pequeno som de dor se formou no fundo da minha garganta. Tentei sufocá-lo, mas ele escapou de mim e se perdeu no barulho da porta do quarto, cortando o ar.

— Estava vindo te acordar. — Celeste trouxe uma caneca grande para mim. — Fiz um latte de baunilha para você.

— Obrigada. — Me sentei e peguei a caneca. — Não acho... acho que não quero...

— Na-na. — Ela afastou o edredom das minhas pernas. — Você vai, e eu vou com você.

— Celeste...

— Se você não for, a Eve vai ganhar.

— Talvez eu não queira mais ganhar.

— E eu não quero que ela ganhe, então se levante. Tome seu café e depois se vista. Partimos em quinze minutos.

Dei a Celeste meu olhar mais duro – ou tentei. Olhar para ela era bastante difícil, considerando como ela revirou os olhos com a minha tentativa de parecer zangada.

— Além disso, você fez uma promessa de mindinho. Esse tipo de promessa é incontestável.

A passagem estava escura com o número de pessoas que havia ali, quando chegamos na *Place des Vosges* ao meio-dia. A fila de suplicantes virava o quarteirão. Me perguntei há quanto tempo Jarod estava fazendo isso. Será que seu tio havia iniciado a tradição mensal?

— *Le culot de ces deux-là.* — *A ousadia dessas duas.* Uma mão ossuda agarrou meu antebraço e me girou. — *Hé-oh. Derrière.* — *Ei. Volte para a fila.*

Afastei a mão da mulher.

— Não estamos aqui para...

Antes que eu pudesse terminar minha frase e explicar que não tínhamos vindo para uma audiência com Jarod, Celeste grunhiu.

— Não toque na minha amiga.

— Estou esperando há mais de duas horas! — a mulher, que agarrou meu braço, gritou.

Puxei Celeste de volta.

— Não estamos aqui pelos mesmos motivos que você.

A mulher cruzou os braços.

— Por que vocês estão aqui então?

A pessoa atrás dela, uma mulher idosa de cabelos grisalhos que pareciam uma nuvem, passou um braço protetor em volta de um menino.

Os olhares lançados em nossa direção iam de irritados a preocupados e totalmente agressivos.

— *Elles sont peut-être des putes* — ouvi alguém sussurrar. *Provavelmente são prostitutas.*

— *La petite est un peu jeune pour se prostituer, non?* — outro respondeu. *A pequena é um pouco jovem para se prostituir, não?*

Os dedos de Celeste se fecharam.

— Não somos...

— Celeste... não importa. — Segurei sua mão, soltei seus dedos e a arrastei em direção às portas vermelhas guardadas por Amir e outro segurança musculoso vestido com um terno impecável.

— *Bonjour* — arrisquei.

Sem dizer uma palavra, Amir projetou a cabeça na direção de seu colega, que inseriu uma chave na placa de metal.

Quando a mulher na frente da fila começou a avançar, me acotovelando, Amir disparou o braço forte para barrar seu caminho.

— Você, não.

Passei pela mulher, depois pelos dois seguranças, levando Celeste atrás de mim.

— Só você, Mademoiselle Leigh — Amir disse, apoiando a porta aberta.

Fiquei surpresa por ele saber meu nome, mas ele *havia* vasculhado minha bolsa.

— A Celeste é minha irmã.

— Jarod mencionou que você viria. Ele não disse nada sobre uma *irmã.* — A maneira como ele pronunciou a palavra me disse que ele não dava muita importância ao fato de sermos parentes.

— Por favor, Amir — pedi. — Ela está aqui só para me fazer companhia.

Ele observou Celeste.

— As ordens que tenho...

— Você pode ao menos perguntar a ele?

Passos ressoaram e, em seguida, olhos azuis familiares brilharam na escuridão da varanda coberta.

— Pensei ter ouvido sua voz.

Meu coração oscilou de alívio e depois de angústia ao ver Tristan. Enquanto absorvia seu sorriso descontraído, decidi que as duas garotas que conheci na sala de classificação tinham recebido informações erradas. Ele não poderia ter açoitado um Pluma inocente.

Eu sorri.

— Oi, Tristan. — Quando vi seu olhar vagando por cima do ombro em direção a Celeste, disse: — Esta é a minha irmã, Celeste.

Tristan inspecionou minha amiga.

— Irmã?

Celeste semicerrou os olhos, medindo Tristan de volta. Fiquei feliz por não ter contado a ela sobre sua reputação, porque ela era muito menos confiante e misericordiosa que eu, e se suspeitasse da violência de Tristan, ela me arrastaria para longe da Corte dos Demônios, Triplo ou não.

— Sim, *irmã* — ela falou com um grunhido baixo. — Não vê a semelhança?

Tristan riu.

— Agora que você abriu a boca, eu vi. Entrem, senhoras.

Os lábios de Amir se moveram como se ele estivesse prestes a protestar, mas no final, ele simplesmente os apertou com força e se virou para a rua e a fila interminável de pessoas desejosas de encontrar com seu chefe.

20

O pescoço de Celeste virava de um lado para o outro enquanto caminhávamos pelo pátio, onde heras e rosas da cor da neve fresca escalavam as treliças intrincadas nas paredes de calcário. A casa de Jarod parecia de alguma forma menos ameaçadora iluminada de luz solar, mais como um belo castelo do que uma fortaleza assombrada.

Ao contrário de *La Cour des Démons*, o anjo de pedra parecia igualmente sombrio à luz do dia. Celeste notou a pedra lascada? Pela rapidez com que seu olhar passou da estátua para a grade de janelas cortadas em forma de diamante, imaginei que as asas quebradas haviam escapado à sua avaliação.

Em vez de passar pela entrada usual, entramos pelo conjunto de portas francesas que davam para o saguão de mármore quadriculado. A visão das escadas largas e extensas fez minha pele arrepiar. Esfreguei meus braços, mas parei quando os olhos de Tristan se fixaram neles antes de seguirem para os meus mamilos.

— Está com frio, Leigh? Gostaria do meu paletó?

— Não — falei rapidamente antes de adicionar um ainda mais enérgico: — Obrigada, Tristan.

Seu comentário – ou foi seu olhar? – atraiu Celeste para mais perto de mim.

— *Bonjour*, Leigh.

Eu me virei com a voz rouca, mas feminina.

Com os lábios avermelhados se curvando, Muriel saiu do escritório de Jarod, carregando uma bandeja de prata coberta com um jogo de chá de porcelana. Seu cabelo estava preso em outro penteado elaborado que brilhava ruivo à luz do sol refletida nas sancas.

Celeste olhou para mim para verificar se Muriel era amiga ou inimiga. Quando sorri de volta para a mulher, os ombros tensos da minha amiga relaxaram.

Uma série de palavrões fez com que todos nós nos voltássemos para o escritório de Jarod. A porta se abriu, quase desenganchando de suas dobradiças de latão brilhante. Um homem gordo com o suor cobrindo a testa corada grunhiu uma palavra particularmente desagradável enquanto puxava a coleira de um chihuahua, cujas garras minúsculas estalavam nervosamente no mármore.

Me virei em direção a Jarod, que estava sentado em uma de suas poltronas verdes de veludo, com um sorriso arrogante em seus lábios. Devo ter empalidecido com o peso de seu escrutínio, porque Celeste se aproximou ainda mais, roçando o ombro em meu braço.

Tristan gesticulou para a porta aberta.

— Vão em frente. Vou buscar o próximo candidato.

Enquanto ele se afastava assobiando, engoli audivelmente, com a garganta seca. Engoli a saliva mais algumas vezes, mas não encontrei alívio. Provavelmente só aconteceria quando eu deixasse *La Cour des Démons* e seu dono assustador.

Empurrei Celeste para o escritório de teto alto. As cortinas estampadas nos dois conjuntos de janelas francesas estavam abertas hoje, permitindo que a luz entrasse. Onde a sala tinha menos sombras, o rosto de Jarod não. Até mesmo o raio de sol cortando suas írises escuras e sua mandíbula bem talhada fez pouco para iluminar suas feições.

— Como foi sua noite, Pluma?

Novamente, eu engoli. Novamente, não fez nada para umedecer minha garganta.

— Foi tudo bem. E a sua?

— Solitária.

— Pluma? — Celeste interveio. — Você a chama de Pluma?

Ele voltou aqueles seus olhos enervados para Celeste.

— Ela não te contou sobre meu apelido?

Um sulco apareceu entre suas sobrancelhas.

— Por que você a chama de Pluma?

— Porque aparentemente eu sou mole e covarde. — Fiquei feliz em ouvir minha voz ficar um pouco mais forte.

O sorriso de Jarod se alargou.

— Macarrão Unicórnio — Celeste murmurou baixinho.

— Celeste! — Ofeguei, vasculhando o ar ao redor de seu jeans skinny preto para me certificar de que nenhuma pena roxa havia caído.

— Perdoe meu francês.

Jarod riu.

— Eu nunca tinha ouvido esse. — Ele cruzou a perna. Quando sua calça cinza subiu, percebi um toque de amarelo ocre.

Jarod parecia ter uma queda por meias coloridas, da mesma forma que eu tinha uma queda por acessórios brilhantes. E eu que pensei que era impossível ter algo em comum com este homem.

— Sua amiga vai assistir às entrevistas?

— Você se importaria?

Suas sobrancelhas se moveram, desaparecendo atrás de uma mecha castanha cor de chocolate rebelde. Ele ficou surpreso por eu ter pedido sua permissão? Sua compostura voltou rapidamente e ele deu de ombros.

— Só não fique em cima.

Assenti e comecei a ir para o fundo da sala quando Jarod chamou meu nome – bem, o nome que ele me deu.

— Pluma, se sente ao meu lado.

Eu me assustei.

Celeste ficou na ponta dos pés para alinhar sua boca com minha orelha.

— Vou ficar perto da janela. Por aqui, vou te dar cobertura. *Literalmente.* — Logo, sua forma ágil se encaixou no vão sombreado entre a estante de mogno e uma pequena mesa de jogo envernizada com um tabuleiro de xadrez no topo.

Quando me sentei na cadeira mais próxima de Jarod, ele disse:

— Aqui estão minhas regras. Não interfira nas entrevistas. Apenas ouça. Você ganha um coringa. Em outras palavras, uma pessoa se beneficiará da minha ajuda graças a você. Escolha com sabedoria.

Com a batida forte, Jarod apoiou o queixo em um punho fechado.

— Entre.

Sua transformação de animado para blasé foi surpreendente. Eu pisquei, me perguntando se eu estava imaginando a mandíbula endurecendo ou o olhar escurecendo, mas a máscara que ele usou na noite em que nos conhecemos – e eu não estava me referindo à *máscara* da festa – estava firmemente de volta.

Eu me virei em direção à entrada do escritório.

A mulher que me deu uma cotovelada quando passei na frente dela na fila entrou, com tênis brilhantes lançando raios de ouro sobre o painel de mogno.

— Sinto muito. Achei que você tivesse acabado. Gostaria que eu esperasse lá fora? — Seu tom era tão meloso que eu franzi o nariz.

Jarod desconsiderou sua pergunta.

— O que a traz aqui, Mademoiselle...

Ela franziu a testa para mim, mas deve ter entendido que eu não era uma suplicante.

— Guanod — ela finalmente respondeu. — Posso me sentar?

Ela começou a se abaixar em uma cadeira quando Jarod disse:

— Não.

Ela se levantou de novo. Depois de se recuperar do choque da proibição de Jarod, projetou seu queixo pontudo na minha direção.

— Ela está sentada.

— Ela não está aqui pela minha ajuda.

— Por que ela está aqui então?

Jarod desviou o olhar para Tristan, que se afastou da parede, fazendo com que sua camisa azul reluzisse prateada enquanto ele se enfiava em torno dos móveis.

— Mademoiselle Guanod, vou perguntar uma última vez antes que meu funcionário a acompanhe de volta... como posso ser útil para você hoje?

Seus olhos se contraíram, como se estivesse irritada por estar sendo tratada de forma tão antipática.

— Estou deixando-a desconfortável, Jarod. — Eu já estava fugindo para a ponta do meu assento, pronta para me juntar a Celeste no fundo da sala, quando sua voz soou forte.

— Leigh, sente-se.

Eu não tinha certeza do que me chocou mais: o uso do meu nome verdadeiro ou a inflexibilidade com que ele me deu a ordem.

Eu me equilibrei na beirada da almofada alguns segundos antes de recuar, com medo de que ele cancelasse meu coringa se eu não cumprisse suas regras. Seus olhos não se desviaram nem uma vez para mim. Eles ficaram grudados na mulher cuja testa estava franzida em confusão.

— Próximo! — Jarod disse.

— O quê? — Quando ela viu Tristan se aproximar, protestou: — Eu nem mesmo...

— Sabe quanto vale meu tempo, Mademoiselle Guanod?

— Mas eu estava esperando...

— Volte no próximo mês — Jarod disse.

Tristan segurou seu cotovelo, mas ela o puxou para fora de suas mãos.

— Meu ex-marido se recusa a pagar a pensão alimentícia que me deve!

Jarod inspecionou suas cutículas perfeitas, totalmente desinteressado.

— Ele colocou todo o nosso dinheiro em contas *offshore* antes de pedir falência para que não tivesse que dividir comigo. Tudo que eu quero é que você coloque um pouco de bom senso nele.

Jarod não disse nada, nem mesmo olhou para ela.

Tristan, por outro lado, falou:

— Os homens podem ser cretinos demais. Agora, por favor, siga-me.

Quando ele colocou a mão sobre ela, ela a afastou.

— Não me toque. — As lágrimas brotaram de seus olhos, brilhando como os diamantes pesados presos aos lóbulos das orelhas. — Você pode, por favor, apenas falar com ele, Monsieur Adler? Ameaçá-lo um pouco?

— O que você acha, Pluma?

Virei minha atenção para Jarod.

— Hum. — Entre ser colocada no meio disso e a forma como seus olhos escuros permaneceram nos meus, o ar ficou preso aos meus pulmões.

— Devo ajudá-la?

A alma da mulher não me parecia pura. Machucada, talvez, mas não precisando desesperadamente de ajuda.

— Você ainda tem um teto sobre a sua cabeça, Mademoiselle Guanod?

— O que isso tem a ver?

— Minha orientadora fez uma pergunta a você. — Jarod fuzilou a mulher com um olhar feroz. — Tenha a decência de responder.

Seus dentes cerrados.

— Sim. Eu tenho uma casa.

— E você se sente segura em sua casa?

Seus olhos verdes, um tom mais escuro que os meus, ondularam com hesitação.

— Não.

— Ela está mentindo, Leigh. — A voz de Celeste soou baixa.

A mulher estremeceu.

— Quem é essa? Outra de suas *conselheiras*?

— Você gostaria de trocar o seu coringa, Pluma?

Torcendo meus dedos no colo, balancei a cabeça. Embora eu não tivesse dúvidas de que essa mulher temia pela sua qualidade de vida, não temia por sua vida, e eu queria que Jarod ajudasse alguém que o fizesse.

— Muito bem. — Jarod estalou os dedos.

A mulher grunhiu enquanto tropeçava no tapete com estampa de joias à frente de um Tristan alegre. Ao abrir a porta, ela disparou:

— Desde quando você emprega prostitutas para aconselhá-lo, Monsieur Adler?

Eu pisquei, e então um rubor cobriu minha pele. Puxei as alças finas do vestido cinza justo, tentando levantá-lo. Achei que era conservador, mas se parecesse...

— Tristan. — Jarod não pronunciou nada além do nome, e ainda assim eu senti um comando carregado anexado a ele.

Especialmente quando Tristan assentiu.

Assim que a porta se fechou, me virei na cadeira. Antes que eu pudesse abrir a boca, Jarod disse:

— Ninguém se safa ao insultar um dos meus convidados.

— Exceto você. — A voz de Celeste fez os tendões do meu pescoço se contraírem na minha pele ainda corada.

Um nervo pulsou em sua têmpora.

— Exceto eu.

— Ela estava com raiva, Jarod. As pessoas dizem coisas más quando estão bravas.

— Sua irmã é sempre tão caridosa, Celeste?

— Sempre. É a sua única falha.

Eu estava muito ansiosa com o destino da mulher para revirar os olhos para a conversa paralela.

— Por favor, Jarod. Não faça nada com ela.

Ele inclinou a cabeça e me fitou com olhos que faiscavam com travessura. Exceto que ele não era uma criança, então sua ideia de travessura não seria colocar pó para coceira na cama dela.

— *Eu* não vou fazer nada com ela.

Meu coração bateu forte.

— E o Tristan?

— Não sou seu guardião.

— Você pode não ser o guardião dele, mas é o chefe. — Com os dedos ainda brincando com as alças do meu vestido, mordisquei meu lábio inferior.

A expressão de Jarod abrandou.

— Você não deve permitir que as pessoas te insultem.

Eu deveria ter usado uma camiseta larga. Ou uma gola alta. Ou...

— E pare de fazer isso.

Minhas mãos congelaram nas alças do meu vestido.

— Você não parece uma prostituta. — Jarod olhou para o retrato a óleo do cavalo na parede entre as janelas francesas. — Já conheci o suficiente delas para saber.

Minha exalação correu para fora de mim. Por algum motivo, embora eu quisesse agradecê-lo por sua garantia, a última parte de sua proclamação me incomodou.

— Por que você anda com esse tipo de mulher, Jarod?

— Porque eu nunca poderia submeter uma garota inocente ao tipo de vida que levo... ao tipo de pessoa que me faz companhia.

Eu estava prestes a apontar que mudar seu modo de vida permitiria que ele abrisse seu coração para o tipo de mulher que não desejava nada dele além de seu amor, mas fui interrompida por uma batida forte.

21

Um homem desengonçado e com olheiras tão escuras que pareciam hematomas entrou atrás de um dos seguranças de Jarod. Ao não ver Tristan, fiquei preocupada com a mulher com os brincos de diamante.

— Seu nome? — A pergunta de Jarod redirecionou minha atenção para o recém-chegado curvado.

— Sasha.

— O que posso fazer por você, Sasha?

O homem não olhou para mim ou questionou minha presença. Na verdade, ele mal desviou o olhar do tapete sob seus tênis surrados.

— Eu administro um pequeno restaurante com minha esposa e alguns homens... eles — ele esfregou a gola de uma camiseta preta lisa — eles vêm todas as noites e exigem uma parte de nossos ganhos. Dizem que é para pagar por seus serviços. Eles afirmam que são vigilantes do bairro. — A voz de Sasha era tão baixa que mal chegou até mim. — Não tenho certeza se são seus empregados — ele ergueu os olhos para Jarod, depois voltou para o tapete —, mas a minha esposa não se sente segura perto deles, então gostaríamos que você pudesse avisá-los que não queremos seus serviços. — O homem engoliu em seco, seu pomo de adão balançando em sua garganta longa e esquelética.

Jarod passou a mão no queixo com a sombra da barba.

— Em que bairro fica o restaurante?

— O Vigésimo. Perto de Belleville. Na Rue Levert.

Jarod continuou esfregando a barba por fazer.

— Pluma, o que você acha?

— Sim — eu disse sem hesitação. Mas talvez eu devesse ter hesitado... deveria ter esperado para ver se ele teria ajudado Sasha sem ter que usar meu coringa.

Observei o perfil de Jarod, as linhas fortes e regulares de seu rosto, e seus lábios que se abriram para dizer:

— Hoje é seu dia de sorte, Sasha.

Pela primeira vez desde que entrou na sala, Sasha endireitou a cabeça e olhou para Jarod com tanto choque que não me importei se tivesse usado meu coringa para nada. A mistura de gratidão, esperança e alegria que tomou conta do homem fez com que tudo o que tinha acontecido nos últimos dias de repente valesse a pena.

— E-eu não sei como te agradecer. — A gratidão brilhou em seus olhos. — A vocês dois. — Ele olhou para mim e depois para Jarod.

Jarod baixou a mão do rosto e olhou para mim.

— A que horas esses homens aparecem?

— Às dez. Todas as noites, às dez.

— Dê ao meu segurança o endereço do seu restaurante antes de sair. Eu e a minha orientadora passaremos por volta das nove e meia, então estaremos lá para saudar esses *vigias*. — A maneira como Jarod pronunciou a palavra me fez perceber que esses homens não deviam ser seus empregados, o que me tranquilizou mais do que tudo.

Sasha fez várias reverências antes de se virar e lutar para abrir a maçaneta da porta. Ele a puxou de forma brusca, então saiu, mas enfiou a cabeça de volta para proclamar sua gratidão uma segunda vez.

Assim que ele se foi, Jarod murmurou:

— Você não vai chorar, vai, Pluma?

Uma lágrima desceu pela minha bochecha. Eu a afastei.

— Obrigada.

— Pelo quê?

— Por se oferecer para resolver o problema sozinho... e pessoalmente.

Suas sobrancelhas se arquearam.

— Você faz parecer que é a primeira vez na vida que faço algo de bom.

— Não é?

Sua palma bateu no braço da sua cadeira – sem fazer barulho, mas senti o impacto.

— Minha reputação é verdadeiramente abismal.

Pisquei, surpresa por ele estar tentando se passar por uma pessoa benevolente. Claro, ele conduzia essas visitações mensais, mas se desse favores em troca de nada, então sua pontuação teria caído. O fato de que não havia oscilado desde que foi classificado como um Triplo me disse que ele deveria exigir uma compensação em troca de sua generosidade ou por enviar emissários para ajudar.

A menos que ele mesmo tenha lidado com essas situações, mas, nesse caso, isso significaria que ele cometeu crimes tão hediondos no resto do mês que destruíram todo o bem que ele fez.

Olhei por cima do ombro para Celeste. Minha amiga era franca e raramente ficava quieta, então o fato de ela não ter dado uma palavra me confundiu um pouco.

— Você vai cobrar uma CD de Sasha? — Celeste finalmente perguntou, sua mente alinhada com a minha.

Ele franziu a testa.

— Uma *CD*?

— Confissão de dívida. Vai pedir um favor a ele mais tarde?

— Nunca espero nada em troca dessas pessoas.

— Por que eles não têm nada a oferecer?

— Porque essa não é a razão pela qual eu os ajudo.

— Por que você os ajuda? — Celeste continuou. — Para melhorar a sua consciência?

Ele semicerrou os olhos.

— Eu os ajudo porque posso.

Acariciei o apoio de braço, deixando rastros escuros no veludo antes de empurrar as fibras para trás.

— Jarod?

— Sim?

— Você o teria ajudado se eu não tivesse trocado meu coringa?

Seus olhos brilharam.

— Você nunca saberá.

E ainda assim, eu sabia. Ou, pelo menos, senti que sabia.

— Posso ficar e ouvir mais, ou você quer que eu vá embora?

— Não acho que ficar com você seria muito sábio. Você me faria salvar a todos.

Lancei a ele um sorriso triste.

— Eu certamente tentaria.

— Uma pena que você não tenha mais coringas.

Ele teria me dado outro se eu pedisse? Me conformei com um porque era tudo que eu precisava, mas Jarod precisaria ajudar mais de uma pessoa para diminuir sua pontuação. E não, não era uma vida por um ponto – alguns atos podiam fazê-lo ganhar dezenas de pontos, assim como alguns podiam fazer com que ele perdesse um punhado.

O sistema de classificação era como uma balança que pesava bondade e maldade e estabelecia uma soma. Mesmo que seu funcionamento interno permanecesse um mistério para todos, exceto os Arcanjos e os Ishim, que estavam no comando dele, a forma como nos ensinaram sobre isso era que era comparável à perda de peso. No início de uma dieta, os quilos diminuíam rapidamente, mas então os números na balança diminuíam mais devagar à medida que o corpo se habituava ao novo regime.

— Vou buscá-la às nove em ponto esta noite. — A voz de Jarod me tirou de minhas reflexões. — Não me deixe esperando.

— Eu sei. Eu sei. — Quando me levantei, passei as palmas das mãos sobre minhas coxas para alisar meu vestido. — Seu tempo vale uma fortuna.

Jarod me lançou outro de seus olhares desarmantes antes de voltar sua atenção para Celeste.

— Você também vai se juntar a nós mais tarde?

— Se a Leigh me quiser lá.

— Não quero. — Por mais que eu apreciasse o apoio dela esta manhã, não sabia o que esperar da última parte da minha missão. Se fosse perigoso e Celeste se machucasse no fogo cruzado, eu nunca me perdoaria.

— Bem, então, *au revoir*, Celeste.

— Que nossos caminhos nunca mais se cruzem, Monsieur Adler — ela disse com doçura.

— Celeste! — eu a repreendi.

Jarod a observou com um sorriso silencioso.

— Gosto da sua amiga, Leigh e não gosto de muitas pessoas. Ela é honesta. A maioria das pessoas não.

Eu me perguntei se ele gostava de mim, mas depois parei de me perguntar isso, porque um, era estranho, e dois, eu não precisava que Jarod gostasse de mim. Eu só precisava que ele gostasse de fazer boas ações para que continuasse a praticá-las assim que eu ascendesse.

Enquanto eu envolvia meus dedos sobre a maçaneta da porta, a voz de Jarod cortou o escritório.

— Foi com você que ela fez a aposta?

Celeste olhou por cima do ombro para ele.

— O quê?

— A aposta dela. Para se casar com algum espécime masculino formidável. — Seu tom tinha tanto sarcasmo que minhas omoplatas se contraíram.

Mantendo meu olhar na maçaneta de bronze, esperei que Celeste respondesse, rezando para que ela não dissesse a Jarod que não havia aposta, já que nossa espécie não fazia apostas.

— Não foi comigo — ela disse por fim.

— Você conheceu o homem com quem a Pluma quer se casar?

Olhei de volta para Jarod, encontrei seu olhar deslizando pelas ondas cor de pêssego do meu cabelo antes de pousar no meu queixo.

— Sim — Celeste confirmou.

— E você aprova?

— Eles são perfeitos um para o outro.

Um rubor surgiu em minhas bochechas. Forcei a maçaneta para baixo antes de ficar mais vermelha.

— Vejo você esta noite, Jarod. — Na minha pressa, esbarrei em Tristan.

— Vai embora tão cedo, Leigh?

— Sim. — A palavra saiu ligeiramente estrangulada.

— Então, este é o *adieu*? — Os olhos de Tristan brilharam como pedaços de céu sem nuvens.

— Ainda não. — Olhei para trás, para Jarod, que estava olhando fixamente para seu braço direito como se estivesse tentando tirar de sua mente o que tinha acontecido com a mulher de jeans rasgado. — Vou acompanhá-lo esta noite.

— Vai? — Ele olhou para Jarod. — Que... emocionante. — Ele não parecia muito animado com a minha presença, mas sim irritado. Imaginei que eles raramente eram seguidos por estranhos.

— Você vem também? — perguntei enquanto passos lentos soavam no mármore.

A mulher idosa com uma massa de cabelo grisalho entrou mancando no vestíbulo, apoiando-se pesadamente em seu neto.

— *Allez-y, madame.* — Tristan gesticulou para o escritório.

Celeste se esgueirou atrás de mim enquanto eu me afastava para deixá-los passar.

Tristan fechou a porta atrás deles.

A madeira era tão espessa que engoliu as vozes de dentro, mas ouvi o timbre profundo de Jarod se infiltrar.

— O que aconteceu com a outra mulher, Tristan? Aquela que você escoltou para fora daqui.

— Eu a coloquei em um táxi.

Celeste virou a cabeça para o lado.

— Você não a machucou?

Tristan bufou.

— Não, eu não a machuquei. — Como ele não vacilou, presumi que estava falando a verdade. A menos que ele fosse um mentiroso excepcional.

Respirei com um pouco mais de facilidade. Mesmo que eu

devesse ter saído, deixá-los *trabalhar*, não pude evitar de me esforçar para o escritório para ouvir o que estava sendo dito.

— Quantas pessoas vocês costumam ajudar em dias como esses?

— Não tenho liberdade para divulgar esse tipo de informação.

— *Vocês* ajudam as pessoas ou isso é uma bela fachada para esconder o que vocês realmente fazem? — Celeste perguntou.

Quando os olhos de Tristan encontraram os dela, meu coração saltou direto na garganta. Minar a Máfia provavelmente não era recomendado.

Parei na frente dela para protegê-la do olhar serrilhado de Tristan.

— O que ela quis dizer...

— É exatamente o que eu disse. Sinto muito, mas é difícil acreditar que vocês são benfeitores. — Eu sabia que ela queria dizer isso por causa de suas pontuações de pecador. Bem, a pontuação de Jarod. A menos que ela tenha procurado Tristan no *ranqueador holográfico*.

Uma voz suave e instável sussurrou através da madeira. Embora eu não pudesse entender tudo o que estava sendo dito, ouvi a palavra *prisão*.

Eu me coçava para pressionar a orelha contra a madeira, mas a exigência de Jarod para que saíssemos me retorceu. Não seria certo bisbilhotar. Ainda assim, tentei coletar um pouco mais da conversa enquanto Tristan e Celeste ficavam travados em um concurso de encarar. O ar estalou entre eles.

Envolvi meus dedos em torno de seu pulso para quebrar sua concentração.

— Jarod geralmente vai ajudar as pessoas pessoalmente?

Tristan desviou o olhar de Celeste.

— Depende da ajuda que nos comprometemos a fornecer.

— Então, o que faremos esta noite... não é fora do comum?

A porta atrás de mim rangeu. Com a mão em volta do pescoço do menino, a mulher mais velha cambaleou, seu andar parecia mais vacilante do que quando ela entrou, mas isso podia ser devido às lágrimas escorrendo em suas rugas.

Eram lágrimas de alívio ou decepção? Enquanto eles passavam por nós, observei o rosto do menino, esperando que ele fosse mais fácil de ler do que sua avó. Embora sua longa franja loira obscurecesse seus olhos baixos, ela não escondia suas bochechas molhadas combinando.

O que quer que tenham vindo pedir, não conseguiram.

As solas rangeram no mármore, e então Tristan passou por mim, indo até a mulher e o menino, e os precedeu no pátio ensolarado.

— Você não pode ajudar a todos nesta vida, Pluma. — A voz profunda de Jarod retumbou em minha direção como uma onda de trovão.

Ele se referiu a si mesmo ou a mim? Suponho que não importava quem *você* era. Ele tinha razão, era impossível ajudar a todos, mas ele tinha o poder de ajudar a muitos. A mulher e a criança não eram dignas de bondade?

Uma nova teoria apagou todas as outras: sua pontuação nunca vacilou, porque a esperança pendente que não era alcançável era o epítome da crueldade e negava qualquer boa ação que ele pudesse realizar.

Sem palavras, saí de sua linha de visão e depois de seu reino.

22

Eu não tinha trazido muitas roupas e, embora lavar roupa fosse uma tarefa fácil na associação graças aos nossos cestos de fogo angelical, me vi gastando minha mesada em um vestido em uma boutique francesa bonita naquela tarde.

Não era o tipo de coisa que eu normalmente escolheria – estampa de leopardo esmeralda e dourada sob duas camadas de chiffon preto transparente – mas hoje não era um dia normal. Hoje era meu último dia nesse lugar e eu queria usar uma linda criação humana. Além disso, parecia ser o tipo de vestido que as mulheres parisienses usavam, e como Jarod e Tristan estavam sempre vestidos de maneira impecável, eu não queria destoar.

Enquanto eu descia a rua de pedestres em sapatos de salto agulha pretos, as camadas arejadas de chiffon giravam em volta das minhas panturrilhas. E se Jarod e Tristan aparecessem de calças cargo e camisetas pretas?

Tarde demais para trocar de roupa agora. Logo, Jarod chegaria, e como ele me lembrou, não gostava de ficar esperando.

Quando cheguei à avenida principal, o veículo com chofer, que tinha me seguido até em casa, já estava junto ao meio-fio, com o pisca-alerta marcando a rua escura.

Meu estômago roncou, me lembrando de que pulei o jantar. Mas devorei um macaron rosa gigante recheado com chantilly adoçado e *confiture* de framboesa depois da minha expedição de compras. Minhas papilas gustativas ainda formigavam com seu sabor delicioso. Uma vez que a comida podia ser conjurada em Elysium, eu gostaria de ter aquele pedaço cor de rosa do paraíso com frequência.

Elysium... eu estava tão perto que quase podia sentir o gosto da salmoura e do sol ricocheteando nas paredes de quartzo da capital cercada pelo fumegante Mar do Nirvana. Quase podia ouvir a língua celestial, que se tornaria mais familiar para mim do que qualquer linguagem humana.

O motorista de cabelos brancos saiu do carro e abriu a porta de trás. Eu roubei uma última golfada de oxigênio antes de entrar no sedan preto. A primeira coisa que notei foi que Jarod estava vestindo um terno preto, o que significava que eu não estava arrumada demais. A segunda coisa que notei foi que seus olhos estavam refletindo olheiras e fadiga.

Ele deu uma audiência a todos que esperavam na fila do lado de fora de sua casa?

Toquei seus dedos.

— Você está bem?

Seu olhar baixou para meus dedos ousados. Eu os puxei de volta e os enrolei no meu colo.

Ele suspirou.

— Foi um dia longo.

— Está quase acabando — eu o lembrei com um sorriso.

Ele ergueu o olhar do ponto da pele que toquei e focou em mim, ou melhor, no meu pescoço e depois mais abaixo. Sua expressão ficou mais sombria enquanto observava meu corpo.

— Não vamos ao teatro, Pluma — ele quase grunhiu. — Estamos indo para o Vigésimo, um dos bairros mais modestos desta porcaria de cidade. O que deu em você para vestir... *isso?*

— Você e o Tristan estão usando terno.

— Vou dar a ela meu paletó — Tristan ofereceu, levando os dedos ao botão.

Jarod lhe lançou um olhar furioso antes de tirar seu paletó e jogá-lo em mim.

— Ela vai usar o meu.

Depois que me recuperei do choque da batida da lã, passei os braços pelas mangas, sentindo o forro de seda prateada quente contra minha pele nua.

— Você encontrou alguém digno de ser salvo depois que saí?

Ele olhou pela janela para a rua e o fluxo de carros ao nosso redor. Depois de quase um minuto inteiro, ele se virou para mim e, quase um minuto depois disso, disse:

— Talvez.

Meus pulmões se encheram com o cheiro mineral e doce de Jarod.

— Por que você sempre tem que ser tão enigmático? Depois desta noite, não nos veremos mais.

Meu argumento saiu pela culatra.

— Por que eu compartilharia detalhes da minha vida com alguém que não verei novamente?

— Esqueça — resmunguei.

Depois disso, seguimos em silêncio. Bem, não em completo silêncio. Tristan, pelo menos, conversou comigo, me perguntou para onde eu iria a seguir. Eu disse a ele que iria de *volta para Nova York* – não era uma mentira. Então ele perguntou sobre meus planos assim que eu chegasse em casa, e olhei para Jarod, me perguntando se ele havia informado seu amigo sobre a minha aposta.

— Ainda não tenho certeza — eu disse.

Jarod, que parecia perdido em pensamentos, disse, impassível:

— Ela vai se estabelecer quando fizer... quantos anos você tem mesmo, Pluma?

— Vinte. — Passei os dedos pelo meu cabelo, que caíam em ondas suaves contra o paletó. A cor podia ser chocante, mas pelo menos, meu sangue de anjo deixava meus cabelos naturalmente brilhantes e macios.

Tristan se virou.

— Você vai se casar?

— Estou pensando sobre isso. — Mas era Asher, não eu, que precisava pensar sobre isso. A escolha não era minha.

— Quem é o sortudo? — Tristan perguntou.

Os detalhes dourados tecidos na estampa de leopardo brilharam enquanto eu enrolava o pano entre meus dedos.

— Sim, Pluma, quem é o sortudo? — Jarod repetiu em provocação.

Mordisquei meu lábio inferior, sem vontade de discutir sobre Asher, porque isso não estava me deixando feliz.

— Você não o conhece.

Meu tom áspero fez Jarod sorrir.

— Talvez o conheçamos. Conhecemos muitas pessoas, não é, Tristan?

Os dentes de Tristan brilharam no interior escuro.

— Ele, não — falei.

— Qual o nome dele? — Jarod me cutucou.

— Não quero te dizer.

— Por que não?

Decidi usar suas palavras exatas.

— Por que eu compartilharia detalhes da minha vida com alguém que não verei novamente?

Os olhos de Jarod pareciam brilhar na obscuridade.

— *Touché*. — Depois de um momento de silêncio, ele perguntou: — O que aconteceria se eu não ajudasse o Sasha esta noite?

Sua pergunta, juntamente com seu perfume inebriante, fez meus pulmões lutarem por ar.

— Você prometeu a ele. E a mim...

— Mas o que acontece se eu disser a Francis para dar meia-volta e nos deixar no *L'Ami Louis*?

Eu não sabia quem era esse Louis. Tudo que eu sabia era que sua casa não era nosso destino. Minhas juntas embranqueceram no tecido.

— Você está tendo dúvidas?

— Estou com fome e, considerando o som que vem do seu estômago, você também. O *L'Ami Louis* tem o melhor *foie gras* de Paris. Você gosta de *foie gras*, Pluma?

Fiquei boquiaberta.

— Você está pensando em voltar atrás porque está com fome?

— Não fique tão indignada.

— Não estou indignada, estou chocada por você ter deixado seu estômago ter precedência sobre sua alma.

— Lá vai você falar sobre minha alma novamente. Minha alma é irrecuperável, por mais que eu faça boas ações.

— Isso não é verdade, Jarod!

Uma mecha escura caiu em seus olhos. Ele a empurrou para trás, mas caiu sobre sua testa novamente.

— Pluma, você não me conhece. Não sabe o que eu fiz. *Tudo* que eu fiz.

— Tenho certeza de que é tudo muito terrível, mas todos podem mudar. Você só precisa querer.

— Talvez eu não queira mudar. Francis...

Sentindo que ele estava prestes a dizer ao motorista para voltar, pedi:

— Jarod, por favor. — Eu não me importaria em implorar. Felizmente, não chegaria a esse ponto. — Sasha está contando conosco. Com *você*. Por favor, vamos até ele.

Ele me olhou por um longo tempo, como se pesasse os prós e os contras de manter sua promessa ao dono do restaurante.

— Depois de nos livrarmos de seus vigias indesejados, podemos ir jantar. Quero dizer você e o Tristan. Você não tem que me levar para jantar. — Doce Elysium, posso soar um pouco idiota?

Mais uma vez, Jarod avaliou meu apelo em silêncio. Eu raramente encontrava alguém tão confortável com o silêncio quanto Jarod Adler.

— Monsieur Adler? — Francis perguntou.

Com o olhar sem oscilar do meu, Jarod moveu os dedos em direção ao para-brisa.

— Prossiga para a Rue Levert. — Assim que o motorista acelerou o carro de volta na direção certa, o chefe da máfia cruzou o tornozelo sobre o joelho oposto. — Você vai ficar para jantar, Pluma.

— Obrigada — sussurrei.

Seguimos o resto do caminho em silêncio – Tristan digitando em seu telefone, o motorista se concentrando em evitar patinetes motorizados e Jarod olhando pela janela.

Logo, estávamos passando por uma rua alinhada com prédios retangulares claros desprovidos de esculturas ornamentadas e uma multidão que não brilhava como aquela que enxameava Saint-Germain. O carro parou em frente a um restaurante com um toldo vermelho com letras brancas volumosas formando a palavra *Layla*.

Nossa chegada atraiu bastante atenção. De repente, fiquei feliz com o paletó de Jarod. Quando o motorista abriu minha porta, Tristan puxou algo do bolso do paletó – uma pequena arma preta. Ele verificou o cano e o enfiou no cós da calça.

Armas causavam muitos danos. Eu estava prestes a perguntar a Tristan se isso era realmente necessário quando Jarod disse:

— Tente não atirar em si mesmo desta vez.

Tristan bufou.

— *T'es drôle.* — *Você é engraçado.*

Jarod sorriu, o que tirou um pouco da preocupação anterior de seu rosto. Quando ele viu que eu ainda estava plantada no banco de trás, perguntou:

— Está pensando melhor sobre ir junto, Pluma?

Puxei o paletó ainda mais e saltei. Tristan se juntou a mim primeiro, então Jarod circulou a traseira do carro e caminhou direto para o *Layla*, e nós o seguimos.

Uma mulher carregando uma placa de ardósia coberta de rabiscos a giz ofegou, seus lábios fúcsia formaram um "O" perfeito em seu rosto sem cor.

— Sasha! — ela gritou, sua voz soou um pouco estrangulada.

Sasha ergueu os olhos de uma garrafa de vinho que estava abrindo ao lado de uma mesa para quatro.

Ela virou a cabeça em nossa direção.

Sorri para ela, o que apenas pareceu aprofundar as linhas finas em sua testa.

Sasha serviu o vinho em velocidade recorde nas taças de seus clientes, em seguida, colocou a garrafa na mesa antes de se apressar para nos cumprimentar.

— *Bonsoir*, Monsieur Adler.

— Eles chegaram? — Jarod perguntou, encantador como sempre. Sasha olhou ao redor com nervosismo.

— Ainda não. Por favor sente-se. Layla *chérie, la bouteille.* — *Layla, querida, a garrafa.*

Enquanto ele nos conduzia a uma mesa encostada na parede texturizada, sua esposa quase jogou a pequena lousa em uma cadeira antes de ir apressada em direção ao bar de madeira em forma de L na parte de trás e seguir através de uma porta de vaivém. Jarod escolheu o assento de frente para a rua e se encostou na parede áspera, examinando o pequeno espaço e as cerca de duas dezenas de pessoas se aglomerando ali. As conversas não tinham retomado, todos ainda muito ocupados boquiabertos. Afrouxei meu aperto no paletó, sentindo a atenção espalhar calor por mim.

Tristan puxou a cadeira em frente à de Jarod para mim, em seguida se sentou ao meu lado enquanto Layla se agitava segurando uma garrafa empoeirada de vinho tinto com um rótulo esfarrapado. Jarod deu uma olhada rápida na garrafa enquanto Tristan lia o rótulo lentamente.

— *Château Montrose '01.* Você nos mima — disse, lançando a Layla seu sorriso de flerte habitual.

Suas bochechas ficaram rosadas quando ela tirou a rolha a garrafa com um puxão rápido e a inclinou em direção a minha taça. Eu estava prestes a recusar, mas lembrei que o álcool não me custou nada. Além disso, recusar o presente poderia ofendê-los, então deixei Layla servir.

Assim que ela voltou para a mesa em que estava anotando o pedido quando chegamos, Tristan levantou seu vinho.

— *À la tienne*, Leigh.

— À nossa saúde — respondi, levantando a taça e batendo contra a dele. Esperei que Jarod pegasse a sua, mas ele ainda estava observando com cuidado o salão, do teto de madeira aos aglomerados de lâmpadas que formavam poças de luz em cada mesa quadrada.

— Leigh — Tristan me chamou, apontando para seus olhos, depois para os meus. — Prefiro evitar sete anos de sexo ruim.

— O quê?

— É comum olhar nos olhos de alguém quando você brinda. Para evitar azar no quarto. Ou em qualquer outro lugar que você goste de ficar nu. — Ele acrescentou a última parte com uma piscadela maliciosa que vim a entender que fazia parte de seu arsenal ao interagir com membros do sexo oposto, então não tomei suas palavras nem sua piscadela pessoalmente.

Mantendo os olhos em Tristan, tomei um gole de vinho. O álcool doce queimou minha garganta. Eu esperava sentir a pontada que precedia a queda de uma pena, pensando que ontem tinha sido um acaso, mas nenhuma caiu.

O alívio me fez tomar outro gole mais forte. Desta vez, não houve queimadura, apenas um sabor exuberante que me lembrou das cerejas crescendo no pomar da associação, que colheríamos antes que os ossos das nossas asas aparecessem e nossas preocupações mudassem. Tomei outro gole do néctar e umedeci os lábios.

— Alguém já te disse que sua boca é uma obra de arte, Pluma? — Tristan deu um gole lento em sua própria bebida.

Eu me assustei com o uso do apelido de Jarod. De alguma forma, parecia errado vindo dele. Aparentemente, eu não fui a única a pensar isso.

— Não a chame assim, porra — Jarod disparou.

O semblante presunçoso de Tristan vacilou com a advertência de Jarod.

— Não vai acontecer de novo, chefe. — Ele inclinou a taça e a esvaziou, em seguida passou as mãos pelos cabelos prateados nas têmporas e se levantou. — Vou me sentar no bar. Não quero nenhum ponto cego.

Enquanto ele se afastava, eu disse:

— Possessivo com seus apelidos, hein?

Jarod me olhou de lado, com os dedos acariciando a haste atarracada de sua taça de vinho. Suas unhas estavam perfeitamente aparadas e polidas, quase mais brilhantes do que as minhas, que pintei em um nude cintilante.

Entre o aquecimento do radiador no lado direito do meu corpo e o álcool correndo em minhas veias, o calor se tornou insuportável e tirei o paletó.

— Você sabe como são os homens...

— Coloque o paletó de volta. — As palavras de Jarod foram baixas e cortadas.

Já que seu olhar estava focado em um grupo de cinco caras na mesa vizinha, como ele percebeu que eu estava tirando-o?

— *Je me la ferais bien, celle-là.* — *Eu pegaria essa daí.*

Pisquei para o homem que tinha falado, mais menino do que homem, com o rosto cheio de espinhas e pelos ralos no rosto.

Jarod tirou as abotoaduras dos punhos e arregaçou as mangas da camisa.

— Pluma, coloque a merda do paletó — ele grunhiu novamente.

Enquanto eu o jogava sobre meus ombros, o rapaz se recostou na cadeira e sorriu para Jarod. As pernas da cadeira de Jarod arranharam o piso de madeira. Antes que ele pudesse se levantar, apertei meus dedos em torno de seu antebraço.

— Lembre-se de porque estamos aqui — murmurei, tentando acalmar seu temperamento. *Para melhorar sua alma, não para sujá-la.* — Não jogue isso fora por causa de algum comentário estúpido. No grande esquema das coisas, não importa.

As narinas de Jarod dilataram-se.

— Isso importa para mim.

Para um Triplo, ele era terrivelmente justo.

— Por favor — pedi novamente, e aquele último apelo sussurrado desmantelou sua sede de ensinar uma lição ao canalha.

23

*P*ressentindo problemas, ou talvez, ciente do que o garoto de rosto cheio de espinhas havia dito, Sasha correu em nossa direção com o suor brilhando em sua testa.

— Sinto muito, Monsieur Adler.

Ele se virou em direção à mesa dos cinco rapazes e pediu para que saíssem. Mesmo com a voz baixa, a tensão interna era inconfundível. Quando um deles resmungou e disse que nunca mais voltaria e de jeito algum pagariam por sua refeição, as protuberâncias da coluna de Sasha pressionaram contra sua camisa de algodão cinza.

As pernas da cadeira arranharam e, em seguida, o rapaz cheio de espinhas roubou a garrafa de vinho pela metade antes de cuspir nos pés de Sasha. O muco viscoso pousou bem perto dos tênis gastos do homem. Pressionei meus lábios. Eu sentiria falta de certos humanos. De outros, nem tanto.

Senti algo se mover sob meus dedos – os tendões no antebraço de Jarod. Eu tinha me esquecido que ainda o estava segurando. Tirei meus dedos assim que a porta se fechou atrás do grupo mal-educado.

— Fique com o paletó desta vez — ele disse.

Eu o puxei com tanta firmeza que quase me sufoquei.

A sala ficou desconfortavelmente quieta e o silêncio aumentou até se tornar uma massa quase sólida. Tristan estava sentado na beira de um banquinho no bar, como se estivesse pronto para pular. Só quando Jarod relaxou que Tristan também relaxou.

As mãos de Sasha tremiam enquanto ele empilhava os pratos dos cinco homens que haviam partido, e os tremores pareciam piorar sob o escrutínio de seus clientes.

Comecei a me levantar para ajudá-lo quando Jarod disse:

— Não.

Fiz uma careta, sem entender por que não poderia ajudar a aliviar a carga de Sasha. Eu estava prestes a protestar e lembrá-lo de que meu chamado era ajudar as pessoas, quando ele me lançou um olhar tão severo que prendeu minhas coxas no assento de madeira.

— Todas as refeições são por nossa conta esta noite! — A voz de Jarod cortou a pequena sala, amplificada pelas paredes ásperas e o teto baixo de madeira. — Então, peçam aquela segunda garrafa de vinho ou experimentem o menu inteiro por minha conta.

O tilintar de talheres interferiu em suspiros baixos. Dois copos chacoalharam na bandeja que Layla estava colocando no bar, e os restos de vinho dentro de um dos copos respingaram na manga do paletó de Tristan. Ele murmurou baixinho e Layla ficou vermelha. Ela correu para trás do bar e voltou com uma toalha molhada. Sussurrando desculpas que carregavam a confusão crescente, ela começou a acariciar seu paletó quando Tristan pegou a toalha da mão dela, tirou o paletó e terminou o trabalho.

— Monsieur Adler, isso é muito generoso — Sasha murmurou, segurando a pilha de pratos contra si. — Você não precisa fazer isso. — Molho marrom brilhante pingou da pilha trêmula e desceu por seu pulso ossudo.

— Pensando bem, todas as refeições neste estabelecimento serão compensadas no próximo mês se vocês vierem ao restaurante de Sasha e Layla — Jarod acrescentou.

Sasha olhou boquiaberto para Jarod, se agarrando aos pratos com tanta força que me preocupei que pudessem quebrar.

— *M-Merci.*

Jarod deu de ombros.

— Não me agradeça ainda.

Sasha acenou com a cabeça antes de sair correndo.

— Foi muito gentil de sua parte, Jarod — falei, tentando decifrar o homem que mais parecia um quebra-cabeças.

— Surpreendente, tenho certeza. — Ele finalmente tomou um gole de vinho.

Embora os clientes tivessem voltado a cortar costeletas de carneiro douradas ou pegar batatas cremosas e recheadas, todos lançaram olhares curiosos em nossa direção. Eu estava prestes a perguntar a ele se a maioria das pessoas em Paris o conhecia quando Layla se apressou para perguntar se poderia nos trazer mais alguma coisa. Embora o cheiro de comida fizesse meu estômago roncar, senti que agora não era o momento para ceder.

— Só um pouco de pão, por favor — Jarod disse.

— Agora mesmo. — Ela correu de volta para o bar, então voltou carregando uma cesta de arame cheia de fatias de baguete. Depois de depositar em nossa mesa, ela voltou a anotar os pedidos de comida.

Ouvi uma mulher pedir todos os aperitivos e pratos principais. Ou ela e o marido estavam famintos ou iriam se aproveitar da oferta de Jarod. Provavelmente o último.

Eu sorri.

— Planejando distribuir antiácidos?

— A gula é um pecado mortal, então suas almas deveriam sofrer de acordo, você não acha?

Seu comentário, combinado com seu tom zombeteiro, impediu temporariamente a capacidade do meu cérebro de moldar uma resposta.

— Além disso — seus dedos acariciaram a taça —, vai te dar um bando alegre de novos pecadores para ajudar. Certamente, não tão divertidos quanto o seu, mas mais fácil considerando o quanto você é versada na gula.

O quanto sou versada na gula? A palma da minha mão caiu para o meu estômago macio.

— Só porque gosto de comer, não significa que tenho um distúrbio

— falei, desejando estar confortável o suficiente comigo mesma para que o meu físico não doesse.

Os dedos de Jarod despencaram de seu copo, o lado de sua mão batendo na mesa de madeira arranhada.

— O que foi?

Examinei uma das muitas ranhuras na madeira.

— Esqueça.

— Não me diga para esquecer. Por que você levou minha observação para o lado pessoal?

Roubei um pedaço de pão da cesta e tirei o centro pastoso da crosta dura e fina.

— A sua opinião deveria ser considerada universal? — Enfiei o pão na boca. *Tome isso, Jarod Adler. Não me importo com o que você pensa do meu corpo e meu amor por comida.*

Mas eu me *importava*. Demais. Da mesma forma que me importava quando Eve me incentivava a cortar carboidratos.

— Aquilo não foi... Pluma, eu não...

— Eu disse para esquecer.

A porta de vidro do restaurante tilintou e três homens entraram, com sorrisos tão largos quanto seus ombros. Todos exibiam pelos no rosto, mas nenhum no couro cabeludo. Um arrepio percorreu minha espinha, e não achei que tivesse algo a ver com o ar frio que entrou quando eles entraram.

Um deles piscou para Layla, que ficou tão rígida quanto o menu que segurava. Ele riu enquanto seguia os outros dois montes de músculos em direção ao bar, onde todos os três caíram pesadamente em banquetas dois assentos depois de Tristan.

Tristan ergueu os olhos do paletó que ainda estava limpando. O cara que piscou para Layla girou em seu banquinho e vi um brinco de diamante cintilar em sua orelha direita. Depois de olhar para fora, ele colocou os cotovelos no bar atrás de si como se fosse o dono do lugar. A porta atrás do bar se abriu e Sasha, com os braços carregados de pratos, paralisou antes de olhar para Jarod.

Jarod, que ficou tão imóvel quanto o anjo sem asas em seu pátio.

O olhar do cara do brinco se voltou para ele. Quando Jarod se levantou, o bandido deu uma cotovelada em seu amigo, cuja mandíbula se contraiu. Eu me sentia inútil sentada tão longe, mas tinha medo de atrapalhar se fosse até eles. Além disso, minha missão era guiar, não realizar os atos no lugar do pecador.

Enquanto observava a linguagem corporal dos homens, passei o polegar ao longo da lapela do paletó de Jarod, sentindo seu cheiro da lã de seda. Em vez de me acalmar, meu coração disparou com mais força.

O homem ao lado do cara do brinco se remexeu no banquinho e, em seguida, sua mão deslizou sob a camiseta como se estivesse coçando a barriga.

Quando peguei o brilho da prata, ofeguei o nome de Jarod e me levantei, fazendo o paletó saltar dos meus ombros e bater nas costas da cadeira antes de cair no chão. Felizmente, Tristan tinha visto a arma também. Ele saltou na frente de Jarod, brandindo sua arma. Acima do barulho dos pés das cadeiras, gritos estridentes ecoaram, rivalizando com o trovão em minhas veias.

Tristan engatilhou a pistola e o homem sacudiu as mãos no ar. A faca caiu no chão. Tristan a chutou para trás, e ela bateu nos brilhantes sapatos Oxford de Jarod.

Ele pisou no topo da lâmina e disse:

— *Você*, ligue para o Mehdi e o coloque no viva-voz.

Enquanto os dedos do cara de brinco tocavam a tela do telefone, seu comparsa semicerrou os olhos, primeiro em Tristan, depois em Jarod.

Não gostei da maneira como ele estava observando Jarod e me aproximei do meu pecador. Eu não deveria interferir, mas também não iria me sentar e assistir os homens se matarem. Especialmente quando eu era imortal, e Jarod não.

O olhar do homem acendeu com diversão ao me ver.

— Guarda-costas fofa — disse, o que lhe valeu a cotovelada de Tristan na têmpora e uma carranca dura de Jarod para *mim*.

Há alguns anos, passei na frente de um táxi amarelo e fui lançada vários metros no ar para proteger uma criança cuja mãe havia empurrado o carrinho sem verificar se havia tráfego.

Mesmo que Jarod pudesse ter acreditado que eu era inútil, eu sabia que não era.

Um grunhido soou no celular que o cara de brinco estava segurando, roubando a atenção de Jarod de mim.

— O quê?

O Senhor da Corte dos Demônios estalou os nós dos dedos.

— Já faz um tempo, Mehdi.

O silêncio respondeu a ele.

— Você nunca mais apareceu para me visitar — Jarod continuou.

— Jarod? — A voz de Mehdi falhou.

— Estava com medo de que você tivesse se esquecido de mim. — Um sorriso leve apareceu nos lábios de Jarod. — Você está atrasado para uma visita.

O cara que Tristan havia atingido esfregou a têmpora com olhos verdes semicerrados como os de uma cobra.

Mehdi pigarreou.

— Estive ocupado.

Jarod percorreu com o olhar os três homens à sua frente.

— Posso ver.

— Na verdade, eu estava planejando te ligar esta semana.

— É mesmo? Que adorável. Vou pedir ao Tristan para aguardar sua ligação. Ah, e parabéns, ouvi dizer que você conseguiu um casamento muito lucrativo para sua filha mais velha. Devo enviar meu presente para a suíte de lua de mel dela nas Seychelles ou para o apartamento dela na Avenue Matignon?

— Como... — Mehdi gaguejou, mas se impediu de expressar o resto de sua pergunta. Ele provavelmente estava se perguntando como Jarod sabia onde sua filha estava passando a lua de mel.

— Você estava planejando me informar sobre o seu pequeno negócio paralelo? — Jarod perguntou.

O cara de olhos verdes que estava ao lado se remexeu em seu banquinho, lançando olhares ao redor. Percebi como o restaurante estava silencioso. Olhei por cima do ombro para encontrar Sasha e sua esposa encolhidos em um canto, as únicas pessoas restantes além de nós. Eu esperava que a oferta de Jarod para pagar as refeições fizesse os clientes se esquecerem da discussão acalorada e voltar, se não esta noite, então em breve.

— Eu estava... não é — Mehdi foi incapaz de pronunciar frases inteiras.

— *La Cour des Démons* não tolera extorsão, mas você sabe disso, não é? — Jarod continuou, soando tão censor quanto Ophan Mira quando ela me pegava lendo um de meus romances humanos. — Espero que você devolva os fundos que confiscou de todos os estabelecimentos que extorquiu no ano passado.

Houve um estrondo alto do outro lado do telefone, como se Mehdi tivesse socado algo. A atenção do homem de olhos verdes se voltou para um de seus amigos antes de voltar para Jarod.

— Hoje cedo, seu filho gentilmente forneceu a Tristan uma lista detalhada dos restaurantes e cafés que você enviou seus emissários para atacar. Tristan entrará em contato com eles, um por um, para confirmar que recuperaram seus fundos antes da nossa reunião. — Uma série de palavrões abafados fez Jarod sorrir. — Mal posso esperar para te ver também, velho amigo.

Ao mesmo tempo em que a tela do telefone escurecia, o homem de olhos verdes saltou de seu assento, agarrou meu pulso e me jogou contra sua frente. Seu braço musculoso envolveu minha garganta, espremendo o ar. Arranhei sua pele, ofegando. Ele recuou, me arrastando consigo, em seguida, pegou uma garrafa de uma mesa e a jogou contra o encosto de uma cadeira. O vinho tinto espirrou no chão e atingiu meus tornozelos nus, pingando dentro dos meus sapatos.

O cara empurrou as bordas afiadas da garrafa contra minha clavícula.

— Atire em nós e eu corto o pescoço dela. — A saliva com cheiro rançoso bateu na minha bochecha.

Os olhos de Jarod ficaram tão negros quanto o cano da arma que Tristan estava apontando para os outros dois.

— Eu não estava planejando atirar em nenhum de vocês, mas agora...

O homem me sufocou com mais força e a sala ficou granulada.

— Não faça isso — murmurei. Para meu atacante e para Jarod. Eu não queria ser a causa do derramamento de sangue. O derramamento de sangue apagaria todo o bem que Jarod havia feito esta noite. Mesmo que não colocasse o dedo no gatilho, se ele ordenasse o golpe...

— *Putain, lâches la meuf, Mo!* — o cara do brinco gritou. Implorar a seu amigo para me libertar significava que ele sentiu que isso não iria acabar bem para os três.

Quando as estrelas dançaram no limite da minha visão, convoquei minhas asas. Elas não iriam me ajudar a voar para fora do alcance do homem, mas os ossos das asas o pressionariam para trás como uma mão invisível, com sorte, me emprestando espaço suficiente para escapar. Quando elas explodiram de minhas omoplatas e minhas penas estalaram, o ar retornou para a minha garganta, aguçando minha visão.

— O que... — o homem gaguejou enquanto eu me virava e empurrava minhas mãos em seu torso. Eu não deveria usar violência, a menos que estivesse sob coação.

Decidi que estava.

Ele tropeçou e então seu traseiro atingiu o chão. Uma arma disparou. Me virei para encontrar um dos homens tentando arrancar a arma das mãos de Tristan enquanto o cara do brinco gritava para ele parar.

Algo afiado perfurou minha panturrilha, arrancando um grito meu. Tombei para frente, caindo direto nos braços rígidos de Jarod. Por vários instantes, ele não se moveu, mas então, me girou e chutou o pulso de Mo enquanto balançava sua arma improvisada novamente. A garrafa escapou de sua mão e caiu no chão com um estrondo ensurdecedor.

Outro tiro foi disparado.

Desta vez, a bala cravou na carne. O cara do brinco paralisou quando o cérebro de seu amigo explodiu em cima dele. E então ele empalideceu e tropeçou, ofegante. Tristan se levantou, enxugou o sangue na testa com a manga do paletó que ele havia limpado há pouco tempo, em seguida, apontou a arma para o cara que me atacou. A bala disparou pelo ar e ricocheteou em um prato.

— Jarod! — gritei quando vi Mo pegar uma faca de carne.

Me lancei para me colocar entre eles. Jarod envolveu um braço ao redor da minha cintura e me puxou para cima. Quando meus calcanhares encontraram o chão, um grunhido saiu da garganta de Jarod e açoitou minhas penas.

Tentei olhar por cima do ombro, mas minhas asas estavam no caminho. Eu as eliminei com magia me virei nos braços de Jarod.

Outro tiro ecoou pelo restaurante. Mo baixou o queixo e olhou para o buraco que gotejava em seu peito. Seus olhos se reviraram e ele se jogou contra uma mesa antes de cair no chão.

Meus ouvidos zumbiram e minha garganta se apertou com o fedor de sangue quente e vômito acre. A pele de Jarod empalideceu consideravelmente, e seus olhos tinham um brilho vítreo que me fez deslizar as palmas das mãos sobre sua mandíbula, pelo pescoço quente e pelas costas. Sua camisa havia sido cortada. Quando meus dedos ficaram pegajosos e vermelhos, percebi que Mo havia cortado as costas do meu pecador.

— Ele te cortou! — gritei.

— Eu sei, Pluma. Eu estava lá.

Pisquei com seu humor seco. Não era engraçado. Nada disso era engraçado.

— Estou bem — ele acrescentou.

Ele não parecia bem. Parecia pálido enquanto o peixe coagulava em um dos pratos próximos a nós.

— Deixe-me ver — eu disse.

— Eu disse que estou bem.

— Jarod...

Ele agarrou meus pulsos.

— Eu disse que estou bem. É só um arranhão.

— Arranhões não sangram muito — falei, mas então peguei Tristan levantando a arma para o cara do brinco, que estava de quatro, esvaziando o conteúdo do estômago. — Tristan, não!

Seu dedo apertou o gatilho, e o homem caiu de cara no próprio vômito.

As lágrimas correram pelo meu rosto com o massacre.

Minha culpa.

Era tudo culpa minha.

Se eu não tivesse pressionado Jarod para assumir esta tarefa.

Se eu não tivesse baixado a guarda e me permitido ser usada como um peão neste jogo de poder.

Ah, Grande Elysium, o que eu fiz?

Minhas asas reapareceram e eu as enrolei em volta de mim, desejando que elas pudessem me proteger de toda essa morte, mas tudo o que elas conseguiram foi esconder o espetáculo. Eu ainda podia sentir o cheiro amargo da pólvora. Ainda podia ouvir o barulho das sirenes se aproximando.

— Devemos ir antes que a polícia chegue aqui — Tristan falou com a voz tão incrivelmente calma que eu quis bater nele.

Como ele podia não estar afetado por tirar três vidas? Por que ele estava acostumado com isso?

Coloquei minhas asas para trás, a bile subindo com a visão da carnificina. Olhei para Tristan, que estava enfiando a arma na cintura, em seguida para Jarod, que estava olhando para meus ombros.

Empalideci.

Ele podia... ele podia ver minhas asas?

Meu batimento cardíaco se fortaleceu, vibrando contra o meu palato, fazendo o interior da minha boca ficar com gosto de moeda.

— *Mon Dieu. Mon Dieu.* — A voz de Sasha se elevou atrás de mim.

Foi isso que chamou a atenção de Jarod.

Não minhas asas.

Não. Minhas. Asas.

Além disso, se ele podia vê-las, então poderia tocá-las, e eu não tinha sentido seus dedos em minhas asas. Ou tinha? Meu pulso caótico parecia ter anestesiado meu corpo e diluído minha memória.

— Vamos esperar pela polícia — Jarod respondeu com calma, voltando o olhar para um dos corpos caídos. — E, Tristan, chame a equipe de limpeza.

A mandíbula de Tristan se apertou como se ele quisesse protestar, mas ele pegou o telefone e repassou a lista de contatos.

Eles têm uma equipe de limpeza de plantão? Com que frequência esse tipo de coisa acontecia? Não perguntei, porque não queria saber. Mantive minhas asas dobradas, mas presentes, encontrando conforto em seu peso familiar. Poucos minutos depois, dois policiais entraram no restaurante com as armas em punho.

— Monsieur Adler — um deles gaguejou.

A policial que flanqueava seu parceiro franziu a testa.

— Abaixe a arma, Christine — o primeiro policial sibilou.

Mesmo que parecesse exigir muito forçar seus braços a colocar a arma no coldre, ela o fez.

— O que aconteceu aqui?

Eu não tinha certeza se Jarod explicaria. Ele não parecia o tipo que explica.

— Eles eram homens maus — Layla falou, balançando o dedo indicador tremendo no ar enquanto apontava para os três corpos. — Eles atacaram a namorada de Monsieur Adler. Foi legítima defesa.

Minhas bochechas ficaram rosadas. No âmbito das coisas, ser chamada de namorada de Jarod deveria ser a menor das minhas preocupações. Minhas asas se enrolaram de forma reflexiva ao meu redor, como se pudessem de alguma forma me proteger do escrutínio de todos, porque estavam olhando para mim agora. Na realidade, isso não era verdade. Jarod estava olhando para a garrafa quebrada que estava no chão, com suas bordas serrilhadas escurecidas pelo sangue. Seu e meu.

Outro grupo de homens e mulheres uniformizados entrou – policiais e paramédicos.

— Vou cuidar de tudo, Monsieur Adler — o policial estava dizendo a Jarod, que deu a ele um aceno lento.

Eu não deveria ter achado as ligações de Jarod com a polícia surpreendente, mas o alcance de sua influência não parava de me surpreender.

— A equipe de limpeza está a caminho — Tristan avisou. — Devo ligar para o Francis?

Jarod acenou com a cabeça novamente, seus olhos agora fixos nas manchas carmesim sujando o brilho dos meus saltos agulha.

— Leigh, você vai voltar com a gente? — Tristan perguntou.

O olhar de Jarod se fixou em mim.

— Você esperava que ela voasse daqui?

Empalideci.

Tristan franziu a testa, olhando entre Jarod e eu.

— Hum, não.

Não era minha imaginação. Jarod parecia irritado. Era comigo?

Dei um passo em direção a ele.

— Sinto muito, Jarod. Sobre esta noite. Isso não é o que...

Ele bufou.

— Você só lamenta que meu parceiro no gatilho tenha feito você perder sua aposta.

Eu me assustei, parando a alguns metros de sua forma rígida.

— Não. — Balancei a cabeça. — Lamento ter interferido.

— Você acha que as coisas teriam acontecido de forma diferente? — Jarod perguntou.

— Leigh, Leigh, Leigh. — Tristan sorriu. — Bem-vinda a *La Cour des Démons*, onde a justiça é restaurada uma bala de cada vez.

Meu estômago se apertou.

— Ligue para Francis — Jarod avisou. — E dê algum dinheiro a Sasha para cobrir as refeições e os danos.

Tristan acenou, procurando o homem que viemos ajudar, mas falhamos. Quando ele deu sua declaração para a policial, encarei Jarod, desesperada para entender a fonte de sua raiva.

— Obrigada por manter sua promessa. E por não atirar em ninguém — eu disse, com gentileza.

Mesmo sendo egoísta da minha parte, me perguntei se o Ishim consideraria a intervenção dele esta noite um ato de valor. Ele não deu a ordem de matar, nem segurou a arma que roubou três vidas.

E ele me protegeu.

Como eu gostaria de entender melhor o sistema deles.

Assim que tive esse pensamento, três homens alados marcharam para o restaurante, arrancando um suspiro dos meus pulmões.

Os anjos vieram.

E não apenas Malakim.

*A*sher caminhou até nós, ladeado por dois Malakim vestidos de dourado. Onde as asas de Asher estavam abertas, o turquesa e o cobre brilhando na penumbra, os outros dois anjos tinham suas asas dobradas em suas costas, apenas as pontas douradas de suas penas apareciam. Ao contrário dos Malakim, Asher usava jeans e uma camiseta branca que fazia seu torso parecer mais largo do que quando o vi em suas roupas de couro.

— Tire as almas daqui — ele murmurou, apontando para o bar.

Envolto em pó de anjo, os Malakim contornaram a polícia e se espremeram ao lado dos cadáveres crivados, antes de se ajoelharem e colocarem as mãos no peito dos mortos. Como fios de mel, as almas grudaram nas pontas dos dedos dos Malakim. Eles persuadiram os fios brilhantes até que se separassem dos corpos imóveis, e então os dois anjos fecharam as mãos e se levantaram.

Não era a primeira vez que eu via os Malakim extraírem almas, e ainda assim eu nunca deixava de me espantar. Meu coração deu um baque de esperança de que, um dia, eu seria capaz de realizar esse tipo de magia. Tudo bem, os anjos não consideravam isso magia, mas para mim, o processo parecia mágico.

A constatação de que apenas dois Malakim vieram fez meu olhar voltar para Asher.

Asher que estava falando em voz baixa com Jarod.

Esqueci tudo sobre a alma não colhida quando notei a familiaridade de sua interação. Este não era o primeiro encontro deles.

A reação alarmante de Asher na noite em que dei a ele o nome do meu pecador me atingiu. Ele *conhecia* Jarod. Pessoalmente. Embora isso não devesse ter me chocado – os Seraphim eram considerados oniscientes – a consciência raspou contra os ossos das minhas asas.

O que Asher me disse mesmo?

Não gaste muito tempo tentando reformar um Triplo. Suas palavras soaram dentro de mim tão claras como na noite em que ele as falou.

Tristan se aproximou.

— Não sei sobre você, mas eu realmente gostaria de sair deste lugar.

Cruzei meus braços.

— Eles se conhecem?

— O cara é um primo distante. Cada vez que ele passa, avisa Jarod para se comportar melhor.

Primo distante? Era esse o disfarce que Asher usava? Acho que ninguém seria mais sábio. Não era como se Jarod fosse forçar o Seraphim a cuspir em um tubo de ensaio para mapear seu DNA.

Como se tivesse nos ouvido discutir sobre ele, os olhos cor de turquesa de Asher brilharam nos meus.

— Tristan, vamos lá. — Rigidamente, Jarod começou a se afastar.

— Espere — falei.

Jarod parou. Sua camisa ensanguentada estava colando nas costas. Ele olhou por cima do ombro para mim.

— Pelo quê?

Por mim, pensei, mas depois olhei para Asher. Ele foi enviado para me escoltar de volta para a associação? Desde quando Seraphim recolhia Plumas em suas missões? Eu estava com problemas?

— Meu primo vai te levar para casa — Jarod disse. — Aparentemente, vocês se conhecem.

Tristan ergueu uma sobrancelha.

— Mundo pequeno — murmurei, apertando os antebraços com a ponta dos dedos.

Jarod esfregou uma das mãos nos cabelos com gel, jogando para trás um cacho que obstruía seus olhos de obsidiana.

— Tome cuidado, Leigh.

O uso do meu nome me gelou quase tanto quanto seu tom.

Parecia um adeus.

Quando ele finalmente se afastou com Tristan, disse a mim mesma que o veria novamente. Os pecadores não encerravam o vínculo, apenas Plumas tinha esse poder.

Enquanto eu não encerrasse, Jarod Adler continuaria sendo meu pecador.

— Você está fingindo ser primo dele, Seraph? — questionei enquanto saíamos do restaurante depois de pegar o paletó caído de Jarod. Eu não queria que minhas palavras soassem como censura, mas me senti pega de surpresa. No entanto, isso não foi justo da minha parte. Asher tentou me dizer, não com tantas palavras, para ficar longe de Jarod.

Asher me lançou um olhar, seus olhos impossivelmente coloridos, apesar da escuridão da Rue Levert.

— Eu o conheço bem.

— Mas primo? — Mentiras não custavam penas uma vez que as asas eram preenchidas, mas ainda assim, mentir era péssimo. Especialmente quando você estava no topo da hierarquia e esperava dar o exemplo.

Asher soltou um suspiro profundo.

— Peço desculpas, Leigh, mas você está familiarizada com a política celestial. Não temos permissão para discutir pecadores com Plumas.

Mordi o lábio e balancei a cabeça, aumentando o aperto no paletó de Jarod.

— Estou em apuros? É por isso que você apareceu esta noite?

— Os Ishim me disseram que estavam coletando almas em Paris desperdiçadas por um homem chamado Tristan.

Procurei por Ishim ou Malakim em nosso ambiente escuro, mas não encontrei nenhum outro anjo. Nenhum outro ser humano também.

— Achei que o Jarod estaria aqui — Asher continuou — e, já que você o enfrentou, esperava que você também estivesse.

— O que não responde à minha pergunta, Seraph... — Voltei meu olhar intenso para ele. — Estou em apuros?

Asher passou uma grande mão por seus cabelos dourados na altura dos ombros.

— Sim.

Minha boca ficou muito seca.

— Que tipo de apuro?

— Não devemos influenciar Plumas, mas, Leigh — ele parou de andar, e meu coração foi parar na garganta —, você precisa se desvincular.

— Por quê?

— Não pergunte, não posso te dizer.

— Por favor.

Asher examinou a fachada grafitada de uma loja de narguilé, onde tubos de vidro estriados estavam cobertos por uma camada de poeira tão espessa que era impossível adivinhar suas cores.

— Você quer ascender?

— Claro que quero.

Ele me olhou nos olhos.

— Então se desvincule.

— Seraphim...

— Eu imploro, Leigh, sem mais perguntas. Esta conversa, sem dúvida, já me causará problemas. — Ele examinou o céu como se anjos pairassem acima de nós.

Silenciosamente juntei todos os recados da nossa conversa, tentando decifrar o motivo pelo qual eu deveria me desvincular de Jarod.

— Eu não posso morrer — eu o lembrei.

— Se você não completar suas asas a tempo, pode — ele respondeu.

— Mas ainda tenho quatorze meses.

Seu pomo de adão se moveu, o que me fez perceber como tinha soado – como se eu não sentisse mais a urgência de ascender.

— Talvez, mas esta missão já lhe custou penas.

A vergonha me fez dobrar minhas asas. Não achei que três penas fossem tão perceptíveis, mas ele era um arcanjo... via tudo.

— Vou ganhá-las de volta. Jarod está disposto...

— Não se você não selecionar outro pecador!

Um instinto protetor surgiu dentro de mim, o que não era nada novo. Sempre fui protetora com meus pecadores.

Apertei o paletó de Jarod contra meu estômago endurecido.

— Ele não atirou em ninguém esta noite. Ele nem mesmo socou ninguém. E ele me protegeu. Certamente, isso vai tirar um dígito de sua pontuação.

— A pontuação dele não pode mudar.

— Mas ele está no sistema.

— E não deveria estar — ele disparou, rápido e baixo, olhando para o céu e a rua novamente.

Além de um veículo ocasional passando por nós, estávamos sozinhos.

— Não entendo, Seraph. Alguns crimes são tão imperdoáveis?

O que Jarod Adler poderia ter feito que merecesse uma pontuação permanente de cem? Passei por meus anos de lições celestiais, sentindo a resposta a essa pergunta suspensa e fora de alcance.

Até que a resposta me atingiu, roubando minha respiração e batimentos cardíacos.

— Ele matou um anjo — falei em um suspiro.

Mas *como*? Apenas o fogo do anjo poderia nos matar, uma vez que os ossos de nossas asas aparecessem. E antes disso, não tínhamos permissão para sair das associações. A menos que uma criança celestial tivesse escapado para o mundo humano – eu não conseguia imaginar Jarod matando uma criança, mas então me lembrei que ele ganhou sua pontuação quando tinha oito anos. *Acidente?*

— Não foi um acidente — Asher falou baixinho.

Eu não tinha percebido que expressei meus pensamentos.

— Então ele matou um anjo?

Asher voltou a ficar quieto e em silêncio.

— Como isso é possível, Seraph? — sussurrei, minha voz tão grossa quanto a camada de poeira dos narguilés. — Nós somos imortais.

— Nem todos.

Nem todos nós? Quase ofeguei com minha próxima respiração.

— Ele matou um Nephilim?

O fato de que o sangue em suas mãos não era de uma criança não deveria ter aliviado meu medo, mas fez. Os Nephilim tinham má reputação na raça angelical – mortais, sem asas, sem alma.

Quando acabava o tempo para selar suas penas aos ossos das asas, eles perdiam as penas. Quando as perdiam voluntariamente, eram considerados pagãos, piores do que os Triplos.

Asher não confirmou nem negou minha suspeita, mas eu poderia dizer que montei as peças que ele me deu corretamente.

— Ele tinha oito anos. Crianças cometem erros.

— Está tarde, Leigh. Deixe-me te levar para casa.

Eu só tinha voado sobre o mundo humano uma vez antes, quando me perdi em uma parte desconhecida do Queens. Liguei para Eve, que havia passado a mensagem para Ophan Greer. Não era totalmente incomum que Plumas ficassem desorientados, mas era humilhante. Chorei tantas lágrimas que a cidade passou borrada por mim, uma confusão de concreto chumbo e luzes turbulentas.

Asher abriu suas asas, e sua amplitude e beleza prendeu meus lábios, mas então me lembrei que ele as trouxe como um meio para um fim: se livrar de mim e de minhas perguntas incômodas.

Recuei, o paletó de Jarod dobrado sobre meus braços rígidos, emprestando um pouco de calor à minha pele.

— Você não tem nada a temer. Não vou deixar você cair.

— Não tenho medo de cair, Seraph.

— Então por que você está se afastando de mim?

O cheiro de Jarod saiu do seu paletó e substituiu o cheiro de especiarias e vento que emanava da pele de Asher.

— Ele era uma criança — repeti. — Certamente, sua alma não deveria estar fadada à extinção.

Asher semicerrou os olhos.

— Ele era uma criança que sabia o que estava fazendo. Agora, por favor...

— Como poderia saber? Os humanos não podem ver o que somos.

Asher apertou os lábios com tanta força que eles perderam a plenitude. Ele parecia severo então, e me lembrou que eu estava na presença de um dos Sete e provavelmente não estava me comportando de acordo, embora nenhuma pena tivesse se desprendido de minhas asas.

De repente, o apelido de Jarod apareceu na minha mente, e meus olhos se fecharam.

— Ele sabe o que somos!

Os lábios de Asher se estreitaram um pouco mais.

Humanos não podiam nos ver. Somente os anjos poderiam.

— Ele é um Nephilim — gaguejei. — É assim que ele pode nos ver.

Como um filme lento, me lembrei da maneira como ele rastreou a pena que perdi em seu quarto. E no restaurante de Layla... minhas asas prenderam sua atenção, não os soluços de Sasha.

— Eu nunca disse isso — Asher grunhiu, batendo suas asas e disparando para o céu sem estrelas, me deixando sozinha naquela faixa de calçada, sem telefone, sem dinheiro, nada além de um paletó masculino e meus próprios pés para me levar para casa.

Ele tinha partido porque havia perdido a paciência ou porque temia revelar segredos confidenciais?

Atordoada e desorientada, esperei que ele tivesse pena de mim e voltasse. Quando ele não o fez, comecei a andar, tentando me lembrar de como havíamos chegado à Rue Levert.

Jarod tinha me avisado que esta parte de Paris era de má reputação, então eu estava sendo extremamente cuidadosa com o que estava à minha volta, atravessando as ruas quando os transeuntes se dirigiam a mim de maneira muito turbulenta ou obscena. Na sexta observação vulgar, coloquei o paletó de Jarod. E então me ocorreu verificar seus bolsos. Não havia telefone, mas havia um maço de dinheiro tão grosso que parecia que todos podiam ver a protuberância depois que o enfiei de volta dentro.

Em um ponto de táxi, entrei em um carro.

— Para onde, mademoiselle? — o homem perguntou.

Hesitei. No final, eu disse:

— *Place des Vosges.*

Eu precisava devolver o paletó ao dono e queria respostas. E uma vez que Asher não poderia dá-las a mim, eu as procuraria na fonte.

A fonte que matou um anjo de sangue.

Minha consciência travou uma guerra consigo mesma enquanto o táxi cortava as ruas da cidade. Jarod era perigoso, mas eu era imortal, então nenhum mal verdadeiro poderia acontecer comigo. Além disso, ele teve sua cota de oportunidades de me machucar. Claro, ele teve um grande prazer em me deixar desconfortável, mas esta noite, ele quase esteve... *doce.*

Tirando o comentário da gula.

O táxi parou em um sinal vermelho. Enquanto eu olhava para os clientes sentados em um restaurante com mesas na calçada, um pensamento se retorceu dentro da minha mente. Certa vez, ajudei uma adolescente a acalmar seu desejo de encher o estômago com quilos de comida que ela vomitava minutos depois. Será que uma das penas que perdi na casa de Jarod pertencia a essa garota com desejos destrutivos?

Se Jarod conseguia ver as memórias contidas nas hastes de penas, então ele tinha sangue de anjo. Mas anjos não tinham pontuação. Nem mesmo Nephilim.

Especialmente Nephilim, já que eles não tinham almas. No entanto, ele estava no sistema, então ele *tinha* uma.

Grunhi de frustração porque algo não fazia sentido.

O taxista olhou pelo espelho retrovisor.

— Está tudo bem, mademoiselle?

Não. *Nada* estava bem. Tudo estava errado. Em vez de mentir, eu disse:

— Foi uma noite longa.

Felizmente, ele não perguntou.

— Existe um endereço específico em que você gostaria que eu a deixasse?

Quando o gramado bem cuidado apareceu, eu disse:

— Bem perto da entrada, obrigada.

Ele parou na esquina da rua de Jarod. Dezoito euros brilhavam no taxímetro. Envolvendo o paletó ao meu redor, tirei o maço de dinheiro e procurei uma nota de vinte, mas a menor que encontrei era amarela e tinha dois zeros.

Quando o entreguei, o homem balançou a cabeça.

— Não tenho troco para duzentos.

— Não tenho nada menor.

— Aceito cartões de crédito.

— Sinto muito, mas não tenho.

O dinheiro não era meu para distribuir, mas eu não podia deixar de pagar.

— Por favor, apenas pegue. E faça algo de bom com o dinheiro extra. — Eu explicaria minha situação as Ophanim. Com sorte, elas entenderiam e me dariam um adiantamento da minha mesada para que eu pudesse reembolsar Jarod.

O homem olhou para a nota amarela com desconfiança. Quando ele ainda não pegou, coloquei em sua mão e saí depressa. E então, em pés que pareciam presos muito apertados dentro dos sapatos de salto agulha, caminhei por baixo da arcada em direção às portas vermelhas.

Limpei as palmas das mãos úmidas no vestido, apertei a campainha e esperei. Eu não tinha certeza se teria permissão para entrar, mas o clique familiar me permitiu entrar. Atravessei o pátio de paralelepípedos, os olhos lançados nas estrelas de luzes emaranhadas na hera e flores brancas.

Um rangido baixo soou quando o guarda-costas corpulento de Jarod, Amir, abriu a porta que fui escoltada na primeira noite.

— Jarod está em casa, Amir?

— Ele acabou de chegar. — Amir não me revistou, simplesmente me conduziu pela sala de jantar silenciosa com seu teto adornado por querubins. Entre a fonte e o afresco, parecia que a casa de Jarod estava zombando de mim.

Ele tinha uma conexão com o nosso mundo, mas o que era?

No final da escada, Amir disse:

— Estarei no vestíbulo quando você estiver pronta para partir.

Assenti e comecei minha jornada escada acima, a noite correndo em uma espiral dentro da minha mente. O que eu encontraria lá em cima? A verdade? Mais enigmas? Quando cheguei ao segundo andar, tirei o paletó de Jarod e o coloquei sobre meu antebraço. Parecia errado ter me coberto com algo que não me pertencia.

Endireitando a coluna, soltei um suspiro, respirei fundo, levantei a mão e bati.

26

— *E*ntre, Leigh.

Como... como ele sabia que era eu? Minha batida era distinta? E *Leigh*... não Pluma?

Abri um pouco a porta pesada de madeira, depois a abri mais. A sala estava tão escura que não vi Jarod recostado na poltrona reclinável de couro de imediato. Desde que ele contou a história de sua mãe, senti como se o cheiro de ferrugem e sal pairasse no ar.

Fechei a porta atrás de mim, olhando para seu perfil envolto em uma luz pálida.

— Você esqueceu o seu paletó. — Eu o estendi em sua direção, mas o gesto era sem sentido considerando a distância que nos separava.

Ele não estendeu a mão para pegá-lo e eu não me aproximei.

— É só jogá-lo na cama — ele respondeu, com cautela.

Fui em direção à cama de dossel e o coloquei com cuidado sobre o edredom cinza cor de aço.

— Peguei uma de suas notas emprestada para pagar o táxi — falei, antes de me virar. — Eu te devolvo mais tarde.

— Se você pegou uma das minhas notas emprestadas, deve ter percebido que tinha muitas e, portanto, não precisa pagar. — Seu olhar estava no abridor de cartas dourado que ele girava lentamente entre os dedos indicadores.

Cada vez que a lâmina captava o brilho do candelabro do lado de fora da janela, um cata-vento de luz cobria seu queixo com a barba por fazer, seu nariz aristocrático e a curva de seus cílios, antes de desaparecer nas ondas rebeldes de seu cabelo escuro.

— Não posso aceitar sua caridade, Jarod.

— Não é caridade se for um presente.

— Não posso aceitar dinheiro. Nem seu, nem de ninguém. — Quando ele não respondeu, nem mesmo me deu uma olhada, continuei em direção ao assunto que me trouxe de volta aqui. — Eu não sabia que você tinha um primo.

O abridor de cartas parou.

— Por parte de mãe ou de pai?

Ele manteve o olhar no objeto equilibrado entre suas mãos.

— Jarod?

— Alguém já te disse que você faz muitas perguntas?

— Alguém já te disse que responder com uma pergunta é chamado desvio? — Cruzei os braços. — Me conte como você e o Asher são parentes e eu vou embora.

— Você usa muito a ameaça de ir embora. Não deveria ameaçar alguém com algo que você é incapaz de fazer.

Baixei os braços.

— Eu *sou* capaz de ir embora.

— Então saia e nunca mais volte. — Seus lábios mal se separaram, mas ouvi cada palavra alta e clara. Muito alto e muito claro.

— Jarod, por favor, eu só quero ajudar...

— Assim você pode se casar com a porra do Príncipe Encantado?

Recuei. Meu primeiro instinto sempre era de recuar quando alguém me atacava. Meu segundo instinto, porém, era lutar. Apertei os dedos até que minhas unhas se cravassem nas palmas da minha mão.

— O que importa com quem eu me case?

Estava na ponta da língua acrescentar que não queria mais me casar, porque um, o marido que eu queria tinha me mostrado um lado que eu não tinha gostado particularmente esta noite, e porque dois, não havia jeito em Abaddon que eu pudesse recolher minhas penas perdidas antes que o mês acabasse.

— Você está certa — Jarod finalmente falou. — Não me importo com quem você se casa.

Minha respiração estava ofegante, como se eu tivesse corrido do *Layla* até *La Cour des Démons*.

— Por que *você* não me diz como o conhece, *Leigh*?

O som do meu nome mutilado saindo de seus lábios foi um soco no estômago.

— Perguntei primeiro.

— Não temos dez anos. Você está na *minha* casa. No *meu* quarto. — Cada frase era um novo golpe, mas o final veio quando ele disse: — E eu tenho me dado ao luxo de seus caprichos desde que você se inseriu na minha vida, então vou perguntar de novo, como *você o* conhece?

Minhas têmporas latejavam. Eu estava cansada. Cansada e magoada por ele sentir necessidade de levantar a voz e me insultar tanto. Eu não era sua inimiga.

— Asher é o homem com quem eu queria me casar. — Enquanto o silêncio se estendia entre nós, me esforcei para acalmar a dor em meu peito causada por minhas esperanças despedaçadas e sentimentos perdidos.

— Por que não estou surpreso? — O desprezo em sua voz fez meu coração bater forte novamente.

— *Queria* — repeti, enfatizando o passado. — Ele me deixou na calçada, porque eu fiz muitas perguntas. — Bufei, embora não tenha sido engraçado. — Acho que enfureço todos os homens da sua família. Imagino que o próximo será Tristan, que vai reclamar da minha curiosidade fútil e me expulsar daqui.

Mesmo que eu não pudesse ver as pupilas de Jarod de onde eu estava, elas pareciam negras nas íris e, em seguida, no branco ao redor delas. Era uma impressão – os olhos de ninguém podiam ficar escuros completamente, mas era assim que os olhos de Jarod se pareciam naquele momento.

— Ele deixou você sozinha na rua?

— Não aja como se você se importasse.

Ele abaixou o abridor de cartas, fechando os dedos de uma das mãos sobre a lâmina. Eu esperava ver sangue escorrendo de seu pulso para a manga enrolada da camisa, mas a lâmina não devia ser muito afiada.

— Além disso, você me abandonou primeiro, então você não tem o direito de julgá-lo. — Minha voz não estava alta, mas a mágoa dentro dela parecia ressoar pelo quarto.

Só Elysium sabia por que a partida de Jarod doeu. Ele me confiou a Asher. Ele não me deixou sozinha em território desconhecido.

Ele se sentou e balançou suas longas pernas sobre a borda do assento, plantando bem os pés no chão e se levantou.

— Peço desculpas por ter te deixado.

— Eu não disse isso para receber um pedido de desculpas.

— Você deveria ter me ligado. Eu teria ido buscá-la.

O mais louco é que acreditei nele.

— Deixei meu telefone na... — Estava prestes a dizer a *associação*, mas mudei para — minha casa. — Estendi a mão e coloquei uma mecha de cabelo atrás da orelha com dedos trêmulos.

Jarod seguiu o movimento trêmulo da minha mão de volta ao meu quadril. Cruzei os dedos para disfarçar o tremor antes que mais piedade pudesse dominar sua expressão.

— Asher é um primo por parte de mãe — ele disse.

Minhas pálpebras tremeram com o choque de sua admissão voluntária. E eu que achei que nunca teria uma resposta sua. Ou, que se tivesse, precisaria de mais persuasão.

— Eu o conheci no dia em que minha mãe... — Ele engoliu em seco. — No dia em que minha mãe morreu.

Me lembrei de algo que Tristan disse: que Jarod havia perdido seus pais quando tinha oito anos e que ele destruiu as asas do anjo de pedra depois que sua mãe faleceu. E então comparei com o que eu sabia: que ele havia sido classificado como um Triplo naquele ano.

Meu nervosismo me fez tremer com tanta força que suspeitei que Jarod pudesse ouvi-lo.

— Como foi mesmo que ela morreu?

Ele abriu os dedos para exibir o abridor de cartas dourado.

— Se esfaqueou com isso. — Uma ferida fina e ensanguentada marcava sua palma – a lâmina não era tão cega como eu havia estimado.

Facas não podiam parar os corações dos anjos, pelo menos, não os alados. O que significava que a mãe de Jarod era uma Nephilim, mas eles não podiam ter filhos, então Jarod devia ter sido adotado. O que significava que eu estava errada sobre ele ser capaz de ver o que éramos.

Mas isso de repente não era mais importante.

— Ela o enfiou no peito... ela mesma?

Ele jogou o abridor de cartas na estante, onde bateu contra um suporte de livro esférico de vidro.

— Não. *Eu* o coloquei lá.

Fiquei boquiaberta e horrorizada, olhando para Jarod.

— Por quê?

— Você deveria fugir agora, Pluma. — Ele desviou o rosto. — E desta vez, *fique longe.*

Mesmo que eu tenha tentado ficar longe de pecadores violentos, estive perto deles o suficiente para saber que uma pessoa verdadeiramente perigosa não desvia os olhos quando faz uma ameaça, pois se sente muito desejosa para saborear o medo que instila.

— Você matou a sua mãe, Jarod? — repeti, baixinho.

Ele ergueu o queixo, nivelando seus olhos em mim.

— Por que isso te surpreende? Minha alma está pútrida.

— Não acredito nisso.

— Você deve aceitar o fato de que algumas pessoas não têm nada de bom nelas e que eu sou uma delas.

— Ela te machucou?

— Me machucou? — Ele deu uma risada sombria. — Eu já te disse. Ela não estava interessada em mim, Pluma.

O retorno do meu apelido em seus lábios solidificou minha decisão de buscar a alma que estava debaixo da concha de granito que ele construiu em torno de si mesmo.

— Por que você ainda está aqui? *Saia!* — ele gritou.

— Pare de tentar me assustar.

Ele deu um passo em minha direção e sua expressão se tornou quase selvagem.

Mantive minha posição.

— Preciso entender uma última coisa.

Mesmo que os Nephilim não pudessem ter filhos, o fato de que ele destruiu as asas de um anjo me fez pensar se sua mãe adotiva tinha contado histórias sobre nós, ou se, por alguma razão que desafiava toda a lógica, ele podia ver o que éramos.

Deixei minhas asas ondularem à existência, então as abri o máximo que podiam.

Seu olhar saltou para as torres de sua cama de dossel.

— Você as vê, não é?

— Elas? — ele perguntou, usando aquele tom entediado dele.

— Olhe para mim, Jarod.

Lentamente, como se doesse fisicamente, ele voltou sua atenção para mim.

Meu coração ficou muito quieto.

— Você sabe o que eu sou, não é?

— Uma mala pesada na minha vida — ele murmurou.

— Além disso — falei, impassível.

Um nervo se contraiu ao lado de seu olho. Sentindo que ele seria mais difícil de quebrar do que quartzo elísio – não que eu já tivesse tentado, mas ouvi que apenas fogo de anjo poderia cortá-lo – eu me aproximei. Mãos humanas caíam por sobre nossas asas como açúcar em pó no ar, mas os anjos de sangue podiam sentir nossas penas.

Segurei sua mão, que estava fechada, e a abri. Surpreendentemente, ele me permitiu fazer isso. Sem interromper o contato visual, levantei sua mão em direção ao meu ombro, em seguida, além dele.

Por um segundo, me preocupei que estivesse errada, que seus dedos fossem deslizar direto pelas minhas penas. Mas quando nossas mãos se aproximaram de minhas asas, sua exalação pulsou mais forte contra minha testa. Antes que eu pudesse colocar sua mão no pico das minhas asas, ele ofereceu certa resistência, mas era tarde demais. Levantei minha asa até que a ponta roçasse sua palma.

Ele estremeceu com tanta força que sacudiu todo o seu corpo. Atingiu o meu também.

Seu toque enviou um arrepio lento por cada eixo, fazendo as plumas tremerem. Concluí que a sensação tinha tudo a ver com a descoberta de que meu pecador era um anjo e nada a ver com a sensação de sua pele contra minhas penas.

Seus olhos brilharam como a Torre Eiffel à noite.

Engoli em seco, tentando conter os tremores nos ossos das minhas asas.

— Você é um de nós — sussurrei, com a voz rouca de emoção.

Mas *como*? Sua mãe, uma Nephilim, o concebeu, ou ele de alguma forma fugiu de uma associação antes que os ossos de suas asas pudessem se materializar?

Gentilmente, soltei seu pulso, permitindo que ele, agora que eu tinha minha resposta, puxasse a mão de volta.

Embora seus olhos continuassem brilhando, ele colocou os dedos ao lado do corpo.

— Não sou *nada* como vocês — ele grunhiu, o que fez sua saliva bater na minha testa. — Ao contrário de sua espécie, não procuro fazer o bem para ganho pessoal, para melhorar minha alma ou fazer crescer essas coisas que vocês acreditam que os tornam tão gloriosos e superiores. — Ele deu um passo para trás e passou por mim, pegando o paletó da cama.

— Jarod! — Eu me virei e minhas penas balançaram com meu movimento brusco. — O que você está fazendo?

— O que você é incapaz de fazer: *indo embora*.

Antes da minha próxima respiração, ele escancarou a porta do quarto e desceu as escadas. Seus passos furiosos ecoaram contra o corredor e depois contra o mármore. Quando outra porta se fechou, sacudindo as paredes da casa, guardei minhas asas. Minhas penas tremeram quando suas palavras me envolveram, me marcando cada vez mais fundo.

Não é pessoal. Não é pessoal. Então por que parecia que ele me odiava?

Uma lágrima desceu pela minha bochecha e levantei a mão para limpá-la, mas congelei ao ver minha pele.

Atribuí o brilho dos olhos de Jarod à turbulência emocional, mas não foi a visão das minhas asas que os fez brilhar. Foi a visão da minha pele.

Seu reflexo.

Eu tinha acabado de arder por Jarod Adler.

Ah, Grande Elysium, o que havia de errado comigo? Meu corpo devia estar com defeito, por que mais ele ia querer seduzir alguém que detestava tudo que eu era e tudo que eu representava, alguém que assassinou a própria mãe?

Observei minha pele cintilar, então saí do meu torpor e procurei o interruptor para desligar o brilho absurdo. Já que eu nunca tinha cintilado, percebi que não tinha ideia de como funcionava. Tudo que eu sabia era que deveria ser capaz de controlar isso.

Meu coração estava batendo muito rápido, o que devia ter feito minha carne se iluminar. Dilatei as narinas, inalando longa e profundamente, então exalei até meus pulmões terem cãibras. O cheiro de Jarod quase me sufocou, mas perseverei, sentindo que precisava relaxar para parar de brilhar. Repeti essa sequência de respiração até que as vibrações em meu peito diminuíssem e acabassem com meu brilho.

27

*P*or outro lado, o choque de cintilar por Jarod moderou o choque de saber que ele assassinou a própria mãe.

Quando guardei minhas asas, o brilho do abridor de cartas que tinha acabado com a vida de uma Nephilim me chamou a atenção. Observei com desconfiança, como se pudesse levitar e me apunhalar.

O que levou um menino de oito anos a matar sua mãe? Eu tinha ouvido que Nephilim muitas vezes perdiam o contato com a realidade, a dor seguida pela ausência de suas asas queimadas consumiam progressivamente suas mentes. Ela ficou tão louca que Jarod decidiu acabar com seu sofrimento?

Enquanto me movia em seu quarto e a madeira brilhante rangia sob meu peso, deixei meu olhar se desviar do abridor de cartas para uma caixa decorativa de madeira roxa que segurava uma fileira de livros de couro, depois mais para cima em direção às sancas do teto claro. Essa seria minha última visão de *La Cour des Démons*, porque eu não poderia voltar. Não depois de tudo que Jarod tinha dito, e certamente não depois da humilhante demonstração de afeto da minha pele.

Além disso, eu não ganhava nada ficando.

Meu pé vacilou. *Argh.* Jarod chamou minha espécie de egoísta e eu acabei de provar que ele estava certo.

Mas nossa espécie *não era* egoísta. Meu sangue esquentou de indignação por ele ter plantado essa semente dentro de mim e que ela ousou criar raízes.

Construir nossas asas não nos beneficiava apenas, mas também aos humanos. Se não ganhássemos nossas penas, não poderíamos ascender ao Elysium. Nossa raça se tornaria mortal e pereceria, e por sua vez, a humanidade, porque nenhuma alma virtuosa seria colhida e reimplantada em úteros para contrabalançar o influxo incessante de depravados. Sem falar que os humanos que passavam suas vidas melhorando o mundo não seriam mais recompensados, e aqueles que gastavam seu tempo estragando tudo não seriam mais punidos.

Sem nós, o apocalipse que os humanos temiam por milênios aconteceria e devastaria o mundo que os anjos mantinham em equilíbrio.

Então, não, Jarod Adler, não somos egoístas. Somos necessários.

Por que não pude falar tudo isso na sua presença? Por que minha mente funcionou com um atraso de transmissão?

Jarod Adler obviamente não entendia nosso sistema. Como poderia? Ele não cresceu em uma associação. Talvez, seu desprezo por anjos derivasse disso. Talvez fosse por isso que ele matou sua própria mãe. Porque ela roubou dele a oportunidade de viver entre nós.

Conforme minha teoria se solidificava, entrei no corredor e esbarrei em um corpo macio.

— Muriel! — ofeguei, estendendo a mão para firmá-la.

— Leigh? Está tudo bem? Ouvi portas batendo. — Ela esfregou os olhos, borrando o rímel residual.

— Tudo... — Eu já ia dizer que estava tudo bem, mas seria mentira. Suspirei. — Eu e o Jarod brigamos e ele foi embora.

Ela franziu a testa e seus olhos azul marinho percorreram meu rosto como se para decifrar o motivo de nossa briga. Então ela suspirou.

— E imagino que vocês não resolveram isso, já que a arma preferida do meu menino é sempre voar.

Seu menino. Ela teve relações sexuais com um anjo?

— Ele é... *seu?*

Ela franziu a testa.

— Eu o criei desde o momento em que ele saiu de sua mãe, gritando a plenos pulmões, então sim, de certa forma... de muitas maneiras, eu o considero meu.

— Você estava presente no nascimento dele?

— Mikaela decidiu fazer o parto em casa e eu ajudei a parteira.

Como era possível? Como um anjo caído poderia criar vida em seu ventre? Foi um acaso ou o que me disseram sobre os Nephilim não era verdade?

Devia ter sido um acaso, porque Ophanim não mentia.

Mikaela. Repeti o nome dela para mim mesma.

— Ela era uma boa mãe?

As pupilas de Muriel cintilaram.

— Há algo no ar esta noite. — Ela apertou o cinto de seu roupão de caxemira cor de amora. — Que tal continuarmos esta discussão tomando um chá?

Eu queria desesperadamente dizer sim, mas, ao me lembrar da hora tardia e das boas maneiras, disse:

— Você certamente prefere voltar para a cama.

— E vou. Depois do nosso chá. — Ela sorriu. — Venha.

Eu a segui de volta para o vestíbulo de mármore e através de uma porta esculpida na parede ao lado da base da escada. Uma passagem estreita se abria para uma despensa organizada ao redor de uma mesa oval rodeada por seis cadeiras de metal e uma parede de armários de vidro cheios de porcelana fina.

Muriel puxou uma chaleira da base e a encheu na pia de cobre.

— Posso ajudar? — perguntei.

— Sente-se, *chérie.*

Puxei uma das cadeiras e suas pernas rangeram contra os ladrilhos amarelos abaixo dela. Enquanto a água esquentava, Muriel tirou um bule de porcelana de bolinhas de um armário e se curvou sobre uma gaveta cheia de potes coloridos. Ela escolheu uma caixa de lata amarela enfeitada com linhas lilases.

— Você gosta de camomila?

— Eu gosto de tudo.

Sorrindo, ela tirou a tampa da caixa, despejou folhas secas em uma peneira, em seguida, pegou duas xícaras de chá com o mesmo padrão de bolinhas do bule e colocou tudo na mesa. Enquanto o chá estava sendo preparado, ela se virou para buscar uma grande lata redonda. Ela removeu a tampa e um aroma amanteigado flutuou direto em meu estômago.

— *Sablés* de chocolate — disse. — Eu os fiz esta manhã.

Levando a mão dentro da lata, pesquei um biscoito. Quando o mordi, jurei que podia ouvir as árias cantadas por nossos pardais com asas de arco-íris. Guardei seu gosto na memória para evocá-lo em Elysium. Talvez minha dieta consistisse apenas de biscoitos de chocolate e macarons.

Devo ter gemido, porque Muriel sorriu enquanto servia o chá.

— Não consigo pensar em nenhuma palavra para descrever o quanto isso é incrível. — A guloseima dura e quebradiça derreteu na minha língua.

— É receita da minha avó. Eu poderia te ensinar como fazê-los?

— Eu *adoraria* — falei, antes de me lembrar que estaria longe amanhã. Envolvi os dedos sobre a porcelana quente. — Quero dizer, talvez. Não tenho certeza se terei permissão para voltar a esta casa.

Muriel ergueu a xícara e soprou o vapor ondulante. Se estava curiosa para saber por que eu seria banida da Corte dos Demônios, ela não perguntou.

— Então... — falei — Mikaela?

— Ah, Mikaela. Ela era uma... — sua bochecha fez uma covinha como se ela estivesse mordendo o interior dela — ...mulher complicada. Um dia, ela ficava tonta de felicidade, no outro, se escondia em seu quarto. O tio de Jarod se referia a ela como bipolar, mas acredito que suas mudanças de humor estavam enraizadas em algo mais profundo... algo de sua infância. Ela raramente falava sobre isso, mas logo após a morte do pai de Jarod, ela contraiu uma febre que durou dias. Enquanto eu umedecia sua testa e administrava a medicação, ela gemia falando que tinham tirado suas asas e perguntando se isso não tinha sido o suficiente? Por que eles levaram o homem que ela amava?

Muriel pegou a xícara quente.

— Ela divagou sobre um lugar chamado Elysium e depois sobre outro chamado Abaddon. — Ela tomou um gole de chá. — É um dos nomes para o Inferno — Muriel explicou, felizmente confundindo meu choque com confusão. — Foi nesse ponto que percebi que ela deve ter sofrido uma educação religiosa estrita. Talvez, em um convento? Tentei descobrir, mas ela entrava e saía da consciência e, após seu episódio febril, nunca mais foi a mesma.

Ela fez uma pausa e então continuou.

— O Jarod tinha quatro anos então. Mesmo que seu tio e eu tentássemos protegê-lo, ele se tornou uma criança quieta, reservada. Alguns dias, eu o encontrava enrolado contra a mãe; em outros, sentado no chão do armário, abraçando os joelhos contra si. — Ela tomou outro gole, então baixou a xícara. — Monsieur Isaac, o tio dele — ela acrescentou, caso eu não soubesse o nome do homem —, me disse para me mudar para os apartamentos de Jarod, já que Mikaela se tornou totalmente incapaz de cuidar de seu filho. Eles moravam na ala direita da casa. — Ela ergueu os olhos para o teto, provavelmente para indicar onde ficava.

— Não é a ala em que ele mora agora?

— Não. Ele assumiu os apartamentos de Monsieur Isaac.

Apartamentos? É assim que chamavam os quartos aqui em Paris?

— Noite após noite, Jarod e eu adormecíamos em camas separadas, mas manhã após manhã eu acordava com seu corpo minúsculo aninhado contra o meu.

Meu peito se apertou quando imaginei Jarod como uma criança, agarrando-se ao pouco calor e estabilidade que ele poderia encontrar.

— Monsieur Isaac entrou uma vez e ficou furioso com a forma como eu havia contaminado a propriedade de sua família. Ele ordenou que eu voltasse ao meu apartamento de serviço. Jarod chorou por 24 horas direto. Ele chorou até que Monsieur Isaac veio ao meu quarto me buscar e me mandou voltar para o de Jarod. — Um sorriso apareceu em seus lábios, como se ela ainda gostasse de ter vencido aquela batalha.

— A mãe dele ainda estava viva na época?

— Estava, mas depois que o marido faleceu, ela se tornou um fantasma nesta casa, existindo, mas não realmente viva.

O marido dela havia passado para o nosso mundo ou era um Triplo como Jarod? E o que dizer de Isaac?

Me servi de mais chá.

— Ouvi dizer que foi o Jarod quem a encontrou no dia em que ela... no dia em que ela morreu. — Bebi, embora tivesse se passado tanto tempo que o líquido ocre ficou amargo.

Os olhos de Muriel brilharam, mas eu não sabia dizer se era de tristeza ou raiva.

— Tínhamos acabado de voltar do parque onde ele fez um amigo, o Tristan... Jarod não passava muito tempo com crianças, então isso foi importante para ele. — Seus lábios se suavizaram antes de franzir, criando pequenas rugas ao redor deles. — Ele subiu a escada correndo para contar à mãe, e eu corri atrás dele, porque ele não havia tirado os sapatos, que estavam cheios de areia. — Batendo na mesa com as pontas dos dedos algumas vezes, ela deu um suspiro profundo. — Mikaela estava... ela estava — Muriel inspirou lentamente — sangrando. *Profusamente.* Corri para pedir ajuda. Quando Amir, Monsieur Isaac e eu voltamos para cima, as mãos de Jarod estavam... — ela estremeceu — ...elas estavam cobertas de sangue. — Ela fechou os olhos e suas rugas se aprofundaram. — E Mikaela tinha parado de respirar.

Minha saliva ficou espessa como gesso na garganta.

— Ele me disse que a matou.

As pálpebras de Muriel se abriram.

— Ele não fez tal coisa!

Estremeci com seu tom.

— Sinto muito, Leigh. Sinto muito mesmo. Não queria descontar em você, mas odeio que ele ainda acredite que é o culpado. Odeio que ele ainda pense que remover a faca foi a razão de ela sangrar. — Ela bufou, brincando com a gola do roupão. — Deixar aquilo lá não faria seu coração bater mais forte.

Embora eu tivesse sentido que ele não era o culpado pela morte da mãe, ouvir Muriel confirmar isso aliviou a tensão ao meu redor.

— Depois disso, Jarod nunca mais foi o mesmo. Não que alguém esperasse que ele saísse ileso. Quem iria? Ele nunca dormiu profundamente, mas seus terrores noturnos se tornaram tão terríveis que ele não dormia uma única noite. Ainda não dorme. Monsieur Isaac me disse que eu não deveria me preocupar. Esse nosso menino – e sim, digo *nosso*, porque Jarod havia se tornado nosso até então.

— Parece que ele sempre foi seu.

Seus lábios tensos relaxaram um pouco.

— Eu e o Monsieur Isaac é que o criamos. Mesmo quando seus pais estavam vivos, eles não se envolviam muito. Quando ele chorava à noite, eu o embalava, e quando isso não resolvia, eu o levava no carrinho e o empurrava para frente e para trás pelos paralelepípedos até que os solavancos o fizessem dormir. — Seus olhos brilharam com a memória. — Monsieur Isaac cuidou da educação de Jarod. Ensinou-o a ler, escrever, contar, refletir. Monsieur Isaac não era conhecido por sua paciência, mas com Jarod... — seu sorriso adicionou um pouco de brilho ao rosto abatido — ...ele tinha um suprimento infinito. Ele teria movido montanhas por aquele menino.

— Jarod o respeita muito.

— Sim. Ele o respeitava. Amava. Confiava. E Jarod não confia em muitas pessoas, Leigh.

— Imagino que eu também não confiaria se tivesse vivido o que ele viveu.

— Especialmente mulheres — ela acrescentou, mantendo o olhar no meu.

— Exceto você.

— Exceto eu.

Ela continuou me observando e a intensidade de seu olhar me fez desviar o meu para a superfície amarela do chá.

— Você sabe que ele nunca jantou à sós com uma mulher?

Estudei o padrão de pontos azuis em minha xícara até que eles começaram a se sobrepor.

— Provavelmente porque ele não gosta de comer.

Ela se inclinou para frente na cadeira.

— Não, ele simplesmente não gosta da companhia da maioria das mulheres.

— Ele não gosta muito da minha companhia, Muriel.

— Não acredito nisso. — Ela colocou a palma da mão sobre a minha. — Ele também nunca deixa uma mulher se aventurar lá em cima.

Estudei suas juntas que eram tão finas quanto seus dedos. Eu não queria manchar a imagem que Muriel tinha de Jarod, então não contei o motivo que ele teve para me conduzir a seu quarto. Não disse a ela que tinha sido para me deixar com medo.

— Ele odeia minhas crenças. Odeia o que sou — eu disse ao invés. O que não me surpreendia agora que ela me contou sobre o único outro exemplo celestial que ele teve.

Ela soltou minha mão, levando a sua de volta sobre a mesa.

— O que você é?

O calor serpenteou em meu pescoço e bochechas. Por que não consegui escolher outras palavras? Ou não falei absolutamente nada?

— Tenho uma fé profunda e ele a odeia.

— Jarod abomina religião... todas elas.

— E eu entendo, mas nem todas as pessoas religiosas são iguais. — Suponho que minhas asas não tenham sido um fator muito convincente neste argumento. Aposto que ele odiava todas as criaturas aladas, fossem borboletas ou anjos. Esvaziei minha xícara, em seguida me afastei da mesa e me levantei. — Obrigada, Muriel. Pela conversa, o chá, os biscoitos, a gentileza. — Tentei colocar um sorriso em meus lábios, mas não funcionou. — Ele tem sorte de ter alguém como você em sua vida. Você é uma mulher virtuosa.

Ela inclinou a cabeça e me observou. Mesmo que Jarod não fosse biologicamente seu, havia algo na maneira como observavam uma pessoa que era muito semelhante – uma vigilância silenciosa e profunda, como se estivessem olhando para a alma em vez do envelope que a envolvia.

— Amar não é virtuoso... — ela disse finalmente. — Amar é natural. Você já amou alguém?

Eve surgiu em minha mente. Ela sabia que Jarod era um caso

impossível, e foi por isso que ela o sugeriu. Ela sabia por quê? Sua mãe arcanjo havia transmitido informações confidenciais para garantir que sua filha não perdesse seu tempo?

Meus lábios devem ter franzido porque Muriel disse:

— Ninguém?

Empurrei Eve em um recesso escuro.

— A garota que você conheceu ontem. Celeste. Ela é como uma irmã para mim.

— E seus pais?

— Eu não os conheço.

Ela ergueu as sobrancelhas.

— Uma figura parental, então?

— Tive muitos professores. A maioria era legal.

Ela me olhou daquele seu jeito silencioso novamente.

— Está tarde. Você deveria dormir aqui esta noite.

Eu poderia imaginar a expressão de Jarod se ele voltasse e me encontrasse em sua casa. Ele provavelmente diria: *viu, você é incapaz de ir embora.* Provavelmente não deveria ter me feito sorrir, mas por alguma razão, essa razão certamente sendo extrema exaustão e moderada imaturidade, me fez.

— A Celeste vai se preocupar se eu não voltar para casa — acabei dizendo.

Desde que fiz vinte anos, as Ophanim não se importavam mais com meu paradeiro.

Eu nunca tinha percebido o quanto eu era sozinha, e essa compreensão apagou meu sorriso. Sempre acreditei que pertencer a uma comunidade era o suficiente, mas uma comunidade não era o mesmo que uma família.

Muriel, que eu nem tinha percebido que havia se levantado, me envolveu em um abraço.

— Você é uma garota doce.

Suspirando, aninhei meu queixo na curva de seu ombro e deixei o cheiro de manteiga doce grudado em seu robe de cashmere aliviar o aperto residual em meu peito. Como seria entrar sorrateiramente na cama de alguém depois de um pesadelo, em vez de ter que se acalmar contando as estrelas no firmamento elísio?

— Venha amanhã à tarde. Vou te ensinar como fazer *sablés*.

— Eu realmente adoraria, mas não posso — disse, me livrando de seus braços.

— Então, no dia seguinte.

— Muriel, eu... não posso voltar. O Jarod não iria querer que eu viesse.

Ela franziu o cenho.

Antes que ela pudesse me pedir uma explicação ou contestar minha afirmação, saí da pequena despensa pelo saguão de mármore frio e irrompi no pátio com seu anjo em ruínas. Finalmente entendi por que o menino a mutilou. Como eu gostaria de poder mostrar a ele que não éramos todos como Mikaela, mas ele nunca seria receptivo.

Além disso, eu precisava seguir em frente antes que ficasse sem tempo para completar minhas asas. Eu não tinha nenhum desejo de me tornar uma Nephilim.

Mordi o lábio e ainda estava machucando o tecido quando saí para a rua e alguém gritou:

— Mademoiselle!

28

O motorista de cabelos brancos de Jarod segurou a porta do sedan aberta para mim.

— Monsieur Adler me pediu para levá-la em casa.

Meu coração, que ficou preso na garganta quando Francis me chamou, começou sua lenta peregrinação de volta às minhas costelas.

Jarod tinha medo de que eu não fosse embora se alguém não me tirasse de seu território? Provavelmente era isso. O que mais poderia ser? Preocupação com minha segurança? Bufei. Jarod Adler certamente não estava mais preocupado com minha segurança.

Embora dever a Jarod mais do que já devia não fosse atraente, voltar para casa na calada da noite com um par de sapatos de salto alto era ainda mais desagradável.

— *Merci* — falei, entrando no banco de trás.

A porta fez um ruído de sucção silencioso enquanto me fechava em um espaço que cheirava a couro fresco, mas também a Jarod. Apoiei a bochecha contra o encosto de cabeça e observei a rua iluminada pela lua, me perguntando para onde ele tinha ido no meio da noite. Teria saído para visitar uma mulher e se perder nos prazeres da carne? De repente, amaldiçoei minha paixão por romances, por incutir imagens nas quais nunca teria pensado se, em vez disso, tivesse lido textos celestiais. Fechei os olhos, mas isso estimulou minha imaginação, então os abri e foquei na cidade que brilhava como labradorita.

Ao nos aproximarmos da associação, vi um pôster anunciando empréstimos bancários com notas de duzentos euros impressas nele, e minha mente voltou rapidamente para o pecador que eu estava tentando esquecer. Não tínhamos permissão para tirar nada de humanos que eles não nos davam de forma voluntária e, mesmo que ele tenha insistido para que eu ficasse com seu dinheiro, disse isso após a ação, falhando em me desvincular da minha obrigação celestial. Eu não podia perder outra pena.

Posso dar o dinheiro ao motorista dele? Ele pagaria a Jarod?

Senti uma pontada na omoplata como se uma haste já estivesse se soltando. Suspirando, decidi visitá-lo amanhã. Eu precisava dormir para me recuperar de tudo o que tinha acontecido e um banho para lavar a sujeira e o sangue.

Depois de agradecer a Francis pela carona, fui até a associação, com os braços em volta do corpo para me aquecer.

A associação estava calma a esta hora. Apenas os pardais empoleirados aos pares nas fontes do Átrio interrompiam o silêncio com seus arrulhos melosos. Um deles começou a cantar ao me ver, e então os outros seguiram o exemplo. A melodia aumentou, dissipando um pouco do frio em meus ossos.

Se essas criaturas celestiais não fossem tão nervosas, eu teria estendido um dedo para elas se empoleirarem, mas elas não gostavam de contato humano.

Um pouco como Jarod.

Suspirei, ouvindo-as um pouco mais antes de seguir em direção ao corredor de quartzo iluminado pelo fogo, desejando que a pedra tivesse o poder de derreter o gelo remanescente em minhas veias. Ao passar pela última fonte, pensei naquela de *La Cour des Démons* e, em vez de me entristecer, fiquei furiosa.

Era injusto que Jarod tivesse sido sobrecarregado com um conhecimento distorcido de nós.

Era injusto que seu número nunca pudesse cair, porque o Ishim pensava que ele tinha matado um Nephilim.

Me virei e mudei de direção. No canal, gritei:

— Solicito uma audiência com Seraph Asher.

E então esperei, segurando meus cotovelos.

Eu não tinha ideia de quanto tempo minha mensagem levaria para chegar ao Elysium. Encarei o feixe de luz pura até meus olhos doerem. Imaginei que o Arcanjo não estava à minha disposição, mas ele teria que aparecer, certo? Ou ele enviaria um emissário para me dizer que estava ocupado? Comecei a andar, desejando poder escalar a parede do Canal e acessar Elysium.

Nunca questionei nossas regras, mas naquele momento, comecei a encontrar falhas nelas. Por que éramos separados de nossos pais? Por que éramos mantidos em associações na dimensão humana? Por que tínhamos que renunciar a nossas asas se quiséssemos viver entre os humanos? Na Terra, envelhecíamos, talvez mais devagar, mas ainda assim nossos rostos se enrugavam e nossa carne cedia.

Compreendi que as leis eram indispensáveis para o bom funcionamento de uma sociedade, mas quantas das nossas ainda faziam sentido? Não tínhamos – nosso povo e nosso mundo – evoluído?

— Leigh?

Meu nome me fez parar. Asher estava com suas roupas de couro e as asas turquesa se retraíram.

— Achei que Nephilim não podiam ter filhos — falei de uma vez só.

Os tendões de seu bíceps se comprimiram.

— Achou certo.

— No entanto, a mãe de Jarod Adler era uma Nephilim. O que significa que ele é um híbrido. O que explica por que ele pode nos ver.

Asher permaneceu em silêncio.

— Como isso é possível, Seraph?

Sua mandíbula cerrou e eu me preocupei que ele fosse tão evasivo quanto antes. Mas eu estava errada em me preocupar. Sua expressão suavizou.

— Acreditamos que Mikaela engravidou antes de perder as asas e, por algum milagre, o embrião resistiu.

— Isso já aconteceu antes?

Ele passou a mão pelos longos cabelos, que deslizaram como ouro derretido entre seus dedos.

— Não tenho liberdade para compartilhar isso com você.

Mordi o lábio.

— Há uma coisa que eu não entendo.

Um canto da boca de Asher se ergueu.

— Só uma?

— Você está certo. Há mais de uma coisa, mas vamos começar com a mais urgente. Os Ishim achavam que ele era humano. Eles não sabiam que ele era um híbrido, correto?

Asher inclinou suas grossas sobrancelhas loiras.

— Sim.

— Por que ele ainda está no sistema agora que sua linhagem é conhecida?

— Estamos todos no *sistema*, Leigh. Como você acha que os Ishim controlam suas penas? Eles não estão constantemente te observando. Eles estão observando suas almas. Todas as nossas almas.

Arqueei muito as sobrancelhas.

— Estamos no sistema de pecadores da associação?

— Um derivado disso que só é acessível aos Ishim e ao Conselho dos Sete, mas sim, sua alma está sendo pesada na balança celestial o tempo todo.

Por que nunca nos ensinaram isso?

— Então, suponho que minha pergunta seja: por que Jarod ainda está no *sistema mortal*?

— Porque ele nunca viveu em uma associação, então ele nunca desenvolveu os ossos das asas.

— Se ele fosse trazido para uma associação agora, poderia desenvolvê-los?

— Eles não se formam após a puberdade.

— Por que ele nunca foi trazido para uma associação? — Enrolei uma mecha de cabelo em volta do meu dedo, em seguida, observei o cacho acobreado se soltar e voltar contra meu vestido estampado.

Asher esfregou a mão no rosto.

— Porque ele matou uma Nephilim.

— Não, ele não fez isso.

— Ele assassinou a mãe, Leigh. Uma Nephilim. Mesmo que Jarod estivesse em nosso sistema, ele teria sido considerado um Caído, então teria incorrido no mesmo destino.

— Mas ele *não* assassinou a mãe.

— Do que você está falando?

— Estou falando sobre o fato de que o Ishim que o classificou cometeu um erro. Jarod Adler *não* matou sua mãe.

Suas sobrancelhas se inclinaram mais profundamente.

— Só porque ele te contou uma história diferente...

Meu temperamento assumiu.

— *Ele* não me contou nenhuma história.

As pupilas de Asher dilataram.

— Jarod está convencido de que tirar a faca do peito da mãe a fez sangrar, mas foi *enfiá-la* que a matou, e ela fez isso sozinha. — A mesma tempestade capturada nas telas na casa de Jarod assolou meu esterno. — Os Ishim são realmente tão densos que não conseguem distinguir entre assassinato e socorro?

Minha respiração ofegou como se alguém tivesse enfiado o abridor de cartas nos ossos das minhas asas. Fechei os olhos, com as narinas dilatadas. Não fiquei surpresa que criticar os Ishim tivesse me custado uma pena. Eu estava lívida antes, mas agora alcancei um nível totalmente novo de raiva.

Abri os olhos, virei meu pescoço para trás e gritei para o céu escuro de Elísio.

— Pode me punir o quanto quiser por criticar seu sistema falível, mas não puna um homem – um anjo de sangue – por *seu* erro!

— Leigh! — Asher trovejou.

Fiz um gesto para a claraboia.

— Cometeram um erro, Seraph.

— Você não estava lá naquele dia — ele falou com frieza.

— Só porque eu não estava lá...

— Bem, eu estava. — Sua voz diminuiu. — Fui eu quem o encontrei com a arma na mão.

Toquei a garganta, com a boca aberta. Era assim que Jarod o conhecia tão bem.

— Antes de me tornar Arcanjo, eu era um Ishim. Fui eu que lhe dei sua pontuação, e a marquei *depois* que ele confessou.

— Ele tinha oito anos, Seraph! Ele provavelmente estava em tal estado de choque que não tinha ideia do que estava confessando.

Asher jogou as mãos no ar, com as penas turquesa eriçadas em suas costas.

— Ele é sobrinho de Isaac Adler. Isaac Adler era um Triplo e morreu Triplo. Sem mencionar que a mãe do menino era uma Nephilim.

— E isso o torna mau? — Atirei de volta. — Desde quando somos julgados por nossos parentes?

Um corpo se materializou no Canal. E depois outro. E outro. Todos usavam túnicas cinza sem mangas com cinto sobre leggings de camurça cinza, todas com pontas de asas metálicas. Encontrei Ishim algumas vezes ao longo dos anos. Eles visitavam as associações para explicar seus trabalhos. Me lembro de ter ficado deslumbrada, mas isso foi quando achei que seu sistema era impecável.

Um dos Ishim, uma mulher com cabelos loiro com cachos selvagem e um queixo pontudo, se aproximou para ficar ao lado de Asher.

— Seraph?

— Tenho a situação sob controle, Ish Eliza. Não preciso de ajuda.

Eliza se virou, abrindo suas asas lilases como se quisesse proteger o arcanjo da minha vista.

— A Seraph Claire nos enviou.

Bufei, o que chamou a atenção dos quatro anjos. Não que Asher tivesse desviado o olhar de mim. Fogo de anjo não disparou de suas mãos, mas duvido que tenha sido por falta de desejo. Ele provavelmente estava preocupado com as repercussões de fazer um churrasco de Pluma.

As penas com pontas de ouro de Eliza balançaram enquanto ela girava de volta.

— Cuidado, Pluma. Você perdeu muitas penas recentemente.

— Você está me lembrando ou me ameaçando?

Seus olhos escuros semicerraram.

— Nós não fazemos ameaças.

Quando ela olhou para Asher e acrescentou algo na língua celestial, provavelmente para que eu não entendesse, o canal se encheu de partículas cintilantes de fumaça de lavanda e, em seguida, saltos pontiagudos estalaram contra o quartzo quando o corpo de uma mulher com um rio de cabelo preto e olhos da cor da grama do verão surgiu. Encontrei essa mulher apenas uma vez, na cerimônia do osso da asa de sua filha, mas Seraph Claire era inesquecível.

— As Ophanim da Associação 24 parecem estar falhando em sua tarefa de incutir boas maneiras em nossos Plumas — ela disse e seus pés ficaram a centímetros dos meus saltos altos salpicados de sangue.

Sempre achei a mãe de Eve intimidante, mas esta noite, não me intimidou muito.

— Lamento que meu comportamento a ofenda, mas as Ophanim não são culpadas.

Ela cruzou os braços finos diante do vestido de chiffon branco transparente que usava, amarrado por um espartilho de couro coberto com as mesmas joias translúcidas que enfeitavam suas orelhas e pescoço.

— O pecador que a *sua filha* sugeriu que eu ajudasse foi classificado injustamente. Não apenas descobri que ele foi colocado no Sistema de Classificação errado, mas também que sua classificação está congelada em cem pontos por causa de um mal-entendido por parte do Ishim.

— Não foi um mal-entendido! — Asher explodiu, e juro que a pedra ao nosso redor tremeu.

Pisquei, mas balancei a cabeça.

— Pergunte a Jarod de novo, Seraph. Pergunte à babá dele que estava lá. Ou ao seu segurança, Amir.

— Não vou ficar por aí coletando depoimentos tendenciosos. — Um ponto de pulsação latejava em seu pescoço tenso.

Suspirei.

— Depoimentos tendenciosos?

— Vocês dois, quietos! — A mãe de Eve explodiu. — Você é um Seraphim, Asher. Comporte-se como um. E você — ela apontou um dedo bem cuidado em minha direção — é um Pluma. Lembre-se do seu lugar.

Cerrei os dentes com tanta força que provavelmente estava lascando o esmalte. Como já considerei ser capaz de me casar com um completo estranho por status estava além de mim. Jarod estava certo. Eu era uma romântica e não havia nenhuma maneira em Abaddon ou Elysium que eu me casaria por qualquer outro motivo que não o amor.

Mudei minha atenção para a mãe de Eve.

— Não estou tentando criar problemas para ninguém, Seraph Claire. Estou tentando tirar uma pessoa de problemas, e essa pessoa é Jarod Adler.

— Para alguém que não está tentando criar problemas para os outros, você é rápida em citar nomes — ela disse. — A primeira coisa que saiu da sua boca quando eu apareci foi que minha filha fez você assumir esta missão.

— Você tem razão. Isso foi errado da minha parte. Não importa como cheguei aqui. — Não mais. Não no âmbito das coisas. — O que importa é o que faço agora que *estou* aqui.

— A melhor coisa que você pode fazer, pelo seu bem e por todos nós, é pedir desculpas ao meu companheiro Seraphim pela maneira caluniosa como você se comportou.

Pressionei os lábios, cambaleando.

— Não sabia que falar a verdade exigia um pedido de desculpas.

— Não seja espertinha, Leigh. Peça desculpas ao Seraph Asher antes que ele peça ao Ishim para remover *mais uma* de suas penas. — Seu olhar se voltou para a pena prateada aos meus pés.

Me endireitei como se alguém tivesse espetado minha espinha com uma haste de metal. Mesmo que eu não tivesse vontade de me desculpar, percebi que não ajudaria na minha luta pela alma de Jarod, então engoli o orgulho e grunhi:

— Peço desculpas por levantar minha voz, Seraph Asher.

Mas não me desculpo por permitir que isso seja ouvido.

Asher olhou para mim por cima da cerca lilás das asas de Eliza. Senti que ele também estava vendo uma estranha. Não éramos as mesmas pessoas que haviam navegado pelo Canal há alguns dias.

Jarod Adler me mudou. Ele removeu os óculos cor de rosa através dos quais eu via nosso mundo e as pessoas que o governavam. Os humanos não eram perfeitos, mas nós também não.

— Aceito suas desculpas, Pluma — ele falou.

Pluma? Me relegar ao meu status levantou outra barreira entre nós.

Seraph Claire se virou de lado para que eu ficasse olhando para seu perfil aquilino.

— Agora que esta situação está resolvida...

— Você vai ao menos levar minhas descobertas em consideração? — perguntei.

Ela virou a cabeça na minha direção, fazendo seu cabelo preto balançar sobre suas penas fúcsia com ponta de platina.

— Ele é o líder da máfia nesta cidade — Asher falou. — Mesmo que não tenha assassinado a mãe, sua alma está longe de ser pura.

— Está longe de ser pura, mas não deve bloquear sua pontuação. — Olhei para os dois arcanjos e depois para os três anjos encarregados de classificar as almas. — Não estou procurando causar um alvoroço no Elysium, mas estou em busca de justiça, e a coisa certa a fazer, uma vez que sua alma não pode ser removida do sistema pecador, seria libertá-lo de seu status.

Claire inclinou a cabeça para o lado.

— Seu apelo para diminuir a pontuação do pecador tem algo a ver com as núpcias iminentes do meu companheiro Arcanjo?

Enquanto o pescoço de Asher corava, fiquei boquiaberta, surpresa por ela achar que eu seria tão egoísta.

— Meu marido escolheu um Triplo para ganhar minha mão, então é uma pergunta honesta que merece uma resposta sim ou não, Pluma.

O calor correu por minhas veias como se eu fosse feita de fogo angelical em vez de sangue.

— Meu sonho sempre foi me tornar Malakim, interagir com as almas, colhê-las e ver seu retorno seguro ao mundo humano, mas por um momento, me tornar cônjuge de um Seraphim foi mais atraente, então, sim, escolhi um Triplo, porque eu queria completar minhas asas a tempo de ser considerada pelo Seraph Asher. Mas esta missão me lembrou que ajudar pecadores nunca foi um meio para um fim. Adoro a aventura, a experiência, o contato. Adoro ver a mudança acontecer ao longo das semanas. Meses. Nada me satisfaz mais do que ver alguém estender a mão que nunca teria oferecido antes de eu entrar em sua vida. — Inspirei lenta e profundamente. — Então, para responder à sua pergunta, não tenho nenhum motivo oculto em pedir para desvincular a alma de Jarod Adler.

A mãe de Eve me observou e depois olhou para o ar em volta dos meus quadris à procura de uma pena que caísse. Quando nada aconteceu, seu olhar subiu novamente.

— Sua honestidade e empatia são louváveis, mas use essas qualidades para ajudar outros pecadores. A pontuação de Jarod Adler não vai mudar. — Ela se virou para Asher e inclinou a cabeça para o lado. — Certo, Seraph?

Ele nivelou seus olhos turquesa em mim.

— Certo. — Essa palavra simples parecia o tapa mais eloquente. Recuei.

— Amaldiçoando a ele, você está me amaldiçoando.

— Do que você está falando, Leigh? — Ele voltou a usar meu primeiro nome?

— Eu vinculo meu destino ao dele. — Parei minha partida. — Não vou desvincular até que seu status seja reavaliado.

Claire abriu as asas como se parecesse mais feroz.

— Você está nos chantageando?

— A minha vida é tão importante quanto a dele, Seraph, e se para os Sete não é, então que seja. — Me virei antes que as pontas avermelhadas das minhas orelhas e o calor que cobria minha mandíbula pudessem revelar o desespero e o medo que corria em minhas veias. Apesar de toda a minha abnegação, eu estava com medo.

Meu peito estava muito apertado, minhas asas invisíveis muito pesadas, meu olhar desfocado. Parei de correr em algum ponto e me inclinei contra a parede de um corredor vazio, apoiando as palmas das mãos contra a pedra quente. Eu considerava minha imortalidade como algo certo, mas não havia certeza neste mundo.

Nasci anjo, mas talvez, eu morreria humana.

Assim como Jarod.

29

Depois que o redemoinho se acalmou dentro da minha cabeça e peito, voltei para o meu quarto. Celeste estava dormindo profundamente, o ar assobiando por seus lábios em forma de coração.

Ela ficaria orgulhosa de mim ou horrorizada com o que acabei de fazer? Eve teria ficado horrorizada. Em vez de me irritar, pensar nela me entristeceu. Dizer que estou grata por ela ter me feito contatar Jarod Adler seria um exagero, mas eu não a odiava mais por isso.

Tirei os sapatos e os levei para o banheiro, fechando a porta atrás de mim para não acordar Celeste. Depois de lavar o sangue deles, tirei a roupa e entrei no chuveiro, ensaboando meu cabelo, corpo e asas. A espuma rolou sobre minhas penas impermeáveis, mas não invulneráveis. E pensar que toda a minha vida foi uma corrida para ganhá-las. O que eu faria agora que não tinha mais nenhuma linha de chegada para a qual correr? Os Ophanim me expulsariam da associação? Eu seria forçada a voltar para Nova York? Eu teria *permissão* para voltar?

Se os anjos me recusassem abrigo, onde eu moraria? Minha respiração ficou presa. Sem abrigo significava sem mesada, sem proteção. Sem mesada significava sem comida. Eles não me expulsariam, não é? Seria um castigo muito cruel. A menos que usassem minha situação para me forçar a me desvincular de Jarod Adler. Grande Elysium, esperava que o pensamento deles não se alinhasse com o meu.

Contemplando todo o luxo de que precisaria desistir, fechei a torneira e sequei meu corpo exausto com uma toalha que parecia tecida de nuvens celestiais.

Depois de me vestir com legging e uma camiseta, arrumei uma bolsa com o necessário e coloquei na minha mesa de cabeceira. Se viessem a mim no meio da noite, eu estaria pelo menos mais ou menos pronta.

O que eu ainda precisava era de dinheiro, mais do que meus vinte restantes. Não ousei sair do quarto e acordar uma Ophanim, com receio de que ela tivesse sido informada e recebido instruções para me mostrar a saída?

Me deitei em cima das cobertas e olhei para a porta, imaginando-a se abrindo e fechando mais de uma vez, mas a única coisa que se fechou foram meus olhos.

MEU COLCHÃO AFUNDOU e meus olhos se abriram. Me sentei com dificuldade, juntei meus joelhos contra o peito e peguei a bolsa.

Celeste piscou seus olhos grandes para mim e tocou um dos meus joelhos.

— Desculpe. Não quis te assustar.

Meu coração bateu em minhas costelas com tanta força que ofeguei como se tivesse corrido um quilômetro.

— O que há de errado?

Sentindo que não corria perigo, relaxei os dedos ao redor da alça da bolsa antes de puxá-la de volta para mim.

— Você acabou de acordar?

— Não. Estou acordada há três horas. — Ela virou a cabeça em direção à mesa de cabeceira. — Eu trouxe um pouco de café para você.

Arregalei os olhos.

— Você saiu do quarto?

— Hum. Sim. Eu estava faminta. No caminho de volta, parei na Sala de Classificação. Eu estava esperando, bem esperando e temendo – honestamente, não sei como vou sobreviver sem você – que a pontuação do seu pecador tivesse mudado.

Me sentei um pouco mais reta.

— E?

Seus lábios se torceram.

— Não funcionou.

Não era surpreendente. O que era surpreendente, porém, era que a associação não ficou alvoroçada com minha má conduta. Os Arcanjos e Ishim estavam mantendo isso em segredo, uma vez que se originou de seu erro?

— O que aconteceu ontem à noite, Leigh?

Suspirei e cobri a mão dela com a minha.

— Tanto, Celeste. Tanta coisa aconteceu ontem à noite.

Enquanto eu contava a noite terrível, ela franziu o cenho sem parar.

— Você está decepcionada comigo? — perguntei quando ela ainda não tinha falado uma palavra e eu terminei de contar tudo.

Seus cílios atingiram quase a testa.

— Decepcionada? Você está de brincadeira?

— Eu desafiei nosso sistema e critiquei um Arcanjo. — Não me arrependi do que fiz, mas me arrependi da hostilidade que havia delineado a discussão.

O olhar de Celeste ficou tranquilo.

— Você está perguntando à garota que cresceu desafiando o sistema se ela acha que você fez algo errado? Leigh, estou... estou tão orgulhosa de você.

Apertei sua mão, que ficou rígida contra meu joelho.

— Então por que você parece que está prestes a chorar?

— Por que... — Ela mordiscou a boca. — Porque o seu grande e estúpido coração pode te custar a sua imortalidade. — Ela fungou e as lágrimas correram por suas sardas. Quando ela tirou a mão debaixo da minha, ela disse: — E eu não quero perder você. — Ela esfregou o rosto, mas em vez de afastar a umidade, ela a espalhou. — E se eles te expulsarem, eu também vou embora.

Empurrei um pouco do cabelo de suas bochechas brilhantes.

— Não, você não vai. Você vai completar suas asas. Especialmente se eu não puder. Alguém tem que ascender e denunciá-los por sua gestão errônea.

Surpreendentemente, meu ataque ao sistema celestial não me custou uma pena. Talvez os Ishim estivessem com pena de mim, ou talvez, tenham movido minha alma para o departamento de itens inviáveis.

Me ajoelhei e abracei Celeste, apoiando meu queixo no topo de sua cabeça.

— Obrigada.

— Pelo quê?

— Por não me chamar de louca.

Ela soltou o ar.

— Você é louca. Mas eu também sou. Bem-vinda ao lado mau, Leigh. Devo avisar que pode ser meio solitário.

Sorri e alisei seu cabelo macio.

— Não mais. Estamos juntas agora.

Ela pressionou com mais força em mim da mesma maneira que imaginei que Jarod tivesse se enrolado em Muriel. Não precisávamos de muitas pessoas em nossas vidas. Precisávamos de uma e eu tinha a minha. Uma garota magricela de quinze anos com um coração de aço.

30

*D*epois de deliberar por mais uma hora o que seria de mim – Celeste estava convencida de que nada mudaria, que os anjos, apesar de todos os egos e regras, não me chutariam para o meio-fio humano – pedi segredo à minha amiga, com medo de que estar ao meu lado fosse colocá-la em problemas. Depois, peguei o dinheiro que devia a Jarod com Ophan Pauline.

Quando ela saiu do escritório ao lado da porta da frente da associação, analisei sua expressão para descobrir se ela tinha sido informada sobre a noite passada.

— Por favor, não me diga que ainda estou com molho de tomate no rosto. — Ela esfregou o queixo.

— O quê?

— Você está me olhando de uma forma engraçada.

— Ah. Desculpe. — Baixei os olhos para a nota amarela que ela colocou na minha mão. — Não há manchas de molho em seu rosto, Ophan.

— Obrigada, Elysium. Isso teria sido constrangedor. Especialmente considerando que Seraph Asher passou por aqui esta manhã.

— Passou?

— *Oui.*

— Por quê?

— Não tenho ideia. Ele passou direto pelo Átrio e saiu pelas portas. Nem disse oi ou sorriu, o que é estranho, porque ele geralmente é muito amigável.

Seu charme era um disfarce que ele usava para aumentar seu apelo?

— Você está interessada nele, Ophan?

— Eu? — Ela soltou uma gargalhada que fez um pardal parar no meio de uma nota. — Não me entenda mal. Se eu me sentisse atraída por homens, possivelmente. Não só o Seraph não é o meu tipo, mas também vive em Elysium, e eu amo isso aqui. — Ela sorriu para mim. — Depois de ascender, você verá que o mundo humano é mais... completo. Diverso. Divertido. — Ela mudou seus olhos em direção ao octógono de céu azul brilhante sobre o Átrio e baixou a voz. — Todo mundo é tão solene lá em cima.

— Ophan Pauline!

Um anjo matronal com penas cor de topázio e cabelos grisalhos apareceu na porta do escritório.

Os olhos azuis de Pauline se arregalaram.

— Oh-oh — ela falou em um murmúrio, mas logo, seu sorriso fácil voltou. — Já vou te atender, Eleanor. Só estou enchendo o bolso de um Pluma.

— À vontade — a anjo mais velha resmungou.

— Tchau, Leigh — Pauline falou. — Tenha um lindo dia!

Eu não tinha certeza de como poderia ser lindo. Afinal, eu estava prestes a visitar alguém que me desprezava mais do que os Sete. A ironia da minha situação não passou despercebida.

Enganchando a bolsa no ombro, saí a pé em direção a *La Cour des Démons*, em dívida com Celeste por me forçar a calçar espadrilles com salto anabela em vez das sandálias de tiras com salto fino que eu queria usar. Enquanto eu vagava pelas ruas sinuosas, minha saia preta longa balançava em volta dos meus tornozelos. Eu parecia que estava indo para um funeral – o meu próprio. Pelo menos, meu cabelo laranja adicionou um pouco de cor à minha roupa toda preta. Nunca imaginei que teria encontrado algo agradável para dizer sobre meu cabelo. Também nunca imaginei que discutiria com um Arcanjo sobre o sistema celestial.

Caminhei por um mercado ao ar livre movimentado, repleto de cestos de flores em tons de arco-íris e caixas de produtos suculentos. Troquei uma nota de dez euros por duas cestas de framboesas rechonchudas. Depois de colocar uma com delicadeza dentro da minha bolsa espaçosa, comi o conteúdo da outra no caminho para a casa de Jarod, e a fruta restaurou um pouco da doçura à minha vida agora sombria.

Quando cheguei na frente das portas vermelho-sangue, hesitei em enfiar a nota debaixo delas e retornar, mas a sensação incômoda em minhas omoplatas me estimulou a tocar. Enquanto esperava, a memória do Jarod irritado me veio à mente. *Argh.* Eu, convenientemente, me esqueci disso.

A fechadura se abriu e pressionei a palma da mão contra a madeira laqueada. A lâmpada de ferro fundido ganhou vida, vencendo a escuridão debaixo da varanda coberta. Como eu gostaria que isso pudesse vencer a escuridão que envolve minha mente também.

Lambi os dentes. Quando senti uma sementinha entre os dentes da frente, os lambi de novo, e a ocupação superficial momentaneamente livrou um pouco do meu estresse. E pensar que sorri para um bando de crianças correndo atrás umas das outras em um parquinho fechado. A maioria delas não tinha prestado atenção em mim, mas uma menina com marias-chiquinhas tortas me olhou fixamente.

Parecia que sua alma estava julgando a minha, o que era impossível, porque quando as almas eram reimplantadas nos úteros, as memórias de suas vidas passadas e de seu tempo em Elysium ou Abaddon eram apagadas.

Ao cruzar o pátio, um novo pensamento atingiu os outros. E se a falha nas escalas celestes se estendesse ao resto do nosso sistema? Minha mão, que levantei para bater, paralisou no ar. E se as alegações de alguns humanos sobre se lembrarem de vidas passadas não fossem fabricadas? E se algumas memórias escapassem pelas rachaduras?

Mesmo que minhas juntas não tivessem feito contato com a porta, Amir a abriu.

— A Muriel me disse que você passaria por aqui. — Seu nariz parecia ainda mais torto em plena luz do dia.

Muriel? Certo... a lição de culinária. Eu não tinha dito a ela que não seria capaz de aceitar? Algumas partes da noite permaneceram nítidas e outras começaram a ficar confusas. Infelizmente, foram as partes que eu queria esquecer que não consegui.

— Ela está na despensa — Amir falou quando eu ainda não tinha me mexido ou falado. — Me disse para mandá-la direto para lá quando você chegasse.

— O Jarod... ele está aqui?

Amir nivelou seus olhos escuros na minha bolsa.

— Monsieur Adler pediu que ninguém o perturbasse até esta noite. — Comecei a tirar a bolsa do braço para entregá-la quando ele disse: — Pode ficar com sua bolsa.

Hum. Dobrei o braço e a bolsa se acomodou na dobra do meu cotovelo.

— Bem, então acho que vou encontrar a Muriel.

Passei por ele e atravessei a sala de jantar, mantendo os olhos na tapeçaria que representava uma caçada violenta completa com cães rosnando e veados com pescoços mutilados e pelo ensanguentado. Era melhor do que olhar para o mural de querubins inocentes e corados.

Cerrei os dentes, tentando reprimir meu rancor crescente. Eu não queria me tornar uma pessoa amargurada como Jarod. Isso só me deixaria infeliz. Além disso, nem todos os anjos eram maus. Apenas alguns. Assim como os humanos.

O vestíbulo de mármore xadrez estava vazio, exceto pelo guarda-costas em vigília ao lado da sala de jantar.

Olhei para as escadas, me perguntando se Jarod estava em seu quarto ou em seu escritório.

— A Muriel está me esperando — acabei dizendo, embora o segurança não tivesse perguntado.

Ele me deu um aceno superficial, seu olhar mal passando por mim como se tivesse sido avisado para não fazer contato visual depois do que tinha acontecido com o garçom. Por que Jarod se importava com quem olhava para mim? Ele já sabia o que eu era naquela época.

Ele já me odiava.

Quando o homem não fez nenhum movimento para bloquear meu caminho, caminhei em direção à despensa e abri a porta. Minha boca se encheu de água com o cheiro de cebola caramelizada e tomilho amadeirado. Jarod tinha sorte de ter alguém em sua vida que pudesse criar aromas tão deliciosos.

Coloquei a bolsa na mesa da despensa, tirei a cesta embrulhada em papel manchado com suco da fruta machucada e a carreguei por outro pequeno corredor que dava para uma cozinha que só poderia ser chamada de grandiosa.

O chão era coberto por mosaicos desgastados representando uma flor-de-lis – o símbolo da monarquia francesa. A casa datava daquela época da história ou Isaac Adler comprou os pequenos ladrilhos e os instalou em sua cozinha? Uma tira de vidro ao longo do topo da parede oposta deixava entrar uma barra de luz do sol que refletia na guirlanda de panelas de cobre penduradas sobre uma ilha que parecia uma bancada de açougueiro de tamanho grande.

— *Ma chérie*, você chegou bem a tempo. — Muriel apareceu de outra pequena passagem.

Não pude deixar de sorrir com seu carinho. Estendi a pequena cesta.

— Comprei algumas framboesas para você.

— *T'es un ange.*

Meus músculos paralisaram. Enquanto ela circulava a ilha e tirava o pacote que eu estava amassando de minhas mãos, fiquei boquiaberta. Ela quis dizer *você é um anjo* literal ou figurativamente?

Ela selecionou uma fruta rechonchuda e colocou na boca, que ela havia pintado de batom vermelho.

— *Humm... une vraie merveille.* — *Humm... delicioso*. Ela sorriu, e isso acalmou meus nervos. Se ela soubesse o que sou, não sorriria para mim. — *Merci.*

Dei de ombros.

— Não é nada, Muriel.

— Ninguém nunca me comprou framboesas, então é algo para mim.

Meu coração cauteloso desacelerou e eu retribuí o sorriso.

— Você está pronta para aprender a fazer *sablés*?

Me ocorreu que não havia nenhum outro lugar que eu preferisse estar a essa cozinha serena na companhia desta mulher paciente e calorosa. Afinal, eu não tinha mais um pecador para recuperar. Não tinha mais missões para realizar ou asas para completar.

Eu não tinha absolutamente *nada* para fazer.

Em vez de me sentir desolada, me senti livre.

31

*E*u estava removendo o primeiro lote de biscoitos do forno quando a porta da cozinha se encheu com um corpo. Quase derrubei a bandeja. Por algum milagre, consegui colocá-la na bancada enquanto minhas mãos tremiam dentro das luvas de forno.

— Finalmente resolveu aceitar aulas de culinária, Jarod? — Muriel perguntou, cortando um rolo de massa de chocolate resfriada e salgada em discos perfeitos.

Com o olhar fixado em mim, ele disse:

— Sem chance de isso acontecer, Mimi. — Um sorriso brincou em seus lábios, e eu sabia exatamente o que ele estava pensando... que eu era como um pedaço de chiclete em que ele pisou e que grudou cansativamente em sua pessoa.

— Graças a Deus encontrei uma boa aluna — Muriel disse, piscando para mim.

— Ainda não conseguiu trazer Amir aqui?

— O problema com aquele homem não é colocá-lo aqui. É tirá-lo. Ele come toda a minha comida.

— Ele é quase um gigante — Jarod respondeu, enfiando as mãos nos bolsos da calça do terno, que ele usava com uma camisa branca de botões aberta no colarinho, mas sem paletó.

Muriel riu.

— Ele é, não é?

A brincadeira bem-humorada deles me fez sentir como se estivesse acorrentada sob a espada de Dâmocles, consciente de que estava prestes a me atingir, mas incapaz de sair do caminho.

— O que te traz à minha cozinha, Leigh? — Ele prolongou a sílaba do meu nome em vez de deformá-lo, certamente tentando me atrair para uma falsa sensação de segurança ou para manter uma aparência agradável na frente de Muriel.

— Assar biscoitos — eu disse, com os nervos à flor da pele.

Seu sorriso se transformou em um riso cheio de dentes perfeitos que pareciam quase fosforescentes contra a sombra escura da barba por fazer.

— Não diga. E para quem você está assando biscoitos?

— Não para você — falei antes de perceber como soou rude, então alterei minhas palavras com: — Porque você não gosta de sobremesas.

Seus olhos brilharam.

— Ah, *flûte*. Esqueci de fazer algo. — Muriel enxugou as mãos em um pano de prato listrado. — Eu volto já. — Ela desceu a passagem pela qual ela apareceu antes, então se virou e desapareceu no que imaginei serem escadas, já que eu podia ouvir seus saltos grossos batendo contra o cimento.

Eu queria que ela voltasse, mas não voltou. Quando me virei, Jarod estava circulando a ilha. Tentei me assegurar de que, como suas mãos ainda estavam nos bolsos, ele não planejava me estrangular. Quando ele se inclinou, recuei.

Ele inspirou o vapor subindo dos biscoitos que murchavam.

— Eu disse que era uma causa perdida. No entanto, você está de volta.

— Só vim devolver o seu dinheiro.

Seu olhar se voltou para os biscoitos.

— E tropeçou em um avental no caminho até mim?

Entreabri os lábios, sem saber como interpretar sua pergunta. Parecia que ele estava me provocando...

Ele estava tão perto que eu não conseguia mais sentir o aroma doce saindo da bandeja. Tudo que eu podia sentir era o seu cheiro. Seu olhar ficou tão intenso que verifiquei meus braços saindo das luvas de forno para ter certeza de que não tinha acendido como uma série de luzes de fada. Minha pele estava suja e manchada de farinha, mas felizmente não cintilante.

Quando olhei para cima, meu queixo bateu nos dedos de Jarod. Fiquei tão assustada com seu toque que esqueci de respirar.

— Você estava com um pouco de farinha no queixo — ele disse, abaixando a mão e esfregando o polegar contra o indicador para se livrar do pó, que havia se transferido da minha pele para a sua.

Toquei meu queixo, que estava quente como a assadeira, sem saber o que fazer com seu gesto gentil, até que me lembrei de seu nojo total e absoluto.

— Deixe-me... só vou pegar... — Eu me afastei dele, deixando minha frase no ar. Corri para a despensa, tirei a nota amarela da bolsa, voltei para Jarod e brandi o dinheiro. — Aqui.

Ele recuou como se eu estivesse lhe oferecendo uma cobra viva.

— Eu disse que não queria de volta.

— E eu disse que não poderia ficar com ele.

Sua boca se fechou. Como ele não pegou o dinheiro, coloquei-o na ilha ao lado da bandeja. Pronto. Estava resolvido. Eu não perderia outra pena, o que era irônico, considerando que perderia minhas asas inteiras.

Olhei ao meu redor, em seguida para os biscoitos, percebendo que tudo que me restava agora era ir embora.

— Como estão suas costas?

— Minhas costas?

— Você estava sangrando a noite passada.

— *Verdade*. Minhas costas estão bem. Terminou de assar?

Minha garganta apertou. Engolindo, assenti e tirei as luvas do forno. Eu as coloquei ao lado da bandeja e olhei na direção da passagem que Muriel desapareceu.

— Você pode dizer a ela que eu disse — limpei a garganta, fixando meu olhar em seu pomo de adão — obrigada?

— Sua voz parece estar funcionando bem.

Pisquei para ele.

— Você mesma deveria dizer a ela.

— Ah. Hum. Certo.

Comecei a me virar quando ele perguntou:

— Você joga xadrez?

— Xadrez?

— Você sabe... o jogo de tabuleiro onde você tem que derrotar o rei?

— Eu sei o que é xadrez, Jarod, mas pensei que você queria que eu fosse embora.

Ele enfiou as mãos de volta nos bolsos da calça.

— Quero. Eventualmente.

Por que ele queria jogar xadrez comigo? Certamente, seus motivos eram distorcidos. E então isso me atingiu.

— Isso não vai me custar penas.

— O quê?

— Se você está tentando mutilar minhas *coisas*...

Ele gaguejou e depois riu, e não era sombrio e triste, mas melódico e profundo. Tive que me lembrar que ele estava rindo de mim.

— Arruinar minhas asas não é um jogo — eu disse, ajeitando meus ombros como se para proteger minhas asas invisíveis de Jarod, embora eu as tivesse arruinado muito mais do que ele jamais poderia.

E por ele, de todas as pessoas.

Ele ficou sério de imediato, e então um de seus olhos estremeceu.

— Eu... eu... — Ele esfregou a nuca. — Eu... — Jarod sem palavras? *Essa era a primeira vez.* — Não sugeri jogar como uma forma de te machucar. Mas se você não quiser... se preferir ir embora...

Seu olhar estava tão em desacordo com sua confiança intratável de costume que minha postura protetora diminuiu.

— Achei que você não suportaria me ver.

Sua mão ainda estava no pescoço, mas ele não estava mais esfregando a pele.

— Na noite passada, eu me senti encurralado. Não gosto de me sentir assim.

— Não queria te encurralar, Jarod. Nem te assustar.

Seus lábios se curvaram em um sorriso torto.

— Me *assustar*? Não se dê muito crédito.

— Por que você saiu, então? — Torci o cabelo comprido e o soltei sobre meu ombro, seu brilho muito parecido com a bacia de geleia cor de cobre, que pendia sobre a ilha da cozinha.

— Porque eu precisava pensar e, por algum motivo — ele estendeu a mão e deslizou a mecha com a qual eu estava brincando entre seus dedos — Não posso fazer isso perto de você.

O que havia com ele e meu cabelo?

— É a cor do meu cabelo que te distrai?

— *Humm*. Não consigo decidir se é laranja ou rosa.

— É meio que as duas coisas — eu disse, observando a franja pesada de cílios sombreando seus olhos.

— Ouro rosado. — Enquanto ele passava a mecha pelos dedos, os nós dos dedos roçaram a pele da minha clavícula e, em seguida, a lateral do meu seio.

Dei um passo para trás e meu cabelo se espalhou de seus dedos e caiu sobre meu peito arfante.

— Por que você gosta de me deixar desconfortável?

— Essa não era minha intenção.

Empurrei o cabelo por cima do ombro e cruzei os braços.

— Qual *era* a sua intenção?

— Não tenho mais certeza. — Ele passou o olhar pelo meu pescoço. — Posso te perguntar uma coisa?

— Você pode perguntar. Mas posso não responder.

Seus lábios se curvaram com a minha resposta.

— Por que sua pele emitiu luz na noite passada?

Umedeci meus lábios secos. De todas as perguntas, ele tinha que fazer essa.

Uma de suas sobrancelhas se ergueu.

— Então?

— Estou optando por não responder. — Apertei os dedos em volta do meu bíceps e dei outro passo para trás, como se eu me afastasse o suficiente, a questão iria afundar no vazio entre nós e desaparecer.

Ele sorriu.

— É muito terrível?

— Não, não é terrível.

— Então, por que você não pode me dizer?

— Porque não tenho permissão para divulgar informações sobre nós aos humanos — sussurrei.

Ele inclinou a cabeça para o lado e uma mecha de cabelo escuro caiu em seus olhos investigativos.

— Exceto que não sou inteiramente... *humano*.

— Por favor, esqueça isso.

— Seu silêncio, juntamente com a cor viva em suas bochechas, fala por si. — Ele caminhou em minha direção, e eu endureci para evitar fugir. — Acho que entendi tudo.

— Acontece quando estamos cansados. — A mentira saiu para cobrir a verdade.

Cerrei meus dentes, antecipando o custo de livrar a cara. Mesmo que eu não tenha suspirado quando o Ishim me roubou outra pena, o suor se formou em minha testa. O sorriso malicioso de Jarod se transformou em uma carranca quando percebeu o brilho da pena flutuando em direção ao mosaico. A perda deveria ter me entristecido, mas eu estava muito ocupada fervendo para me importar.

— O que... não vai se regozijar? — Rebati.

Ele olhou para o fragmento de meu ser balançando ao lado de minhas espadriles.

— Sinto muito, Pluma.

Eu duvidava que ele sentisse. Quando a pena macia começou a se desintegrar, levantei meu olhar em direção à janela, esperando que a luz do sol queimasse o aborrecimento acumulado por trás de minhas pálpebras.

— Você vai pegá-la? — Sua voz era baixa, provavelmente uma distorção causada pelo barulho em meus ouvidos.

— Não. — Tive medo de reviver um episódio significativo devido ao meu estado precário.

— Dói quando se desprende?

Sentindo que estava sob controle o suficiente, voltei meus olhos para ele.

— Sim.

Ele passou os dedos pelo cabelo, empurrando suas mechas rebeldes para trás.

— Antes de conhecê-lo — eu disse, minha voz parecendo tão crua quanto minha asa — Eu nunca tinha perdido uma.

Ele estremeceu, como se fosse *seu* corpo que tivesse sofrido ao ataque.

— Eu disse que você deveria ir embora, Pluma.

Partir não mudaria nada, não agora que nossas vidas e destinos estavam entrelaçados. Ainda assim, eu disse:

— Eu deveria.

Jarod recuou, me dando espaço para passar em torno dele. Quando olhei para a porta, ele disse:

— Mas eu preferia que você não fosse.

Meu coração parou de bater.

— Jogar xadrez contra mim mesmo é muito chato. — Ele sorriu, mas não atingiu seus olhos.

Soltei um suspiro baixo.

— Posso até deixar você ganhar — ele disse. — Para compensar por ser um... como foi que a sua amiga me chamou?

— Macarrão Unicórnio.

— Sim. Isso. — O sorriso em seus lábios aumentou um pouco mais.

Suspirei.

— Certo. Mas só estou aceitando para lhe ensinar um pouco de modéstia.

— Modéstia, é? — Os olhos de Jarod brilharam com diversão.

— Você provavelmente nem sabe o que a palavra significa.

Seus lábios se entreabriram em uma risada que se transformou em algo mais profundo, mais alto, mais magnífico, que vibrou contra as panelas de cobre e os ladrilhos do mosaico e fez minha pena caída balançar.

Como na primeira vez que nos conhecemos em sua festa de máscaras, ele colocou o dedo sob meu queixo e levantou minha cabeça.

— Pare de olhar para ela.

Ele não estava mais rindo, e percebi que senti mais falta do som do que da pena.

— Faça desaparecer, então.

Ele encarou meu olhar.

— Tem certeza?

Afastei o queixo de seu toque e assenti. Eu esperava que ver o que fiz para ganhar as asas que ele estava tão decidido a destruir o fizesse hesitar.

Quando ele se agachou e envolveu delicadamente os dedos em volta da minha pena, me preparei para nojo ou alegria perversa. Ele não torceu o nariz nem sorriu.

Depois de um período de silêncio que pareceu tão interminável quanto as aulas de etiqueta de Ophan Greer, ele abriu os olhos e inclinou a cabeça na minha direção. Segurei meus cotovelos com mais força, sentindo os ossos pontudos contra as palmas das minhas mãos.

As sombras encheram seus olhos enquanto ele se levantava.

— Eu gostaria que você nunca tivesse vindo a Paris.

A dor percorreu meu peito.

— Você é muito doce para o meu mundo, Pluma. — Ele fechou os dedos que seguravam minha pena com força. — Para o seu próprio mundo também.

— Encontrei o que procurava! — A voz estridente de Muriel me fez pular para trás, embora parecesse que vinha de muito longe, como se para nos avisar que ela estava voltando.

Minhas bochechas coraram quando percebi que provavelmente era sua intenção. Ah, *Grande Elysium...*

Jarod deve ter chegado à mesma conclusão, porque a melancolia atingiu seu rosto, substituída por um olhar de pura diversão.

— Pelo menos, ela não perguntou se estávamos decentes — ele murmurou, o que avivou meu rubor e, por sua vez, aumentou o sorriso de Jarod. — Não fique tão horrorizada.

Olhei de lado para ele.

— Não pareça achar tão engraçado.

Ele sorriu enquanto vagava em direção à despensa.

— Se você decidir ficar mais um pouco, estarei no meu escritório arrumando o tabuleiro de xadrez.

32

— Pronto para desistir? — perguntei com presunção, admirando o exército de peças lisas de marfim alinhadas do meu lado do tabuleiro.

Aceitei a oferta de Jarod de jogar xadrez, em parte porque eu era masoquista e em parte porque Muriel insistiu que eu ficasse até que todos os biscoitos estivessem assados e, aparentemente, um lote teve que ser refrigerado por duas horas antes de cozinhar.

— Pareço como alguém que desiste para você? — Jarod tinha passado os dedos pelos cabelos tantas vezes enquanto jogava que seus cachos ondulados estavam desordenados.

— Ser derrotado duas vezes não foi suficiente? — impliquei com ele.

— Cuidado. A presunção custa penas.

Mesmo sem sentir dor, olhei por cima do ombro.

— Aparentemente, não.

— Sabe de uma coisa? — Ele se afastou da mesa de jogo.

Acariciei a coroa lisa da sua rainha, que acabei de tirar do tabuleiro.

— Desistiu?

Enquanto se levantava, ele me lançou um sorriso ousado que fez meu dedo escorregar para fora da peça.

— Nunca. No entanto, vamos dar um tempo no jogo.

— Em outras palavras, você desiste.

Seus olhos brilharam por trás de seus cachos caóticos.

— Em outras palavras, vou te levar para jantar. — Ele estendeu a mão.

— Jantar? — Endireitei os ombros e olhei em direção às janelas que brilhavam como safira. Para onde foi a tarde?

— Sabe aquela parte do dia em que comemos e bebemos? — ele perguntou, baixando a mão de volta ao seu lado.

Observei seus dedos baterem contra a perna da calça. Desde que entrei no escritório, Jarod estava surpreendentemente... *bom* para mim, como se tivesse medo de que eu pudesse quebrar ou me assustar se ele falasse de forma muito rude.

— Nunca ouvi falar — eu disse, me levantando. — Mas estou intrigada. Você vai me contar mais?

A tensão em seu corpo diminuiu.

— Algumas pessoas acham que é a melhor parte do dia.

— É mesmo? — perguntei, mantendo o fingimento inocente.

Me ocorreu que eu não havia perdido nenhuma pena por mentir. O mesmo pensamento deve ter passado pela mente de Jarod porque ele olhou para o chão.

— Aparentemente, os Ishim têm senso de humor — falei. — Quem diria?

— Ishim?

Minha boca ficou seca antes de me lembrar que Jarod, com todo o seu ódio por nossa espécie, compartilhava nosso sangue, então eu não estava quebrando nenhuma regra ao contar a ele sobre os anjos.

— Seu primo não lhe contou sobre os Ishim?

— Meu primo sempre foi... pouco cooperativo.

Eu não queria pensar em Asher, porque pensar sobre o Arcanjo me lembrava do meu destino sombrio.

— Esse é o menor de seus defeitos.

Jarod pousou a mão na maçaneta da porta, mas não flexionou os dedos em torno dela.

— Menor de seus defeitos? E eu que pensei que almas gêmeas eram perfeitas.

— Provavelmente aos olhos de *suas* almas gêmeas. — Encarei os pelos do peito saindo da gola aberta de Jarod. O homem era parte urso, a antítese completa de Asher, que tinha o peito liso e de pele dourada. Mesmo que fosse ridículo, de repente eu apreciei mais o pecador por isso.

— Você gosta de *foie gras*?

Meu olhar subiu por seu pescoço gracioso antes de pousar em seus olhos brilhantes como a meia-noite.

— Não sei. Nunca experimentei.

— Vamos descobrir então. — Ele inclinou a cabeça em direção à porta que ele devia ter aberto enquanto eu comparava seu torso com o de Asher.

— Quem ganhou? — Muriel perguntou, descendo as escadas largas e extensas, com uma garrafa vazia de destilado em uma das mãos. Presumi que ela havia atualizado a bandeja de *licores* no quarto de Jarod, porque ela não me parecia alguém que bebia uma garrafa de bebida alcóolica e depois desfilava com ela por aí.

Ela havia se trocado para uma roupa preta parecida com um quimono, que acentuava sua cintura fina, e aplicou sua habitual camada espessa de kohl e batom vermelhão.

Jarod desenrolou as mangas da camisa.

— Acha que eu iria permitir que uma mulher perdesse? Você me ensinou melhor do que isso, Mimi.

Ela sorriu, enquanto me virei boquiaberta para ele, até que alguns de seus movimentos mais questionáveis surgiram em minha mente.

— Você me deixou vencer? — Por alguma razão, uma torrente de decepção passou por mim e empolou meu tom. Eu nem me importava em ganhar, então minha reação foi bem absurda.

Os dedos de Jarod deslizaram para fora do botão que ele estava tentando enfiar no punho da camisa.

— Eu só estava tentando salvar a minha reputação na frente de Mimi e Luc.

Presumi que Luc era o guarda de sentinela ao lado da sala de jantar.

— Não posso permitir que minha família descubra minhas habilidades de xadrez abaixo da média — ele continuou. — Eles vão perder todo o respeito por mim.

Revirei os olhos.

— Agora você está sendo dramático.

Um sorriso fácil apareceu em sua boca e substituiu a estranha reviravolta em meu peito por outra que não tinha nada a ver com me sentir enganada.

— O jantar está pronto quando vocês estiverem — Muriel falou, roubando minha atenção de Jarod

— *Merci*, Mimi, mas vamos jantar fora esta noite.

Me lembrando do pernil de cordeiro assado que ela preparou enquanto eu moldava a massa esfarelada, falei:

— Mas a Muriel preparou uma refeição inteira.

— Que Amir ficará muito feliz em comer — ela falou.

Procurei a decepção em seu rosto, mas não encontrei. Ela parecia genuinamente feliz que íamos sair, o que fez todo tipo de pergunta surgir em minha mente.

— Você pode ligar para Sybille e dizer a ela que estamos indo? — Jarod perguntou a Muriel antes de se dirigir a mim: — Você tinha um casaco, Pluma?

Balancei a cabeça. Antes que ele pudesse sugerir que eu pegasse um emprestado de seu estranho vestiário, com medo de acabar com um pedaço de couro incrustado com pontas prateadas e o perfume de outra mulher, eu disse:

— Mas não preciso de um.

— Está quente esta noite — Muriel falou. — Vocês dois devem ficar bem.

Jarod olhou para o pátio, aparentemente sem estar convencido, mas não resistiu. O que ele fez foi subir para o quarto enquanto Muriel ligava para Sybille.

Alisei minha saia preta longa, feliz por tê-la escolhido em vez do vestido azul marinho que Celeste sugeriu. Embora as duas roupas fossem discretas, o vestido com ilhoses parecia mais adequado para um piquenique.

Quando Jarod voltou com o cabelo penteado para trás com gel e paletó, meus pulmões se apertaram. Como eu não tinha adivinhado sua herança estava além de mim. O homem era muito bonito para ser um mero mortal. Ele até cheirava muito bem para um humano.

Ele ajustou o lenço no seu bolso – laranja esta noite.

— Pronta?

Me sentindo excessivamente sem sofisticação, franzi o tecido da saia. Talvez eu devesse pegar emprestado um vestido do armário do vestíbulo. O esmeralda me veio à mente, mas me senti como uma salsicha envolta em cetim. Provavelmente parecia uma também.

— Pluma?

Isso é um jantar, Leigh. Não é um encontro. Afastei minhas inseguranças.

— Só preciso pegar minha bolsa.

— Pra quê? — Jarod perguntou.

Arqueei uma sobrancelha.

— Minha carteira está lá. E então posso ir para casa mais tarde.

Jarod estava parado na porta que seu segurança havia aberto.

— Pegue-a depois do jantar.

— Minha carteira não vai servir para nada *depois* do jantar.

— Sua carteira também não terá muita utilidade *durante* o jantar. A menos que você queira me ofender.

— Mas...

— Vou ficar de olho na sua bolsa — Muriel falou. — Não se preocupe.

Eu não estava preocupada em ser roubada.

— Você ainda estará acordada quando voltarmos?

— Você me conhece. Eu não durmo muito. — Ela inclinou a cabeça em direção a Jarod. — Melhor se apressar antes que fechem a cozinha.

Fechar a cozinha? Já era tarde? Sem o telefone ou relógio, percebi que não tinha ideia.

Cedendo, segui Jarod para fora da casa.

Enquanto o porte-cochère da Corte dos Demônios se fechava atrás de nós, Jarod disse:

— Não sei que feitiço você colocou em Muriel, mas ela geralmente não gosta de ninguém. Especialmente mulheres.

Olhei para Luc, que caminhava atrás de nós, junto com um segundo guarda-costas de terno.

Mesmo que mantivessem distância, baixei minha voz para dizer:

— Você sabe que não temos nenhuma magia, certo? Bem, pelo menos, não quando somos Plumas. Só quando nossas asas estão completas que obtemos nossa poeira e fogo.

— Eu estava brincando com você sobre a parte do feitiço.

Eu imaginei.

— Fogo, é? O que você pode fazer com isso?

— Praticamente tudo que você pode fazer com fogo humano. — Observei as rachaduras do piso, pensando: *foi isso o que usaram para queimar as asas da sua mãe.*

— E a poeira?

— Podemos encobrir as coisas com ela. Torná-las invisíveis.

Ele assentiu.

— Que prático.

Um peso se instalou na boca do estômago quando percebi que talvez nunca recebesse esses presentes. Antes que minha negatividade pudesse afetar meu humor, mudei de assunto.

— Eu queria perguntar, o Tristan sabe sobre nós?

— Sim e não. Contei a ele sobre sua espécie quando éramos mais jovens, quando seus colegas começaram a aparecer para me recuperar, mas ele pensou que eu estava empregando o termo vagamente. Além disso, como a maioria dos humanos, ele está programado para acreditar apenas no que pode ver e não pode ver vocês. Ele apenas considera muitos de vocês como fanáticos.

— Soube que ele chicoteou alguém que apareceu para te ajudar. É verdade?

Minha curiosidade fez com que sombras aparecessem nos olhos de Jarod.

— Se fez isso, não foi por ordens minhas.

Um peso foi retirado do meu peito.

Atravessamos a estrada e cortamos a praça arborizada e bem cuidada, enquanto pequenas nuvens de sujeira sopravam ao redor de nossos pés.

— Então, para onde você está me levando?

Dando toda a atenção à fileira de tílias cortadas geometricamente, ele disse:

— Um restaurante chamado *L'Ambroisie*. Era a *cantine* favorita do meu tio. Ele almoçava lá todos os dias, mesmo aos domingos e segundas-feiras, quando estava fechado ao público.

— Eu gosto do nome.

— Conhecendo você, vai gostar mais do que o nome.

— *Me conhecendo?*

— Conhecendo a sua apreciação por comida. — Ele me olhou de soslaio. — E só para esclarecer, ontem à noite no Layla's, eu não estava insinuando que você tinha um problema com isso.

— Eu sei.

— Sabe?

— Achei que você tivesse descoberto sobre a Delia com uma das penas que perdi em sua casa.

Tive um pensamento rápido sobre a garota, esperando que ela não tivesse recaído na bulimia. Eu não a visitava há alguns meses porque ela havia se mudado para a Flórida, e não deveríamos viajar por nenhum outro motivo além de nossas missões atuais.

Eu deveria ter arranjado algum tempo para ir vê-la como prometi. Acho que eu poderia ir para lá em seguida.

Em seguida...

Eu me sentia como se estivesse em cada lado de uma falha geológica e o solo estivesse mudando. Até que Asher desse seu veredicto, eu ficaria em ambos os mundos, sem saber onde pousaria – em Elysium, na Terra ou no abismo entre eles.

— Onde está o Tristan? — perguntei, para parar meus pensamentos.

— Na cama de alguém ou no voo de volta de Marselha.

Enrolei uma mecha de cabelo em torno do dedo, imaginando que a viagem de Tristan tinha algo a ver com a linha de trabalho de Jarod.

— Por que você ainda está aqui, Pluma?

Sua pergunta me fez parar.

— Achei que você queria que eu fosse ao restaurante.

— Não estou falando sobre o restaurante.

Pedras minúsculas tinham deslizado para dentro dos meus sapatos abertos e eu mexi os dedos dos pés para empurrá-las para fora.

— Não desisto das pessoas, Jarod.

Ele também parou de andar.

— Pluma, sou uma causa perdida. Quando você vai acreditar? — A poeira cobriu o brilho de seus sapatos sociais. — Você tem que renunciar ao meu caso. — Ele suspirou e suavizou os contornos rígidos de seu rosto. Até mesmo suas maçãs do rosto pareciam mais suaves. — Me deixar ir.

Olhei para ele um pouco carrancuda. Não estava com raiva dele. Estava brava *por* ele.

— Que parte de não desistir você não entende?

Suas pupilas incharam e diminuíram.

— Você só vai se machucar.

— O que te importa se eu me machucar?

Ele segurou meu olhar por um minuto assustadoramente longo.

— Preciso me vingar no xadrez e não terei nenhum prazer em ganhar, ou jogar, se você se tornar uma chorona.

Meus lábios se curvaram, depois se endireitaram e se curvaram novamente.

— Uma chorona — murmurei, balançando a cabeça. — Eu não choro.

— Você chora muito.

— Eu sou sensível.

Ele se aproximou? Talvez tenha sido uma impressão causada por sua presença impressionante. Como uma força magnética, Jarod

Adler absorvia tudo ao seu redor, de edifícios a árvores e até o ar. Ele não era apenas um pecador ou um híbrido, ele era um vórtice, que me sugou direto para o seu mundo.

— O restaurante está fechado? — Minha voz estava perturbadoramente ofegante.

Ele parecia ter se inclinado um pouco para frente, porque o calor de seu corpo batia contra o meu e, como ele não era feito de fogo, sua área de radiação não era desproporcional como a de meus irmãos.

— É do outro lado da rua — ele falou finalmente, se virando.

Meu nariz e minha testa ficaram frios de repente, o que era estranho. Para não mencionar perturbador. Talvez, Jarod estivesse certo. Talvez eu tivesse que deixá-lo ir – não seu caso, mas sua companhia, porque ficar poderia levar Asher a acreditar que eu estava lutando para salvar a alma de Jarod pelos motivos errados.

Jarod colocou a mão nas minhas costas e me estimulou a voltar a andar, primeiro através da passarela de pedestres e depois pela calçada. Olhei para cima em seu rosto que estava focado nos carros desacelerando até parar na borda das listras brancas grossas.

Eu sabia que ele não me odiava, mas isso não significa que ele gostava de mim. Talvez ele apenas se sentisse em débito por eu ter investido tanto tempo e perdido tantas penas. Provavelmente era só isso.

Ele olhou para mim assim que alcançamos o lado oposto da estrada.

— Que pensamentos estão passando pela sua cabeça?

— Eu estava me perguntando por que você estava sendo tão legal comigo.

— De que outra forma vou levar você para a minha cama?

Meus lábios se entreabriram.

Ele me lançou um sorriso torto.

— Só estou brincando, Pluma.

Bati em seu peito, mas me arrependi quando me lembrei de que Luc e o outro guarda estavam nos observando. Com sorte, eles não puxariam suas armas e apontariam para mim por agredir seu chefe. Quando nenhum dos dois pegou uma arma, eu relaxei.

Jarod ainda estava esfregando a pele que eu atingi.

— Os anjos são seres violentos.

Revirei os olhos.

— Sinceramente? — Sua expressão esfriou. — Tentei ser mau com você e você ficou. — As pontas de seus dedos deslizaram para o recuo da minha cintura. — Espero que a gentileza possa te assustar.

33

— *E*le veio me ver esta manhã — Jarod falou, girando a taça de vinho âmbar que um homem de cabelo escuro tinha acabado de servir de uma garrafa com o rótulo *Château d'Yquem*.

Jarod a levou aos lábios e acenou com aprovação.

O sommelier encheu minha taça antes de encher a de Jarod e saiu com a garrafa aninhada contra o peito como se fosse um bebê recém-nascido.

— Quem? — Peguei a taça e cheirei o líquido com curiosidade. Deliciosas notas de açúcar moído e damascos cristalizados reviraram a superfície dourada. Tomei um golinho e quase ronronei quando o néctar atingiu minha língua.

Talvez eu tenha ronronado, porque uma presunção ainda mais forte pairou sobre o já complacente Jarod.

— Bom?

— Ambrosial. — Tomei outro gole e umedeci os lábios.

O olhar de Jarod permaneceu na minha boca antes de passar para o painel de tecido com moldura dourada representando uma cabeça de repolho e vários outros vegetais atrás de mim.

Coloquei a taça ao lado de um prato tão ornamentado que pertencia a uma parede em vez de uma mesa de jantar.

— Você estava dizendo que alguém veio te ver.

— Certo. — Ele limpou a garganta e voltou sua atenção para mim. — Meu querido primo passou por aqui.

Arqueei as sobrancelhas. Então foi por isso que Asher voltou para Paris.

Eu me endireitei.

— O que ele queria?

— Saber com quais mentiras eu estava alimentando você.

Minha pulsação se agitou, acelerando meu fluxo sanguíneo a ponto de meus membros ficarem dormentes.

— E o que você disse a ele?

— A mesma coisa que eu disse quando ele entrou em cena há dezessete anos. — Jarod se reclinou na cadeira, segurando a taça de vinho que parecia pertencer a um jogo de chá de boneca em suas mãos. — Que ela está morta por minha causa.

Minha coluna travou.

— Mas isso é mentira. A Muriel me contou o que aconteceu.

— Você nunca considerou que a Muriel inventou uma história para me proteger?

Muriel tinha mentido para colocar Jarod em uma posição melhor? Eu tinha acabado de criar o Céu e o Inferno por uma mentira?

Peguei a vibração de um nervo ao lado de sua têmpora. Mesmo que ele não tivesse asas para perder as penas, a mistura de dor e raiva refletida em suas írises me disse que o relato de Muriel era verdadeiro. Não só isso, mas se ela tivesse mentido, não o teria colocado na cena do crime. Ela o teria colocado o mais longe possível e certamente não teria mencionado que ele tocou na arma do crime.

— Uma mulher que se preocupa com outra teria inventado uma mentira muito melhor. Uma onde o garotinho que ela ama não estaria em casa, nem segurando o abridor de cartas encharcado de sangue.

Ele apertou os lábios.

— E antes que você tente me convencer do contrário — falei, minha voz quase um sussurro, embora seus guarda-costas tivessem ficado na rua e houvesse apenas mais uma mesa ocupada a esta hora

—, *puxar* uma lâmina do coração de alguém não é o que fez o buraco lá.

— As melhores mentiras contêm algumas verdades.

— Tenho certeza de que você é versado em mentir, Jarod Adler, mas também tenho certeza de que seu eu de oito anos não matou ninguém.

Um tendão flexionou em seu pescoço.

— Eu a queria morta. Desejei isso muitas vezes. Eu até disse isso a ela.

— Não foi sua aversão que a matou.

Um garçom chegou com uma travessa, que colocou em um pequeno pedestal. Ele removeu meu lindo prato e o substituiu por outro igualmente suntuoso, no centro do qual estava uma obra de arte orgânica – um brioche torrado partido ao meio e coberto com uma fatia grossa de *foie gras* rosa, sobre o qual tinha sido colocado um figo e pasta de especiarias. A visão e o cheiro deliciosos afetaram um pouco minha raiva e indignação.

Assim que o garçom saiu, depois de depositar um delicado ovo escalfado com *chanterelles* na frente de Jarod, eu disse:

— Você tem que contar a verdade para o Asher.

— Tenho. — Seus lábios mal se mexeram com suas palavras.

— Você disse a ele que não enfiou aquele abridor de cartas no peito dela?

Jarod bateu no tampo da mesa e fez os talheres pularem e o vinho estremecer.

— Não importa quem enfiou aquela merda no coração dela.

— Importa — sibilei, sentindo os olhos do sommelier e do casal sentado perto da janela. — Você é um *Triplo*, Jarod. Um Triplo não tem chance de outra vida. Se o seu número não diminuir, é o que você será. Quando você morrer, o jogo acaba.

Cada linha em seu rosto ficou tensa, o que me levou a deduzir que ele nunca tinha ouvido nada disso. Mas então ele se inclinou mais para frente e grunhiu:

— Uma é o bastante. Não preciso de da segunda vida.

— A necessidade não vem ao caso. Sua alma não deve ser aniquilada por causa de algum erro técnico.

— Você vai deixar pra lá?

— Não é justo, Jarod.

— A vida não é justa — ele grunhiu. — Quando você vai fazer isso passar por esse seu cérebro mimado?

Um forte desejo de ir embora enrijeceu meus músculos, mas continuei sentada, porque a minha partida era o que Jarod queria, o que ele esperava. Meus dedos se enroscaram nos braços da cadeira. Eu não era forte, mas sentia que poderia arrancar a madeira. Talvez eu devesse. Pelo menos, eu teria algo para jogar no pecador obstinado.

— Saia! — Achei que ele estava grunhindo para mim, mas estava virado para o sommelier e o casal.

— Quem você acha... — o homem começou.

— Sybille! — Jarod gritou, e a matrona perfeitamente penteada que nos cumprimentou e nos acomodou entrou na sala. — Por favor, acompanhe o senhor e a senhora para fora. E coloque a refeição deles na minha conta.

— Claro, Monsieur Adler. — Ela endireitou os ombros e, em seguida, explicou calmamente o quanto lamentava ter que interromper a refeição deles de forma tão abrupta.

As pernas da cadeira arranharam o piso e, em seguida, murmurando que nunca tinha sido expulso de um restaurante antes, o homem segurou a mão de sua namorada e puxou-a para fora antes que ela conseguisse prender a alça de corrente de sua bolsa acolchoada no ombro.

Mesmo me sentindo mal com a expulsão, também fiquei grata por não ter mais público.

Voltei meu olhar para o meu prato, o fígado rosado, o pão amarelo e a pasta lamacenta se unindo.

— Leigh?

— O quê? — A palavra saiu de mim como a flecha de Cupido — não que Cupido existisse. Os anjos lidam apenas com as almas, não com os corações.

— Deixe que eu me preocupe com a minha alma, tá? Que seja meu fardo, não o seu.

Olhei para ele. Grande Elysium, como esse homem podia me enfurecer!

— É tarde demais para isso.

Seu rosto não tinha mais raiva. Em seu lugar, havia confusão.

— O que você quer dizer com tarde demais?

Fechei os olhos e apoiei as mãos nas bochechas. Quando os abri novamente, ele estava bem ali, com a cadeira ao lado da minha.

Ele capturou um dos meus pulsos e puxou-o do meu rosto.

— O que você quer dizer com é tarde demais? — ele perguntou novamente.

— Você sabe como funcionam as missões celestiais?

Ele torceu os lábios.

— Você ganha penas por ajudar as pessoas.

Eu concordei.

— Mas só as ganhamos para as pessoas que selecionamos para ajudar no Sistema de Classificação. Os pecadores são classificados por graus de pecado, sendo a pior classificação cem. — Travei os olhos nos dele e, lentamente, como uma ondulação suavizando, ele voltou ao foco. — Um Triplo.

— O que eu sou — ele disse lentamente.

— Exatamente. Se eu tivesse conseguido rebaixar sua classificação, teria conquistado seu número em penas e, como faltava apenas 81 antes de enfrentá-lo, eu teria ascendido. Mas sua pontuação está bloqueada, porque os Ishim — os responsáveis pelos rankings — estão certos de que você matou uma Nephilim — um anjo caído — e mesmo que, no meu mundo, os Nephilim sejam detestados, especialmente aqueles que optam por renunciar a suas asas... como a sua mãe. — Fiz uma pausa, permitindo a ele um momento para digerir tudo o que eu estava compartilhando. — Derramar sangue de anjo é o pecado mais grave e imperdoável.

Uma onda de emoções tomou conta do rosto de Jarod.

— Quer eu a tenha matado ou não, Pluma, a minha alma está longe de ser brilhante.

— Eu posso trabalhar com longe de ser brilhante.

Ele baixou os olhos para a toalha de mesa branca engomada.

— Será uma perda de tempo.

Segurei sua mandíbula com a barba por fazer para trazer seu olhar de volta para o meu.

— Nenhuma alma merecedora é perda de tempo.

Ele colocou sua mão sobre a minha, e o calor da sua palma penetrou em meus dedos e aqueceu minha pele gelada.

— Não me diga para deixar você, Jarod. Porque não posso. Eu não vou.

Ele deslizou minha mão para fora de sua mandíbula, mas não a soltou.

— Você disse que era tarde demais. O que você quis dizer?

— Só posso ganhar penas para a missão para a qual fui inscrita. Se eu me desvincular de você, não termino minhas asas. Se não completar minhas asas, não poderei ascender. — Deixei de fora a parte em que elas cairiam das minhas costas em quatorze meses. Coloquei o suficiente sobre ele por uma noite.

Seu aperto se tornou dolorosamente forte em meus dedos antes de afrouxar e desaparecer por completo. Ele moveu a mão para o braço da cadeira.

— Por quê? — Sua voz fervia de raiva novamente. — Por que você sacrificaria suas asas por um estranho?

— Porque meu povo – *nosso* povo – roubou de você o seu direito de acessar Elysium. Não vou deixar que roubem sua alma.

— Pluma... — ele sussurrou, mas sua voz não carregava mais calor.

Antes que ele pudesse implorar para que eu o deixasse novamente, eu disse:

— Não quero participar de um mundo preconceituoso.

— Este não é muito melhor.

— Pelo menos, os humanos não fingem que são algo que não são.

Seus lábios se curvaram um pouco.

— Alguns, sim.

Joguei as mãos no ar, então coloquei meus braços na frente do peito.

— Certo. Você tem razão. Este mundo não é melhor que o nosso. É isso que você quer ouvir?

— Ei... — Jarod segurou minha nuca, que tentei manter afastada dele, mas não consegui. — Sinto muito por ser um idiota mercenário e ingrato.

Olhei de lado para ele.

— Obrigado por lutar por minha alma.

Eu ainda não disse nada.

— Mas não quero que sua alma seja danificada no fogo cruzado celestial. — Seu polegar se posicionou em meu pescoço.

— Não se preocupe com minha alma, Jarod — respondi, indiferente.

— Eu farei um acordo com você.

Senti minhas sobrancelhas abaixarem.

— Vou parar de me preocupar com a sua alma quando você parar de se preocupar com a minha.

Fiquei surpresa que meu pulso acelerado não tivesse tirado seu polegar da minha pele.

— Vou parar de me preocupar com isso quando você admitir para o Asher que não enfiou aquele abridor de cartas no peito da sua mãe.

— Já fiz isso.

Eu me libertei de seu aperto.

— O quê?

— Eu disse a ele que apenas o removi.

— Você não poderia ter começado me contando isso?

— Poderia, mas então, eu teria perdido toda a diversão e surpresas de nossa conversa desse animado jantar.

Abri a boca, em seguida a fechei.

— Eu teria te contado tudo se você perguntasse.

— Eu sei. — Ele passou a mão pelo cabelo.

— Você é tão irritante.

— Ei, a culpa não é minha. — Ele sorriu. — Você fez tudo por conta própria. Deveria ter passado mais tempo percorrendo os pecadores disponíveis e examinando os candidatos.

Contar a ele que a minha melhor amiga havia forçado minha mão estava na ponta da minha língua, mas parecia venenoso. Não fui rancorosa o suficiente por uma noite? Além disso, eu não estava focando no aspecto mais importante, que era que Asher tinha ouvido a verdade dos lábios de Jarod. Talvez o Arcanjo estivesse ajustando minha pontuação de pecador enquanto conversávamos. Ou, pelo menos, o desbloqueado.

Logo, a alma de Jarod se iluminaria e sua classificação cairia. Talvez, um dia, ele até descesse para abaixo dos cinquenta e evitasse Abaddon por completo.

Meu peito se inflamou com esperança e com outra coisa... nostalgia. Se Asher estivesse corrigindo a pontuação de Jarod, a contagem regressiva para minha ascensão começaria. Eu ficaria trancada fora deste mundo por um século até que os Arcanjos concedessem a chave dos Canais para mim.

Meu olhar vagou sobre os espelhos chanfrados pendurados em finas molduras de ouro, os cristais pingando como gordas gotas de chuva do lustre luxuoso, os veludos amassados e os mantos de granito esculpidos antes de retornar às cristas afiadas do rosto de Jarod.

Como eu sentiria falta deste mundo e desses humanos imperfeitos.

— Você ainda não provou o *foie gras* — Jarod apontou, empurrando sua cadeira para trás. — Estou morrendo de vontade de ver o que você acha disso.

Eu me concentrei no aqui e agora.

— *Ver?*

Ele pegou sua diminuta taça de vinho, girou-a e a levou à boca.

— Sua pele é muito expressiva, Pluma.

Minhas bochechas esquentaram, então inclinei o rosto em direção ao meu prato e foquei na comida.

— E a sua é muito peluda — murmurei baixinho.

Ele irrompeu a sala silenciosa com uma gargalhada.

34

Quando voltamos para sua casa após a refeição deliciosa, meu corpo não conseguia decidir se estava afundando ou flutuando. Comi e bebi muito, mas também tirei um peso dos ombros.

— Todos os anjos gostam de comida assim como você? — O olhar de Jarod permaneceu em sua estátua, nas asas cortadas.

— Não. Somos incentivados a viver uma vida de moderação. Você não percebeu como os outros são magros?

Jarod mudou sua atenção da pedra para o meu corpo.

— O que exatamente você pensa que é?

— Certamente não sou magra. — De repente, me arrependi de ter abusado dessa noite – não que isso tivesse me custado penas. O pensamento de que poderia passou pela minha cabeça e ficou preso como uma mosca em uma teia de aranha. Mas não me impediu de comer as três sobremesas que Jarod pediu.

— E graças a Deus por isso.

— Deus não existe — respondi, impassível.

Ele bufou, mas um sorriso apareceu em seus lábios.

Suspirei, tocando minha barriga cheia.

— Da próxima vez, não peça o menu inteiro.

— Da próxima vez, hein?

— Não que precise haver uma próxima vez — murmurei, certamente ficando da cor das beterrabas cristalizadas que haviam sido servidas em cima de um pequeno monte de queijo de cabra picante.

— Você gostaria que houvesse?

Olhei de lado para ele, e depois para Luc, mergulhado nas sombras da varanda. Ele não parecia estar prestando atenção, mas como não poderia? Nada mais estava acontecendo ao seu redor.

Joguei a bola de volta no campo de Jarod.

— *Você* gostaria que houvesse uma próxima vez? E não jogue a carta de *perguntei primeiro*.

Seu sorriso alcançou seus olhos que pareciam tão luminosos quanto o lustre de vidro que Muriel havia deixado aceso no saguão de mármore xadrez.

— Surpreendentemente, adoraria compartilhar outra refeição com você, Pluma.

— *Surpreendentemente* — eu murmurei.

— Você ouviu tudo o que eu disse depois dessa palavra?

Considerando que meu coração tinha asas próprias, sim, ouvi todas as palavras que se seguiram. Mas haveria uma próxima vez? Eu gostaria de poder criar minhas asas com a magia para testar seu peso, mas Jarod as odiava tanto quanto detestava sobremesas.

— Sim — falei, começando a me mover de novo, mas Jarod bloqueou a entrada de sua casa, estendendo o braço.

— Você precisa responder à minha pergunta para ter acesso ao meu domínio — ele disse.

— Já respondi.

— Eu quis dizer a pergunta que fiz antes dessa.

— *Surpreendentemente*, eu adoraria compartilhar outra refeição com você também. — *Almoço*. O que quer que acontecesse, eu ainda estaria por perto para o almoço.

Seu sorriso não cresceu, mas se firmou como a grade de caramelo em torno do sorvete *praliné* que devorei enquanto ele olhava, tomando um segundo conhaque.

— Zero pontos para criatividade, mas um para entusiasmo.

— O quê?

— Vocês nos classificam, é justo que eu classifique você.

Balancei a cabeça, mas sorri.

— Não se preocupe, sua aparência superior lhe valerá muitos pontos.

Eu não tinha certeza se corava ou hesitava, então fiz os dois, o que fez Jarod rir. Ele retirou o braço e segurou a porta aberta para mim.

Levei um momento para me mover depois daquele elogio incomum. *Superior*. Isso significava que ele me considerava bonita ou interessante? Afinal, o que era interessante? Fofa? Filhotes e crianças eram fofos. Era assim que Jarod me via? Como uma criança? Mais importante, porém, por que me importava como ele me via? Ele era meu pecador, não meu interesse amoroso.

Suspirando, passei por ele e entrei na casa que estava tão silenciosa que senti a necessidade de sussurrar:

— Vou pegar minha bolsa...

— Que tal mais uma bebida?

Me virei enquanto Jarod fechava a porta atrás dele, sem nenhum guarda-costas junto.

— Não preciso de mais uma bebida.

Ele me rodeou.

— Desde quando precisamos das coisas que queremos?

— Eu também não *quero*, Jarod.

Minha resposta apagou seu bom humor.

— Mas gostaria de passar mais tempo em sua companhia.

Aos poucos, a escuridão desapareceu de seu rosto.

— Você poderia ter começado me contando isso — ele finalmente disse, o que provocou um sorriso da minha parte.

— Zero pontos para criatividade, Monsieur Adler — eu o provoquei. — Você acabou de reciclar palavras que usei antes.

Minha mente ficou em branco quando ele entrelaçou seus dedos aos meus e me puxou para seu escritório. Depois de nos trancar lá dentro, ele acendeu as arandelas e a luminária sobre o retrato a óleo do cavalo, então soltou minha mão, cruzou a ampla sala e puxou as cortinas para fechá-las.

Eu o observei se mover pela sala de uma maneira tão elegante e sombria que era fascinante. Enquanto ele se servia de um copo de alguma coisa, meu olhar se focou em sua altura e largura. Ele era um homem esculpido em obsidiana e luz das estrelas, não carne e pecados. Se alguém era o pecador nesta sala, era eu.

A garota que não conseguia parar de olhar.

A garota que não conseguia parar de se perguntar se seu hálito teria gosto de fogo e especiarias, ou mineral e doce como sua fragrância.

— Cansada, Pluma?

— O quê? — Minha voz parecia estar vindo de quilômetros de distância.

— Você está brilhando.

A agitação parou em meus ouvidos.

Ah... doces querubins... não.

Fingi um bocejo, o que fez sua boca se apertar enquanto ele caminhava de volta para mim.

— Você precisa estar conectada?

— Muito engraçado.

Ele balançou as sobrancelhas.

— Você pode tirar uma soneca na minha cama.

Embora não houvesse espelho, suspeitei que até meus olhos tivessem começado a brilhar. Isso aconteceu?

Quando ele chegou perto o suficiente para que eu pudesse sentir o cheiro de sua bebida e a doçura saindo de seu pescoço, olhei para as cortinas, ansiosa para me enrolar nelas até que minha pele voltasse ao normal. Mas depois, o quê?

Talvez deixar este mundo não fosse uma coisa tão ruim.

— Agora que somos amigos, por que você não me conta a verdade sobre por que sua pele se ilumina?

Engoli em seco e dei um passo para trás.

— Eu realmente prefiro não falar.

Ele deu um passo à frente. Eu recuei. Fizemos esta pequena dança até que meu cóccix encontrasse madeira sólida e eu fiquei presa.

— Você prefere que eu diga o que acho?

— Não.

— Tenho uma dedução muito pertinente.

— Guarde-a para você.

Seus olhos brilhavam ferozmente, mas quanto disso era minha pele e quanto disso era sua alegria perversa em me envergonhar?

— Acredito que você brilha quando está excitada.

— Não. — *Por favor, por favor, Ishim, não roube uma pena de minhas asas.*

Jarod baixou o olhar para o chão. Nenhuma pena havia caído, e isso obviamente o deixou perplexo, porque o pequeno franzido habitual apareceu entre suas sobrancelhas.

Ele ficou desapontado. Era porque ele não tinha adivinhado ou porque queria estar certo?

Desejosa de colocar um sorriso de volta em seu rosto estupidamente lindo, mesmo às minhas custas, eu expliquei:

— Isso se chama arder sem chamas. Somente mulheres de nossa espécie fazem isso. Os machos estendem suas asas, o que é chamado de alado.

Ele esperou em silêncio que eu elucidasse mais.

Umedeci os lábios antes de confessar:

— Isso acontece quando queremos atrair alguém.

— ocê quer me atrair, Pluma? — Sua voz soava como veludo amassado e fez todo tipo de coisa imprópria ao meu corpo.

Revirei os olhos, tentando fingir que aquilo era um infeliz acidente.

— Não faço de propósito.

Ele franziu a testa.

— Eu não digo ao meu corpo para brilhar para fazer você olhar para mim. Simplesmente acontece. — *Duas vezes. Aconteceu duas vezes. Uma foi um acidente, mas duas vezes?*

— Então, seu *subconsciente* quer me atrair?

— Exatamente. — Olhando pelo lado positivo, cintilar como uma bola de discoteca escondia meu rubor mortificante.

Ele inclinou a cabeça para o lado.

— Então, inconscientemente, você realmente me quer.

— Exatamente — repeti, mas depois percebi como isso soou e grunhi como a vez em que caminhei por um beco escuro em Nova York e me deparei com um roedor do tamanho de um tigre. — Não. Quero dizer, sim. — *Argh.*

Sua testa suavizou e o sorriso arrogante voltou.

Mudei meu olhar para a pintura do cavalo.

— Você pode parar de olhar para mim assim?

— Assim como?

— Como se eu tivesse acabado de colocar o rosto em um poste de luz.

— Se essa é a sua interpretação do meu olhar, então eu realmente tenho que trabalhar nisso.

Eu poderia dizer que seu sorriso havia aumentado pela cadência em sua voz.

— Pluma?

Mordisquei o lábio.

— Olhe para mim.

— Eu prefiro não olhar — murmurei, com o lábio ainda preso.

— Por favor?

Ainda sem liberar o lábio, pressionei a parte de trás do crânio na madeira, desejando que a superfície pudesse ceder e me engolir inteira.

Ele levantou o polegar e libertou meu lábio dos dentes.

— Se eu tivesse asas — ele disse com a voz rouca —, elas estariam esticadas de uma parede à outra deste escritório.

Meu coração congelou, então ficou líquido, derretendo em todas as extremidades do meu corpo.

Ele acariciou meu lábio, então se inclinou e pressionou sua boca na minha, e eu juro que não ardi mais, queimei, uma chama quente e faminta que ele alimentou com todos os seus sorrisos sombrios e palavras abafadas.

Fiquei tão chocada que não retribui o beijo, da mesma forma que não fechei os olhos. Eu não deveria fechar meus olhos? O que as heroínas dos meus livros faziam? Elas colocavam as mãos em volta do pescoço da pessoa que as beijava. Eu poderia começar por aí.

Quando levantei as mãos, elas bateram na bebida que ele ainda estava segurando, derramando o conteúdo em suas calças.

Ah... porcaria.

Jarod se afastou.

— Me d-d-desculpe — gaguejei. — Eu estava tentando...

— Me refrescar? — Seus lábios se curvaram em um sorriso.

— Não. Eu estava... *argh*... — De repente, desejei poder ser abatida por um anjo de fogo. — Tentando fazer algo com as mãos.

Seu sorriso se tornou tão malicioso que me arrependi de explicar minha falta de jeito.

— E o que você estava tentando fazer com as mãos? — Seu timbre provocou arrepios em minha pele ardente.

Fechei os olhos, desejando que, se eu não pudesse vê-lo, ele não poderia me ver, mas aprendi durante um antigo jogo de esconde-esconde com Eve que desaparecer não funcionava assim.

O calor de seu corpo desapareceu e então algo retiniu – vidro contra madeira? Não espiei para descobrir, ainda morrendo de vergonha. De repente, a temperatura do ar aumentou novamente e os dedos se enlaçaram em meus pulsos, puxando-os suavemente para cima, colocando-os em volta do pescoço dele.

Continuei sem olhar, e a antecipação de seu próximo movimento fez meu batimento cardíaco irradiar, fazendo cada centímetro meu vibrar com seu ritmo selvagem. Seus dedos acariciaram a seda da minha camiseta, traçando as curvas da minha cintura, as protuberâncias externas dos meus seios, a pele nua logo abaixo das minhas axilas, as curvas dos meus ombros, a pele em volta do meu pescoço.

Enquanto uma mão desceu sobre meu ombro e traçou uma linha na minha coluna, a outra passou pelo meu cabelo até cobrir a parte de trás da minha cabeça. Prendi a respiração enquanto as sensações ondulavam por mim, cada uma mais debilitante e deliciosa do que a anterior.

Agarrei o pescoço de Jarod e os tendões se esticaram como um barbante. Mergulhei os dedos de uma mão abaixo da gola da camisa e passei os dedos da outra por seus cabelos.

Seu hálito picante aqueceu minha testa, depois a ponta do meu nariz e, finalmente, meus lábios entreabertos.

— Pronta para tentar de novo? — ele murmurou.

Mantendo os olhos fechados, assenti.

Seu nariz roçou o meu antes de tocar em minha bochecha, e então seus lábios cobriram os meus, roubando meu fôlego e tornando-o dele.

Esse beijo certamente me custaria uma pena. Talvez todas. E ainda assim, quando ele abriu a boca e moveu a língua contra a minha, eu o recebi, imitando sua pressão e carícia.

Nossas bocas se moveram silenciosamente uma sobre a outra, nossas línguas explorando, conectando e lambendo. As árias celestiais se misturavam ao ritmo de nossos batimentos cardíacos, enchendo meus ouvidos com música arrebatadora.

Sua barba por fazer arranhava meu queixo, provocando uma ardência excitante em seu rastro. Apertei seu pescoço para trazê-lo mais perto, embora seu nariz já tivesse colado em minha bochecha e meus mamilos endurecidos presos em seu peito. Como se fôssemos um, sua mão apertou a minha cintura e a pele por baixo da roupa, destruindo cada átomo de ar entre nós.

Nossos corpos se encaixavam como se tivessem sido criados um para o outro, minhas curvas suaves preenchendo todos os seus músculos duros. Enquanto eu explorava sua boca, uma nova fome percorreu meu corpo, fez meu coração se contrair e minhas coxas tremerem. Seus beijos se tornaram mais exigentes e eu dei a ele tudo o que tinha a oferecer, o que provavelmente não era muito para um homem como ele, um homem tão acostumado a conseguir *tudo* o que queria.

Minha barriga tensionava com a pressão forte de seu zíper, mas não havia dor naquela sensação. O conhaque, que havia encharcado a lã fina de seu terno, foi transferido para minha saia, quente, úmido e com cheiro de especiarias e desejo. Seu cheiro me atormentou quase tanto quanto seu gosto.

Ofegante, ele interrompeu o beijo e encostou a testa na minha, e uma mecha de cabelo com gel fez cócegas na minha têmpora. Sua mão soltou a parte de trás da minha cabeça e pressionou na parede atrás de mim, afastando seu corpo do meu. A distância foi espontânea e tentei atraí-lo para mais perto, mas era como tentar deslocar uma estátua de mármore.

— A menos que você queira que eu roube o resto da sua inocência — ele murmurou com a voz rouca —, você tem que me dar um minuto.

— Ele empurrou uma mecha laranja emaranhada atrás da minha orelha.

Afastei a mão de seu cabelo e passei a outra ao redor de seu pescoço, sentindo seu pulso bater forte. Preocupada que ele pudesse se desvencilhar de qualquer feitiço que o tinha feito me beijar, mantive ambas as mãos em seu corpo.

Ele podia ter me soltado, mas eu não estava pronta *para isso.*

Meu coração tremia quando um pensamento terrível passou pela minha mente. Se Asher alterasse a pontuação de Jarod, eu não teria escolha a não ser deixá-lo ir. Quando o pensamento egoísta se enraizou e se enredou em meus pulmões como uma videira, as lágrimas quentes alcançaram meus olhos.

— Não quero que este seja nosso último beijo — resmunguei, minha voz soando como se estivesse desmoronando.

Jarod limpou meus cílios com os polegares, afastando a umidade que se acumulava ali.

— Não terminei com você.

Quando abaixei meus cílios para esconder meus olhos ardentes, ele segurou meu cabelo e ergueu meu rosto.

Seu olhar vagou sobre o meu, procurando a fonte de minhas inseguranças.

— Seu povo vai tentar nos manter separados? É isso que está te assustando, Pluma? Porque não vou deixá-los ficar entre nós. Não vou deixar nada, nem ninguém se interpor entre nós.

Um soluço me escapou.

— Se o Asher mudar sua pontuação — minha voz falhou —, eu ascendo. Nas próximas vinte e quatro horas, eu poderia ir embora.

Seus olhos piscaram mais rápido sobre os meus.

— Mas então, você pode voltar para mim.

Engoli em seco, mas isso não fez nada para conter o nó que inchava minha garganta.

— Não durante sua vida, Jarod — murmurei.

— O que você quer dizer?

— Novos anjos devem passar um século em Elysium antes de

poderem retornar para que todos os humanos com quem eles entraram em contato tenham ido embora.

Ele não disse nada por tanto tempo que cresceram espinhos na videira em volta dos meus pulmões.

De repente, ele soltou meu cabelo e começou a andar pela extensão de seu escritório.

— Chame-o! Diga a ele que menti.

Eu suspirei.

— Não, Jarod! Apesar de todo o meu egoísmo, quero que sua alma sobreviva.

Ele passou a mão pelo cabelo, afastando as ondas escuras de seus olhos.

— Eu deveria ter poder de escolha sobre isso!

— Jarod...

Ele parou e desviou sua atenção do tapete para mim.

— Você pode sentir suas penas crescendo?

— Não. Elas são muito claras, mas você pode ver... — Deixei minha voz sumir antes que eu pudesse fazer uma sugestão que certamente incendiasse Jarod ainda mais.

— Suas asas. Coloque-as para fora.

— Jarod...

Ele veio direto para mim.

— Faça isso, Pluma. Agora.

Hesitei, me lembrando da dor que causaram a ele.

Ele segurou meu queixo.

— Por favor.

Ele achou que eu não as tinha feito se materializar porque ele não disse por favor? *Ah, Grande Elysium, este homem.*

Com o coração dolorido, tirei minhas asas do esconderijo e rezei, pela primeira vez na vida, para que novas penas não tivessem se formado nos ossos.

36

*N*ão olhei por cima do ombro, não estendi as asas para testar seu peso. Já que normalmente ganho poucas penas por vez, nunca notei uma mudança, mas cem penas... eu certamente sentiria uma diferença.

O pomo de adão de Jarod se moveu enquanto seu olhar contornava as pontas das minhas penas prateadas. Sua mão caiu do meu rosto em câmera lenta, deixando rastros de calor para trás.

— Onde elas... — Ele engoliu em seco. — Onde as novas apareceriam?

— Nas bordas — sussurrei.

Os nervos estremeceram sob sua pele e seus olhos excessivamente brilhantes pareciam apavorados.

— Como você pode saber se são novas?

— Elas são menores... mais suaves. — Pensei em todas as penas que ganhei ao longo dos anos, em como adorei acariciar a penugem imaculada. Um arrepio passou por mim com a memória, e fez as farpas de seda balançarem, fazendo cócegas em meus ombros nus e na parte de trás dos meus braços.

— Não consigo ver, Pluma — ele disse, o que me fez ter esperança.

Mas então, eu entendi que ele não podia ver por que minhas asas estavam dobradas com muita força. — Estique-as

Os ossos das minhas asas pareciam feitos de aço enferrujado em vez de magia celestial. Conforme eu estendia a teia de tendões e cartilagem, uma gota de suor frio se formou na minha nuca.

Jarod empalideceu.

A gota rolou pela minha coluna, cavando um túnel entre minhas omoplatas contraídas.

— Elas estão... você está vendo alguma coisa? — Eu finalmente torci meu pescoço ao máximo. Quando percebi que isso não resolvia, dobrei as asas até que suas bordas externas tocassem na minha frente.

Jarod deu um passo para trás, e eu não tinha certeza se ele tinha adicionado o espaço porque estava horrorizado ou precisava de alguma distância para examiná-las. Tracei a borda externa, com os olhos penetrantes de Jarod sombreando o caminho da ponta dos meus dedos. Não achei que meu coração tivesse batido nenhuma vez desde que fiz minhas asas aparecerem. Quando sondei cada uma, balancei a cabeça.

Suas sobrancelhas arquearam.

— Não?

Continuei balançando a cabeça. De repente, o sangue inundou minhas veias, o ar expandiu meus pulmões e meu coração disparou. O nó na garganta demorou mais para ceder, mas assim que diminuiu, consegui falar:

— Não.

A cor lentamente voltou ao rosto de Jarod.

— Não? — ele repetiu, como se não tivesse me ouvido.

Antes de perceber o que estava fazendo, peguei sua mão e passei pela borda da asa direita.

— Você vê? Sem penas macias.

Ele prendeu a respiração, que segurou até que tirei seus dedos das minhas penas e soltei seu pulso.

— Sinto muito.

— Pelo quê, Pluma?

— Por ter feito você... *tocá-las*. Sei o quanto você as odeia.

Um instante se passou.

— Eu as detesto, mas por uma razão totalmente diferente esta noite. — Ele estendeu a mão e deslizou a palma sobre as plumas prateadas. Quando sua mão se curvou e acariciou a parte inferior, um arrepio atingiu meu corpo inteiro. — Hoje à noite, eu as odeio porque poderiam tirar você de mim.

Ofeguei com sua confissão.

— Esta noite, eu as odeio porque são as coisas mais bonitas que já vi, e ainda assim, tenho esse desejo violento de separá-las do seu corpo. — Ele deslizou a mão de volta com uma gentileza que não combinava com o tom de sua voz ou o fogo em seus olhos. Quando ele as acariciou e meus dentes se fecharam com o prazer que atravessou as hastes, ele afastou a mão.

— Estou te machucando? — A preocupação genuína marcou suas feições.

— Não, Jarod. Não está.

— Então por que... por que seu corpo tremeu?

Sorri ao ver como ele parecia inocente, como um menino que nunca tocou no corpo de outra pessoa. Como eu gostaria que fosse esse o caso. Só pela forma como ele beijou me demonstrou que eu não era a primeira mulher com quem ele usava os lábios. Antes que o pensamento pudesse me encher de ciúme, eu o afastei.

Para. Longe.

— Que tal dar um palpite? — perguntei. — Você é bom em adivinhar.

Suas pupilas eclipsaram suas írises, e então as duas mãos se abriram e se acomodaram sem restrição na parte inferior das minhas asas.

Ofeguei com o impacto quase brutal e tremi tanto que Jarod colocou um braço em volta da minha cintura e afastou o outro do meu corpo.

— Sem dor. Eu juro.

Ele procurou meus olhos.

Deixei minha cabeça apoiada em seu pescoço e pedi algo a ele que certamente me custaria uma pena.

— De novo. Faça isso novamente.

Eu o ouvi engolir. Sem remover o braço da minha cintura, ele ergueu a outra mão e a passou lentamente sobre a curva macia. Minha espinha se contraiu quando um raio de prazer eletrificou a teia de cartilagem que mantinha minhas penas unidas. Entendi então por que era proibido tocar nas asas de outro anjo sem seu consentimento.

Aninhei a cabeça na curva do pescoço de Jarod enquanto ele passava seus dedos lentamente para cima e para baixo. Meus joelhos amoleceram até que tudo o que estava me segurando era seu braço rígido. Gemi contra seu pescoço, inspirando seu cheiro.

— Pluma?

— Humm...

— Mais rápido? Mais devagar?

— Não sei. Eu nunca... ninguém nunca... tocou minhas asas. — Um gemido baixo escapou dos meus lábios. Tentei abafar contra sua pele, mas considerando como ele parecia ser trinta centímetros mais alto, imaginei que ele tivesse captado o som.

Ele arrastou a palma da mão vagarosamente, e mesmo que fosse a forma mais doce de tortura, eu grunhi:

— Mais rápido.

Uma risada lenta retumbou em seu peito. Por um longo segundo, não achei que ele iria me ouvir, mas suas carícias aceleraram e a pressão cresceu dentro do meu corpo e chiou contra minha pele e meu coração... meu coração se distendeu, como se tentasse se libertar das minhas costelas para penetrar na de Jarod.

Ofeguei contra seu pescoço, então mordi a carne tensa e gemi contra ela, tornando sua respiração tão irregular quanto a minha.

O mundo se acalmou de repente e explodiu. O chão, o teto e as paredes da casa de Jarod caíram. Apenas a luz das estrelas cintilantes e meu pecador sombrio permaneceram.

Os dedos de Jarod pousaram no meu quadril, me apoiando enquanto o brilho desaparecia e as paredes do escritório se fechavam em torno de nós. Então ele pressionou seus lábios em minha têmpora, marcando sua forma em minha pele.

Muito, *muito* tempo depois, ele murmurou:

— Minta para mim, Pluma.

— O-o quê? — gaguejei, de volta à realidade.

— Minta para mim.

Eu me afastei dele.

— Quantas penas fiz você perder? Três, quatro?

Meus olhos se arregalaram.

— Quantos você ainda precisa ganhar?

A névoa do meu orgasmo – ou havia outro nome para o que acabei de experimentar? – se apagou.

— Oitenta e seis. Eu acho.

— Minta para mim vinte vezes — ele disse, emoldurando meu rosto entre as palmas das suas mãos. — Sei que vai doer, mas minta para que, se o Asher diminuir minha pontuação esta noite, amanhã ou na próxima semana, ele não te arranque dos meus braços. — Ele tocou sua boca em meus lábios entreabertos. — Por favor...

Meu peito se expandiu de repente.

— Odiei sentir suas mãos em minhas asas.

Os ossos das minhas asas ficaram tensos, e então uma pena caiu como um floco de neve iluminado pelo amanhecer.

— De novo — disse Jarod. — Por favor, baby, de novo.

Eu disse a ele como eu odiava beijá-lo.

Eu disse a ele que o achava tão feio por fora quanto por dentro.

Eu disse a ele tantas mentiras que, quando terminei, uma pilha prateada cintilante cobriu seu tapete, e minhas bochechas ficaram molhadas da pela dor e por seus beijos.

37

Uma batida na porta nos separou.

Depois de eu ter falado vinte mentiras, talvez mais, o suficiente para satisfazer Jarod de que eu não seria roubada de seu mundo, ele me levou a uma das poltronas. Eu havia feito minhas asas doloridas desaparecerem com magia enquanto ele me colocava em seu colo e me envolvia com os braços que pareciam tiras de aço.

— Jarod! — A voz de Tristan me fez piscar e abrir meus olhos úmidos.

Jarod acariciou minha bochecha com seus longos dedos.

— Eu sei que você está aí — Tristan falou.

— Ele vai derrubar minha porta se eu não o deixar entrar — ele murmurou. — Mas se você não quiser vê-lo...

Eu funguei e ele franziu o cenho.

— Estou bem. Deixe-o entrar. Devo voltar para a associação mesmo.

— *Jamais de la vie.* — *Sem chance.* — Você não vai voltar lá, Pluma. Não essa noite.

— Ja-arod — Tristan cantarolou. — Vamos lá, cara. Me deixar entrar.

— Fique. Por favor — ele pediu. Seu tom era urgente.

— Eu não vou desaparecer por um canal. Você se certificou disso.
— Tentei sorrir, mas o resultado de arrancar as penas de minhas asas ainda estava me dominando.

— Que se foda. Quero você aqui. Comigo. *Preciso* de você aqui.

O calor se espalhou por mim.

— Está bem, está bem. Eu não vou para casa. — Alisei as rugas de sua testa com a ponta dos dedos.

— Estou entrando — Tristan alertou. — Espero que ela esteja decente... ou que você esteja disposto a compartilhar.

Jarod murmurou:

— *L'enculé* — antes de me dar um último beijo fugaz.

A porta se abriu.

Senti os olhos de Tristan em mim.

— Bem, bem — ele disse em uma voz tão alegre que parecia que havia acordado do cochilo mais longo de sua vida. — Se não é o cachorro perdido que encontrei na sua porta.

O corpo de Jarod se enrijeceu tão rápido que parecia que eu estava sentada no concreto.

— Nunca mais fale sobre a Leigh assim!

Endireitei a coluna curvada e espiei por cima do ombro.

Tristan ergueu as palmas das mãos.

— Perdão, Jarod. Era uma piada.

— Peça perdão a ela, não a mim — Jarod grunhiu.

— Sinto muito, Leigh — ele disse, seu olhar vagando pelo meu rosto manchado. — Tudo certo?

Concordei. Tudo estava bem *agora*.

Outra figura apareceu atrás de Tristan – Muriel.

— Jarod? — Mesmo que ela não tenha juntado nenhuma outra palavra ao nome dele, senti que ela estava perguntando se ele estava bem.

— Mimi, você pode levar a Leigh lá para cima? — Devo ter ficado um pouco mais pálida, porque ele acrescentou: — Ela vai passar a noite no meu antigo quarto.

Muriel voltou a amarrar o cinto de seu robe de cashmere.

— *Viens, ma chérie.* — *Venha, minha querida.*

Eu realmente ia passar a noite na casa de Jarod? Nunca dormi em qualquer lugar além de associações... bem, nunca fiz muitas das coisas que fiz esta noite.

Quando parei ao lado de Muriel, Jarod disse:

— Subirei assim que puder. — Sua expressão estava tão cheia de preocupação que eu queria correr de volta para seus braços e dizer a ele que eu estava realmente bem, que nunca estive tão bem. Em vez disso, encarei seu olhar e sorri.

Ele não sorriu de volta, mas sua respiração pareceu se equilibrar.

Enquanto Muriel fechava a porta, ouvi Tristan dizer:

— Tive que arrancar algumas unhas...

Essa frase foi como um banho frio, me acordando para o fato de que o homem por quem eu acabei de arruinar minhas asas fazia coisas terríveis ou ordenava que outros as fizessem em seu nome. Ele podia compartilhar o sangue da minha família, mas Jarod Adler não era um anjo.

Toquei meus lábios quando a náusea aumentou, fazendo meu estômago se contrair.

O que eu fiz?

O que eu ainda estava fazendo?

Eu precisava ir para casa. Abri a boca para dizer a Muriel que mudei de ideia, quando ela disse:

— Acho que o Tristan gosta demais do que faz. — A escuridão manchava a pele fina sob seus olhos.

Eu parei na parte inferior da escada.

— E o Jarod? Ele também gosta?

— O Jarod herdou o senso de dever e moralidade de seu tio.

— Então, ele não... *machuca* pessoas?

— Não discutimos o trabalho dele, Leigh. Da mesma forma que nunca discuti isso com Isaac. Mas acredito que, se ele *machuca* alguém, ele o faz por uma razão.

Dinheiro foi a primeira que me veio à cabeça. Vingança era outra. Controle. Muitas palavras fluíram livremente pela minha mente, nenhuma aliviando minhas dúvidas.

— Venha — Muriel falou.

De repente, a escada parecia levar a uma masmorra em vez de apartamentos feitos em cetim rico e madeira lustrosa.

— Eu... — Com os nervos se agitando como garras contra minha pele, olhei para a despensa onde deixei minha bolsa, depois para o escritório onde os homens falavam em tons tão baixos que era impossível ouvir o que estavam discutindo.

Quero você aqui. Comigo. Preciso de você aqui. O apelo de Jarod e o olhar que me implorava passou por mim.

Prometi ficar e era uma mulher de palavra. Jarod tinha tão pouca fé nos anjos – por um bom motivo – que, se eu partisse, o que restaria de sua fé?

As regras da minha missão podiam ter mudado, mas não o motivo. Eu me inscrevi para levar luz a sua escuridão. Meus métodos não eram ortodoxos, mas se eles levassem Jarod a se tornar um homem melhor, valeria a pena.

Suspirando, decidi seguir Muriel escada acima e ver onde levavam.

38

Segui Muriel através do conjunto de portas altas em frente ao quarto de Jarod. Quando ela acendeu algumas luzes, entendi por que ela se referia aos quartos como apartamentos. Entramos em um grande corredor decorado com desenhos a carvão emoldurados de mulheres com rostos cúbicos e seios assimétricos em vários estágios de nudez. Quando li a assinatura rabiscada na borda do pergaminho grosso, percebi que estava olhando para obras de arte que valiam uma quantidade absurda de dinheiro.

Muriel passou por elas como se tivessem se tornado uma só com os painéis de cerejeira atrás. Ela provavelmente as tinha visto com tanta frequência que não a impressionavam mais. No final do corredor, ela abriu uma das duas portas.

— Este foi o quarto em que Jarod cresceu.

Eu estava esperando o quarto de um menino decorado em uma paleta de azuis e brancos, com navios em garrafas, aviões de papel pendurados e cestas repletas de brinquedos. A única coisa que acertei foi o azul, mas estava longe da sombra do céu do meio-dia que eu havia imaginado. Esse azul era da cor em que o crepúsculo e a escuridão se encontravam, um azul quase preto.

Olhei para a cama king-size encaixada em uma alcova de madeira escura com prateleiras embutidas que não pareciam adequadas para uma criança.

— Foi redecorado?

Muriel olhou ao redor do quarto como se para verificar se tudo ainda estava em seu lugar.

— Não.

Olhei pela janela que dava para uma parede alta e cinza com uma crosta de excrementos de pombo e gases de escapamento. A vista estava muito longe do suntuoso pátio com sua fonte de pedra e hera emaranhada.

Muriel acendeu a luz de um banheiro adjacente feito de ladrilhos de pedra branca e cinza. Acessórios de prata polida refletiam meu rosto pálido, olhos verdes abatidos e cabelo laranja emaranhado. Enquanto eu alisava meu cabelo para trás, Muriel abriu o armário embaixo da pia e tirou uma pilha de toalhas dobradas, que ela depositou na lateral de uma banheira com pés.

— Por que você não toma um banho quente? Vou trazer sua bolsa.

— Eu posso ir buscar, Muriel.

— Claro que não. Fique aqui. — Ela deu um tapinha nas minhas mãos, que eu estava contorcendo.

Ela estava com medo de que eu fugisse se descesse as escadas? O pensamento passou pela minha cabeça.

Antes de sair, ela abriu a torneira da banheira e o barulho do jorro substituiu o silêncio.

— Você precisa de roupas?

— Na verdade, eu trouxe algumas. — Corei quando percebi como isso soava. Quando ela arqueou uma sobrancelha, acrescentei: — Fiz algo que deixou minha família irritada, então não tinha certeza se seria bem-vinda em casa.

Ela fez uma careta.

— Nenhum erro é grave o suficiente para afastar a família.

Dei de ombros e o movimento despertou novamente uma leva de pequenas dores. Enquanto a pontada de uma pena perdida desaparecia com relativa rapidez, a dor de perder tantas penas se demorava.

— Posso estar exagerando. Talvez eles não fossem me trancar do lado de fora.

— Bem, nossas portas estão sempre abertas para você, *ma chérie*.

Sua benevolência imerecida combinada com o vapor que subia do banho tornou o ar de repente muito espesso para respirar.

— Você nem me conhece, Muriel. Talvez eu seja uma pessoa horrível.

Os cantos de seus olhos azul-marinho enrugaram junto com os de sua boca.

— Você faz o meu menino rir. Não o ouço rir há anos. Então, mesmo se você fosse horrível – o que você não é – eu a coagiria a ficar por perto, apenas para ouvir aquele som novamente. — Ela apertou meu ombro enquanto passava por mim. — Volto já.

Eu ainda estava exatamente no mesmo lugar quando ela voltou, olhando o espelho redondo sobre a nuvem da pia borrando meu reflexo até que eu parecesse mais fantasma do que anjo, o que parecia apropriado considerando o quanto eu me sentia pouco angelical.

Fiquei na banheira até meus músculos amolecerem, minha pele ficar murcha e a água ficar morna, então me sequei lentamente com a toalha, espremendo a água espumosa das pontas do meu cabelo.

Eu estava vestindo apenas uma calcinha nova e uma camiseta enorme dos Eagles que um dos meus pecadores me deu há alguns anos quando uma batida soou.

Meu estômago ficou tenso.

— Entre.

Quando Jarod apareceu na porta, puxei a bainha da camiseta, desejando que houvesse mais tecido para puxar. Muito das minhas pernas estavam em exibição. E se a visão de minhas coxas macias o fizesse recuar de forma educada para seu próprio quarto?

Procurei em seu rosto por repulsa, mas encontrei principalmente fadiga. Ele enfiou as mãos dentro dos bolsos da calça e encostou-se no batente de madeira, me observando primeiro antes de olhar ao redor do quarto como se não o tivesse visitado há anos.

Ele tirou o paletó e arregaçou as mangas da camisa, exibindo antebraços magros e bronzeados, cobertos pelos mesmos pelos escuros que despontavam pela gola aberta. Eu não tinha certeza se sentir atração por homens peludos era comum, mas possivelmente era algo que me atraía, porque a visão de toda aquela virilidade estava contraindo vários músculos do meu corpo.

— Vê algo de que gosta?

Engoli em seco e cruzei os braços, tentando estrangular a sacudida dentro do meu peito antes que fizesse o resto do meu corpo vibrar.

— Me lembro de você me perguntar isso quando nos conhecemos.

Um lado de sua boca se contraiu enquanto ele se afastava da porta, a fechava com um chute e caminhava em minha direção.

— E eu me lembro de você evitar me responder.

Mantive minha posição quando ele me alcançou. Sem saltos, o topo da minha cabeça mal ultrapassava seu queixo.

Ele olhou para mim.

— Você estava com medo de que declarar sua luxúria avassaladora custasse uma pena?

— Luxúria avassaladora... — Revirei os olhos. — Admito, fiquei intrigada.

— Intrigada, é? — Sorrindo, ele tirou uma mão do bolso.

A antecipação de que ele estava prestes a tocar alguma parte do meu corpo deslizou no meu sangue. No entanto, ele não fez isso. Ele esfregou o queixo e o som de atrito fez minha pele arrepiar.

— Bem, eu fiquei intrigado com você no momento em que te vi pendurada no braço do Tristan, com aquela máscara.

Minha pele se arrepiou com sua proximidade.

— A única coisa que te intrigou naquela época foi encontrar uma maneira de me destruir.

Ele parou de esfregar o queixo.

— Eu queria destruir seu vestido. E o braço do Tristan — ele acrescentou como uma reflexão tardia.

Sua mão finalmente eliminou a distância entre nossos corpos, envolvendo a parte de trás da minha cabeça. Me perguntei se ele iria me beijar, mas em vez disso ele apenas olhou, e seus olhos escuros pareceram escurecer um pouco mais.

— Sinto muito pelo que o Tristan disse lá embaixo.

— Está tudo bem — falei, segurando sua camisa na tentativa de me manter de pé, embora eu não tivesse dúvidas de que suas mãos estavam fazendo um trabalho melhor em garantir que eu continuasse de pé. — Você me chamou de perseguidora, lembra?

Ele encostou a testa na minha.

— Estou tão feliz que você me perseguiu, Pluma.

— Você não parecia feliz.

— Mostrar emoção dá às pessoas vantagem sobre você.

— Seu tio te ensinou isso?

Ele assentiu.

— Gostaria que alguém tivesse me ensinado isso.

O olhar sério que invadiu seu rosto me deixou preocupada por ter dito a coisa errada.

— O mundo era um lugar imensamente monótono para se viver antes de você invadir minhas portas, tão cheia de luz e cor.

— Cor, é? Você está falando do meu cabelo? Sempre o odiei — acrescentei, com tristeza.

— Eu poderia dizer que seu cabelo é a parte mais sexy, mas estaria cometendo uma grande injustiça com o resto de seu corpo deslumbrante.

O calor em minhas bochechas fez seu caminho em direção à junção de minhas coxas.

— Ninguém nunca me chamou de sexy antes.

— Só porque são mais educados que eu. — Ele puxou meu cabelo, inclinando minha cabeça para trás em um ângulo quase doloroso. — E só para esclarecer, ninguém além de mim pode te chamar assim de agora em diante.

Seu calor, seu grunhido, sua sensação ameaçaram fazer meu coração pular direto pelos meus lábios entreabertos. Eu os umedeci e seus olhos brilharam.

— Você está ardendo em chamas, Pluma.

— Parece que acontece muito na sua presença. — Umedeci os lábios novamente. — Você vai só me olhar ou fazer algo a respeito?

Seus lábios se curvaram em um sorriso tão satisfeito que pareceu deixar meus nervos em carne viva.

— O que você quer que eu faça, Pluma?

— Você poderia me beijar para começar — sugeri, com a voz quase inaudível.

Seus olhos escuros absorveram a confusão brilhante em que me tornei.

— Onde?

Respirei fundo.

Jarod pressionou sua boca na minha clavícula.

— Aqui? — ele sussurrou com a voz rouca, e eu estremeci. — Ou... — Ele puxou a gola da minha camiseta, e sua boca tocou no meu ombro. — Aqui? Ou... — Quando ele arrastou sua língua em uma linha reta até o declive do meu pescoço e mordiscou o lóbulo da minha orelha, me preocupei com a segurança das minhas costelas. Ele se afastou para inspecionar o efeito de seus beijos.

— Em qualquer lugar, Jarod. Só... não pare — implorei.

— Cuidado com o que deseja, Pluma. Sou uma pessoa extremamente criativa. — Ele soltou meu cabelo e suas mãos tocaram a pele de meus braços.

Não que minha mente estivesse mais lúcida, mas o que a criatividade tinha a ver... *ah!*

Jarod se ajoelhou enquanto as palmas das suas mãos descendo pelas laterais das minhas pernas. Quando suas mãos giraram ao redor das minhas panturrilhas, e ele beijou a parte interna de um joelho, depois o outro, quase ofeguei com um suspiro. Ou foi um gemido? O próximo beijo foi logo abaixo da barra da minha camiseta.

Eu me esforcei para segurar alguma parte dele, alcançando um punhado de cabelo.

— Espere! Pare... — Meus batimentos cardíacos eram intensos. — Eu... — Se Jarod fosse mais longe, minhas asas iam virar fumaça.

Ophan Greer nos ensinou que era impróprio ter relações de natureza romântica fora do casamento, mas meu orgasmo anterior não me custou nada. Foi porque Jarod não era completamente humano? Ou por que as asas não eram órgãos *sexuais*?

Jarod se levantou e segurou meu rosto.

— Sinto muito.

Uma risada escapou de mim e fez sua testa franzir. Fiquei séria, não querendo que ele pensasse que eu estava rindo de seu pedido de desculpas.

— Ah, Jarod. Por favor, não se desculpe.

Ele franziu a testa.

— Só estou com medo de que o Ishim queime o que sobrou das minhas penas. — Dei de ombros e minhas costas doeram novamente. Agarrando a barra da camiseta, expliquei:

— Cresci ouvindo que sexo fora do casamento era um pecado carnal que me mandaria direto para Abaddon.

Suas sobrancelhas franziram, mas pelo menos suas narinas pararam de dilatar de angústia.

— Então, sem as asas completas, você poderia ser levada para Abaddon, mas não para Elysium?

A dissonância de sua conclusão me impressionou.

— Você está certo... faz pouco sentido. — Por que não pensei em perguntar isso a Ophan Greer?

— Você não perdeu nenhuma pena pelo que fiz com você antes.

— Eu sei.

— Já se perguntou se as regras que você recebeu eram simplesmente uma maneira de mantê-la na linha?

— Não antes de te conhecer.

— Não quero te apressar em algo para o qual você não está pronta, Pluma, especialmente se dar prazer lhe causa dor, mas também não quero que você me afaste porque tem medo do seu povo. Porque se for esse o caso...

— Você vai me fazer mentir até que eu não tenha mais penas a perder? — brinquei, mas não era realmente uma piada.

O olhar de Jarod se aguçou.

— O que aconteceria se você perdesse todas as suas penas? Isso te livraria de suas asas?

A pressão das palmas de suas mãos e olhar me fizeram sentir oprimida de repente, então afastei meu rosto de seu aperto, dei um passo para trás e olhei para o carpete cinza debaixo dos nossos pés, traçando a borda de uma mancha descolorida com o dedo do pé. Eu estava disposta a desistir de minhas asas para salvar a alma de Jarod, e então as arruinei para ter certeza de que não seria arrancada da Terra durante a noite, logo minha reação à sua pergunta foi incongruente.

— Eu não deveria ter dito isso. — Ele afundou na beira da cama e as molas do colchão gemeram sob seu peso. — Eu simplesmente *odeio* seu sistema e desejo... eu gostaria de poder protegê-la dele. *Deles.*

Mas ele não poderia me proteger, porque se ficasse entre mim e eles, ele se machucaria... talvez de forma irreparável.

— Eu não deveria estar aqui, Jarod — falei, olhando para as mechas de cabelo escuro que estavam saindo em ângulos estranhos ao redor de sua cabeça. — Eu não deveria ter ficado.

Ele levantou a cabeça tão rápido que seu pescoço estalou.

— Não quero que eles te machuquem, Jarod.

Sua cabeça inclinou um pouco mais para trás de surpresa.

— A mim? — Seu tom era quase maníaco. Quando ele começou a rir, percebi que ele não estava levando minha preocupação a sério.

— Não estou tentando ser fofa — falei, frustrada.

Seus olhos ainda brilhavam, mas ele ficou sério, em seguida me puxou em sua direção até que eu tivesse a escolha entre cair desajeitadamente ao lado dele ou me sentar em seu colo. Cair teria sido a opção mais segura, mas perdi a segurança no dia em que empurrei a palma da mão na tela holográfica e meu nome apareceu sobre a imagem tridimensional de Jarod Adler.

Ele segurou minha cintura para me manter no lugar, e então, na voz mais séria que eu já o ouvi usar, ele disse:

— A única maneira que eles poderiam me machucar seria levando você embora.

Tracei a linha de sua sobrancelha, pensando em uma conversa que tive há muito tempo com Eve. Perguntei a ela se ela acreditava em almas gêmeas. Em vez de me perguntar de onde tirei essa ideia estúpida – eu tinha certeza de que ela presumiu que eu tinha lido em um dos meus livros humanos – ela respondeu: sim.

Fiquei tão surpresa que a olhei boquiaberta por dois minutos inteiros.

E é terrível quando isso acontece, porque significa que os Malakim fizeram um trabalho medíocre de limpar as memórias das almas e lhes dar a lousa em branco de que precisam para começar suas novas vidas. Normalmente essas almas – as que se lembram – passam tanto tempo caçando almas de vidas passadas que não trabalham para melhorar a si mesmas. Elas simplesmente perdem seu tempo na Terra.

Depois disso, hesitei, mas por um motivo completamente diferente.

— Talvez você não devesse ser Malakim, Leigh.

— O quê? — ofeguei.

— Você é tão governada por seu amor pelo amor que às vezes acho que pode não ser a melhor vocação para você.

Fiquei muito defensiva. Só porque sou romântica, não significa que desconsiderarei as ordenações celestiais.

Ela veio se sentar na minha cama e colocou a mão em meu ombro.

— Leigh, eu não disse isso para te chatear. Só não quero que você seja relegada a trabalhar como Ophanim porque não teve coragem de limpar as almas de suas vidas anteriores.

— Sobre o que você está pensando? — Jarod me perguntou, me tirando da lembrança.

— De uma conversa que tive com uma amiga há muito tempo.

— Tem certeza de que foi com uma amiga? Você parece prestes a socar alguém.

Seu comentário me fez parar, porque percebi que me mandar para Paris não foi o primeiro ato antipático de Eve para comigo. Por anos, ela me fez duvidar de mim mesma. Por que eu estava tão decidida a não a ver como ela realmente era, que *não era uma amiga?*

— Ela é a razão de eu estar aqui. — Tracei a costura na bainha da minha camiseta. — Ela sugeriu que eu te aceitasse, porque ela devia saber que sua pontuação estava congelada e eu não seria capaz de ganhar minhas penas a tempo para... — Parei de falar, não achando sábio lembrar Jarod do meu desejo anterior de me casar com o Arcanjo.

— A tempo de quê? — Quando não respondi, ele prendeu meus dedos inquietos. — A tempo de que, Leigh?

— Lembra daquela aposta que eu te falei? — Encarei a palma da mão envolvendo a minha.

— Aquela de se casar com outro homem? Aquela que você tinha quarenta dias para ganhar? — Ele fez um som no fundo da garganta. — Como eu poderia me esquecer?

— Eu não entendi na época... porque não pensei que alguém no sistema pudesse ser irredimível – mas ela me enviou a você para me remover da competição. — Olhei para ele através de uma mecha de cabelo que caiu em meus olhos.

Ele colocou a mecha de volta.

— Nunca senti emoções tão conflitantes em relação a uma pessoa – parte de mim quer quebrar seu pescoço e a outra parte quer me prostrar a seus pés.

Eu não conseguia decidir se fiquei horrorizada ou comovida com sua declaração. As duas coisas. Eu estava as duas coisas.

— Como essa garota sabe tanto sobre mim?

Mordi o lábio.

— Parece que ela tentou te recuperar.

Ele balançou a cabeça algumas vezes.

— Qual a cor das penas dela?

— Por quê?

— Muitos anjos apareceram na minha porta. Acho que me lembrar da cor de suas asas, quando as exibem, é mais fácil do que seus rostos ou nomes.

— Amarela com pontas douradas — eu disse.

Quando o canto de sua boca se curvou, percebi que ele se lembrava.

Mesmo que eu não tivesse certeza se queria ter uma resposta, a masoquista em mim perguntou:

— Você também a levou para o seu quarto e deu a ela um show de strip? — Fiquei profundamente perturbada com o quanto pareci ciumenta.

Ele passou o polegar pela beirada do meu queixo, sem sorrir.

— Você é a primeira pessoa, além de Muriel e Tristan, que vê o interior do meu quarto.

Eu tinha certeza de que ele só estava dizendo isso para aplacar meu ciúme. Até porque, ele não precisava estar em sua própria cama para fazer sexo. E por que eu estava pensando em Jarod fazendo sexo? *Argh.*

Ele voltou a mão que tinha colocado sobre a minha para a minha cintura e me puxou para mais perto.

— Para dizer a verdade, eu estava tão chocado quanto você por ter te deixado entrar.

— Você não parecia chocado.

— Provavelmente porque a maior parte do sangue em meu corpo foi para baixo, incapacitando meu cérebro e expressões faciais. — Ele se mexeu e algo se cravou na minha coxa. Algo muito duro para ser uma carteira e muito grosso para ser um telefone celular. — Da mesma forma que estou tão excitado agora, que tenho medo de acabar machucando sua coxa. — Ele baixou a voz. — Ou meu pau.

Minha mente ficou em branco e meu pulso se espalhou por todo o meu corpo como brasas de um incêndio. Não me movi e nem ele, como se estivesse me entregando as rédeas do que quer que tivéssemos começado há poucas horas.

Me virei para ele antes de deslizar do seu colo para me sentar de frente para ele.

— Acho que seria sábio que eu não condenasse completamente minha alma esta noite. Mas talvez pudéssemos testar os limites? — Aparentemente, minhas costas doloridas não estavam doloridas o suficiente para me impedir de me rebelar.

Suas mãos subiram para minha bunda, mas não apertaram. O que eu duvidava que fosse por falta de desejo. A tensão em sua postura me disse que ele estava travando uma guerra consigo mesmo para não me puxar para mais perto.

— O que você tem em mente, Pluma?

O que eu *não* tinha seria uma pergunta mais fácil. Eu realmente tinha lido muitos romances. Ou talvez, só tenha sido refreada por muito tempo.

Balancei meus quadris, e a protuberância na calça de Jarod se esfregou contra minha calcinha.

A sensação que atingiu meu núcleo fez nossas respirações prenderem. Também fez Jarod apertar a mandíbula e os dedos.

— Nossas roupas ficam — sussurrei em seu ouvido ao mesmo tempo que movi meus quadris.

Ele fez um som ininteligível que era parte gemido, parte grunhido.

Na terceira vez que fiz isso, ele prendeu meus lábios e capturou minha língua, fazendo com a minha boca o que eu não permitiria que ele fizesse com meu corpo. Enquanto eu balançava para frente e para trás, seu zíper começou a irritar a pele sensível sob a calcinha de renda preta. Uma de suas mãos deixou minha bunda para segurar minha nuca enquanto a outra me puxava para mais perto.

Quando o calor começou a aumentar entre minhas coxas, minha coluna tensionou como se estivesse se preparando para as penas se soltarem e caírem ao nosso redor.

Jarod afastou a boca da minha e sua respiração saía em ofegos quentes e fortes.

— Suas asas? Como estão suas asas?

O fato de que ele se importava provocou uma emoção no meu peito.

— Estão bem.

Tentei me esfregar nele, mas Jarod me segurou, seu olhar contornando o tapete e a cama. Quando ele ficou satisfeito que o Ishim não estava me repreendendo, seu aperto relaxou e eu me movi sobre ele. Ele estremeceu e fechou os olhos, o que fez seus cílios tocarem as bochechas. Beijei um olho, depois o outro.

— Puta merda, Pluma. — Ele parecia zangado, quase selvagem, como se a pressão de seu zíper o estivesse machucando.

— Quer que eu pare?

Ele abriu os olhos e soltou uma risada que não era bem uma risada, considerando o quanto seus lábios estavam tensos.

— O que eu quero é que você goze antes que eu goze na minha calça.

Eu corei.

— Oh.

Ele balançou a cabeça, aparentemente surpreso que a garota que teve a ideia de transar vestidos poderia ficar com o rosto vermelho. Ou talvez, eu estivesse jogando minhas inseguranças sobre ele, que não estava nem um pouco surpreso.

Enquanto seus quadris se moviam contra os meus, sua boca deslizou por toda a extensão do meu pescoço, mordiscando e sugando cada pedaço de pele exposta. Sensações inebriantes giravam no fundo do meu estômago, disparando como um trovão nas noites escaldantes de verão, estalando como um raio, ameaçando atingir nosso mundo.

Com as coxas tremendo, fechei os olhos e me balancei, e o poder daquele único e lento movimento me dividiu ao meio, tirando o nome de Jarod de meus pulmões, liquefazendo meus ossos, chamuscando minha carne. Um xingamento sufocado saiu de Jarod e ecoou nas paredes que o viram se transformar de uma criança inocente para um homem que era muitas coisas, mas não inocente.

Mas quem realmente era? Não Eve, que passou sua vida me colocando para baixo. Não Asher, que classificou um homem injustamente. Não Celeste, com sua língua afiada e inteligência mais afiada ainda. Não Tristan, que arrancou as unhas de um homem. E não eu.

Não mais.

Quando o calor úmido de Jarod foi absorvido pela renda da minha calcinha, enchendo o ar com um cheiro sensual e almiscarado, percebi que não havia perdido uma pena. Apesar de todas as regras e ditames, o prazer não era uma heresia para minha espécie. Eu não tinha certeza se deveria me sentir indignada por ter sido alimentada com mentiras ou grata por não ser um pecado.

— Parece que você pode destruir minha alma — Jarod falou baixinho, tocando com carinho a base da minha espinha com os dedos.

Alisei seu cabelo selvagem.

— Sua alma está segura, Jarod Adler, mas não farei a mesma promessa sobre sua calça.

Ele inclinou a cabeça para trás, e as ondas sombrias e radiantes de sua risada envolveram meu coração de uma vez só, despedaçando-o e solidificando a cada batida.

divisão entre o certo e o errado se desgastou ainda mais naquela noite. Depois de parar em seu quarto para tomar um banho, Jarod voltou vestindo um robe preto sobre uma cueca preta moldada em seu corpo. Ele trancou a porta e jogou o robe em uma mesa de cabeceira.

O brilho suave da luz do banheiro contornava a extensão sólida de seus ombros, os músculos fortes de suas longas coxas e os cachos escuros de pelos no peito que se tornaram uma mera dispersão sobre os gomos em seu abdômen antes de engrossar novamente abaixo do umbigo. O homem era uma obra-prima de carne e músculo, torturado e torturante.

Ele me observou olhar para ele, mas não fez pouco caso, não perguntou se gostei do que vi. Provavelmente não havia dúvida em sua mente de que eu o achava – tudo nele – do meu agrado.

— Prefere que eu não durma aqui esta noite, Pluma?

Sua pergunta afastou meu olhar para longe das marcas em sua cintura estreita.

— A casa é sua.

Ele sorriu.

— Pode ser minha casa, mas a escolha ainda é sua.

Mordisquei o lábio inferior. Convidá-lo para se deitar ao meu lado foi uma boa ideia ou a pior que eu já tive?

Levantei o edredom e deslizei em direção ao meio da cama enorme. Aparentemente, eu ainda não tinha tomado decisões questionáveis.

Uma veia latejava em seu pescoço e ao longo de um de seus braços. Observei sua pele palpitar enquanto ele se aproximava da cama. Ainda não conseguia acreditar que ele cresceu dormindo em uma cama king-size, mas, pensando bem, ele cresceu como a realeza e príncipes não dormiam em beliches.

Quando seus polegares engancharam no elástico de sua cueca, soltei o lábio.

— Por favor, fique com isso.

Não confiava nele, nem em mim. Agora que enfiei o dedo do pé no lago proibido, queria submergir todo o meu corpo, mas minha mente e meu coração não estavam prontos para mais. Não tão cedo.

— Não quero te usar mais do que já usei — acrescentei enquanto seu corpo se alinhava ao meu.

Ele ergueu uma sobrancelha escura.

— Me usar?

— Estou com raiva dos anjos esta noite.

Ele acariciou a lateral do meu corpo, arrepiando a pele debaixo da minha camiseta.

— Não tenho objeções a ser usado por você.

— Não é uma piada.

— Estou rindo? — Ele nem estava sorrindo. — Leigh... — sua voz era baixa e séria —, você se arrepende desta noite?

— Não, mas e se eu me arrepender amanhã?

Ele se virou de costas. Enquanto observava o teto branco, seu pomo de adão se moveu em sua garganta.

— De manhã, você vai para sua associação e se desvinculará de mim.

Meu queixo caiu e eu murmurei:

— Jarod... eu não...

— Espere. Ouça. — Ele virou o rosto para mim. — Estou cercado por pessoas cujas pontuações são, provavelmente, de dois dígitos. Vou te ajudar a recuperá-los para que as penas que roubei de você voltem a crescer.

Suas palavras arrancaram um suspiro de meus lábios entreabertos. Quando me apoiei em um cotovelo, pisquei para ele. Não me arrependia de me livrar das penas. Eu só não queria me arrepender de dormir com ele para testar os limites do nosso sistema.

— Você vai completar suas asas. — Sua mandíbula cerrou. — Talvez até a tempo do Asher...

— Jarod, pare! Eu não quero o Asher.

— Mas você me quer?

Com a dor latejante dentro do peito, todas as minhas dúvidas sobre ter intimidade para testar os limites do meu mundo me deixaram. Seu altruísmo fez uma lágrima deslizar pela minha bochecha e cair no meu antebraço tenso. Tentei responder, mas em vez da palavra sim, ofeguei com um soluço.

Jarod começou a levantar a mão, mas parou no ar. Quando uma nova lágrima escorreu do meu queixo, ele suspirou e enfiou o braço debaixo do meu, me puxando sobre si antes de pressionar meu corpo trêmulo contra o seu.

Me afastei para que ele pudesse ver minha expressão.

— Sim — murmurei. — Quero você.

Ele me deu um sorriso gentil, do tipo que as pessoas dão quando fingem ser educadas.

— Você não tem que dizer...

— Cale a boca, Jarod Adler. Cale. A. Boca. Eu nunca vou me desvincular de você. E não é por causa de sua alma. Não vou me desvincular por causa da porcaria do seu coração.

Os músculos de seu rosto se reajustaram, sua confiança se reconstruiu lentamente, extinguindo a incerteza que minha língua estúpida havia causado.

— Eu estava falando sobre lamentar perder minha virgindade quando me sentia tão brava. Eu sou romântica, lembra? — questionei.

Ele sorriu.

— A porcaria do meu coração agradece e promete fazer a sua

primeira vez — ele nos virou, prendendo minha cabeça com seus antebraços e minhas coxas com seus joelhos — e todas as outras vezes muito foda de romântica.

— Não tenho certeza se essas duas palavras se encaixam.

Ele se abaixou um pouco, e seu comprimento duro acariciou a parte interna da minha perna.

— Acho que elas se encaixam perfeitamente no que eu tenho em mente, Pluma.

Meu corpo inteiro entrou em alerta máximo.

— Jarod... — alertei.

Ele beijou meu nariz e se afastou de mim.

— Vai ser uma noite longa e *dura* — ele disse, arrastando a palavra.

Eu sorri.

— Seu senso de humor me deixa sem palavras, Monsieur Adler.

Deixando escapar uma risada suave, ele me puxou contra ele, nos aninhando de conchinha.

Ele estava realmente esperando que eu caísse no sono assim? O calor de sua pele e a protuberância contra meu cóccix fez com que eu me contorcesse. Não consegui colocar mais do que um centímetro entre nossos corpos antes que sua grande mão acabasse com o espaço.

Ele deslizou um pouco mais para baixo, encaixando sua rigidez debaixo da minha bunda, então deu um beijo no topo da minha coluna.

— Melhor?

Eu estava muito focada em todos os pontos de contato em nossos corpos para responder.

Quando ele pressionou a boca na curva do meu pescoço, meu corpo finalmente amoleceu e se moldou ao dele.

— Não estou machucando suas costas, estou, Pluma?

Quanto tempo eu levaria para me acostumar com o quanto ele era doce por trás de todo aquele sarcasmo?

— Não está, não.

— Que bom. — A palma da sua mão era um ferro quente na minha barriga, de repente me mantendo perto e me marcando.

— Jarod, você vai ficar a noite toda? — Rezei para que minha voz não soasse desesperada.

Não que eu tivesse medo de ficar sozinha neste quarto, mas estava na casa de um chefe da máfia. Apesar de todos os seus seguranças, e se pessoas ruins aparecessem no meio da noite? A ironia de minhas deliberações me atingiu. A máfia não era composta de santos e inocentes.

Percebi que ele não me respondeu. Sua respiração suavizou contra o meu pescoço, embora a mão que me segurava, não. Ele caiu no sono com tanta facilidade que tive dificuldade em acreditar que era a primeira vez que ele passava a noite ao lado de uma mulher.

De um jeito frustrante, essa nova deliberação me manteve acordada até tarde da noite.

40

Três batidas seguidas pela voz de Muriel anunciando que eu tinha visita me fizeram abrir os olhos. Tentei me levantar, mas uma mão me puxou de volta e só consegui me sentar. Fiquei olhando para a mão, depois para o corpo preso a ela, e meu coração deu um salto.

Passei a noite na Corte dos Demônios.

Dormi ao lado de Jarod Adler.

Ele e eu tínhamos... nós...

Um lado da boca de Jarod se animou ao observar minha pele se iluminar.

Ele me deu um tapinha no queixo, provavelmente para fechar meus lábios antes de responder a Muriel em um tom lânguido, mas autoritário:

— Mimi, diga a visita de Leigh para aguardar no escritório. — O que fez minha boca ficar mais aberta.

Ah... doce... bebês... querubins.

Muriel agora sabia que Jarod tinha passado a noite comigo. Ela provavelmente imaginaria todo tipo de coisas.

Decidi que nunca mais sairia deste quarto. Nem mesmo para minha visita. E por que eu tinha visita? Essa casa não era minha?

Muriel havia mencionado um nome? Eu queria perguntar, mas no momento em que encontrei minha voz, Jarod bateu na parte interna do meu cotovelo e eu caí em seu peito nu com um gemido.

Sibilei seu nome enquanto lutava para me levantar, pressionando a contra os cachos escuros e surpreendentemente macios em seu peito.

— Sim, Pluma? — Sua voz era deliciosamente profunda e irritantemente alegre.

Assim que consegui me levantar, falei:

— A Muriel vai pensar... ela vai pensar... *Argh...*

O segundo canto de sua boca se contraiu.

— O que ela vai pensar? — Ele afastou meu cabelo louco para trás com gentileza. — Que passei a noite inteira dentro de você?

— Sim. Quero dizer, *não*. — Quase desejei ter começado a arder em chamas, porque eu tinha certeza de que minha cor rivalizava com o porte-cochère da Corte do Demônio.

Quando Jarod riu, virei de costas e coloquei o antebraço sobre meus olhos para fazer o mundo desaparecer, já que eu não poderia *me* fazer desaparecer. O colchão afundou. Esperei que Jarod movesse meu braço, mas não foi meu braço que ele tocou, e não foi sua mão que me tocou. Sua boca quente pousou na minha, e meu braço se afastou do meu rosto, caindo na juba alaranjada espalhada sobre o travesseiro.

Um gemido escapou de meus lábios quando sua mão deslizou pela minha cintura, minhas costelas e... *Ah.* Ofeguei quando ele segurou um dos meus seios, amassando a camiseta de algodão sobre ele. Ele engoliu o som, mantendo seu ataque constante e adicionando um aperto ao meu mamilo.

As mãos tentando afastá-lo se enrolaram em seu pescoço, se emaranharam em seu cabelo e aprofundaram o beijo. Quando ele acomodou a parte inferior de seu corpo entre minhas pernas e pressionou sua protuberância grossa contra minha entrada, a sanidade finalmente me atingiu.

Afastei a boca da sua e ofeguei seu nome em seu cabelo despenteado seguido por:

— Temos que parar.

Ele suspirou e o som foi abafado pela minha pele. Quando ele se levantou da cama, o ar frio tocou minha pele aquecida, arrepiando-a. Senti falta do seu peso e do seu calor, do cheiro mineral e almiscarado, mas mesmo assim a parte razoável do meu cérebro, que havia encolhido consideravelmente durante a noite, festejava por ter sido ouvida.

Jarod sorriu para a confusão de membros e batimentos cardíacos dispersos que ele provocou antes de me estender a mão. Eu a peguei, permitindo que ele me puxasse. Esbarrei em seu corpo, instável como uma criança aprendendo a andar.

Com a palma da mão na minha cintura, ele inclinou a cabeça para baixo.

— Quer encontrar a Celeste sozinha?

— Celeste? — Eu estava totalmente acordada agora. — A Celeste está aqui?

— Foi o que a Mimi disse.

Droga. Droga. Droga. Me afastei de Jarod e procurei meu telefone em minha bolsa. Dez chamadas perdidas. Todas de Celeste. Eu era uma péssima amiga. Deveria ter ligado para ela ou enviado uma mensagem dizendo que estava sã e salva. Peguei um vestido de crepe cor de violeta e estava prestes a tirar a camiseta quando me lembrei que Jarod estava no quarto.

Seu olhar estava cravado em mim.

— Não pare por minha causa.

Passando os dedos pelo meu cabelo na tentativa de domar a massa espessa, eu disse:

— Vire-se.

Quando ele não o fez, me virei, tirei a camiseta e coloquei o vestido que escorria como óleo quente pelo meu corpo, parando no meio da panturrilha, em seguida fechei a tira de couro marrom que usava como cinto. Foi só depois de terminar de afivelar as espadrilles que usei ontem que olhei para Jarod. Ele não se moveu e seus olhos ficaram escuros como um assassino em série.

Fui até ele e dei um tapinha em seu queixo, lhe dando uma dose de seu próprio remédio.

— Te vejo lá embaixo. — Beijei sua mandíbula com a barba por fazer. — Só me dê um pouco de tempo a sós com a Celeste, tá?

Seu pomo de adão se moveu na garganta quando ele me ofereceu um forte aceno de cabeça. Meu prazer em deixá-lo em tal estado de perplexidade – o que era justo – desapareceu quando me lembrei de nosso chamado para acordar. Eu esperava que Muriel não pensasse coisas terríveis de mim...

Endireitando a coluna, desci as escadas para descobrir.

— *Bonjour, ma chérie.* Sua amiga está na sala de jantar. Preparei o de café da manhã. — Muriel parecia tão animada que fiquei ao mesmo tempo aliviado e perplexa. — Gostaria de ovos mexidos? Estou fazendo para a Celeste. — Ela abriu um grande sorriso, revelando a fina lacuna entre os dentes da frente que de alguma forma aumentava sua beleza clássica.

— Hum. Tudo bem. — Mesmo que o guarda que estava no foyer xadrez não olhasse na minha direção, um rubor subiu pelo meu pescoço. — Obrigada — acrescentei, quase mergulhando na sala de jantar.

O olhar de Celeste veio direto para mim, mas ela permaneceu sentada, rígida como um palito e os olhos cor de âmbar contornados por círculos que rivalizavam com a tonalidade do meu vestido.

— Teve uma boa noite? Porque a minha foi horrível.

— Sinto muito, querida. Meu telefone estava no modo silencioso. — Me sentei ao lado dela. — Mas eu disse que estava vindo para cá.

— Você não me disse que ia dormir aqui! Esta é a porcaria da casa de um mafioso — ela sibilou.

— Eu sei.

— Sabe? — ela perguntou de forma tão dura, que me enrijeci.

— Ele é meu pecador. Não o seu. — Mesmo que eu soubesse que ela estava preocupada comigo, ela estava se excedendo.

Ela deve ter percebido que havia ultrapassado os limites porque franziu a testa.

— Comecei a imaginar... estava tão preocupada.

Coloquei minhas mãos sobre as suas que estavam em seu colo.

— Eu sei, querida, mas juro que você não precisa se preocupar. Jarod não me obrigou a ficar, e ele foi um perfeito cavalheiro.

Celeste devia ter confiado em mim, porque seu olhar não se desviou para o tapete debaixo da minha cadeira, procurando por uma pena caída.

Apertei suas mãos úmidas.

— Mas obrigada por vir checar.

Seus grandes olhos se encheram de lágrimas e ela se lançou em minha direção, colocando os braços em volta do meu pescoço.

— Vou sentir muito a sua falta.

Sorri contra o seu cabelo.

— Só porque fiquei uma noite, não significa que vou morar com o Jarod.

— Ah, Leigh — ela soluçou.

— Que tal passarmos o dia inteiro juntas? E hoje à noite, podemos ir àquele restaurante japonês no Primeiro, que você queria experimentar.

Fungando, ela se afastou.

— Você vai embora antes desta noite.

— Embora? — Fiz uma careta. — Para onde vou?

— O Asher revisou a pontuação dele.

Meu pulso foi de zero a cem em um segundo.

— O quê?

— O Asher mudou a pontuação do Jarod.

Gelo. Eu me tornei gelo.

— Você vai ascender hoje. E não vou te ver por... — Seu lábio inferior ultrapassou o superior e vacilou. — Por muitos anos. Talvez para sempre, no ritmo em que estou construindo minhas asas.

Asher alterou a pontuação de pecador de Jarod? Ele admitiu que estava errado e a acertou?

Mesmo que uma parte de mim tivesse ousado esperar por isso, até mesmo se preparado para isso, tive problemas para compreender.

— Uau. Eu estou... eu... uau.

Celeste colocou as mãos em suas bochechas sardentas e brilhantes.

— Você conseguiu, Leigh.

Fiquei olhando para as faixas de seda penduradas nas cortinas pesadas, deixando entrar o sol da manhã. Mesmo que a fonte não fosse esculpida em pedra polida, o anjo parecia brilhar.

— Agora você só precisa fazer com que ele te escolha para que você possa... para que você possa continuar mudando as coisas.

Pisquei para longe da estátua.

— Eu não vou a lugar nenhum.

As covinhas de Celeste apareceram.

— Você não será capaz de mudar a regra do século até *depois* de se casar.

— Celeste, não vou me casar e não vou a lugar nenhum.

— Mas... eu... o quê?

Mordisquei o lábio inferior, tentando decidir a melhor forma de explicar minha situação auto infligida.

— Ontem à noite, decidi que não estava pronta para ir, então eu... então escolhi *afinar* minhas asas.

Suas covinhas desapareceram.

— Fiz muitas penas caírem. Não tenho certeza de quantas... apenas o suficiente para que, se o Asher mudasse de ideia, eu não fosse arrastada para longe da Terra. Não estou pronta para ir. — O rosto de Jarod apareceu na minha cabeça: seu cabelo amassado, seus olhos com cílios pesados e seu corpo esculpido. Estremeci ao lembrar das carícias suaves de sua mão e de seus lábios não tão gentis.

A boca de Celeste se abriu.

Eu sorri.

— Então, você não vai me perder hoje.

Ela não fechou a boca nem disse nada.

— Nem amanhã.

Enquanto eu a via absorver minha confissão, me perguntei se Asher tinha mudado a pontuação de Jarod porque percebeu que havia cometido um erro ou porque sentiu minha crescente afeição pelo pecador e queria me tirar dele. Mas eu não tinha percebido isso antes, então o Arcanjo provavelmente também não. A menos que o Ishim tivesse de alguma forma me visto interagir com Jarod e dito a Asher que eu tinha ardido em chamas pelo pecador. Escolhi acreditar que ele desbloqueou a pontuação de Jarod por justiça.

Trouxe minhas asas com magia, curiosa para ver se seu peso havia mudado. Trazê-las despertou uma dor superficial. Eu as estendi sob o olhar atento de Celeste, que estava com o rosto atordoado. O peso não mudou tanto quanto sua largura. Mesmo que minhas penas novas fossem meras penugens, elas demarcaram minhas asas como a pelica mais macia, prolongando seu alcance. Em alguns dias, estariam totalmente crescidas.

Eu as acariciei, ponderando que memória do meu tempo com Jarod cada uma continha. Como os Ishim enfiavam as memórias ali? Eles vasculhavam minha mente e distribuíam as memórias ou seu sistema atribuía de forma aleatória? De repente, desejei ter feito mais perguntas sobre os Ishim em vez de me concentrar nos Malakim, cujas fileiras eu queria me juntar desde que era um Pluma pequeno.

As portas da sala de jantar se abriram e Jarod entrou, com o cabelo penteado para trás, o corpo envolto em um terno azul-marinho e uma camisa branca que estava desabotoada no colarinho. Minha respiração ficou presa. Ela iria parar de falhar ao vê-lo?

Celeste se virou em sua cadeira, depois virou de volta em minha direção como se estivesse apoiada em uma mola. Não disse nada, mas sua mandíbula enrijeceu.

— Bom dia, Celeste. Espero não estar interrompendo nenhuma fofoca — Jarod falou, e eu revirei os olhos. Ele aperfeiçoou seu tom enfadonho e dominante com tanta perfeição que, se eu não tivesse provado o mel por baixo de todo o sarcasmo, poderia ter me ofendido.

— E aqui estava eu, quase sentindo sua falta — falei, sorrindo para ele por cima do ombro de Celeste.

Ele me respondeu com um sorriso que mal afetou sua pele lisa, mas fez seus olhos brilharem.

— A que devemos o prazer da sua visita, Celeste?

As sobrancelhas de Celeste se juntaram com o meu sorriso.

— Você fez isso por ele? Destruiu suas asas por *ele*?

— Fiz para ficar — respondi, escolhendo minhas palavras com cuidado.

— Para ficar *com ele*.

— E com você, Celeste. Você sabe o quanto eu gosto daqui.

Minhas palavras não devem tê-la tranquilizado, porque ela empalideceu.

— Você não pode se apaixonar por um pecador. Isso não está certo.

Meu sorriso se desfez. Não esperava que ela me desse um tapinha nas costas e abraçasse Jarod, mas também não esperava essa reação.

— Me diga, Celeste. Por que não está certo?

— Você deve recuperar as pessoas, não brincar de casinha com elas.

Jarod me lançou um olhar, mas não interveio.

— Não espero que você entenda. — Passei minhas mãos nas dela. — Mas também não vou tolerar que você critique minhas escolhas. Você é minha amiga – minha única amiga – e valorizo sua opinião... eu te valorizo, mas você não tem permissão para me julgar.

— Mas ele é um Triplo, Leigh — ela falou, como se o número dele automaticamente o tornasse desprezível.

— *Era* um Triplo — atirei de volta.

As sobrancelhas de Jarod arquearam e, em seguida, seu olhar foi para minhas asas, para a borda felpuda, antes de se fixar no meu rosto, o choque guerreando com outra emoção. Eu não tinha certeza de qual era a outra emoção. Talvez tenha sido apenas choque. Demais. Embora tenhamos conversado sobre a possibilidade de Asher alterar seu julgamento, não colocamos muito crédito nisso.

— O Asher vai ficar furioso — Celeste avisou.

— Por que ele ficaria furioso? Ele cometeu um erro e o corrigiu — eu disse.

— Porque ele o corrigiu para te levar para cima!

— Por que não estou surpreso? — Os olhos de Jarod escureceram, sua tonalidade combinando com seu timbre. — Sua espécie é incapaz de realizar uma boa ação sem um interesse pessoal.

— Nossa espécie é sua também — Celeste retrucou.

Jarod se inclinou para a frente, colocando um antebraço de cada lado do prato de porcelana fino coberto com um guardanapo de pano em forma de leque.

— A menos que eu esteja enganado, não tenho asas.

— Você tem nosso sangue — ela disse.

— O sangue nos liga às pessoas. Às vezes, às pessoas erradas. Minha única afiliação é com o nome Adler, com Tristan e com a mulher que cuida da minha casa.

Celeste se frustrou, mas eu, não. Eu não poderia nem culpar Jarod por seu desprezo pelos anjos. O que eles fizeram por ele além de estragar sua infância e roubar injustamente sua chance de se juntar às nossas fileiras?

— Leigh, eu te amo como uma irmã, mas ficar aqui é egoísmo. Você pode não amar o Asher, mas sabe que se casar com ele...

— Me casar com ele? — questionei. — Celeste, ele pode ter gostado de mim em algum momento, mas acredite em mim, esse ponto é do passado.

— Ele abriu as asas para você!

— No. Passado — respondi calmamente, mas com firmeza.

Os dedos de Jarod se fecharam, o que me fez me arrepender de explicar o namoro angelical.

Celeste balançou a cabeça.

— Você está se iludindo.

— O que eu quero não importa? — Meu tom se elevou. — E o que eu quero é ficar aqui. Não quero me casar com o Asher, porque não gosto dele. Não dessa forma.

Seus olhos se encheram de lágrimas.

— E daí? Você está desistindo da chance de uma vida – de várias vidas – por alguns meses com ele?

— Meses? — A voz de Jarod era como uma bala zunindo pela tensão crescente.

Eu não sabia se ele estava surpreso com a ideia de ter tão pouco tempo comigo ou se ele calculou o tempo de nosso relacionamento em dias.

Não mudou que eu não tinha o desejo de me casar com Asher.

Além disso, eu não estava atrasando minha viagem ao Elysium por Jarod. Estava atrasando por mim mesma. Eu não estava pronta para ir. Quando estivesse, eu só teria um punhado de penas para ganhar, o que eu poderia fazer com relativa rapidez.

— Ela tem treze meses restantes para ascender, depois disso, suas asas cairão.

— Celeste! — eu a adverti.

— Da mesma forma que sua mãe perdeu as asas... a menos que ela já tenha ascendido. Em seguida, os Seraphim as queimariam para arrancar de suas costas. A dor disso é tão excruciante que leva as pessoas à loucura.

— Minha mãe enlouqueceu porque meu pai morreu, e ele era o amor da vida dela.

— Sua mãe enlouqueceu porque perdeu uma parte essencial de si mesma, e essa parte não era o seu pai. — Celeste cruzou os braços finos. — Se você não acredita em mim, pergunte a Leigh. Ela sabe disso tão bem quanto eu.

Seu pomo de adão se moveu e percebi que ele nunca soube como sua mãe havia perdido as asas. Ele achou que ela simplesmente as desenganchou e as devolveu aos Arcanjos como se elas não fossem nada mais do que adereços de Halloween?

Franzi os lábios.

— E se for mentira, Celeste? Para nos dissuadir de permanecer no reino mortal.

— Certo. Digamos que seja – o que não acredito – ainda assim, você vai perder a sua imortalidade. Já pensou sobre isso?

— Eu não disse que nunca ascenderia. Disse que não estava pronta para ir agora. — Mantive meus olhos em Celeste, mas a curiosidade levou o melhor de mim, e lancei um olhar para Jarod.

A tensão percorria seus ombros e pescoço, acentuando cada linha de seu rosto, apertando seus olhos, que ele baixou para a xícara de porcelana cheia de um expresso espumoso. Ele o ergueu de seu pires combinando e tomou o conteúdo, em seguida arrancou o guardanapo de seu prato e o sacudiu antes de jogá-lo em seu colo. Todos os seus gestos me levaram a pensar que ele estava com raiva, mas era porque ele não me considerava mais uma aliada em sua batalha contra os anjos ou porque ele não queria que eu o abandonasse?

— Ninguém a está segurando — ele falou, com os olhos fixos no croissant que tirou da cesta de pão. Ele comeu em três mordidas, deu um gole no copo de suco de laranja e se afastou da mesa. — Tenho negócios a tratar.

— Jarod?

Embora parecesse doloroso, ele se virou para mim.

— Sim?

— Não vou a lugar nenhum.

Esperei que o verniz severo se quebrasse e trouxesse de volta o homem que passou a noite me abraçando como se tivesse medo de que eu usasse minhas asas para voar para longe.

— Não fique por minha causa — ele disse antes de sair da sala de jantar.

Não foi seu verniz que rachou, mas meu coração.

41

Saí logo depois de Jarod.

Tomei meu café, mas não consegui comer nada. Atordoada, saí de *La Cour des Démons* com Celeste. Acabamos no Louvre, onde visitamos todas as exposições. Além de sua cúpula de vidro em forma triangular, nada no museu me chamou atenção, nem uma única tela ou escultura. Tudo isso tinha se manchado em uma faixa interminável de mármore e tinta.

Mesmo que eu sentisse que Celeste queria falar sobre a rejeição de Jarod, ela não o fez. Pelo menos, não até deixarmos o famoso museu e começarmos a vagar pelos jardins adjacentes.

— Leigh, você vai se desvincular dele hoje? Agora que você cumpriu sua missão...

Mordi o interior da minha bochecha, meu coração parecendo tão mexido quanto os ovos que Celeste tinha comido no café da manhã.

— Você não pode ganhar mais penas se continuar vinculada a ele — ela continuou. — Nem mesmo se você conseguir tirar outro ponto da pontuação dele.

Dois patos se bicaram no lago octogonal, mas não por amor. Quando um deles levantou voo, deixando um rastro de gotas de água cintilantes, pensei em minhas asas, como se eu não as tivesse arruinado, eu também teria voado. Um arrepio me envolveu, embora não estivesse frio.

— Não é tarde demais — Celeste falou.

Segurei meus cotovelos, esfregando lentamente para afastar os arrepios.

— Tarde demais?

— Para ganhar suas asas antes que o período de noivado do Asher acabe.

Os Jardins das Tulherias se tornaram cinzentos e planos.

— Só porque o Jarod não se importa se eu fique ou vá embora, não muda o fato de que não quero me casar com o Asher. Se vou passar a eternidade com alguém, quero que seja com uma pessoa que faça meu coração disparar.

— D-I-S-P-A-R-A-R ou D-O-E-R? Se for o último, você tem dois candidatos alinhados.

Olhei de lado para ela.

— Abra um sorriso. Mesmo um minúsculo. Não gosto da Leigh rabugenta.

Ofereci a ela um sorriso diminuto que permaneceu por um segundo. Em seguida, as palavras de despedida de Jarod voltaram ao meu cérebro como um trem do metrô. Senti que ele as havia falado com raiva, mas mesmo se fosse o caso, doíam. Ele era um homem adulto, e homens adultos não deveriam esconder seu orgulho ferido atrás de farpas. Foi mesquinho. Ele era melhor que isso.

Celeste suspirou.

— O que aconteceu com o Jarod ontem? Como é que você acabou passando a noite aqui?

Fechei os olhos. Ela só tinha quinze anos e, mesmo sendo madura, eu não corromperia suas orelhas jovens com tudo que fiz. Além disso, era privado. A noite passada pertenceu a mim e a Jarod.

— Eu não tinha planejado ficar, mas quando cheguei lá, a Muriel insistiu em me ensinar a fazer biscoitos amanteigados e... bem — dei de ombros —, eu não podia dizer não. E foi divertido. E então o Jarod chegou e eu devolvi seu dinheiro, mas então, ele sugeriu um jogo de xadrez, e um jogo se transformou em dois, e antes que eu percebesse, já era noite. — Passei a mão pelo cabelo, percebendo que nem mesmo o escovei quando subi para pegar a bolsa. — Ele me convidou para jantar e foi muito bom. — Minha voz vacilou. Respirei fundo algumas vezes para estabilizá-lo novamente. — Como já era tarde, ele me ofereceu o quarto de hóspedes. — O sol ardeu em meus olhos.

— Você está apaixonada por ele?

Voltei meu olhar para ela.

— Eu o conheço há quatro dias. — Quatro dias intensos, mas ainda assim...

— Mas gosta dele?

— Sim.

— Então o que acontece agora?

— Não sei, Celeste. Eu não sei o que fazer.

Ela deslizou as mãos nos bolsos da calça jeans skinny, fazendo a camisa xadrez azul enorme balançar como um pedaço de lona.

— O que devo fazer?

— Não peça meu conselho, Leigh. — Sua atenção estava na poeira que ondulava ao redor de suas botas pretas, que ela usava fazia chuva ou sol, inverno e verão. — Porque sou tendenciosa.

Assenti, então voltei a pensar em silêncio enquanto seguia Celeste para fora do parque, através do rio e todo o caminho de volta para a associação. Mesmo que eu quisesse me perder no labirinto de ruas sinuosas por mais algumas horas, entrei em nosso santuário celestial.

O ar estava animado com as árias chilreadas dos pardais com asas do arco-íris empoleirados nas fontes de quartzo e o tilintar de vozes femininas. Três Plumas estavam se movendo do outro lado do Átrio, rindo de algo que uma delas havia dito. Como invejei seu jeito despre-ocupado.

A risada delas desapareceu, substituída por uma série de sussurros rápidos,

— *C'est elle, non?* — *É ela?*

— *Je n'arrive pas à croire qu'elle a réussi.* — *Não posso acreditar que ela conseguiu.*

— *Incroyable.* — *Incrível.*

Elas estavam falando sobre mim.

Sobre minha façanha surpreendente.

As notícias viajavam rápido.

Uma das garotas – a loira de olhos azuis e cabelos curtos, que eu me lembrava da Sala de Classificação na noite após meu jantar desastroso com Jarod – olhou diretamente para mim.

— Como você fez isso?

Em respeito ao Arcanjo que certamente não queria a notícia de um resultado errado viajando pelos corredores da associação, eu disse:

— Eu não desisti.

Celeste olhou para mim, depois de volta para as meninas, que pareciam estar esperando que eu acrescentasse algo mais.

Quando não o fiz, a garota de olhos azuis disse:

— A sua amiga Eve estava te procurando. Acho que ela está no refeitório.

O cheiro das pesadas flores cor-de-rosa cobrindo as paredes de quartzo se tornou sufocante.

Eve estava *aqui*? Fiquei boquiaberta, olhando para Celeste, me perguntando se ela sabia, mas seus olhos estavam tão arregalados quanto os meus.

Por vários segundos, mal me movi. Apenas meus dedos se contraíram, vincando a seda roxa do meu vestido. Só havia duas razões pelas quais Eve teria vindo – ou ela completou suas asas e viajou para Paris para se despedir como havia prometido ou ouviu que eu tinha ganhado cem penas e veio para... o quê? Me parabenizar? Verificar se eu não trapaceei?

Quaisquer que fossem seus motivos para usar o Canal para uma visita, percebi que não queria vê-la. Eu estava com medo do que poderia dizer a ela. Claro, o tiro dela saiu pela culatra, e eu venci, mas o que foi que eu ganhei?

Consciência de que os anjos não eram virtuosos, inclusive eu?

Dúvida se eu queria passar a eternidade em Elysium ou uma única vida na Terra?

Lucidez de que não poderia me casar com um homem por status?

Um coração partido por que me importava muito com um incapacitado emocional?

Comecei a recuar para fora do Átrio, sufocando com o cheiro das pétalas quando meu nome ecoou contra as placas de quartzo translúcido. Com a mandíbula cerrada, olhei por cima do ombro para a garota com o cabelo preto pesado e olhar castanho afiado que tinha sido a parede de sustentação da minha infância. Onde ela estava quando minha casa desmoronou? Quando fui deixada nos escombros?

— Parabéns — ela disse. — Acabei de ouvir a notícia.

Procurei um lampejo de felicidade genuína, mas encontrei apenas incerteza. O que era novo para Eve.

— Confiei em você — falei, sem emoção. — E você me fez de boba, Eve.

— O noivado era meu sonho, Leigh, não seu.

Reprimi meu desejo de gritar, porque tínhamos uma audiência, e elas não estavam cientes dos detalhes da minha missão.

— E o quê? Isso era motivo suficiente para jogar fora quinze anos de amizade?

Os cílios de Eve bateram como as asas de um pardal voando em torno de uma das estátuas.

— Você poderia ter falado comigo — eu disse. — Poderíamos ter discutido isso. Você não precisava... me preparar para o fracasso.

— Mas você não falhou. Você nunca falha.

Celeste colocou a mão em volta do meu antebraço como se para me lembrar que eu não estava sozinha.

— Você realmente não tem vergonha.

— Fique fora disto, *asinha* — Eve grunhiu.

— Não fale assim com a Celeste — respondi de forma tão brusca, que todo o corpo de Eve estremeceu.

— Pedaço de esterco de querubim — Celeste murmurou baixinho, mas alto o suficiente para Eve ouvir.

Carrancuda, Eve cruzou os braços.

— O Ishim teve pena ou você não tem mais penas a perder?

— Não seja uma vadia, Eve! A Celeste nunca fez nada para merecer... — O beliscão nos ossos das minhas asas despertou novamente sua dor.

Quando uma pena caiu de minhas asas invisíveis, o Átrio mergulhou no mais profundo dos silêncios. Até as fontes pareciam ter parado de borbulhar e os pardais pararam de cantar.

— Como... pensei que você tivesse ganhado cem penas? — Eve gaguejou.

Examinei a pena brilhante.

— Ganhei.

— Mas então... *como?*

Sussurros explodiram entre nosso público.

— Estar perto do Jarod me custou muito. — Não acrescentei que a maioria foi perdida por escolha. Não era da conta dela. Não era da conta de ninguém. — Você não está feliz? Não entrarei em Elysium antes de você.

Ela umedeceu os lábios.

— Quantas você ainda tem para ganhar?

— Por quê? Você tem outro pecador para me sugerir? — Meu sarcasmo a fez estremecer.

— Me desculpe, tá? — ela murmurou.

E então me ocorreu que eu não desculpava.

— Não desculpo. — Olhei ao redor do pátio, primeiro para os Plumas amontoados nos cantos do grande Átrio, depois para Celeste, cuja testa estava franzida de preocupação, depois para a cúpula brilhante do céu elísio antes de voltar meu olhar incomodado pelo sol para Eve. — Esta missão me ensinou muito. Me trouxe muito.

O espanto e a ternura que suavizaram o rosto de Jarod na noite passada e novamente nesta manhã me encheram de uma única certeza – eu não deixaria a Terra ou me despediria dele até que tivéssemos uma conversinha.

Tirei os dedos de Celeste do meu braço.

— Preciso ir.

— Leigh... — Achei que Celeste ia me dizer que era uma má ideia, mas, em vez disso, ela falou: — Tenha cuidado.

Dei a ela um sorriso rápido.

— E me ligue ou mande uma mensagem desta vez. Por favor!

Assenti enquanto saía da associação, deixando para trás um monte de pequenos fogos que eu esperava que as Ophanim conseguissem apagar antes que a fumaça chegasse em Elysium e trouxesse a fúria dos Sete.

Como se eu tivesse derrubado uma carga elétrica, todos os meus músculos zuniram enquanto eu corria pelas escadas da estação de metrô e através do labirinto de túneis. As portas do trem se abriram assim que cheguei à plataforma.

O carro cheirava mal, mas não me impediu de respirar fundo para desacelerar meu coração acelerado. Uma gota de suor escorregou entre minhas omoplatas e me fez estremecer, embora estivesse corada com o calor da corrida. Enquanto o trem chacoalhava no ponto fraco da cidade, pensei em Eve, no que vê-la me fez sentir, e percebi que minha raiva havia se transformado inteiramente em decepção, por ela e por mim.

Eu não ia mais admitir ser um capacho fraco e, ironicamente, era tudo graças à garota que me tratou como tal.

42

Quando as portas vermelhas se abriram, meu peito inflamou com antecipação.

Passei pela soleira, batendo direto em um corpo.

— Opa. — O cigarro que Tristan devia ter acabado de tirar de um maço caiu de seus dedos e rolou contra minhas espadriles.

— D-desculpe. — Me agachei para pegá-lo. Quando o entreguei, não pude deixar de procurar em suas unhas o sangue da sessão de tortura da qual ele se gabou na noite anterior.

— Ele não está aqui, Pluma.

O apelido fez minha atenção voltar para o rosto dele.

— Onde ele está?

— No SPA. — Tristan bateu o cigarro na palma da mão.

— SPA?

— Sabe, aquele lugar que as pessoas vão para relaxar?

Por algum motivo, não conseguia imaginar Jarod em um SPA.

— Estava saindo para vê-lo. Quer pegar uma carona?

— Ele não vai se importar?

Tristan acendeu o cigarro e o tragou antes de soprar a fumaça pelo canto da boca.

— Não. — Ele inclinou a cabeça em direção ao carro com motorista de Jarod, que parou atrás de mim. Depois de abrir a porta e esperar que eu entrasse, ele a fechou, deu a volta no carro e entrou. Abaixando a janela, ele perguntou:

— Já te contei a história de como eu e o Jarod nos tornamos amigos?

Coloquei a bolsa aos meus pés e cruzei as pernas, alisando o tecido do meu vestido.

— Não.

— Eu o conheci no parquinho. Eu tinha dez anos e esperava em um banco de parque que minha mãe terminasse de chupar um de seus clientes no prédio do outro lado da rua.

Minhas mãos paralisaram no tecido cor de violeta e eu ofeguei.

— Fiquei entediado, então fui para o parquinho. Minha mãe sempre gastava o dinheiro que ganhava se prostituindo com bebida, então aprendi a fazer as coisas do meu jeito. Os playgrounds eram ótimos campos de caça para dinheiro e comida, com mães e babás muito distraídas com seus filhos. Além disso, eu era pequeno para dez anos, então não atraía suspeitas.

— A Muriel estava lá. Eu não sabia quem ela era, é claro. Mas vi que ela usava um relógio muito brilhante com muitos diamantes. Achei que ela fosse a mãe do Jarod, porque babás não tinham relógios Cartier. Me questionei se deveria roubá-lo. Eu estava ficando muito bom em bater carteiras naquele ponto. Eu ia tentar quando vi que a criança que ela observava como um falcão usava um relógio igualmente brilhante. Embora eu duvidasse que um menino tão jovem ostentasse algo de valor, eu o abordei para verificar. Veja, era um Audemars-Piguet.

Eu não tinha certeza do que era, mas imaginei que fosse caro.

— Então fiquei por perto e fiz amizade com ele, que parecia muito feliz com a minha companhia. Enfim, roubei o relógio. Ele não percebeu nada, Muriel também não, e ela estava bem ali. — Ele deu uma tragada no cigarro e o jogou para fora do carro em movimento. — Eu deveria ter partido. Na verdade, eu tentei, mas o idiota me implorou para jogar mais uma partida, e não tive coragem de recusar.

Durante o último jogo, o relógio escorregou e caiu na areia, bem aos pés de Muriel.

Ele sorriu.

— Você deveria ter visto o rosto dela. Ela ficou roxa e atirou em mim palavras que eu nunca tinha ouvido, e eu tinha um vocabulário muito vasto. Claro, isso chamou a atenção para nós, e logo tínhamos público. O guarda-costas de Jarod – Amir – e um policial até se juntaram à briga. Eu tinha certeza de que meus dias como moleque de rua haviam acabado, que eu seria mandado para o reformatório ou colocado no sistema.

Ele subiu sua janela.

— Jarod me entregou a porra do relógio. Achei que ele estava tentando me incriminar, não que eu precisasse de enquadramento... eu era a maior atração tirando a Mona Lisa naquele dia. O policial começou a se mover em minha direção quando Jarod disse: *Ele não roubou, eu dei a ele.* — O sorriso de Tristan aumentou. — Quando a Muriel perguntou por que, ele disse que eu parecia estar com fome. — Ele balançou a cabeça, deixando escapar um suspiro.

— Você pegou o relógio?

— Claro que peguei. Eu estava com fome. E precisava de roupas que não fossem dois tamanhos menores e sapatos nos quais meus dedos dos pés pudessem ficar retos.

— Então, como vocês se tornaram amigos?

— Ele salvou meu pescoço naquele dia, então eu voltei e salvei o dele, primeiro do tédio e depois de um dos negócios de seu tio que deu errado.

O sedan deslizou até parar e as travas abriram.

— Pode deixar sua bolsa no carro. — Ele saltou e deu a volta para ficar ao meu lado. Ao abrir minha porta, ele disse: — Posso lhe dar um conselho?

Saindo, assenti com timidez.

— Não se apegue. Sanguessugas não encontram um destino agradável em *La Cour des Démons*.

O choque atingiu minhas veias.

— Você está me chamando de sanguessuga?

— As mulheres são outra coisa? Vocês sugam nosso dinheiro, nossa energia e, se tivermos sorte, nossos paus. — Ele bateu na porta, e o som me fez pular.

Setenta e oito... seu número, que provavelmente aumentou desde Layla, brilhou em seu rosto bronzeado e olhos azuis glaciais. De repente, pude imaginá-lo machucando um de meus colegas.

— Você teve um mau exemplo, eu entendo. Mas isso não lhe dá o direito de falar mal de mim ou do meu gênero.

— Só estou contando como as coisas são, Pluma.

— Pare de me chamar assim!

— Não te incomoda quando o Jarod diz isso.

— Você não é o Jarod. — *Você é o ladrão de relógios que saiu impune e acabou de me chamar de sanguessuga.*

Ele ergueu o queixo.

— Acho que te julguei mal.

Meu coração bateu forte. Ele iria se desculpar? Não que suas desculpas apagassem seu insulto. Esperei, mas tudo o que ele fez foi me dar outro sorriso antes de apontar para um conjunto de porte-cochère decorado com ilhós de metal.

Eu o segui para dentro de um pátio que cheirava a óleo queimado e flor de laranjeira, em direção a portas de treliça branca de grandes dimensões. A música de cítara ecoava nos azulejos cor de safira que revestiam todas as paredes da entrada do SPA.

Uma mulher vestida com uma roupa transparente que deixava a barriga de fora, cumprimentou Tristan com um beijo nas duas faces.

— Você está um pouco atrasado...

Ele também tinha hora marcada?

O olhar da mulher se voltou para mim. Ela ia me perguntar se eu queria uma massagem? Mesmo que eu tivesse recebido algumas no passado, tendo acompanhado minha ex-melhor amiga viciada em SPA repetidamente em Nova York, eu não estava com absolutamente nenhum humor para relaxar naquele momento. Pelo menos, não até falar com Jarod.

Corpos se moviam nas sombras. Eu sabia que Jarod tinha guarda-costas, mas não conseguia me acostumar com a presença constante deles. Sem querer, recuei em Tristan, que esticou seu braço e o envolveu ao redor da minha cintura.

— Não se preocupe com eles — ele falou.

Ele estava certo. A pessoa com quem eu precisava me preocupar era ele.

Enquanto eu me libertava de suas garras, me perguntei se Jarod estava ciente das profundezas sombrias de seu amigo. Provavelmente não se ele o mantinha por perto...

Entendi então, que para realmente salvar a alma de Jarod, ele precisaria se desvencilhar de Tristan e da adoração tóxica que seu comparsa jurou a ele. A menos que eu pudesse ajudar Tristan a se tornar um homem melhor.

O brilho das lanternas de vidro colorido tingia seu cabelo prateado de rosa e verde e lançava quadrados de luz nos olhos que ele fixou em mim. Não o suficiente, porém, para ler sua mente.

43

O corredor escuro estava forrado com velas grossas pingando cera sobre os ladrilhos de safira e lançando sombras tremeluzentes nas paredes.

Quando chegamos em frente a uma porta feita de bronze puro, eu finalmente falei.

— Você deveria dar outra chance às mulheres, Tristan. Nem todas são nefastas.

Ele grunhiu.

— Se você abrir seu coração...

— Dou a alguém o poder de destruí-lo. Estou comovido com sua preocupação, mas não estou nem um pouco interessado. — Eu estava prestes a protestar quando ele acrescentou: — Eu e o Jarod gostamos de nossas vidas do jeito que são. — Ele ergueu a mão e bateu no metal, e o clangor reverberou dentro do meu peito. — Espero que você entenda o que estou dizendo.

Fomos recebidos por um homem com a cabeça careca e uma barba mais densa.

— Uma retardatária — Tristan disse ao guarda bloqueando a porta.

Eu esperava silêncio e música de cordas relaxante. Em vez disso, o espaço cavernoso além do guarda ressoou com risos tilintantes, tons roucos e respingos de água.

O careca me deu uma olhada antes de dar um passo para o lado e revelar uma visão que desejei esquecer imediatamente.

Duas mulheres nuas descansavam ao lado de uma piscina retangular luminescente, com a pele brilhando de óleo. Outra se movia, meio submersa na piscina, sobre o colo de um homem de meia-idade. Puxando o cabelo molhado da garota para trás, ele inclinou a cabeça careca para o lado para ter um vislumbre mais claro de mim.

— Você me mima, Jarod — ele falou.

Jarod, cuja coluna vertebral – ou o que eu pude ver dela subindo sobre a borda da banheira do mosaico – tinha a marca de uma cicatriz vermelha que não vi na noite passada.

— O quê? — O timbre baixo de Jarod me arrepiou.

A garota na piscina se levantou e avançou de forma sedutora em direção a Jarod, fazendo a água espirrar em sua cintura submersa.

O horror atingiu minhas veias.

— E-eu não deveria estar aqui.

— Bobagem, *Pluma*. — A respiração com cheiro de cigarro de Tristan estava baixa e abafada em meu ouvido. — O primeiro-ministro é um grande fã de ruivas. Sua presença nos dará um domínio extra.

Inspirei um pouco de ar que sibilou pelos meus dentes cerrados.

— Não sou uma...

— Tristan, por que a garota ainda está vestida? — o político perguntou.

Porque não vim para a porcaria da orgia! Vim pelo homem que a estava oferecendo. O que havia com Jarod e orgias, afinal? Isso era alguma perversão *sua* ou uma ferramenta de troca francesa?

Jarod se virou, e embora eu estivesse feliz que seus olhos não estivessem mais na mulher nua acariciando seus mamilos, eles estavam cheios de tanta fúria que o suor pontilhou minha testa.

— O que... Tristan, tire-a daqui, agora!

— *Non, non.* Traga-a para mais perto — o ministro falou.

Sabiamente, Tristan não me empurrou para mais perto. Eu teria quebrado seu braço e cada um de seus dedos se ele tivesse colocado um único em mim.

— Uma cor de cabelo tão divina. É real? Na verdade, não me diga. Eu adoraria descobrir isso sozinho — o político acrescentou com um sorriso que fez suas bochechas já redondas incharem um pouco mais.

A mandíbula de Jarod endureceu. A voz retinindo contra os ladrilhos úmidos quando ele grunhiu.

— Esta ainda não foi testada para doenças venéreas. Ela nem deveria estar aqui.

O homem gordo deu uma risadinha.

— Você sabe que gosto de viver perigosamente. Aproxime-se, *ma petite*.

— Tristan! — Jarod grunhiu.

Tristan agarrou meu braço. Tentei me livrar dele, perfeitamente capaz de sair dessa porcaria de SPA, mas seu aperto endureceu, machucando minha pele.

O guarda-costas barbudo obviamente não estava na folha de pagamento de Jarod, porque ele bloqueou nossa saída.

— Com todo o respeito, Jarod — o ministro falou —, sou perfeitamente capaz de tomar decisões no que diz respeito à minha saúde sexual.

— Com todo o respeito — Jarod disse —, a garota não está no menu hoje.

O ministro finalmente voltou seus olhos profundos para Jarod.

— Se eu não te conhecesse bem, arriscaria dizer que ela não está no meu menu, mas talvez, no seu? O que é ainda mais intrigante. Você geralmente não tem problemas para compartilhar *les bons coups*.

Engoli em seco, porque essa última expressão poderia significar uma de duas coisas: empreendimentos lucrativos ou boas relações.

— Se você quiser minha ajuda para eliminar o seu *problema*, diga ao seu segurança para se afastar da porra da porta.

— *Humm* — O homem coçou o queixo. — Não vou tocá-la, mas gostaria muito de dar uma olhada melhor antes de ela ir embora.

Jarod saiu da piscina de uma só vez, sem uma peça de roupa em seu corpo. Enquanto ele vinha em nossa direção, o pânico tomou conta do meu peito.

— O que deu em você para trazê-la aqui? — ele grunhiu, vários graus além da raiva.

Tristan se manteve firme com calma.

— Ela queria falar com você. Disse que era urgente.

Jarod fuzilou Tristan com o olhar negro antes de colocá-lo em mim.

— Pegue minhas roupas — ele grunhiu.

Procurei por elas na sala.

— *Você* não — ele falou, com a voz baixa, mas de forma alguma calma.

Tristan me soltou e se afastou, em seguida, jogou para Jarod uma pequena toalha branca para enxugar a água que cobria seus braços e pernas.

— Já está indo embora, Monsieur Adler? — o ministro perguntou.

Sem se virar, Jarod disse:

— Terminamos aqui. Vou deixar você discutir os pontos mais delicados com o Tristan.

Ele jogou a toalha de lado, em seguida, pegou as roupas que Tristan ofereceu, puxando cada peça com uma ferocidade que desmentia a extensão da raiva fermentando sob aquele corpo firme e temível.

Enquanto colocava o cinto, ele lançou o olhar para o guarda barbudo e sibilou:

— Saia da porra do meu caminho, ou farei sua namorada grávida ir à aula de Zumba da sua esposa e se apresentar.

A raiva e o medo fizeram a careca do guarda-costas suar. Sem consultar seu chefe, ele destrancou a porta.

— Vá! — A ordem de Jarod me pôs em movimento.

Segui pelo corredor de azulejos azuis com o coração batendo forte no ritmo dos passos de Jarod.

A mulher seminua, que nos cumprimentou, saiu de trás de sua mesa de boas-vindas.

— Está tudo bem, Monsieur Adler?

Mesmo que não fosse culpa dela, ele a fuzilou, o que a fez se encolher. Sem responder, ele passou pelas portas de treliça e entrou no pátio, acompanhando meus passos rápidos.

Ele não falou uma palavra comigo durante todo o caminho de volta para sua casa. Mal olhou na minha direção. Não querendo fazer uma cena na frente do motorista, não falei nada, mas minha própria raiva aumentou enquanto o carro sacudiu na rua de paralelepípedos da cidade cinzenta.

44

Quando voltamos para sua casa, Jarod ordenou que eu entrasse em seu quarto e mesmo que eu quisesse dizer a ele que me intrometer em sua reunião não foi ideia minha, selei meus lábios e subi as escadas.

O som de sua voz deve ter alertado Muriel de que ele estava em casa, porque ela saiu da despensa. Quando me viu, ela piscou. Olhei para a porta do quarto e a abri.

Jarod marchou atrás de mim e fechou a porta com força.

— Que merda é essa, Leigh?

— Achei que você fosse fazer uma massagem! — grunhi de volta.

— A minha linha de trabalho escapou da sua cabeça? — Ele passou as mãos pelas mechas úmidas. — O primeiro-ministro é um verme desprezível. Quer saber qual foi sua última tarefa? Fazer sua amante desaparecer depois que ele a estrangulou até a morte!

Um suspiro explodiu de mim. Não perguntei se ele fez o cadáver desaparecer. Eu duvidava que ele tivesse tido uma segunda reunião com o homem se tivesse falhado no primeiro trabalho. Também não perguntei por que ele ainda estava negociando com um assassino, porque seu ramo de negócios *não* havia passado pela minha cabeça.

— Esse é o tipo de pessoa com quem eu lido, e você simplesmente entra como se eu estivesse em uma festa do chá! Puta merda! — A voz de Jarod soou sobre os painéis de vidro que brilhavam como cerúleo com a luz do dia cada vez menor.

— Sinto muito, mas o Tristan me disse que você estava em um SPA. Ele não mencionou nada sobre uma reunião de negócios.

Jarod parou seu ritmo louco, mas seu pulso selvagem continuava enchendo a artéria de seu pescoço.

— Não faz sentido. Por que ele faria isso? — Mesmo que eu desejasse que ele tivesse confiado na minha palavra, ele examinou o ar em volta dos meus quadris em busca de uma pena caindo.

Minha irritação se transformou em decepção.

— Provavelmente para que eu pegasse você com outra mulher e fosse embora de uma vez por todas.

Os cílios de Jarod atingiram sua sobrancelha. Mantive as mãos na lateral do corpo e apertei meus lábios antes de compartilhar o aviso de Tristan, aquele sobre sanguessugas. Eu estava com medo de que fosse a gota que fizesse a raiva de Jarod ferver, mas não em seu amigo.

Em mim.

Após vários minutos, ele exalou cansado, a luta se esvaindo dele.

— Por que você voltou, Pluma?

Seu tom triste afastou minha decepção e medo.

— Você achou mesmo que eu iria embora? — Eu odiava como ele estava acostumado a ser abandonado.

— Eu esperava que você fosse. Este mundo – meu mundo – não é para você.

— Que tal você me deixar decidir para onde eu quero ir? — Fui até ele. — Onde quero estar.

Suas feições se contorceram.

— Você não me disse que perderia suas asas se não as completasse.

Coloquei minha mão em seu queixo eriçado, e ele estremeceu.

A cena no SPA se repetiu em minha mente, fazendo com que minhas asas parecessem ter pouca importância.

— Você estava... você estava com uma das mulheres?

Suas sobrancelhas se ergueram, desaparecendo atrás de seus cachos rebeldes.

— Claro que não.

— Eu pensei...

— Que transei com mulheres na frente de clientes? Sou pago para resolver problemas, não para criá-los.

— Você estava nu.

Seus lábios relaxaram um pouco.

— O primeiro-ministro, como muitas pessoas com quem eu lido, está preocupado com escutas, e eu com armas escondidas. Fazer negócios sem roupas é uma situação em que todos ganham. — Devo ter franzido o nariz, porque ele acrescentou: — Não gostou do meu frontal completo, Pluma?

— Eu estava um pouco estressada por seu olhar assassino para me concentrar em muito mais.

— *Olhar assassino.* — Ele bufou. — Não era você que eu queria matar. Era todo mundo. — Ele encostou sua testa na minha. — Não gosto que o primeiro-ministro tenha te visto. Que qualquer um deles tenha. Aquele guarda-costas dele é um verdadeiro idiota.

— Graças a Elysium, sou imortal.

Ele endireitou o pescoço, colocando espaço entre nossas cabeças.

— Achei...

— Enquanto eu tiver asas, posso sangrar, mas não posso morrer, então você não tem nada com que se preocupar.

Ele olhou para meus ombros, embora minhas asas não estivessem em exibição.

— Mais uma razão pela qual você precisa conclui-las.

Desci a mão por seu pescoço, capturando seus batimentos cardíacos na palma da minha mão.

— Deixe que essa seja minha escolha, Jarod.

— Puta merda, você é teimosa — ele murmurou.

— E valeu a pena. — Olhei em seus olhos de obsidiana. — Você não é mais um Triplo.

— Então, minha alma não está condenada, afinal...

— Desde que você continue praticando boas ações, mas você precisa deixar sua classificação abaixo dos cinquenta.

— Por quê?

Mordisquei o lábio.

— Qualquer coisa acima de cinquenta e você acaba em Abaddon.

— O inferno?

— Sim.

— Existe mesmo?

Eu concordei.

— Mas não há demônio. É administrado por Erelim – sentinelas celestiais. Eles também dirigem Elysium. Meus pais são Erelim em Abaddon. Eu acho.

Algo brilhou em sua prateleira. Quando percebi que era o abridor de cartas, um arrepio percorreu minha pele. Era o mesmo que atingiu o coração de sua mãe? E se foi, por que ele o manteve?

— Estou imaginando que nem tudo são raves desregradas e jacuzzis cheias de lava lá embaixo.

— Não. — Umedeci os lábios. — É como uma prisão... exceto que as celas são mágicas para fazer você reviver seus piores pesadelos indefinidamente.

— Minha versão parecia muito mais divertida.

— Se você parar de tentar me afastar, posso ajudar a diminuir sua pontuação.

— Se eu te mantiver por perto, Pluma — ele colocou os braços na minha cintura —, minha pontuação não vai cair, porque vou acabar com qualquer um que olhar em sua direção. Sem mencionar todas as coisas pecaminosas que farei com seu corpo. — A reverberação de sua voz combinada com suas palavras me fez estremecer.

— A parte de acabar é desnecessária, já que sou imortal — eu disse um pouco despreocupadamente.

— Estou feliz que você não tenha objeções ao meu segundo ponto.

Engoli em seco.

— Pode me custar penas.

— Talvez, não. — Seus polegares acariciaram a base da minha espinha. — Teremos que testar.

Minha respiração ficou presa no caminho, o que fez meus pulmões se apertarem e, por sua vez, me fez chiar e tossi como na vez em que me engasguei com um caroço de mangostão e Eve teve que dar um soco no meu peito. Afastei a mão de seu rosto e bati no meu peito até que minha tosse acalmou.

Como eu gostaria de poder tirar o rosto de Eve da minha cabeça da mesma maneira...

Passei anos com ela, então acho que levaria anos até que eu conseguisse esquecê-la.

Jarod traçou minha boca, percebendo meu humor repentinamente sombrio.

— Estou te assustando?

Balancei a cabeça.

— Não é você. Recebi uma visita hoje, e vê-la não me deixou muito feliz. — Tentei sorrir, mas meus lábios estavam tão tensos que provavelmente parecia que eu estava chupando algo azedo. — A visita dela até me custou uma pena.

— Por quê?

Não queria falar sobre Eve, mas também não a queria pairando sobre mim e Jarod como uma nuvem negra. Então, contei a ele que ela passou na associação para me parabenizar por recuperá-lo e que a chamei de algo não muito legal porque ela insultou as asas de Celeste, o que me levou a comentar também o quanto eu estava preocupada por Celeste ainda precisar de tantas penas.

— Minha pequena reparadora. — Ele deu um longo beijo na minha testa.

— Eu tento, mas não consigo consertar tudo.

Contra minha testa, ele disse:

— Tive uma ideia. A Celeste deve se vincular a mim. Vou encontrar algo bom para fazer para que ela possa afofar suas asinhas.

Meus olhos se encheram de lágrimas. Queria dizer sim e cobrir seu rosto de beijos por ter sugerido isso, mas me desligar dele tornaria minha situação ainda mais precária. Se eu não conseguisse encontrar um pecador de baixo escalão em Paris, teria que ir embora. E se eu não me vinculasse a ninguém e inadvertidamente ajudasse alguém, eu ganharia uma pena para cada ato gentil.

Jarod passou os dedos indicadores ao longo da linha inferior dos meus cílios.

— O que foi, Pluma

Expliquei a complexidade da minha situação.

— Então não se desvincule de mim. — Ele beijou minha pálpebra, depois a outra. — Mas isso não significa que não possamos ajudar Celeste. Que tal ela se vincular ao Tristan? Aposto que vale seu peso em penas.

A sugestão enrijeceu meus ossos. Eu não queria Celeste perto de Tristan.

— Eu... hum. Assim que ela terminar sua missão atual, podemos explorar essa possibilidade.

Jarod franziu a testa.

— Vou mantê-lo na linha, se é isso o que te preocupa. Já estou planejando dar uma boa bronca quando ele voltar da reunião.

— Você percebe que isso só vai fazer com que ele me odeie ainda mais, certo?

— Leigh, ele não te odeia. Ele apenas se sente ameaçado. Uma mulher que não seja Muriel por perto é algo novo para ele. Novo para mim também.

— Então você quer que eu fique por aqui?

Ele encostou seu nariz no meu.

— Eu estava tentando fazer uma coisa altruísta, o que é completamente fora do meu normal, então pode ter saído um pouco rude.

Se aprendi alguma coisa nos últimos dias, era que Jarod Adler não possuía um osso egoísta em todo o corpo.

— Se eu fosse um homem melhor, chamaria o Asher e faria com que ele tirasse você de mim. E a mantivesse longe.

— Não se atreva — sussurrei de forma rude, enrolando meus dedos em seus cabelos úmidos e capturando seus lábios antes que ele pudesse verbalizar mais ideias horríveis.

Sua pele quente cheirava a eucalipto e flor de laranjeira, e isso me lembrou de onde ele esteve, o que intensificou a tempestade que se abateu sobre mim. Eu queria substituir cada traço daquela piscina e dos outros corpos com o meu cheiro.

— O que eu vou fazer com você? — Sua voz rouca vibrou em meu pulso já forte.

— *Não* me afaste.

— Tudo bem. — Com as testas ainda se tocando, ele me apoiou e me pegou no colo até que a parte de trás dos meus joelhos bateu na beirada de sua cama de dossel.

Afundei no colchão.

— Deite-se, Pluma.

Ainda que a boa menina em mim, aquela que cresceu obedecendo aos estritos ensinamentos das Ophanim, tenha ficado um pouco nervosa, a outra garota, aquela que devorava romances como doces, obedeceu.

Ele me observou, e meus nervos já sensíveis vibraram. Em câmera lenta, ele escalou meu corpo, em seguida, puxou as alças finas do meu vestido pelos meus ombros. Ele abaixou a boca para o meu pescoço e beijou minha clavícula, empurrando o tecido sedoso de lado até que meus seios encontrassem o ar frio. Em seguida, colocou um pouco de distância entre nossos corpos para ver minha pele exposta.

— Eu perguntaria se todos os anjos são tão bonitos quanto você, mas eu os vi, e nenhum dele chega a seus pés.

Fechei os olhos quando ele girou a língua em torno de um dos meus mamilos. Minhas costas arquearam com a sacudida de prazer, e eu ofeguei.

— Jarod.

Apoiando o peso em seus antebraços, ele arrastou a boca para o meu outro seio e lambeu o mamilo intumescido.

Certamente, uma pena cairia.

Talvez tenha caído.

Não era como se eu pudesse sentir nada além das intensas ondas de prazer correndo por mim. Ele deixou uma trilha de beijos pelas minhas costelas, grunhindo quando encontrou resistência. Ficando de joelhos, tentou tirar meu cinto, mas seus dedos apressados foram desajeitados. Afastei suas mãos impacientes e consegui o que ele não conseguiu. No instante em que o couro se abriu, Jarod o puxou da minha cintura. Em vez de jogá-lo no chão, ele o passou entre os dedos.

Seus olhos escuros brilharam com um olhar que fez minha pele se arrepiar completamente.

— Você confia em mim, Pluma?

Concordei.

Ele pegou um dos meus pulsos e envolveu o couro ao redor dele, em seguida pegou o outro e começou a fazer o mesmo antes de esticar o cinto. Eu o observei prendê-lo em uma das colunas de sua cama antes de dar um belo nó, cuja ponta ele colocou na minha boca.

— Um puxão e ele se soltará. — Sua voz rouca me fez engolir em seco. Ele passou os dedos pelo meu corpo, enrolando-os no tecido em volta da minha cintura. Jarod puxou o vestido pelas minhas pernas, e suas unhas acariciaram o topo das minhas coxas.

Apenas um pedaço de renda permaneceu no meu corpo e, pelo jeito que ele estava olhando, suspeitei que não ficaria lá por muito tempo.

Mas eu estava errada.

Ele não o tirou, simplesmente roçou os nós dos dedos sobre o tecido. O sangue ficou preso em minhas veias enquanto ele repetia a carícia enlouquecedora.

Seu olhar se fixou na renda. Ele enganchou um dedo por baixo do tecido úmido e o empurrou para longe de mim. Por um momento interminável, ele estudou meu corpo nu e o pânico explodiu dentro do meu peito.

Mas então, seus dedos começaram a se mover sobre mim e sua cabeça baixou para o ápice das minhas coxas, e minhas inseguranças se dissolveram como grãos de açúcar em água fervente. O primeiro movimento de sua língua fez meus quadris resistirem e minha pele se iluminar.

Ele deslizou seu corpo alto para baixo da cama, ficando confortável, em seguida, colocou minhas pernas sobre seus ombros, empurrou a renda para o lado e deu um beijo suave no meu núcleo úmido.

Cuspi o cordão de couro para recuperar o fôlego. Mas isso não ajudou. Enquanto eu ofegava com o ar, minha coluna se arqueou novamente e as tiras de couro se cravaram em meus pulsos.

Doces querubins... os Sete não esperariam que minhas asas caíssem. Eles iriam arrancá-las diretamente das minhas costas.

A técnica de Jarod ficou mais dura. Gemendo, ele roubou os

poucos fragmentos de inocência aos quais eu ainda estava me agarrando, derrubando-os com cada toque hábil da sua língua.

— Jarod! — ofeguei, enquanto oscilava a beira do clímax.

Ele diminuiu a velocidade, girando sua língua sobre mim e olhou para cima. A luz da minha pele enchendo seus olhos.

— Sim, Pluma?

Ergui a cabeça da cama e devo ter feito uma carranca terrível porque ele riu, e o som quase me derrubou, mas não o fez.

Ele gemeu contra mim e um desejo violento de bater nele se apoderou de mim. Isso era uma tortura e ele sabia. E ele estava gostando.

— Você é mau — murmurei.

— Tenho dito isso a você o tempo todo.

Fechei os olhos e as sensações emocionantes começaram a me fazer desmoronar. Quase chorei de frustração, mas calei a boca quando ele voltou a desenhar círculos preguiçosos que se tornaram menores e mais firmes até que eles miraram apenas em um lugar.

O orgasmo explodiu dentro de mim, me fazendo abrir os olhos e os lábios. Não tenho certeza se gritei ou só ofeguei, mas se foi a segunda opção, foi certamente o suspiro mais alto da história dos suspiros. Tão alto que provavelmente perfurou a divisão entre os mundos e encheu os ouvidos de todos os Ishim.

Depois que o intenso prazer diminuiu, e Jarod colocou de volta a renda contra o meu núcleo não mais brilhante, a realidade e a sanidade me atingiram.

— Quantas penas eu perdi?

Com as sobrancelhas franzidas, Jarod ergueu a cabeça e examinou os lençóis amarrotados, então ergueu minha coluna do colchão e passou uma das mãos por baixo de mim.

O vinco em sua testa suavizou, e então sua boca úmida se curvou com um sorriso de parar o coração.

— Nenhuma.

45

Minha gaiola se esticou um pouco mais esta noite.

Esse foi o pensamento que encheu minha mente enquanto Jarod afrouxava os nós em volta dos meus pulsos.

A curvatura exultante de sua boca e o brilho diabólico em seus olhos me disseram que *sua* cabeça estava funcionando em uma largura de banda muito mais sacana.

— Espero que você tenha gostado tanto quanto eu, porque vou submeter seu corpo bonito a sessões regulares. — Ele umedeceu a boca e a pulsação entre minhas pernas aumentou.

O sangue formigou as pontas dos meus dedos enquanto inundava minhas mãos, e em seguida formigou minhas bochechas, embora nenhum cordão de couro tivesse sido enrolado em minha garganta.

Antes que eu pudesse falar, ele se inclinou e me beijou, e eu paralisei quando o gosto do meu prazer atingiu minha língua. Minha surpresa não abafou o ranger de sua boca e, depois de um tempo, me acostumei com o meu gosto e a abri para ele.

Envolvi os braços ao redor de suas costas, soltei sua camisa e deslizei os dedos por baixo dela, paralisando quando encontrei o contorno elevado de sua cicatriz. Tirei as mãos de sua pele e minha boca de seus lábios.

— Eu te machuquei?

— Me machucou? — Ele parecia rouco, como se suas cordas vocais estivessem doendo.

— O corte nas suas costas.

— A única coisa que dói no momento é localizada *muito*... — Ele abaixou seu corpo e pressionou seu comprimento duro contra a parte interna da minha coxa — mais embaixo.

Sorrindo abertamente, ou pelo menos, esse era o olhar que eu procurava, levantei uma sobrancelha.

— Então por que você ainda está vestido?

— Porque se eu ficar pelado, você pode esquecer sobre a primeira vez ser romântica.

Todos os meus sentidos se aguçaram.

— Talvez você possa tornar minha segunda vez romântica.

Ele se transformou em pedra. Até mesmo seu peito parou de se mover como se minha oferta tivesse espremido todo o ar de seus pulmões. Envolvi as pernas ao redor das suas, prendendo a parte inferior do seu corpo ao meu.

Os planos de seu rosto ficaram tensos e se contorceram, assim como outra parte dele.

— Lar doce lar! — A voz profunda que irrompeu através das grossas paredes da casa de Jarod destruiu o momento.

Virei o pescoço em direção à porta do quarto, em pânico que Tristan estivesse prestes a entrar. Felizmente, a maçaneta permaneceu imóvel.

Soltando um suspiro rouco, Jarod enterrou o nariz na curva do meu pescoço.

— Estou muito tentado a mandá-lo se foder, mas temos muito a discutir. — Ele me beijou antes de sair de cima de mim, em seguida puxou os lençóis e me cobriu. Enquanto se reajustava, ele acrescentou: — Não pense por um segundo que vou me esquecer dessa oferta. — Ele enfiou a camisa branca amarrotada nas calças.

Me apoiei em um antebraço.

— Acho que eu deveria voltar para a associação. Preciso de roupas limpas.

Ele parou de repente.

— Não quero que você volte lá.

— É minha casa, Jarod.

— Como você deveria me impedir de matar pessoas se for embora? — Sua camisa ainda estava meio fora da calça.

— Você está me chantageando para ficar?

— Pode ser.

— Você não tem vergonha — murmurei de leve.

— Absolutamente nenhuma. — Ele enfiou o pedaço restante de algodão em sua calça, depois se inclinou, pressionando as mãos no colchão. — Diga sim.

— E se eu disser não?

— Vou te amarrar na cama de novo.

— Não é uma grande ameaça.

Ele sorriu com malícia.

Eu mordi o lábio.

— Tem certeza de que me quer aqui?

— Nunca estive mais certo de algo.

Olhei ao meu redor para o vasto espaço coberto por painéis de madeira escura, livros antigos e pinturas a óleo de valor inestimável. Quando meu olhar pousou na poltrona reclinável, perguntei:

— Por que você manteve a cadeira? — *E o abridor de cartas?* Mas não adicionei essa parte.

Toda a diversão escapou dele.

— Como um lembrete para nunca desistir, por mais que a vida fique difícil.

— Jarod! — A voz de Tristan parecia ter se aproximado.

Jarod saiu da cama e caminhou até a porta.

Antes de ele sair, eu disse:

— Vou precisar voltar para a associação em algum momento. Para pegar algumas roupas.

Ele olhou por cima do ombro.

— Vou pedir a Muriel para trazer algo para você. E amanhã, ela vai te levar para a Avenue Montaigne, e você pode comprar a porra da rua inteira.

Me sentei, colocando o lençol em volta do meu corpo.

— Isso pode ser uma surpresa, mas nosso orçamento é bem apertado, então a Avenue Montaigne pode estar um pouco fora do meu orçamento.

Ele me deu um sorriso.

— Você é fofa, Pluma.

Fiz uma careta.

— Seu orçamento é ilimitado de agora em diante.

— Jarod, eu não posso...

— Considere isso como um pagamento por salvar minha alma. Além disso, você vai precisar de algumas roupas para a próxima semana. Eu tenho que ir à ópera, e prefiro levar você ao Tristan.

Minha boca se abriu para protestar novamente, mas quando consegui fazer minha garganta funcionar, ele tinha ido embora.

— Não é assim que funciona — murmurei.

Caí de costas contra o edredom fofo. Meus amados romances eram cheios de cenários como este, mas eram fictícios. Que esse tipo de coisa pudesse realmente acontecer, e comigo, dentre todas as pessoas, era tão absurdamente rebuscado que eu não tinha a menor ideia de como lidar com isso. Eu poderia recusar, insistindo que isso me custaria penas, mas se eu perdesse uma pena dizendo isso a ele, ele me algemaria a Muriel e a faria me arrastar pela avenida opulenta.

Deixei a questão das compras de lado. Eu revisaria isso mais tarde, quando terminasse de examinar o problema em questão - eu, nua, exceto por um pedaço de renda molhada, na cama de Jarod. Eu realmente fiz uma proposta a ele antes de Tristan chegar? Talvez Celeste estivesse certa em se preocupar comigo, embora sua preocupação fosse errada. Não era com a minha segurança que ela deveria se preocupar, mas com a minha sensatez.

Sexo. O ato contra o qual crescemos sendo advertidos. Aqui estava eu me oferecendo a um homem que, embora não fosse um estranho, não era um namorado.

Meu corpo vibrou enquanto me relembrava da suavidade de sua língua, a firmeza de seus dedos e a doçura de suas palavras. Passando a mão de forma preguiçosa sobre os lençóis de seda, percebi que o único arrependimento que senti foi por ele ter ido embora.

— Leigh, posso entrar? — A voz de Muriel me fez sentar tão rápido que o espaço escuro me deixou um pouco tonta.

— Um segundo! — gritei, lutando para localizar meu vestido. Eu o puxei, então endireitei os lençóis em alta velocidade. — Entre — falei.

Ela entrou apressada carregando cabides com lantejoulas, couro, cetim e renda. Suas formas estreitas me disseram que todos seriam confortáveis, mas, pelo menos, suas cores eram mais discretas.

— O Jarod me disse para trazer algumas roupas. Infelizmente, na maior parte, temos vestidos. Não acho que você vai gostar muito deles.

Pensei na roupa enrolada dentro da minha bolsa. Provavelmente estava muito amassada para usar esta noite.

— Obrigada.

Ela sorriu.

— Ouvi dizer que vamos às compras amanhã.

Minhas orelhas pareciam ter acabado de sair do forno.

— Espero que isso signifique que você vai ficar.

Analisei o padrão circular das lantejoulas de um dos vestidos que ela colocou no pé da cama. Ele refletiu as explosões contra todo o meu corpo.

— Ah... — A ansiedade aparentemente fez com que eu voltasse para uma versão primitiva e não prolixa da minha espécie.

Seus olhos franziram com o mesmo sorriso que curvou seus lábios vermelhos.

— Preciso voltar para a cozinha. Estou fazendo suflês esta noite. Até preparei um doce especial para você. Espero que goste.

Falar em comida soltou minha língua.

— Considerando que amei tudo o que você fez até agora, tenho certeza de que será delicioso.

— Bom. Vou deixar você se arrumar. Se precisar de mais alguma coisa, é só me ligar do telefone do quarto. — Ela me mostrou qual botão apertar para encontrá-la na despensa antes de me deixar sozinha com uma variedade de vestidos que tornariam a comida muito menos agradável.

Enquanto eu caminhava em direção ao banheiro, o som de gritos me fez congelar. A espessura do piso e a cor do tapete oriental distorciam as palavras, mas não o tom com que foram ditas. Jarod não estava tendo uma conversa agradável com Tristan. Parte de mim se sentia culpada, porque tinha certeza de que o trovão na voz de Jarod era minha culpa. Outra parte, esperava que isso influenciasse o comportamento de Tristan para melhor. Na verdade, se alguém podia recuperar Tristan, era Jarod – a única pessoa que o homem respeitava e admirava.

Não querendo me intrometer mais do que já tinha feito, entrei no templo de mármore preto que era quase tão grande quanto seu quarto e liguei o chuveiro enorme.

46

*D*epois de colocar um vestido que fazia meu corpo tipo ampulheta parecer ampulheta *demais*, calcei um par de sapatos de salto alto pretos. Tentei não me perguntar se o vestido e os sapatos já haviam sido usados. Também tentei não me preocupar muito em ficar sem calcinha – as duas que eu trouxe estavam secando no toalheiro aquecido depois que tive a presença de espírito de lavá-las.

Acalmando meus nervos, abri a porta e desci as escadas. Ao passar por Amir, que estava parado ao lado do escritório, minhas bochechas esquentaram. Ele tinha me ouvido antes? As paredes eram grossas, mas eram o suficiente?

Quando ele olhou em minha direção, com o mais leve lampejo de algo animando seus traços impassíveis, trouxe minhas asas à vida com magia e as envolvi sobre minha pele quente. Era bobo e inútil, considerando que só *o* escondia de mim.

— Hum. — Mudei de posição no mármore xadrez, e minhas penas prateadas acariciaram a pele abaixo das mangas do vestido.

— Devo esperar por Jarod dentro do... — Antes que eu pudesse terminar minha frase, a porta do escritório se abriu e o corpo de Jarod preencheu o batente.

— Pensei ter ouvido sua voz. — Sua mandíbula estava vermelha, mas isso provavelmente tinha a ver com sua conversa acalorada.

Pela expressão no rosto de Tristan, suspeitei que tinha acabado. Meu nêmesis me observou por um momento por cima do ombro de Jarod antes de levar o celular ao ouvido e se virar, então fiquei olhando para a parte de trás de seu terno prateado que combinava com o cabelo em suas têmporas.

Minhas penas ainda estavam enroladas ao meu redor, mas elas se afrouxaram e permitiram que Jarod visse o que eu usava.

Seus olhos ficaram tão negros quanto o tecido que envolvia minhas curvas. Ele deu um passo em minha direção, afastando minhas asas, e seus dedos roçaram nas penas mais novas que estavam em crescimento, provocando arrepios direto nos ossos de minhas asas.

Segurando meus quadris, ele pronunciou uma única palavra: *Uau*. E essa palavra acendeu o interruptor na minha pele, me transformando em uma luz estroboscópica. Minha combustão latente curvou um lado de sua boca. Contra o meu ouvido, ele murmurou:

— Vamos pular o jantar?

Meu coração deve ter começado a queimar também, porque minhas entranhas pareciam um braseiro.

— Muriel fez suflês — sussurrei com a voz rouca, pensando que ela iria se magoar porque Jarod e eu estaríamos ocupados nos banqueteando.

— E eles estão prontos, Jarod — Muriel falou.

Eu me virei, batendo nele com minhas asas. Ele as empurrou para longe, com um sorriso intacto. Eu esperava que seus gestos não parecessem muito estranhos.

— Que bom. Estou faminto — ele disse, e o calor de seu corpo lambeu minha espinha.

Quando ele passou a junta na parte de baixo de uma das minhas asas, eu as eliminei com magia. Ele soltou um pequeno grunhido de decepção antes de murmurar:

— Eu as quero para fora mais tarde.

Mordi com tanta força o interior da minha bochecha que perfurei a pele e o gosto metálico de sangue atingiu minha língua.

Muriel olhou para o garçom que saiu da despensa atrás dela.

— O Tristan vai se juntar a vocês?

— Vai, Mimi. Assim que terminar a ligação. — Apertando a pele macia da minha cintura, Jarod me conduziu para a sala de jantar.

O garçom se apressou em adicionar um terceiro lugar enquanto Jarod puxava minha cadeira antes de se sentar à cabeceira da mesa. Muriel trouxe uma garrafa de vinho branco gelado com um rótulo que já tinha visto dias melhores. Imaginei que fosse outra safra delirantemente rara.

Jarod pegou sua taça e tomou um gole. Quando ele acenou para Muriel, ela encheu a minha.

Eu estava tomando vinho. Permiti que um chefe da máfia fizesse coisas em meu corpo que fariam os residentes de Abaddon orar por minha alma perversa. E usava um vestido que não era nada angelical.

Quando Muriel e o garçom deixaram a sala de jantar, falei:

— Talvez eu não deva ajudar a colocar sua posição abaixo dos cinquenta. Tenho certeza de que, se algum dia eu ascender, irei direto para Abaddon.

Jarod inclinou a cabeça para trás e riu, o que por sua vez me fez sorrir.

Agora eu estava contando piadas sobre o Inferno? Para onde o mundo estava indo?

Ainda rindo, ele se inclinou em minha direção e ergueu a taça.

— A Abaddon e ao anjo magnífico que irá compartilhar minha cela.

Balançando a cabeça, toquei minha taça de leve na sua, em seguida bebi, e o sabor amanteigado crocante envolveu minhas papilas gustativas. Devo ter gemido, porque a boca de Jarod se curvou em um sorriso descarado.

As portas da sala de jantar se abriram. Endireitei meus ombros enquanto Tristan se sentava à minha frente. A sala ficou tão silenciosa que eu podia ouvir o roçar dos pés de sua cadeira contra o tapete de tons profundos.

Jarod se recostou, girando a taça de vinho entre seus longos dedos.

— Tristan? Acho que você tem algo para dizer a Leigh.

Tristan olhou para o vinho brilhando na minha taça.

— Leigh, peço desculpas por ter te levado à reunião do Jarod. Tenho pouca fé nas pessoas e projetei minhas dúvidas em você. Minhas ações e palavras foram indecentes e imerecidas.

Dei um aceno rápido, mas isso foi principalmente em consideração a Jarod, porque o pedido de desculpas de Tristan era muito polido para me acalmar.

Enquanto pegava a garrafa de vinho que Muriel havia colocado em um balde de prata com gelo no centro da mesa, ele disse:

— Achei que beber fosse contra a sua fé.

— E... é.

— Pessoas devotas me deixam nervoso. Elas são tão convencidas de que as orações e seres superiores podem resolver todos os seus problemas que as torna indolentes, fardos sociais intitulados que falam sem conhecimento prévio. — Ele tomou um gole de seu vinho e umedeceu os lábios. — Vejo que você está saqueando a adega do tio Isaac.

— Ele não está mais aqui para beber, mas nós estamos.

— Aos prazeres simples da vida. — Tristan ergueu a taça. — Vinho, mulheres e punir porcos.

O garçom chegou então, segurando uma bandeja cheia de pratos de cerâmica branca transbordando de cúpulas douradas que balançavam enquanto ele caminhava. Ele me apresentou a bandeja primeiro, e eu peguei um dos suflês servidos em pratos individuais.

— Não toque no ramequin, mademoiselle. Estão muito quentes — ele me alertou.

Esperei até que todos fossem servidos para quebrar a cúpula estufada com a colher. A mistura de ovo esvaziou como um castelo insuflável desconectado, liberando um vapor picante que fez meu estômago roncar. Comi em silêncio, ouvindo Jarod e Tristan discutirem uma viagem que estava por vir.

Eles omitiram os detalhes mais sutis, e os maiores também, por falar nisso. Tudo o que descobri foi que eles partiriam para Nice pela manhã em um jato particular e voltariam a tempo para o jantar. Enquanto minha colher raspava o fundo do prato, ponderei como a pontuação de Jarod poderia diminuir se ele continuasse conduzindo negócios com pessoas suspeitas, porque, infelizmente, eu duvidava que tudo que a Corte dos Demônios fizesse fosse *punir porcos*.

O garçom voltou para retirar os suflês, apresentando-nos outros, desta vez cor-de-rosa.

— Molho de tomate — ele explicou.

Haveria mais delícias depois dessa? Talvez eu não devesse limpar todos os pratos, mas as guloseimas com ovos eram incrivelmente leves...

Enfiando a colher, perguntei:

— Jarod, por que você não mantém seu dia de ajuda em uma vez por semana, em vez de uma vez por mês?

Tristan cortou seu suflê.

— Isso transformaria *La Cour des Démons* no Muro das Lamentações.

Desconsiderei seu comentário, esperando a resposta de Jarod.

Ele estudou seu suflê rosa.

— Não tenho tempo para organizar isso todas as semanas, Pluma — ele falou, fazendo minha esperança murchar como o suflê de Tristan. — Mas poderíamos fazer isso duas vezes por mês. — Ele ergueu os olhos para mim.

Se Tristan não estivesse na sala, eu teria me levantado e beijado Jarod por sua concessão. Em vez disso, eu o encarei e expressei minha gratidão com um sorriso.

— Tristan, encontre uma data em minha agenda para o próximo e divulgue.

O pedido de Jarod tornou a expressão fria de Tristan mais nítida.

— Vou fazer isso depois do jantar.

Se fôssemos crianças e a mesa não fosse do tamanho de um banquete, ele provavelmente teria chutado minhas canelas por baixo do móvel. Como éramos todos adultos, nos contentávamos com fuzilamento com os olhos e respostas rígidas.

— Obrigado — Jarod falou.

Ele colocou as costas da mão na mesa, me oferecendo a palma. Sem hesitar, encaixei meus dedos nos seus. Talvez eu devesse ter hesitado. Ao dar as mãos na frente de Tristan, estávamos revelando uma nova aliança que não o incluía.

Embora seu rosto permanecesse inexpressivo, havia um novo brilho nos olhos de Tristan que não existia na noite em que ele me apresentou a seu chefe.

47

Mesmo que a comida estivesse deliciosa, tive problemas para apreciá-la por causa da tensão que se estendia como uma corda entre Tristan e eu. Como eu poderia fazê-lo ver que eu não estava tentando roubar sua posição, mas sim construir a minha ao lado de Jarod? Deveríamos ter uma conversa franca sem a presença dele. Quando eles voltassem de sua viagem... ou no dia seguinte.

— Você esteve quieta esta noite — Jarod falou, me conduzindo escada acima para seu quarto depois que Tristan se despediu.

— Só estou pensando.

— Sobre o quê?

— Que o Tristan tem medo de que eu o destrone.

— Destroná-lo? — As sobrancelhas de Jarod se ergueram. — Não. Ele tem medo de que você me magoe. E eu não posso culpá-lo, porque também tenho.

— Te magoar? — Me virei em sua direção quando alcançamos o patamar. — Eu nunca faria isso.

Ele me deu um sorriso que não alcançou os olhos. Ele realmente acreditava que eu o magoaria...

— Jarod, eu juro...

Ele me beijou para me acalmar.

Meu pecador tinha sido magoado tantas vezes por promessas vazias que não acreditava mais nelas? Decidi então que teria de provar minha lealdade e afeto com ações em vez de palavras.

Segurei seu pescoço enquanto ele me empurrava para seu quarto e fechava a porta com um chute. Ele passou as mãos sobre o tecido elástico preto que comprimia minha forma. A música instrumental tocava baixinho, e presumi que estava na minha cabeça, já que não havia música quando saí do quarto mais cedo. Isso deveria ter me preocupado, mas os beijos de Jarod eram tão inebriantes que não fiquei surpresa que encheram meus ouvidos com belas harmonias. Quando nossos lábios se afastaram e a música continuou tocando, percebi que não estava na minha cabeça.

Lentamente, me virei.

A escuridão brilhava, com velas queimando em todas as superfícies, lançando poças em miniatura de luz nas pétalas de rosa vermelhas espalhadas sobre o tapete e a cama de Jarod.

Seus braços envolveram minha cintura e me puxaram de encontro a ele.

— Isso é romântico o suficiente para você?

Minha garganta se apertou de emoção.

— Quem... como...

— Não percebeu que a Muriel ficou sumida durante a maior parte da refeição?

Meu constrangimento era igual ao meu encantamento quando percebi sua obra. Girei ao redor dos seus braços e cobri sua mandíbula de beijos, sentindo meu coração inflar como um suflê. Ele riu do meu entusiasmo, mas parou de rir quando seu rosto ficou molhado com minhas lágrimas.

Este homem.

— Você vai deixar de me surpreender, Jarod Adler?

Ele beijou minhas pálpebras com tanta ternura que meu pulso se acalmou e minha pele começou a brilhar.

— Nunca vou deixar de surpreendê-la se você nunca parar de queimar em chamas por mim.

Balancei a cabeça novamente, sentindo meu cabelo tocar meu rosto.

— Você é o ser mais magnífico em que já coloquei os olhos.

— Sou apenas uma mulher. Com asas.

Ele embalou meu rosto.

— *Minha* mulher com asas. *Meu* anjo. *Ma plume.*

— *Sua Pluma.*

Ele encostou a boca na minha, e então suas mãos deslizaram pelo meu pescoço, ombros e braços, parando em meus quadris. Lentamente, ele começou a puxar o tecido do vestido, deslizando-o pelas minhas coxas. Quando seus dedos roçaram minha pele nua, ele interrompeu o beijo.

— Você não estava usando calcinha?

— As limpas acabaram — expliquei, observando suas pupilas dilatarem.

— Puta merda... se eu soubesse, teria encurtado o jantar. Cacete... — Seu sussurro rouco aumentou o brilho da minha pele. — Levante os braços, baby.

Levantei os braços e ele deslizou o vestido pelo meu corpo e pela minha cabeça. Quase gemi de alívio quando minha pele se soltou da desagradável engenhoca.

— Quem quer que tenha costurado este vestido deveria ser forçado a usá-lo — murmurei.

Jarod riu baixo.

— Com certeza vou dizer isso para... — ele leu a etiqueta — *Hervé Léger*, ao mesmo tempo em que direi a ele o quanto gostei de como isso envolveu seus extraordinários ativos.

Reconsiderei minha aversão ao vestido... *concessões poderiam ser feitas*, pensei, enquanto começava a tirar os sapatos.

— Fique com eles, Pluma. — Seu timbre parecia ter diminuído de tom. — E traga suas asas.

Eu as fiz aparecer, e então as estiquei como se estivesse voando sobre Jarod. Minha pele havia parado de cintilar, mas minhas asas prateadas assumiram o controle, brilhando à luz das velas. Os olhos de Jarod percorreram a carne e penas com uma fome sem precedentes.

— Sua vez — falei, apontando o queixo em direção a sua camisa e calças.

Ele não se moveu por tanto tempo que me preocupei que minhas palavras não o tivessem alcançado. Mas então, ele desafivelou o cinto, jogou-o no chão e desabotoou a camisa. Se sentou na cadeira de couro que eu odiava e desamarrou os sapatos. Ele os deixou cair contra as tábuas do assoalho, em seguida, tirou um par de meias azul royal. Tirando a camisa, Jarod se levantou, desabotoou a calça e jogou-a no chão. A cueca preta desapareceu em seguida.

Ao contrário do SPA, deixei meu olhar viajar por cada curva e cume, cada músculo firme e cada cacho de pelo escuro que adornava seu corpo. Dei um passo mais perto e passei a mão sobre seu peito, através do pelo macio que vibrou com seus batimentos cardíacos, através dos mamilos pequenos e endurecidos, em seguida, segui a trilha por seu umbigo que estremeceu quando meu dedo entrou nele.

Anos de advertências acalmaram minha mão. Afastei vozes das Ophanim e o resto do mundo, enquanto abaixava a mão para a parte dele que se estendia forte e orgulhosa em minha direção.

Jarod respirou fundo quando meus dedos se fecharam sobre ele, e então estremeceu quando os arrastei de forma suave ao longo de seu comprimento macio até chegar à ponta que brilhava com uma gota cintilante de luxúria.

Quando a girei com o polegar, ele gemeu:

— Pluma.

Voltei a mão para a base da sua ereção, e seus músculos se contraíram. No caminho de volta para a ponta, Jarod arrancou minha mão do seu corpo e me ergueu. Minhas mãos envolveram seu pescoço enquanto ele cruzava o quarto em direção a cama.

Ele me jogou em cima do colchão, levantando o pó das pétalas, e me olhou com a ferocidade de uma fera indomada que encurralou sua presa. Mesmo que as bordas de veludo das pétalas espetassem meu traseiro, eu podia sentir pouco mais do que os olhos do meu pecador. A fragrância sensual das rosas se agitou ao nosso redor, se misturando com o aroma de figo e almíscar vindo de Jarod. Nunca – nem mesmo durante as melhores refeições – meus sentidos foram todos despertados ao mesmo tempo.

Depois que ele subiu em mim, travei os sapatos que ele me pediu para manter na parte de trás de suas pernas. A ponta úmida da sua ereção deslizou sobre meu ventre macio, subiu um pouco mais antes de voltar para baixo e se acomodar pesadamente entre minhas coxas.

Enquanto Jarod beijava meu pescoço, a pulsação que acendeu em meu núcleo rivalizou com a do meu peito. Ele moveu seu corpo contra o meu novamente, mas não me penetrou. Em vez disso, ficou de joelhos e puxou minha mão enquanto se jogava contra o colchão e me rolava sobre ele.

Colocando um travesseiro atrás da cabeça, ele segurou minha cintura e forçou o corpo que mantive pairando sobre o seu até que estivéssemos encaixados.

— Abra suas asas para mim, Pluma.

Estiquei as asas, gemendo quando seus dedos roçaram a parte inferior, e meu corpo desceu mais um centímetro, encaixando apenas a ponta dele dentro de mim.

— Você define o ritmo, baby. Você está no controle. — Seu olhar de obsidiana não se desviou dos meus olhos entreabertos.

Pressionando as mãos em seu peito, eu me abaixei mais um centímetro, ofegante. Ele acariciou minhas asas mais rápido, e a dor foi superada por um calor crescente e ondulante. Fechei os olhos e absorvi mais dele, sentindo como se em breve ele chegaria ao meu fim. Os ossos das minhas asas ficaram tensos quando o prazer que crescia dentro deles começou a chiar e estalar como os pavios das velas que queimavam ao nosso redor.

Inspirando o cheiro das rosas e do fogo, me abaixei sem parar, sibilando quando ele me abriu e me dilatou.

— Jarod — ofeguei.

— Olhe para mim, Pluma.

Ergui as pálpebras pesadas.

Sua mandíbula e testa estavam tensas, como se ele também estivesse com dor, como se estivesse experimentando o que meus seios e bunda haviam sido submetidos durante todo o jantar.

Enquanto ele passava a palma da mão sobre a borda inferior das minhas asas, perguntei:

— Dói?

Ele riu, e isso suavizou todas as linhas duras de seu rosto. Isso também fez a parte dele enterrada dentro do meu corpo vibrar, provocando fragmentos renovados de prazer e dor em meu núcleo.

Ficando sério, ele disse:

— Mas você está com dor.

Antes que ele pudesse sugerir que parássemos, levantei meu corpo alguns centímetros e o encaixei de volta dentro de mim. A veia em seu pescoço saltou e seus dedos apertaram minhas penas como se estivesse prestes a arrancá-las.

Fiz de novo.

E de novo.

E suas mãos combinaram com o meu ritmo, substituindo cada pontinho de dor por faíscas de prazer. Minha pele começou a aquecer, minha espinha a formigar e minhas paredes macias a estremecerem, se moldando ao redor da sua circunferência e comprimento.

O prazer lento explodiu, inundando cada canto do meu ser com a mais doce devassidão. Meus membros viraram geleia e meus músculos se liquefizeram em torno de ossos que pareciam tão elásticos quanto marshmallows.

Jarod assumiu então e entrou e saiu do meu corpo até que um novo calor me atingiu, se infiltrando e se fundindo com o meu, se espalhando por toda parte. Eu sabia que era fisicamente impossível, mas parecia que havia disparado direto no meu coração.

Entre ofegos e gemidos de prazer, ele me puxou contra si, beijando minha boca. Seu corpo estremeceu novamente e ele jorrou mais de si mesmo dentro de mim.

Brincando com uma mecha de cabelo com gel que havia caído, absorvi seu calor e cheiro, seu gosto e toque.

Eu venderia minha alma por este homem.

Talvez, eu já a tivesse vendido.

48

Acordei da mesma forma que adormeci – com o ouvido contra os batimentos cardíacos de Jarod e seus dedos acariciando meu ombro.

Enquanto eu me mexia, ele deu um beijo no topo da minha cabeça. Estiquei meu pescoço e observei a confusão de mechas escuras que caíam em seu olhar castanho relaxado.

— Bom dia, linda — ele murmurou em um estrondo profundo que enviou minúsculos raios de prazer direto para os meus dedos. Ele se mexeu, jogando um punhado de pétalas no chão. — Quantas rosas a Mimi despetalou?

Suas palavras me provocaram uma careta.

— Espero que me perdoe se, de agora em diante, as únicas rosas que você ganhar vierem em vasos. — Ele beijou a ponta do meu nariz, então tirou uma pétala do meu cabelo e a jogou longe.

Eu sorri, em seguida endireitei meu pescoço, passando os dedos pelos cachos escuros subindo e descendo com sua respiração.

— Obrigada por ontem à noite.

Ele segurou meu pulso.

— Você não deve me agradecer por ser um idiota ganancioso. Prometi deixar você definir o ritmo, mas quebrei essa promessa quase

tão rápido quanto gozei. — Sua exalação aqueceu meu nariz e lábios.
— Como você está se sentindo?

Delirantemente feliz. Esgotada fisicamente. Em vez disso, disse:

— Surpresa que o Ishim não exigiu que eu entregasse os ossos das minhas asas.

Seus lábios se curvaram lentamente enquanto ele soltava meu pulso.

— Eles estão fechando os olhos ou o sexo não é o crime hediondo que fingiram ser.

— E se for porque você é parte anjo?

— Então devo à alma falecida de minha mãe uma porrada de desculpas.

Mexi em seu bíceps.

— Você tem uma boca tão suja. Acho que nunca ouvi ninguém xingar tanto quanto você.

Ele sorriu.

— E pensar que estou filtrando a sujeira que sai para não chocar seus ouvidos puros.

— Não são mais tão puros — murmurei enquanto ele rolava em cima de mim e capturava meus lábios em um beijo ardente que me fez pensar que suja era um adjetivo inadequado para descrever sua boca, mas de repente, outro pensamento sobrepôs o último, e meus olhos se arregalaram. — Esquecemos de usar camisinha!

Ele passou a boca pelo meu queixo.

— Fiz vasectomia, então você não precisa se preocupar em engravidar. E no que diz respeito às doenças, nunca dormi com uma mulher sem camisinha antes.

Eu empalideci.

— Vasectomia?

Ele pressionou seus antebraços.

— É quando...

— Eu sei o que é isso. — Ele tinha vinte e cinco anos, era muito jovem para tomar uma decisão tão precipitada e significativa. — Pode ser revertida?

— Possivelmente, mas não tenho desejo de ser pai.

— Você é tão jovem.

Ele rolou de cima de mim e suspirou.

— Sinto muito se isso é um obstáculo para você, Pluma, mas ter filhos, considerando o que eu faço, seria egoísta e cruel.

Eu queria gritar com ele para mudar o que havia feito. Em vez disso, apoiei a bochecha no travesseiro amassado e falei.

— Não é um problema, mas um dia, talvez eu queira ter filhos.

Antes, eu teria imaginado que isso não seria uma opção, não se eu escolhesse desistir de minhas asas, mas sua mãe, uma Nephilim, teve um bebê, então talvez não fosse completamente impossível.

— A essa altura, você terá se cansado de meus modos maquiavélicos ou ascendido e encontrará um anjo digno de encher seu ventre.

Minha garganta apertou e meus olhos doeram.

— Como pode dizer isso? Como pode pensar assim? — Me virei para o outro lado para que ele não visse as lágrimas escorrendo do meu nariz.

— Ei. — Ele passou os dedos para cima e para baixo no meu braço. Quando eu o afastei, dobrando-o e enterrando-o ainda mais sob o travesseiro, ele deslizou contra mim, envolvendo seu corpo aquecido pelo sono contra a minha forma encolhida.

— Pare de imaginar que vou embora — falei.

A palma da sua mão pousou na minha barriga, e ele me puxou para mais perto.

— Tristan e Muriel nunca te deixaram.

— Eles deveriam.

— Mas não o fizeram.

— Pluma, não quero que você vá, mas não sei como mantê-la por perto.

Eu me virei.

— Apenas encontre um lugar para mim em seu coração. Mesmo que seja um canto apertado e escuro.

Suas írises marrons dilataram. Fiquei preocupada por ter pedido muito, mas ele aproximou a boca da minha e sussurrou:

— Você já possui mais do que qualquer um já recebeu.

49

— *Está* bonito — Tristan falou, encostado no espelho do lado de fora do provador, mastigando um palito de dente, provavelmente para moderar seu desejo de fumar.

Observei meu reflexo ou o que eu podia ver com ele parado no caminho. Quando Jarod anunciou com entusiasmo que Tristan iria acompanhar Muriel e eu, engoli meu desejo de protestar.

— *Absolument pas.* — *De jeito nenhum.* Muriel balançou a cabeça para a bainha preta simples que não fazia muito pelas minhas curvas, além de engoli-las por inteiro. — Sacos de lixo são mais modelados.

A pele da vendedora ficou rosada como se ela se sentisse pessoalmente responsável pelo corte infeliz da roupa. Voltei para o provador e troquei o preto por um vestido cor de esmeralda justo com uma saia de tule bufante que chegava a um centímetro acima dos meus tornozelos. Depois de contorcer meus braços para fechar o zíper do topo do espartilho, reajustei meus seios, esperando que o decote não me fizesse parecer vulgar, e saí, me preparando para o pelotão de fuzilamento.

Muriel bateu palmas, o que fez a vendedora ao lado dela perder o fôlego.

Tristan, por outro lado, franziu o nariz.

— O Jarod não vai gostar disso.

Muriel zombou.

— Meu garoto, vá. — Ela sacudiu a mão em direção ao fundo da loja. — Você está sendo incrivelmente inútil.

Ele se afastou da parede espelhada e caminhou pelo longo corredor de roupas adequadas para salões de baile e coroações.

— É impressionante. Vamos ficar com ele — Muriel disse à vendedora.

— Tem certeza? — Eu estava tentando ver o que Tristan não gostava nele. — Isso não me faz parecer uma bailarina crescida demais?

Muriel revirou os olhos cheios de kohl.

— Não faz, não. — Enquanto eu recuava para o provador, ela me seguiu para dentro e me ajudou com o zíper. — Não sei qual é o problema do Tristan hoje, mas se ele não parar com isso, vou conversar com o Jarod.

— Não faça isso.

As mãos de Muriel pararam na parte inferior do zíper.

— Não gosto da maneira como ele está agindo.

Eu me virei, segurando o vestido.

— Ele só precisa de tempo para se adaptar.

Seus olhos azuis encararam os meus.

— Tudo bem, não vou dizer nada ao Jarod, mas não prometo não ter uma conversa com o Tristan.

Foi o melhor acordo que consegui.

— Experimente estes três últimos, e então iremos para Valentino.

Assenti, e ela saiu. Tirei o vestido e o coloquei no banco estofado de couro ao lado do meu vestido roxo que Muriel tinha lavado e passado, embora eu não tivesse pedido.

Mexi em uma peça de chiffon preto, justa, com mangas compridas transparentes e ganchos minúsculos que fechavam na frente. Antes mesmo de vestir, soube que Jarod iria gostar. Um vislumbre da etiqueta de preço me fez fazer uma careta. Fiquei tentada a fingir que não combinava, mas conhecendo a perspicácia de Muriel, ela veria através da minha mentira.

Minha mentira, o que certamente me custaria uma pena.

Tristan se juntou a nós no caixa e pagou em dinheiro, entregando tantas notas rosas e roxas que a culpa borbulhou dentro de mim novamente. Os dois guarda-costas que Jarod havia designado para nos acompanhar naquele dia pegaram as sacolas de compras pretas e brilhantes, embora parecesse errado, considerando que foram enviados para me proteger, não para carregar bolsas. Mas descobri, depois da primeira boutique, que era inútil insistir em carregar minhas próprias compras.

O segurança da loja destrancou as portas, que ele havia trancado durante nossas compras – todos os estabelecimentos tinham feito o mesmo. Embora fosse para me oferecer privacidade, não conseguia deixar de me sentir desconfortável quando os vendedores escoltavam clientes para fora da butique para que eu pudesse vagar sem ser incomodada.

Enquanto os guarda-costas de Jarod carregavam o porta-malas do sedan preto em que nos seguiram, Muriel e Tristan me acompanharam até a próxima loja.

— Acho que já comprei o suficiente — falei.

Enquanto eu experimentava as roupas, Muriel escolheu sapatos e bijuterias para combinar com cada peça.

Tristan bufou.

— O Jarod me avisou que você diria isso. Ele também me mandou gastar todo o dinheiro que ele deu, e você mal começou.

Arregalei os olhos. Eu não tinha calculado todos os preços, mas tinha certeza de que havíamos gastado perto de trinta mil, o que era uma loucura.

Completamente insano.

— Tudo bem, mas esta é a última loja, tá? — murmurei.

Tristan abriu as portas de vidro, em seguida, segurou uma vendedora e ordenou que ela esvaziasse a boutique. Fingi grande interesse na coleção de bolsas cravejadas com triângulos enquanto clientes insatisfeitos eram encaminhados para a rua.

Muriel tirou uma pequena bolsa de ombro vermelha da prateleira.

— Vamos escolher uma de cada tamanho. Quais cores você gostaria, *ma chérie?*

— Você escolhe.

Ela escolheu as cores e pediu sapatos que combinassem.

— Agora, as roupas.

Quando começamos a descer um corredor, outra vendedora veio até nós, enfiando uma camisa preta em uma saia lápis da mesma cor, como se tivesse acabado de entrar no trabalho.

— É uma grande honra — ela disse, empurrando uma mecha de cabelo castanho atrás da orelha. Um solitário de diamante, maior do que a minha unha, brilhou em seu dedo anelar. Quando não falei nada, ela acrescentou: — Servir *l'amie* de Jarod Adler.

Muriel empurrou um cabide com um conjunto azul-celeste nos braços da garota.

Um pequeno suspiro baixo escapou por seus lábios entreabertos enquanto ela segurava a roupa.

— Vou arranjar um provador. — Ela se virou sobre botas que deviam ser da loja, considerando o quanto eram chiques, embelezadas com os mesmos rebites em forma de pirâmide que as bolsas.

Enquanto Muriel puxava quase todos os cabides da primeira arara, olhei para fora das vitrines. Um dos guarda-costas ficou do lado de fora e afastou os transeuntes. Fiquei quase surpresa por nenhum paparazzi ter chegado ou arcanjos zangados.

Mas eu escolheria os paparazzi em vez de Asher.

Se Asher me pegasse fazendo compras às custas da máfia, ele provavelmente me tiraria de Paris. Quando desviei o olhar da frente da loja, vi Tristan parado perto do provador que a vendedora estava preparando para mim. Ainda chupando o palito, ele agora brincava com o botão do paletó. O homem tinha um sério vício em nicotina ou estava entediado demais. Talvez uma combinação dos dois.

Quando a garota passou por ele, olhou em sua direção. Tristan fingiu que ela nem existia. Era por causa do anel de noivado enfeitando seu dedo? Ele não me parecia um homem de muitos — ou *qualquer* — escrúpulos. Talvez seu corpo esguio e cabelo castanho espesso simplesmente não o atraíssem.

— Leigh? — Muriel tocou meu braço. — O que você acha dessa saia? — Ela estendeu uma peça longa e fluída do mesmo azul pavão dos olhos da morena.

— É muito linda.

— Por que você não começa a experimentar? Vou continuar procurando para você. — Muriel passou o cabide para a vendedora, que me olhou de cima a baixo como se estivesse me avaliando.

E não como uma *stylist*, mas como quem avalia sua competição.

Ela estava com inveja por que eu era *l'amie* de Jarod Adler? O fato de ela saber que eu era sua namorada era surpreendente. A única vez que Jarod e eu estivemos juntos fora das paredes de sua casa foi no restaurante de Layla. Fomos fotografados lá?

Eu a segui até o provador que era fechado com uma pesada extensão de veludo cinza escuro. Assim que ela saiu, abri o cinto de couro e as raízes do meu cabelo esquentaram com a lembrança do outro uso que Jarod havia encontrado para ele ontem. Eu o coloquei no banco esculpido na mesma madeira das paredes da cabine, em seguida, tirei o vestido e o deixei cair ao lado do cinto. Experimentei a camiseta de cetim casca de ovo com costuras excessivas e tiras de renda da mesma cor, combinando-a com a saia azul, e em seguida, saí para obter a opinião de Muriel.

Assim que me viu, ela se aproximou com os braços carregados de metros de tecido transparente.

— *Magnifique.*

— Se me permite, sei que sou nova aqui – *primeiro dia* — anunciou a morena, abrindo um sorriso para a colega, que estava carregando uma braçada de bolsas para fora da sala dos fundos —, mas acho que a saia precisa fazer bainha.

Fiquei olhando para baixo, sem realmente entender o porquê, uma vez que não tocava o chão.

— Deixe-me prendê-la, e então vocês podem decidir. — Ela provavelmente disse isso na esperança de abrandar as rugas na testa de Muriel. — Deixei os alfinetes lá dentro. — A vendedora gesticulou em direção ao provador, com um movimento ligeiramente tenso. Ela estava nervosa porque era seu primeiro dia?

Eu a segui, franzindo a testa quando ela fechou a cortina. Ela faria uma bainha tão curta que precisava nos proteger?

Ela se agachou e, antes que eu pudesse piscar, se levantou de um salto, pressionou a palma da mão contra minha boca e uma lâmina afiada em meu pescoço.

— Sua vadia, isso é pelo meu pai. — Ela cortou minha garganta.

O sangue jorrou sobre seu lindo rosto, cobrindo seu enorme anel de diamante. Tentei falar, gritar, mas tudo o que saiu da minha boca foi um gorgolejo úmido.

Ela colocou o braço em volta da minha cintura e me colocou silenciosamente no chão. O mundo começou a manchar nas bordas, como os rótulos das garrafas de vinho de Jarod, e um barulho encheu meus ouvidos.

A garota se limpou com um dos vestidos. Ela esperava sair da cabine e sobreviver à ira dos guarda-costas? De Tristan?

Embora meu cérebro parecesse estar balançando dentro do meu crânio, consegui manter os olhos abertos. Apenas uma mancha de sangue permaneceu no canto da sua orelha, que seria coberta por seu cabelo se ela o soltasse.

Qual seria seu próximo movimento? Atacar meus guarda-costas ou...

Muriel! E se ela fosse atrás dela?

Tentei gritar de novo, mas a ferida que jorrou arrebatou o nome de Muriel de meus lábios abertos.

— Está tudo bem aí? — Tristan perguntou, e eu implorei a ele para ser intrusivo como de costume e abrir as cortinas.

Eu não morreria, mas eles poderiam.

Rangendo os dentes, rastejei em direção à cortina, mas a mulher bateu com a bota na minha bochecha, me fazendo tombar. Infelizmente, o tapete absorveu o som do meu impacto.

— Sim. Quase pronto — a mulher disse, com um ofego em seu tom.

Por favor, por favor, perceba, Tristan.

Ela enfiou a faca revestida com meu sangue dentro da bota, e eu quase suspirei de alívio, porque isso significava que ela não estava planejando atacar ninguém.

Jogando o vestido sujo que usou como toalha em cima de mim, a mulher, que tinha acabado de ganhar uma pontuação astronômica de pecadora, passou pelas cortinas, puxando-as bem atrás de si.

— Ela sairá em um minuto. — Sua voz foi abafada pelo tecido grosso. — Vou encontrar um par de saltos altos para combinar com a saia. Volto já.

Minha blusa de seda ficou saturada de sangue e grudou no peito que bombeava lentamente. Se eu não tivesse asas, um Malakim já teria chegado para colher minha alma.

— Posso entrar, *ma chérie?* — Muriel perguntou.

Nunca em minha vida havia sentido tanta dor. Como os humanos podem fazer isso uns com os outros? Serem tão cruéis?

Morrer era uma parte necessária do ciclo da alma, mas esse tipo de morte era desumana. Não admira que os Malakim apagassem a memória de uma alma. Um trauma como o que eu estava experimentando deixaria uma cicatriz em alguém por várias vidas.

— Leigh? — Muriel chamou.

Em algum ponto, a impaciência a tomaria, e ela descobriria meu corpo sangrento. Tentei usar o tecido que a vendedora jogou em mim para limpar o sangue, mas minhas mãos tremiam com muita força e meus dedos nem fechavam. Muriel ficaria apavorada e não havia nada que eu pudesse fazer a respeito.

A cortina finalmente se abriu.

Um grito rasgou o ar e, em seguida, passos bateram no chão de granito da loja, soando direto no meu crânio. O rosto de Muriel ficou borrado na minha frente e então ficou mais nítido antes de borrar novamente. Manchas cor de prata e azul se iluminaram atrás dela. Quando minha visão clareou novamente, percebi que as manchas eram Tristan. Sua pele, geralmente bronzeada e brilhante, parecia um fantasma.

— Não fique aí parado! — Muriel gritou. — Peça ajuda e encontre a garota!

Tristan recuou, com os olhos pálidos arregalados de medo.

Antes que ele pudesse se virar, uma série de estalos soou. Tiros?

Minha cabeça girou quando a palma úmida de Muriel segurou minha bochecha.

— Fique comigo, Leigh.

Eu realmente queria dormir.

Só um pouco.

Só até minha pele se curar e minha traqueia se fechar.

— Ligue para o Jarod! — foi a última coisa que a ouvi gritar antes que o mundo se desfizesse, tornando-se felizmente branco.

50

*A*cordei envolta em algo que parecia feito de aço sedoso.

Quando o mundo entrou em foco, percebi que a seda eram os lençóis de Jarod e o aço era seu corpo. Me movi e seu pulso ganhou vida sob minha cabeça.

— Leigh? — Ele nunca pronunciou meu nome de forma tão doce.

— Você está aqui — sussurrei, sentindo a garganta ainda doer. Provavelmente doeria por dias, considerando o quão profundo a morena havia cortado.

Levei os dedos para o meu pescoço, descobrindo uma enorme bandagem.

— Não toque nisso. Não quero que os pontos se abram.

— Pontos? — Nunca levei pontos antes. Nunca precisei. Ainda não sabia, mas imaginei que Jarod tivesse esquecido minha habilidade de cura. A menos que Muriel tivesse tomado a decisão de fazer uma bainha na minha pele.

Argh. Por que esse verbo tinha que ser o único a me vir a mente?

Ele tirou o braço de baixo de mim, me tratando como se eu fosse tão delicada quanto as pétalas que havíamos machucado durante o nosso amor.

— Sim. Pontos. — Seu olhar escuro alcançou a bandagem como se quisesse arrancá-la e rasgá-la em pedaços. Provavelmente era a mulher que fez isso comigo que ele queria destruir.

— Sabe, eu realmente não precisava deles. — Mantive a voz baixa, embora duvidasse que pudesse falar muito mais alto.

Ele balançou a cabeça, com a mandíbula escurecida com a barba por fazer que parecia que dias haviam se passado desde o meu incidente nas compras. Dias se passaram? Olhei para uma das janelas, tentando ver se era manhã ou noite... não que isso me dissesse por quanto tempo fiquei inconsciente.

— Dois... dias — ele grunhiu, como se tivesse lido minha mente. — Você esteve desacordada por dois terríveis dias. Bati na porta da sua associação para fazer com que alguém da sua espécie me dissesse se isso era normal!

Minha respiração ficou presa na garganta dolorida. Doeu, mas contive o suspiro superficial antes que pudesse vir à tona e aumentar as preocupações de Jarod.

— Eles devem ter ficado surpresos... quando abriram a porta e te encontraram.

— Pode-se dizer isso.

— Você viu lá dentro?

Ele bufou.

— Eles gostam de mármore e fontes.

Eu sorri.

— Quartzo. Das minas de Elysium. — Ele mencionou ser capaz de vê-los?

— Chamaram o Asher para mim. Ele veio e, depois de verificar seu pescoço, declarou que você ficaria bem.

Estremeci, imaginando a expressão horrorizada de Asher ao me encontrar na cama de Jarod – imaginei que este era o lugar onde eu estava desde o atentado contra minha vida. Como era superficial que meu paradeiro me incomodava mais do que minha condição. Bem, mas eu era imortal, então minha condição não era motivo para alarme.

A veia na têmpora de Jarod se contraiu.

— Pluma, fiquei louco.

— Eu te disse — passei o dedo sobre sua boca na forma do arco do cupido. — Não posso morrer.

Ele grunhiu, como se não acreditasse em mim. Mas ele tinha todas as provas de que precisava. Sim, minha garganta doía mais do que minhas asas na noite em que contei duas dúzias de mentiras, mas estava viva.

— A mulher... eles...

— O crânio dela ganhou um buraco. E você ficará feliz em saber – ou talvez, seja só eu que esteja satisfeito com isso – mas fui informado de que sua alma não foi colhida.

Não fiquei surpresa por ela ter morrido como Triplo.

— Estou feliz que ela se foi para que não possa machucar você e a Muriel.

Jarod piscou antes de balançar a cabeça.

— Sempre se preocupando com todos os outros.

— Jarod, ela mencionou que estava vingando o pai.

Seu olhar se fixou em um dos postes da madeira da cama, rastreando seu entalhado de forma elaborada até a torre pontiaguda.

— Você não precisa me dizer quem era... só queria compartilhar o que ela disse.

Suspirando, ele voltou sua atenção para mim, com os círculos roxos em seus olhos parecendo hematomas.

— Ela era filha do homem que dirigia a operação de extorsão que descobrimos. Quando a fechei, ele perdeu muito dinheiro. Ele também perdeu minha proteção e foi rebaixado.

— Então, ele enviou a filha para se vingar de você?

— Parece que ele não sabia dos planos dela.

Humm... eu não tinha certeza se acreditava nisso.

— Ela disse que tinha acabado de começar a trabalhar na loja. Foi uma coincidência?

— Não. Alguém a informou de que você faria compras na Avenue Montaigne. — Ele tensionou a mandíbula. — Ela provavelmente escolheu uma loja ao acaso e cruzou os dedos para que você a visitasse.

— Quem a informou?

— Tristan encontrou um dispositivo de escuta na sala de jantar.

Havíamos discutido isso durante o jantar? Eu não conseguia me lembrar.

A veia latejava com mais força em sua têmpora.

— Provavelmente plantado durante uma daquelas porcarias de festas que tenho que dar todo mês para garantir material de chantagem contra meus clientes.

Era bobagem, mas o motivo de suas festas me confortava.

— Quando eu pegar o merdinha – porque vou pegá-lo... ou a ela - vou cortar fora a porra da cabeça e plantar no portão de metal do parque.

Meu estômago embrulhou e a bile invadiu minha garganta ferida.

Minha náusea crescente deve ter minado a cor de minhas bochechas, porque ele disse:

— Desculpe, Pluma. Você não precisava saber disso.

Segurei sua mandíbula rígida.

— Estou feliz por ela ter visado a mim e não a você.

Seus olhos ficaram pretos como a camisa social amarrotada que ele usava, e suas narinas se dilataram, o que me disse que ele não estava nem um pouco feliz.

— O pai dela buscará vingança?

— Sua alma pode... se for arrancada de seu cadáver.

— Você o matou?

— Você esperava que eu o deixasse viver?

— Não foi ele que me machucou, Jarod.

— Mas queria. Acabou adiantando a data de seu funeral.

Um pensamento terrível se formou em minha mente.

— Sua posição, Jarod.

Ele deu de ombros.

— Provavelmente voltei a ser um Triplo.

Meus cílios tremularam sobre meus olhos algumas vezes em horror.

— Nós precisamos – eu preciso – não quero...

— Shh — ele sussurrou antes de se inclinar e cobrir meus lábios com os seus.

Eu estava dividida entre empurrá-lo para longe para que

pudesse argumentar com ele e puxá-lo para mais perto para que eu pudesse me encher dele. Este último venceu. Agarrei sua camisa amassada e o puxei o mais perto que um corpo podia chegar do outro.

Eu não tinha certeza de quanto tempo ficamos enrolados, mas tinha certeza de que não era o suficiente. Só nos separamos porque uma batida soou. Muriel entrou, com as rugas aparentemente mais pronunciadas. Ela repreendeu Jarod por "me machucar" antes de começar a verificar meu ferimento. Quando sua respiração se tornou um pouco mais estável, presumi que ela estava satisfeita com o quanto eu estava me curando rápido. Ela ainda alertou Jarod para ser mais gentil.

Jarod e eu sorrimos.

Ela preparou um banho para mim, dizendo a Jarod para ir comer o jantar que ela havia deixado para ele antes que esfriasse. Ele começou a protestar que não estava com fome, mas ela fechou a porta do banheiro na cara dele.

Ele deve ter descido para comer, porque não estava no quarto quando saí, sem curativos e com um pijama preto que parecia seda. Ela os comprou para mim durante a ida às compras?

Estremeci com a lembrança daquela manhã, e a escova que Muriel estava passando em meu cabelo úmido escorregou. Quando ela começou novamente, com movimentos lentos e suaves, me perguntei se minha mãe teria cuidado de mim de forma meticulosa como Muriel fazia.

— O que você fez para o jantar do Jarod? — perguntei, não porque eu estava especialmente com fome – *surpreendente, eu sei* – mas porque eu queria aliviar a testa franzida de Muriel, que estava assim desde que ela marchou para o quarto.

— Feijão verde e frango assado.

— O favorito dele — murmurei, me lembrando dela dizer isso na primeira noite em que jantei com ele.

— Fiz um pouco de sopa para você. Vários tipos – há caldo de carne, cenoura, ervilha-doce. Eu não sabia do que você gostava. Achei que seria melhor você ter refeições líquidas. — Ela abaixou a escova, acabando de desembaraçar minhas longas mechas. — Qual você gostaria?

— Ervilha doce. Eu amo ervilhas.

Suas rugas suavizaram.

— Volto já.

— Ou eu posso descer...

— Você — ela apontou a escova de cabelo para mim — fique parada.

— Tudo bem.

— Quer que eu ligue a TV antes de descer?

— TV?

Ela caminhou em direção à parede do outro lado da cama e abriu as portas do que presumi ser apenas um armário chique contendo mais livros. Ela ligou a tela plana e me deixou assistindo a um noticiário transmitindo bombeiros mergulhando no Sena em uma operação de resgate.

O corpo recuperado foi mostrado por apenas um segundo, mas foi tudo que eu precisei para entender que não haveria como resgatar essa pessoa cuja pele estava tão inchada e azul que eu não tinha certeza se seria capaz de comer alguma coisa.

— É a primeira vez que atiro um corpo no Sena — disse uma voz que me fez me virar para longe da televisão. Tristan estava na porta com um sorriso orgulhoso e um colete cinza-ferro abotoado sobre uma camisa do mesmo tom de seus olhos. — Muito conveniente.

Engoli em seco.

Ele acenou com a cabeça para a imagem.

— É Mehdi, o pai da garota que te atacou. Caso você esteja se perguntando. — Ele enfiou as mãos nos bolsos enquanto se aproximava. — Ninguém naquela família vai te incomodar mais.

— Por quê? Você matou todos eles?

— Não. Mas às vezes, a morte não é o pior destino. — Ele estudou a linha descolorida da pele em minha garganta. — Você deu um susto em todos nós. Estou surpreso que você tenha sobrevivido. Pareceu... profundo.

Observei sua expressão, me perguntando se ele se arrependia por eu ter sobrevivido. Teria sido uma maneira conveniente de se livrar de mim.

— Devo ter um anjo da guarda.

Sua máscara indiferente estava firmemente posicionada, tornando impossível adivinhar o que se passava em sua mente.

— Espero que ninguém descubra que você colocou aquele corpo no rio — acrescentei.

— O chefe de polícia sabe, mas ele é um regular na nossa festa mensal, então ele não vai apresentar queixa. — Um sorriso maroto quebrou o verniz polido de sua máscara. — Jarod parece estar com a impressão de que vamos parar de oferecê-las. Espero que você não esteja colocando nenhuma ideia na cabeça dele, porque essas festas são muito importantes para o que fazemos. — A antipatia que emanava dele era tão forte que era quase sólida.

Apertei meus lábios. Eu não queria responder, mas também não queria que ele não gostasse mais de mim.

— Não dei nenhum conselho a Jarod sobre suas festas.

— Elas também são dele.

Absorvi seu comentário carregado e o analisei.

Quando ele se virou para sair, eu disse:

— Não estou tentando tirar o Jarod de você.

O tecido de seda de seu colete se esticou enquanto os músculos de suas costas se contraíam. Ele me lançou um olhar por cima do ombro.

— Não estou preocupado com isso.

O sorriso que ele me lançou antes de sair perturbou meu estômago mais do que a imagem do homem afogado na TV.

Tristan quis dizer que não estava ressentido com a atenção que Jarod me dava ou que não achava que eu era capaz de tirar Jarod dele?

51

Os próximos dias se misturaram. O único destaque foi a visita de Celeste. Mesmo que ela não agisse como *aquela pessoa despreocupada com um lado da autodepreciação usual*, ela veio e ficou uma tarde inteira comigo. Sem mencionar que se sentou por duas refeições com Jarod, durante as quais foi apenas moderadamente agressiva. Uma melhoria.

— Acho que ela está começando a gostar de mim — Jarod comentou na noite seguinte, enquanto eu colocava os pés em um par de sapatos de saltos pretos de cristal que Muriel insistia que combinava com o vestido verde tipo tutu que eu tinha comprado antes...

Estremeci.

Antes do episódio, que eu ainda estava tentando desesperadamente tirar da minha mente.

— Quem?

Ele se sentou na cama para fechar as abotoaduras de diamante negro.

— Celeste.

Eu sorri. Não pude evitar.

— O que exatamente te levou a pensar que ela estava gostando de você?

— Ela só me chamou de macarrão de unicórnio uma vez.

Meu sorriso aumentou.

Terminado os punhos, ajustou a camisa do smoking e deu um tapinha no colo.

— Venha aqui.

Caminhei até ele e me sentei em suas coxas.

— Mencionei como você está deslumbrante esta noite?

Corri meus dedos sobre o tule fofo.

— Você realmente acha isso?

— Acho, sim.

— O Tristan disse que você odiaria esse vestido.

— O Tristan pode ser um idiota às vezes.

Arrumei sua gravata borboleta, embora já estivesse reta.

— Você também está incrivelmente bonito, mas você sempre está bonito. — Ele havia passado tanto gel no cabelo que parecia quase preto.

— Tenho algo para você. — Ele passou a mão no bolso da jaqueta e tirou uma pequena caixa de veludo.

— Você já me deu muito, Jarod.

Quando não peguei seu presente, ele virou minha mão e colocou a caixa na palma da minha mão.

— Comprei para combinar com os seus olhos, não com o seu vestido, embora vá ficar muito bem com os dois.

Abri a tampa, minha boca se abriu antes de se fechar para estabilizar os tremores crescentes. Um par de brincos de filigrana de ouro amarelo e esmeralda brilhavam contra a almofada preta. Pérolas do tamanho de pontas de agulhas e diamantes do tamanho de gotas de chuva estavam espalhadas por todo o cenário.

— Eu nunca tive nada tão bonito — sussurrei, com a voz cheia de emoção.

Ele prendeu uma mecha de cabelo atrás da minha orelha, em seguida, removeu uma das joias da caixa e espetou-a no meu lóbulo.

— Parece que eram propriedade da família Romanov. Pelo menos, foi isso que o homem da Sotheby's me disse quando pedi a ele a joia mais rara e mais bonita que eles colocaram em leilão. — Ele tirou o segundo brinco da caixa e gentilmente virou minha cabeça para ter acesso à minha outra orelha. — O czar os modelou no dia em que conheceu a mulher que se tornaria sua futura esposa. Dizem que ele até os projetou e escolheu as pedras a dedo. Se eu tivesse algum talento, teria feito o mesmo. Já que fazer coisas bonitas não é meu forte...

Pressionei os lábios ainda trêmulos contra os seus antes que ele pudesse se rebaixar ainda mais. Eu tinha certeza de que ele era tão capaz quanto o czar da Rússia de projetar algo bonito.

— Eu amei, Jarod. — Passei a mão em volta do seu pescoço, e meu polegar acariciou sua nuca. — Eu te amo. — As palavras saíram antes que eu pudesse especular se poderiam assustá-lo. Balas no coração, ele estava acostumado, mas declarações de amor?

Ele olhou para a leve cicatriz no meu pescoço.

— Você realmente não deveria, Pluma.

Meu coração caiu direto em meus sapatos brilhantes. Eu odiava a culpa que ele carregava pelo meu ataque. Odiava que não houvesse nada que eu pudesse dizer ou fazer para dissipar isso.

— Nós devemos ir. Tenho algumas pessoas para ver antes do show começar.

Assentindo, eu me levantei e aceitei sua mão estendida.

No foyer, Muriel estava esperando por nós.

— *Vous êtes si beaux.*

Ele ergueu nossas mãos entrelaçadas e me girou. O movimento inesperado fez meu coração pular um pouco mais alto.

— Você quer dizer que a *Leigh* está linda.

Muriel tirou um fiapo de sua lapela de cetim preto.

— Você também, *mon amour.*

Ele beijou o topo de sua cabeça, então recuou, me puxando junto.

— Não espere acordada, Mimi.

Ela grunhiu.

— Vou dormir quando estiver morta.

Meu coração caiu de volta. *Morta.* Nunca temi essa palavra antes, porque a morte não era o fim. Exceto para Triplos. De repente, eu queria descobrir a posição de Muriel. Eu duvidava que contivesse mais do que um único dígito, mas e se... e se seu contato e camaradagem duradoura com uma família mafiosa tivesse manchado sua pontuação?

A ÓPERA *house* era outra joia arquitetônica em uma cidade que já continha tantas – um templo de folhas de ouro, tinta a óleo e mármore com veios ocre.

Jarod me manteve ao seu lado enquanto eu esticava meu pescoço para apreciar o esplendor dos tetos abobadados.

Meus lábios devem ter se entreaberto de admiração porque Jarod disse:

— Que tal fechar este lugar amanhã para que você possa fazer um tour privado?

Voltei meu olhar para o dele.

— Não precisa fazer isso.

Ele beijou minha boca ainda aberta.

— Considere isso feito. Vou providenciar alguns outros lugares também.

— Você vem comigo? — perguntei, esperançosa.

— Não posso. Mas que tal você trazer a Celeste? Tenho certeza de que ela vai adorar. Ou se ela não gostar, isso vai dar a ela inspiração suficiente para novos embates. — Ele acrescentou um sorriso torto que me fez balançar a cabeça. — Vou mandar o Amir com você desta vez.

Meu coração se apertou. Jarod achava que outra pessoa tentaria me atacar? Eu estava prestes a lembrá-lo de que era imortal, que preferia que Amir ficasse com ele, quando Tristan veio até nós, de braço dado com uma mulher que deve ter sido uma modelo de passarela, considerando o quanto era alta, ágil e requintada. Tudo nela era esculpido com perfeição, desde as maçãs do rosto salientes até o nariz empinado, o formato inclinado dos olhos e a clavícula delicada em exibição em seu vestido preto sem alças.

Eu me afundei mais perto de Jarod, me sentindo como uma carapaça gigante. Eu não me sentia tão sem brilho e sem graça desde a última noite que passei em Nova York, ao lado da linda e impecável Eve.

— Jarod — a mulher falou, com um forte sotaque – possivelmente do Leste Europeu – revestindo seu nome —, faz muito tempo.

— Boa noite, Petra.

Ela se inclinou para beijar suas bochechas. Mesmo que os lábios dela não fizessem contato com a pele dele, pairando naquele jeito educado dos franceses, meus dedos se entrelaçaram como trepadeiras ao redor do paletó de Jarod.

— Belo vestido, Leigh — Tristan disse com um sorriso que provocou espinhos em mim. Quem poderia imaginar que a suave e delicada Leigh pudesse ficar tão espinhosa?

— Quase me arrependo de tê-la deixado sair de casa com essa aparência — Jarod disse.

O sorriso de Tristan aumentou.

— Eu posso acreditar.

O braço direito de Jarod provavelmente me considerou uma monstruosidade em meio a toda a majestade do Palais Garnier. O que mais me incomodou, porém, foi que, enquanto observava a sala, me juntei a ele ao pensar isso.

— Amir — Jarod chamou por cima do ombro.

Seu guarda-costas se separou dos outros três que nos seguiam.

— Por favor, acompanhe a Leigh até o *loge*.

O homem acenou.

Para mim, Jarod disse:

— Vou subir em alguns minutos.

Soltei meu aperto mortal em seu paletó, e tive a sensação de soltar o galho mais alto de uma árvore e cair em queda livre para trás. Minhas asas se abriram nas minhas costas como se pudessem de alguma forma amortecer minha queda, mas tudo o que fizeram foi adornar inutilmente minhas costas.

Jarod segurou meu queixo. Achei que ele fosse me beijar, e eu queria desesperadamente que ele o fizesse, nem que fosse apenas para mostrar a Petra e ao resto das mulheres que o olhavam que ele tinha sido capturado, que mesmo que ele não me amasse, gostava mais de mim do que delas. Em vez disso, seu queixo se encostou no meu brinco de esmeralda.

— Você está me cegando para o mundo ao redor, Pluma. Como devo olhar para qualquer outro lugar ou *ver* qualquer outra coisa quando você estiver por perto?

Eu queria que seu elogio me atingisse profundamente e elevasse meu coração afundado, mas parte de mim pensava que ele tinha falado isso apenas para aliviar meu mau humor.

Ele inclinou meu rosto.

— Sorria para mim.

Suspirando, abri um sorriso diminuto.

Ele se inclinou e beijou meus lábios tensos antes de se afastar e caminhar no meio da multidão que se dividiu em torno dele e de Tristan como se fossem reis.

Na noite em que conheci Asher, me lembrei de pensar que ele era atraente, poderoso e gentil, mas o Arcanjo empalidecia em comparação ao meu pecador.

Nem humano nem anjo poderiam eclipsar este homem cuja escuridão magnífica devorava até mesmo a mais brilhante das luzes.

52

ℰnquanto Amir me escoltava até uma opulenta caixa vermelha situada diretamente do outro lado do palco, olhares curiosos foram lançados em minha direção, aumentando minhas inseguranças.

— O Tristan mencionou que Jarod estava agindo fora do normal, mas beijar em público — Petra deslizou em direção ao corrimão de ouro do *loge* próximo ao qual eu estava parada, examinando a multidão abaixo —, essa é a primeira vez. — Ela apoiou os antebraços delicados no estofamento de veludo escarlate que combinava com as cadeiras com seus tufos de botões profundos e molduras douradas.

Não acho que ela estava me dizendo isso para acariciar meu ego, mas absorvi isso imediatamente.

— Imagino que você o conheça bem?

— Intimamente, mas não muito bem.

Eu sabia que não era a primeira, segunda ou terceira de Jarod, mas ouvir isso de alguém que tinha vindo antes de mim machucou meu coração já vulnerável.

Petra se afastou da visão abaixo para me examinar.

— Não creio que seja possível conhecer bem Jarod Adler.

Como ela estava errada.

Como eu saboreei *profundamente* o quanto ela estava errada.

Eu mantive meu olhar no público que circulavam lá embaixo, alisando seus vestidos amplos para se enfiar nas estreitas fileiras de assentos ou abraçando amigos como se fossem parentes há muito perdidos antes de depreciar suas roupas ou feições com Botox no instante em que virassem as costas.

No meu caminho até as escadas para nosso camarote particular, ouvi esse tipo de comentário malicioso. Até ouvi uma mulher comentar que outra pessoa estava usando o mesmo vestido que eu, mas preto, que era muito mais distinto do que o verde escuro. Meu nível de confiança sofreu outro golpe, mas levantei o queixo e abri um pouco mais minhas asas.

Por um breve momento, desejei que os humanos pudessem vê-las, ou pelo menos, senti-las. Pessoas passavam por elas como se minhas penas não fossem mais substanciais do que vapor não tinham sido tão satisfatórios quanto bater neles seria.

Um pensamento bem pouco angélico.

— É Lee, certo? — Petra perguntou. — Seu nome.

— Leigh — respondi, adicionando um som longo *yuh* para diferenciá-lo da palavra que significava feio em francês.

— Para qual agência você trabalha, Leigh?

Olhei para ela.

— O quê?

— Imagino que você seja modelo.

— Modelo? — Na verdade, sorri com isso. — Não. Eu não sou modelo.

— Uma garota de programa, então? Ou atriz?

Eu balancei a cabeça em negativa.

Ela verificou minha mão esquerda e, embora eu não usasse anel, perguntou:

— Esposa de um cliente?

— Não — ofeguei.

— Então, como você conheceu o Jarod?

A lembrança de como eu entrei em *La Cour des Démons* passou pela minha mente. Parecia que um ano inteiro tinha se passado.

— Eu o procurei para lhe oferecer a chance de uma vida melhor.

— Melhor? — Ela fez um som baixinho, que eu não tinha certeza de como interpretar até que ela balançou a cabeça. — O Jarod leva a melhor vida. Ele é o homem mais rico, poderoso e independente desta cidade – provavelmente de todo o país. Sem mencionar que é extremamente bonito.

— Essas não são razões para felicidade.

— Obviamente, você nunca conheceu fome ou pobreza.

— Tem razão. Não.

A tensão que flexionava de seus ombros delicados me levou a acreditar que ela conhecia os dois.

O ar mudou repentinamente, tanto em textura quanto em cheiro. Sem ter que olhar por cima do ombro, senti que Jarod havia chegado. No entanto, olhei para me preencher com a visão dele. Com uma postura orgulhosa, ele avançou em minha direção. Petra também o observava, junto com todos nos camarotes particulares ao redor, mas eu era seu único foco, e isso fez coisas comigo que eram totalmente alarmantes.

Me fez sentir especial. E bonita.

Isso me incendiou.

Meu corpo começou a pulsar com luz e seus olhos brilharam. Quanto daquela luz era um reflexo da minha própria e quanto dela era um reflexo daquela em seu coração? Ele me apoiou na grade de proteção, levando as mãos à minha cintura, provavelmente para evitar que eu tombasse sobre a balaustrada de veludo vermelho.

— Desculpe, ter te deixado sozinha por tanto tempo — ele sussurrou antes de pressionar a boca na minha, e embora nossos lábios não se abrissem e nossas línguas não se tocassem, parecia um dos beijos mais íntimos que ele e eu já tínhamos compartilhado, como se sua boca estivesse memorizando a forma da minha.

As luzes diminuíram e nós nos sentamos. Quando as cortinas pesadas se abriram, sua mão escorregou da minha cintura, mas não do meu corpo em chamas. Seus longos dedos tocaram minhas penas com a destreza do harpista no fosso da orquestra, dedilhando e acariciando cada uma delas até que um zumbido melódico percorreu meus lábios.

Embora ele mantivesse seus olhos no espetáculo, o sorriso crescendo em seu rosto enquanto minha respiração ficava mais ofegante e minha pele mais brilhante traía onde sua atenção realmente estava. Eu provavelmente deveria tê-lo repreendido pelo que ele estava fazendo, mas fechei os lábios e olhos e caminhei pelo campo minado de impropriedade. Quando seus dedos me fizeram alcançar o ápice, meus lábios se entreabriram com um suspiro que foi engolido primeiro pelos aplausos da plateia e, em seguida, pelos lábios de Jarod.

Depois do prazer, veio a dor. Como se alguém tivesse socado minhas costas com os nós dos dedos de aço, assobiei e meus olhos se abriram, travando nos de Jarod. Ele cambaleou para trás, já examinando a expansão sombria debaixo da minha cadeira. Quando ele localizou a pena que imaginei que o Ishim roubou pelo nosso momento sem-vergonha, sua expressão enrijeceu como a minha pele que não estava mais brilhante, e sua mão se afastou do meu corpo.

Segurei seus dedos.

— Não importa.

Ele me olhou de soslaio, e eu senti que, para ele, isso importava.

Um dueto começou no palco.

Ele tirou a mão da minha e cruzou os braços, juntando o tecido das mangas.

Em vez de tentar separar seus braços, o que senti que ele não apreciaria, deixei que ele fervesse de culpa. Mas me inclinei para dizer:

— Eu não os quero. Quero você.

— Não diga isso — ele retrucou, e seu tom áspero chamou a atenção de Petra e Tristan.

Eu me aproximei dele novamente.

— Você não entende o que eles representam.

— Sua segurança — ele resmungou. — Isso é o que eles representam, porra. — Seu olhar ainda estava cravado no palco e assim permaneceu durante todo o primeiro ato.

Eles se desviaram apenas uma vez, e foi para olhar a mão que acariciava seu colo.

Que não era a minha.

O sangue latejava em meus ouvidos enquanto observava Petra acariciar sua coxa novamente. Como ela se atrevia...

Antes que eu pudesse terminar esse pensamento, ele arrancou a mão dela de seu colo e a empurrou com uma violência que a fez dar um tapa em seu próprio corpo.

— Se me tocar de novo, vou cortar sua mão. — Em seguida, ele se levantou e saiu.

Tristan o seguiu, mas Petra nem vacilou. Só quando as luzes se acenderam para o intervalo que ela também se levantou e saiu sem um pedido de desculpas ou um olhar.

Não me mexi. Em parte, porque eu estava presa na cadeira por tudo o que se desenrolou durante o ato da ópera e, em parte porque se Jarod voltasse, eu queria estar aqui.

Os minutos passaram e nenhum deles voltou. Apenas Amir tinha ficado, mas imaginei que fosse mais por dever do que por pena.

Quando ele se virou para olhar para o corredor atrás da caixa, peguei minha pena caída. Eu não queria reviver um episódio do passado, mas me forcei a isso. A explosão de Jarod podia ter sido causada pela culpa, mas serviu para me lembrar o quanto eu estava rejeitando minha espécie.

As paredes de uma escola secundária cinza e monótona apareceram ao meu redor, e então o corpo musculoso do astro *running back* apareceu na minha linha de visão – Sean. Eu me fiz passar por uma aluna transferida, o que me ajudou a ser tutora dele a fim de controlar seu hábito de colar nos exames. Passei várias semanas convencendo-o de que ele era inteligente e tão capaz de ter sucesso na sala de aula quanto no campo.

Com a lembrança de seu rosto se iluminando depois de tirar seu primeiro B – sem copiar as respostas do amigo, um caroço obstruiu minha garganta e as lágrimas que haviam brotado finalmente derramaram. Senti falta da garota que eu costumava ser e sofri por aquela que sonhei em me tornar.

Fiquei triste por ela, porque senti muito durante esta última missão, aprendi muito para me tornar ela. Passei as mãos sobre minhas bochechas molhadas, não me importando se estraguei a pouca maquiagem que apliquei.

O ar ao meu redor mudou e eu sabia que Jarod havia retornado.

O que não significava que ele não iria me abandonar para sempre.

Seu olhar de aço vasculhou o chão embaixo da minha cadeira, provavelmente procurando a pena caída. Quando não encontrou, seu olhar subiu até o meu.

— Você não foi embora. — Cada sílaba soou estilhaçada.

— Você também não. — Ao contrário do meu, seu tom era rígido.

Quando as cortinas vermelhas e douradas se levantaram, murmurei:

— Nunca serei eu a ir embora, Jarod.

Ele se transformou em pedra.

As luzes diminuíram e ele não se sentou.

Amassei o tule verde, tentando me preparar para uma decisão que seria incapaz de reverter, tentando me lembrar que se ele partisse não era porque não se importava, mas porque se importava demais.

Quando não pude mais suportar a visão de sua imobilidade, fechei os olhos. O mínimo que eu podia fazer era não assistir isso acontecer.

Uma mão quente envolveu meus dedos frios. Meus cílios se ergueram lentamente, com medo de que minha pele estivesse evocando um toque que não estava lá. Mas dedos longos polvilhados com pelos escuros cobriram minhas juntas.

Jarod forçou minha mão para fora do tule e entrelaçou seus dedos nos meus, pressionando nossas palmas juntas até que eu pudesse sentir seu batimento cardíaco acelerado através da ponta do seu polegar. Olhei para ele, mas seus olhos estavam fixos no palco e na cena em andamento. Ele não disse uma palavra para mim durante todo o segundo ato.

Mas eu não precisava de palavras.

Não quando eu tinha sua mão.

53

*P*etra não voltou depois daquele primeiro intervalo, mas sua mão acariciando o colo de Jarod tinha assombrado meu sono e me acordado mais de uma vez durante a noite. Cada vez, eu observava os raios de luz iluminando a varanda e através das cortinas fechadas enquanto dançavam pelo teto como fantasmas até que me embalaram de volta à inconsciência.

Ao contrário de mim, Jarod tinha dormido profundamente, mas suspeitei que fosse graças a tudo o que fizemos quando voltamos da ópera. Ele fez amor comigo três vezes. A primeira foi doce, um pedido de desculpas por como ele agiu. A segunda brusca, uma garantia de meu desejo. A terceira, lenta e inacabada – ele não chegou ao clímax, embora tenha se certificado de que eu sim – uma promessa de que não haveria fim para nós, assim como não houve para ele.

Quando a manhã escoou pelas bordas das cortinas, parei de tentar lutar contra a vigília e me deleitei com a paz imaculada do amanhecer, me virando de lado para estudar o perfil de Jarod, o toque denso dos cílios roçando suas maçãs do rosto, os cabelos cor de café queimado caindo arbitrariamente sobre sua testa, a abertura de seus lábios carnudos, entreabertos em tranquilidade.

Eu queria acordar com essa visão todos os dias da minha vida imortal, mas isso era um sonho impossível.

Como. Era. Injusto.

Um pensamento cintilou na minha cabeça e explodiu meus lamentos. Se ele podia ver dentro da associação, então ele poderia entrar. Estava longe do ideal, mas se eu ascendesse, talvez pudesse convencer os Arcanjos a mudar sua regra de cem anos de não viajar para fora do Elysium. A excitação começou a tapar todas as pequenas fissuras do meu coração.

— Jarod — murmurei.

Ele se mexeu, mas seus olhos não abriram.

— Jarod? — tentei de novo.

— Humm. — Seus cílios ainda não se abriram, mas seu braço se esticou e envolveu a minha cintura.

— Você *entrou* na associação?

Desta vez, seus olhos se abriram, e ele me olhou.

— Acabei de ter uma ideia. Isso resolveria nosso dilema, mas não é o ideal. Eu esperava que, se você pudesse ver o interior da associação, talvez pudesse entrar também.

Ele apertou os lábios.

— Eu não consegui ultrapassar a soleira.

Meu sonho frágil estourou como uma bolha de champanhe e meu coração estilhaçou novamente.

— Mas estou satisfeito em saber que você está pensando em completar suas asas — ele murmurou.

— Não estou considerando, *nem* vou completá-las se isso significar que vão me levar para longe de você. — Minhas palavras ecoaram.

— Pluma...

— Não faça isso.

Ele suspirou.

— Nunca mais teremos essa conversa, certo? — resmunguei.

Demorou muito para sua boca formar uma resposta, mas no final, eu consegui o que queria:

— Tudo bem.

Ele me puxou para perto, e depois para mais perto – primeiro, sua língua deslizou dentro de mim e, em seguida, seu comprimento rígido. Levantando a perna para apoiar sobre sua coxa, ele me penetrou mais fundo, estabelecendo um ritmo lento que amplificou as batidas dentro do meu peito.

O calor cresceu e se envolveu como fumaça cintilante por todo o meu corpo. Olhei para ele, que me olhou de volta, e esse contato se tornou mais íntimo do que qualquer outro lugar conectado em nossos corpos. O preto de suas pupilas e o marrom de suas íris pareciam se fundir e girar enquanto ele estocava mais fundo, recuava e estocava novamente. O abismo de prazer se aproximou e eu apertei os lençóis amarrotados com os dedos, torcendo a seda para me segurar até que ele estivesse pronto para gozar dentro de mim.

— Pluma — ele murmurou.

Meus dedos se abriram e eu me deixei levar.

E ele se deixou em seguida.

Não saímos do nosso ninho de seda por quase uma hora, e eu teria ficado o dia todo se Jarod não tivesse me lembrado de suas reuniões e do meu passeio particular por Versalhes.

— Gostaria que você pudesse vir comigo — falei, vestindo uma calça preta fluida que deslizavam pelas tábuas brilhantes do closet, apesar dos meus saltos de dez centímetros. O efeito fez minhas pernas parecerem quase tão longas quanto as de Petra.

Como eu gostaria de poder esquecê-la...

Depois de prender os brincos de esmeralda, alisei a camiseta branca simples que coloquei por dentro da calça. Eu raramente usava calça, convencida de que saias eram as melhores para o formato do meu corpo, mas elas estavam me fazendo repensar minhas preferências de guarda-roupa.

Jarod veio por trás e enlaçou meu torso com os braços. Mesmo que meus saltos fossem altos, ele ainda pairava sobre mim. Enquanto observava nossos reflexos no espelho de corpo inteiro encostado na parede do closet enorme, ele disse:

— Não posso deixar você sair de casa com essa aparência. — Quando franzi a testa, ele acrescentou: — Os franceses não são confiáveis.

Balancei a cabeça, e o holofote nos iluminando fez meu cabelo brilhar como um pôr do sol – laranja, rosa e dourado.

— Pareço que vou trabalhar.

— Na verdade, parece que você vai voltar para a minha cama.

Antes que eu pudesse revirar os olhos, ele me jogou por cima do ombro.

Rindo, eu bati em suas costas.

— Me coloque no chão, seu demônio do sexo.

Ele me colocou no chão. Em sua cama. E em seguida, tirou tudo do meu corpo, exceto os brincos.

árias horas mais tarde, eu estava andando por uma sala enfeitada com espelhos projetados para combinar com as portas francesas abobadadas instaladas em frente a eles. A luz ecoada emprestou *la Galerie des Glaces* um brilho que rivalizava com o dos Canais.

Celeste, que estava usando suas botas pretas, caminhava ao meu lado, alternadamente olhando nossa guia turística – uma historiadora com uma mecha de cabelo grisalho e uma infinidade de relatos fascinantes sobre o palácio – Amir, que caminhava atrás de nós como uma sombra esticada demais, e os opulentos murais adornando o teto.

Quando parei na associação para perguntar se ela estava livre, Celeste reclamou e bateu com o travesseiro na cabeça, insistindo que precisava dormir mais. Mas então, eu mencionei que seríamos apenas nós duas, e ela pulou da cama como um grão de milho em uma panela quente.

— O Asher me disse que um dos Sete morou aqui — ela sussurrou enquanto seguíamos o guia turístico. — Antes da Revolução. Mas não tenho certeza de qual.

Embora eu tenha crescido cercada de imortais – Ophan Mira nasceu na época da Renascença e Ophan Greer em uma carroça indo para o oeste na trilha do Oregon – nunca deixava de me surpreender que alguém que parecia jovem fosse de fato antigo.

— Já se perguntou como o mundo será diferente quando você voltar em um século? — murmurei para Celeste.

Ela suspirou.

— Sim, mas me lembro de que carrego isso — Suas asas roxas estavam saindo da parte de trás da blusa branca com nervuras. — Dê uma boa olhada nelas e perceba que devo pensar em décadas em vez de séculos.

— Celeste — eu a repreendi baixinho. — Se livre do seu pessimismo. Se você quiser, vai conseguir.

Me ocorreu que ficando, eu poderia ajudar a *ela* e a Jarod, e a excitação fervilhava dentro de mim.

— Vou garantir que você chegue lá. Vou encontrar pessoas para você ajudar e trabalhar contigo nisso. — A mortalidade não precisava ser igual ao fim de salvar almas. Eu apenas estaria fazendo isso sem asas, sem recompensa.

Da forma como deve ser feito.

— Se você ficar, nunca mais vou falar contigo. — Os olhos de Celeste brilharam como a fileira de lustres barrocos de cristal.

Apertei meus lábios, esperando que ela tivesse dito isso porque estava brava e não porque estava falando sério.

O espanto, que encheu Celeste quando começamos o passeio, se reduziu a uma curiosidade mesquinha, como se o castelo tivesse se apagado quando saímos do Salão dos Espelhos, embora seus recantos mais sombrios fossem hipnotizantes.

Um piquenique completo foi preparado para nós nos jardins bem cuidados do castelo, com uma tenda branca, uma mesa arrumada e cadeiras de madeira. Mesmo estando feliz em ouvir mais histórias sobre cortesãs travessas da França, eu meio que desejei que a historiadora fosse embora para que eu pudesse falar com Celeste a sós.

Depois do café e de um prato de *petits fours* variando de tortinhas de limão em miniatura a macarons de chocolate do tamanho de uma mordida, a historiadora finalmente se despediu de nós. Amir tirou uma nota rosa de um maço grosso e entregou-o à mulher que olhou para a nota, em seguida para ele, e depois ao seu redor. Ela a dobrou, depois furtivamente a deslizou dentro da gola de sua blusa cor de salmão e saiu andando nos saltos altos.

Eu meio que desejei que o guarda-costas de Jarod fosse embora também, mas imaginei que ele não aceitaria nenhuma ordem minha, então me contive com a distância respeitável que ele nos proporcionou, esperando que seu sentido de audição não fosse muito aguçado.

— Celeste, você não pode me odiar por uma decisão que afeta apenas a mim.

— Apenas a você? — Ela balançou a cabeça. — Isso não afeta apenas você. Afeta... afeta a *todos*.

— É mesmo? Diga o nome de uma única pessoa que minha *não ascensão* irá afetar.

— Asher.

Suspirei.

— Já conversamos sobre isso, querida. Eu não estou interessada no Asher, e ele...

— Ele desbloqueou a pontuação do Jarod — ela sibilou. — Por você! Ele fez isso por você.

— Não, ele fez isso por si mesmo, para consertar um erro, e fez isso pelo Jarod. Minhas asas não desempenharam nenhum papel em sua decisão.

Um pardal valente pousou em nossa mesa, em busca de migalhas.

Celeste tirou a crosta de uma tortinha e jogou aos pés enormes do pássaro.

— A propósito, você só precisa de sete. Verifiquei há dois dias. Você só precisa de sete penas.

— Oito. Eu perdi outra ontem à noite.

— Como? O Jarod fez você mentir de novo?

— Não. E ele nunca me fez mentir. Eu escolhi fazer isso.

Outro pardal marrom se empoleirou em nossa mesa, encorajado pelo amigo, e Celeste o alimentou também.

— Eu o amo, e se você desse uma chance a ele, entenderia o porquê.

Ela cruzou os braços e olhou para a fina cicatriz branca no meu pescoço como se o próprio Jarod a tivesse colocado lá.

— Então eu o odeio ainda mais.

— Celeste...

Ela ergueu o queixo e desviou o olhar para as cercas vivas perpendiculares em nossa tenda.

Eu me inclinei em direção a ela.

— Sabe o que ele sugeriu?

— Que você peça ao Asher para queimar as asas de suas costas antes que caiam?

Estremeci e minha espinha bateu nas ripas de madeira da minha cadeira. Ela realmente pensava o pior dele. Não que eu pudesse culpá-la de verdade, já que houve um tempo que eu também pensei.

— Ele sugeriu que eu me desvinculasse dele, para que você pudesse ajudá-lo.

Suas sobrancelhas se arquearam enquanto ela me olhava de soslaio.

— Para ajudá-la a ganhar noventa e nove penas, ou o que quer que ele valha hoje em dia. — Rezei para que não fosse cem.

— Noventa e seis. Isso é o que ele valia ontem.

Minha pulsação disparou com a notícia.

Seus braços se afrouxaram, mas não se descruzaram.

— Isso foi... legal da parte dele, acho.

Sorri com seu eufemismo.

— Mas ainda não gosto dele.

— Seu ódio é imerecido e mal colocado. — Arrastei a ponta do dedo sobre a condensação que escorria do meu copo de água. — Ele não quer que eu fique. Ele continua me pressionando para ganhar minhas últimas penas. — Sequei o dedo na toalha de mesa branca. — Mas eu não quero. É difícil de explicar, mas parece... como se minha alma fosse se rasgar ao meio se deixasse a dele.

— Você o conhece há duas semanas, Leigh.

— Estou ciente disso, mas também estou ciente de como ele é especial e como ele me faz sentir especial. Não quero parecer paternalista, mas até que você encontre alguém que se torne mais vital para você que o ar, não acho que vá entender o que estou sentindo. *Tudo* o que estou sentindo.

Celeste finalmente descruzou os braços.

— E se daqui três anos, ou dez, você deixar de amá-lo. O que vai acontecer?

— Não se deixa de amar sua alma gêmea.

— Não existe tal coisa.

— Existe. E o Jarod é a minha.

Celeste franziu o cenho.

— Eu te amo, Leigh, mas acho que você está louca.

— Talvez um pouco. — Eu sorri. — Você pode prometer continuar me amando em qualquer decisão que eu tomar e por mais louca que eu fique? — Eu ainda tinha esperança de que perder minhas asas não me faria perder a sanidade. Talvez eu pudesse procurar outro Nephilim. Mas como eu os encontraria? As Ophanim provavelmente explodiria e vazaria fumaça de anjo se eu pedisse um contato.

Ela soprou o ar com o canto da boca, empurrando uma mecha castanha brilhante da testa.

— Como se eu pudesse parar.

A intensidade do meu sorriso ficou maior, derretendo seu aborrecimento.

— Mas não posso te prometer não encher o saco se você ainda estiver por aí no próximo ano.

— Aceito isso, contanto que venha com sua amizade.

Finalmente, ela soltou um suspiro que parecia muito grande para seus pulmões.

— Mas eu ainda não acredito em almas gêmeas.

— Espere até conhecer a sua.

— Não posso encontrar alguém que não existe. — Ela roubou a tartelete de limão sem crosta e enfiou na boca.

— Existe, sim.

55

*D*epois de deixar Celeste na associação e prometer visitá-la, voltei para o lugar que estava começando a me parecer um lar, um lugar com portas vermelhas e um pecador incrivelmente sombrio. Quando cheguei ao saguão de mármore xadrez, ouvi vozes no escritório. Vozes elevadas. De Tristan. De Jarod. Mas também duas vozes grossas desconhecidas.

— Você não pode estar falando sério, Jarod! — Tristan deve ter gritado com toda a força de seus pulmões, porque as paredes desta casa, que geralmente engoliam todo o som, deixaram suas palavras passarem pela madeira grossa sem obstrução.

O segurança parado na porta de entrada me olhou como se me encorajasse a não me intrometer. Eu não faria isso, é claro, mas se ele não estivesse lá, eu poderia ter me demorado para ouvir o que Jarod "não estava falando sério".

Não querendo ficar sozinha, fui até a cozinha em busca de Muriel e a encontrei amassando uma grande bola de massa — brioche, ela me disse. Enquanto suas mãos pressionavam e puxavam, eu contei as histórias de Versalhes.

— Você provavelmente já ouviu todos elas — falei, percebendo que poderia tê-la entediado.

— *Non, ma chérie*. Eu não conhecia nenhuma. Por que você não me conta mais enquanto me ajuda a fazer o jantar?

Lavei as mãos, animada com a perspectiva de uma aula de culinária. Contando história após história, aprendi como emulsionar gemas de ovo, manteiga amolecida e suco de limão para fazer um molho holandês aveludado para complementar os aspargos brancos que ela comprou no mercado.

— Achei que ia te encontrar aqui.

Me virei ao som da voz de Jarod, sentindo meus batimentos cardíacos se derreterem como aconteceu com a manteiga e as gemas de ovo antes.

Muriel sorriu.

— Por que sinto que você está prestes a roubar minha subchefe?

— Porque estou mesmo — Jarod respondeu.

Já desamarrando o avental, caminhei até onde ele estava, preenchendo todo o portal.

— Obrigada, Muriel.

— *Eu* que agradeço. Tive uma lição fantástica de história *e* ajuda extra.

Dei um sorriso a ela enquanto encaixava a mão na estendida de Jarod.

— Como foi o passeio? — ele perguntou.

— Surpreendente. Bonito. Enriquecedor. Você sabia que o rei tinha uma passagem secreta dentro do quarto que levava direto para o apartamento de sua amante?

Ele empurrou para fora da despensa e me puxou escada acima.

— Que conveniente.

— E foram necessárias três mil velas para iluminar o Salão dos Espelhos.

— Isso é muita cera.

— E quando havia convidados no palácio, eles eram chamados para testemunhar a ascensão do rei. — Jarod abriu a porta do quarto. — É por isso que Luís XIV era chamado de Sol...

Ele me beijou, roubando a última palavra da minha boca, então fechou a porta e me encostou nela.

— Quero ouvir tudo sobre isso, mas primeiro... — ele se ajoelhou na minha frente e desabotoou minha calça — primeiro, quero fazer algo que estive fantasiando o dia todo.

Quando a barba dele arranhou a parte interna da minha coxa, estendi a mão para agarrar algo sólido. Meus dedos se fecharam em torno da maçaneta de bronze esculpida.

Jarod puxou a calcinha pelas minhas pernas, e cada átomo do meu corpo se contraiu, em seguida quase estalou quando seus longos dedos se fecharam em volta das minhas panturrilhas e rastrearam meus joelhos antes de subirem em espiral pelas minhas coxas e afastar minhas pernas. Meu peito subia e descia, agitando o tecido branco da camiseta.

Depois de passar um dedo na minha intimidade, os olhos de Jarod brilharam.

— Humm... tão molhada.

O grunhido da sua voz contra minha pele foi quase o suficiente para me fazer gozar; foi definitivamente o suficiente para me fazer começar a tremer.

Ele segurou minhas pernas novamente, depois baixou a cabeça e lambeu a linha que traçou.

Ofeguei, segurando a maçaneta com mais força. Ele abriu mais minhas pernas e me lambeu novamente. A mão que não me mantinha de pé desceu para sua cabeça, e meus dedos se entrelaçaram em seus cachos com gel, criando o caos onde havia ordem.

Seus dedos flexionaram enquanto ele lambia com mais força, mais rápido, antes de se afastar para murmurar palavras sacanas que soavam doces contra minha carne tensa. Seus lábios se fecharam sobre mim em um beijo lânguido antes de sua língua de aço e seda assumir o controle, atacando violentamente até arrancar um grito de meus pulmões.

— Tão. Doce — ele murmurou.

Ele continuou lambendo muito depois de eu ter gozado, como se estivesse em uma missão para absorver até a última gota do meu prazer. Satisfeito, ele desnudou seu corpo imponente e levou meus olhos aos seus com o toque mais suave de seus dedos sob meu queixo.

Ele não disse nada, não me beijou, apenas absorveu dos meus olhos da mesma forma que fez com meu corpo.

Ainda tentando recuperar o fôlego, murmurei:

— Não tenho certeza do que fiz para merecer isso, mas obrigada. Foi... extraordinário.

— Em primeiro lugar, isso foi para mim. — Ele umedeceu os lábios brilhantes, e o ar que estava esfriando minha pele úmida aumentou uma dúzia de graus. — Depois, você merece muito mais que *isso*. Você merece muito mais do que eu posso te dar.

Segurei seu queixo, sentindo que meu coração podia explodir.

— Você já me deu tudo que quero.

— Não. Não dei. — Suas pupilas diminuíram, dando mais espaço às íntes. O efeito emprestou a seus olhos um brilho incomum. — Não te dei as palavras que você me deu ontem à noite.

Fiz uma careta.

— Quais palavras?

— Aquelas que eu disse para você não sentir por mim.

Ah. Afastei meu cabelo para trás, e meu brinco prendeu em uma mecha embaraçada. Enquanto tentava libertá-lo, disse:

— Não estou esperando que você diga isso, Jarod. Sei que sou importante para você... você me mostrou isso de muitas maneiras, e é o suficiente para mim.

Fiquei na ponta dos pés, precisando de mais centímetros do que meus saltos conseguiam para beijar a ruga franzida entre suas sobrancelhas.

— Estou tentando ser um homem melhor, Pluma. — Seus braços me envolveram, nos unindo. — Estou tentando ser digno de você.

Não pensei que pudesse amá-lo mais do que já amava, mas com essa declaração, ele conquistou cada território desconhecido em meu coração.

56

Na manhã seguinte, durante o café da manhã, Jarod pediu a Muriel para me ajudar a fazer as malas para uma viagem. Quando perguntei para onde íamos, ele disse que era uma surpresa. Quando perguntei por quanto tempo ficaríamos fora, ele repetiu que era uma surpresa.

Quando ele saiu para cuidar de alguns negócios, me perguntei por que estávamos fazendo uma viagem. A culpa estava alimentando essa escapada improvisada? Ele achava que precisava me proporcionar uma aventura para me compensar por ser incapaz de dizer que me amava?

Tentei arrancar a resposta de Muriel, mas ela era uma tumba. Então, eu a ajudei a dobrar as roupas que ela escolheu, analisando sua seleção, mas ainda assim, não me deu uma ideia de para onde estávamos indo. Seria de carro ou de avião? Nunca estive em um avião, nunca o usei por causa de nossos canais.

Nosso sistema de transporte angelical me fez pensar na associação e nas Ophanim. Ninguém tinha vindo ver como eu estava. Não que isso tenha me surpreendido muito. Enquanto tivéssemos asas, eles não se preocupavam conosco.

Chegou a hora do almoço e Jarod ainda não tinha voltado para casa. Ficando nervosa e entediada, vasculhei suas estantes, embora não tivesse certeza se a leitura de algum de seus livros era permitida, considerando que as páginas amassavam como papel de seda e as encadernações de couro estampadas em dourado. Desci para perguntar a Muriel. Quando ela disse sim, corri escada acima, afastei a caixa roxa que Jarod usava como suporte para livros e peguei *Cyrano de Bergerac*, colocando-o com delicadeza dentro da minha bolsa junto com o meu celular antes de retornar ao saguão.

— Aonde você está indo? — Muriel perguntou, equilibrando um vaso de cristal cheio de copos de leite murchos em seu quadril.

— Só até o parque do outro lado da rua.

Seu olhar foi para Luc, o segurança de plantão hoje.

— O Jarod deve chegar em casa logo, *ma chérie*. Você sabe que ele não gosta de ficar esperando.

— Mas estou levando o celular. Então...

— Leigh, ele não quer que você saia de casa hoje.

Minhas entranhas pareceram derreter.

— Por quê?

— Ele não me disse. — Sua atenção se voltou para os outros dois seguranças discutindo algo ao lado da fonte no pátio.

Suas expressões ansiosas me fizeram pensar que não eram planos de fim de semana.

Minha excitação e nervosismo se transformaram em pavor. *Jarod Adler, o que você está fazendo para que eu fique em casa e escondida do mundo? Eu queria mesmo saber?*

Tensa, subi de volta as escadas e deixei minha bolsa cair no chão. E eu que pensei que ele estava me levando para uma escapadela romântica, mas talvez fosse só uma escapadela.

Liguei o noticiário, esperando, ainda que desesperada, ouvir algo que explicasse por que eu tinha que ficar trancada. Não tinha certeza de quanto tempo fiquei ali, no meio do quarto de Jarod, olhando para a tela da televisão, mas tinha quase certeza de ter ouvido todos os acontecimentos nacionais pelo menos duas vezes.

A porta se abriu e eu me virei depressa.

— O que... — Minha voz sumiu quando vi que era Tristan e não Jarod.

Seu rosto estava cheio de uma tensão que ecoou por todo o seu corpo.

O terror se apoderou de mim.

— O Jarod está bem?

Tristan fechou a porta atrás de si e meu coração acelerou.

— Tristan, você está me assustando. Ele está bem?

— Não, *Pluma*. — Ele jogou meu apelido para mim como se fosse uma palavra suja. — Ele não está.

Levei a mão ao pescoço enquanto a corda do medo apertava ao redor dele. *Noventa e seis.* Se ele... Meu estômago embrulhou. Eu não conseguia nem pensar na palavra.

— Ele perdeu completamente a cabeça! — Tristan retrucou, com os passos largos devorando o tapete oriental, levando-o para onde eu estava. Ele me cutucou no peito com tanta força que tropecei para trás.

Perdeu a cabeça?

— Então ele está vivo?

— Não graças a você. — Ele passou a mão nos seus fios prateados. — Tudo estava bem antes de você aparecer. Mais do que bem. Perfeito. E então você chega aqui com suas grandes ideias, grandes olhos e enche a cabeça do Jarod, e agora todos nós vamos nos ferrar. — Ele me cutucou novamente.

— Pare de me tocar — falei, tentando manter meu tom calmo, esperando que isso o acalmasse.

Embora as Ophanim nos ensinassem autodefesa básica nas associações, elas nos encorajavam a encontrar maneiras pacíficas de resolver conflitos, insistindo que palavras eram mais dignas e benéficas do que mãos.

Um sorriso feio brotou nos lábios finos de Tristan, injetando um brilho enlouquecido em seus olhos. Jarod estava convencido de que suas paredes poderiam me proteger do mal. Ele falhou em ver que o mal já as havia violado.

— Saia deste quarto antes que eu chame um dos seguranças — avisei.

— Esses homens respondem *a mim*, não a você, sua vadiazinha. — Sua mão envolveu meu pescoço e o apertou, e meu coração quase explodiu. — Mas vá em frente, Pluma. — Seu sorriso aumentou. — *Grite*.

Tentei dizer o nome dele, tentei dizer *pare*, mas apenas fios de ar deslizaram pelos meus lábios entreabertos. Agarrei seu pulso. Murmurei *pare*, novamente.

— Você disse alguma coisa?

Meus olhos se encheram de lágrimas enquanto seus dedos despertavam uma dor que pensei ter curado. Percebi então que as feridas reparadas eram como asas ocultas – invisíveis, mas sempre presentes. O pensamento fez minhas penas murcharem nas minhas costas.

Se eu pudesse bater na cara dele.

Um rangido fez meu olhar se virar em direção à porta. A casa de Jarod era velha e frequentemente estalava e gemia, mas talvez... talvez alguém estivesse vindo.

— O Jarod não terminou a reunião que convocou para arruinar nossa reputação. — Ainda assim, o olhar de Tristan se voltou para as portas fechadas. Ele as trancou? Eu não conseguia me lembrar...

Usando seu lapso de atenção fugaz contra ele, balancei minha cabeça com força e ofeguei quando seus dedos se soltaram do meu pescoço. Fiquei tão assustada que mal tive tempo de me afastar meio metro antes que ele estivesse em cima de mim novamente, me agarrando com as mãos que pareciam garras de metal. Bati em seus braços, mas minha força estava diminuindo junto com meu suprimento de oxigênio.

— Não se preocupe, você vai desmaiar antes de morrer.

Morrer? Ele queria me matar?

— Quando ele chegar em casa, você terá sumido. Sem deixar vestígios. Eu sou bom em fazer as pessoas desaparecerem sem deixar rastros. Um dos meus talentos especiais.

Meus dedos arranharam inutilmente seu pulso. Como eu não conseguia falar, implorei a ele que me soltasse com meu olhar úmido.

— Eu teria me salvado de muitos problemas se você tivesse morrido na loja, mas eu realmente não deveria estar surpreso que você não morreu. Mulheres são inúteis pra cacete. Você dá a elas todas as ferramentas, coloca a porra da faca em suas mãos e a vítima em seu colo, e elas ainda conseguem estragar o trabalho.

Ele estava dizendo que... que tinha feito isso?

— Não é como se eu tivesse dito a ela para te apunhalar no coração. Não, falei para cortar sua garganta. — Seu polegar e indicador endureceram em volta do meu pescoço, marcando minha carne dolorida. — Até demonstrei em uma vagabunda, e ela bagunçou tudo.

Minha visão ficou cinza, desgastada. Em uma última tentativa desesperada, minha boca formou a palavra *por favor*. Eu não queria desmaiar, com medo do que ele faria com meu corpo. E se ele me acorrentasse e me jogasse no Sena como fez com o pai da mulher? A mulher que ele enviou para me matar. Minha imortalidade me permitiria sobreviver, mas não derreteria as correntes. Não me faria flutuar até a superfície.

Procurei em seus olhos claros por um vislumbre de esperança, mas não encontrei nada além de ódio e uma frieza que gelou minha pele já úmida. Sua alma estava suja além do reparo.

Algo se moveu sobre o ombro de Tristan. Imaginei que meu cérebro faminto de oxigênio tivesse evocado a perturbação. A sala flutuou, escureceu. Pisquei, lutando da única maneira que eu conhecia – silenciosa e com firmeza.

Se eu conseguisse voltar para uma associação, diria as Ophanim que elas precisam nos treinar melhor, nos dar ferramentas mais adequadas, porque nem todas as situações no mundo humano poderiam ser resolvidas com palavras e bondade.

— E pensar que eu te trouxe para ele — Tristan comentou.

Eu teria encontrado meu caminho para Jarod sem sua ajuda.

Da mesma forma que Jarod acabou de encontrar seu caminho para mim.

A mão de Tristan foi arrancada do meu corpo. Desabei no chão e o ar escorreu pela minha garganta como café escaldante. O assobio em meus ouvidos distorceu o grito de Jarod e abafou o grito de surpresa de Tristan.

Luc e Muriel correram para o quarto. Jarod gritou, e os dois vieram na minha direção. Muriel se agachou, tirando minhas mãos do meu pescoço para verificar o dano enquanto Luc nos protegia, com a arma apontada para Tristan, que estava tão perto de Jarod que eu estava com medo de que uma bala disparada ferisse o homem errado.

— Não... arma — murmurei.

O punho de Jarod atingiu a mandíbula de Tristan, empurrando a cabeça para o lado e fazendo-o cambalear para trás através das portas francesas escancaradas e na varanda. Muriel me ajudou a ficar de pé, prendendo seu braço com mais força em volta das minhas costelas quando eu cambaleei como um bêbado.

Apesar de todas as suas intenções pútridas em relação a mim, não pensei que Tristan faria mal a Jarod. Tentei estender a mão e puxar os braços do segurança para baixo, mas minha mão trêmula balançou no ar antes de cair inutilmente de volta ao meu lado.

Jarod apoiou Tristan contra a grade de proteção de calcário, com as mãos presas ao redor da sua garganta.

Meu coração ainda estava batendo muito forte para ouvir qualquer uma das palavras que eles trocaram, mas pelo menos, minha visão havia clareado. Muriel girou meu corpo para longe da luta e tentou me arrastar para fora do quarto, mas enterrei meus sapatos no tapete.

— Muriel, eu preciso... ajudar...

— Não há nada que você possa fazer, Leigh.

— Mas o Jarod...

— O Jarod vai ficar bem.

Um grunhido estrondoso cortou o ar, e eu me virei nos braços de Muriel, fazendo os ossos das minhas asas empurrá-la.

O som veio de Jarod.

Minha pulsação acelerou, impedindo o suspiro que saía da minha garganta, transformando-o em uma lufada de ar congelado.

Apenas um homem permaneceu na varanda.

irei o braço de Muriel do meu corpo e corri em direção a Jarod, que estava segurando a grade de pedra como se estivesse pensando em pular.

— Saia daqui, Pluma — ele grunhiu entre a respiração ofegante.

Seu olhar estava preso à fonte, ao corpo de Tristan que estava imóvel lá dentro, as pernas esparramadas e submersas, os braços esticados sobre a cabeça, apoiados na borda. O sangue brilhava na pedra cinza, turvando a água como tinta. Estremeci, trazendo minha atenção de volta para Jarod.

— Afaste-se de mim, Leigh!

Um soluço de estalar as costelas soou no ar, fazendo seu grande corpo tremer.

Coloquei a mão em sua coluna curvada. Ele se virou e empurrou meu braço para longe, olhando para mim e minhas asas com uma violência que parou meu coração.

Eu as eliminei com magia.

— Vai! Saia daqui, Pluma!

Ele me odiava. Mesmo que eu não tivesse empurrado Tristan sobre a grade, foi por minha culpa que ele morreu.

— Me desculpe — sussurrei.

— Desculpar? — Ele agarrou seu cabelo e puxou com tanta força que pensei que ele arrancaria um punhado. — Você não é o monstro. Eu sou! Agora vá antes que você termine como ele. — Ele gesticulou descontroladamente para baixo. — Como *ela*! — A estátua. Sem vida e sem asas.

Os homens de Jarod correram para a fonte, guardando as armas que deviam ter pegado para proteger seu chefe. Amir empurrou dois dedos contra o pescoço arqueado de Tristan. Ele ergueu os olhos e balançou a cabeça. Jarod deixou escapar um som desumano antes de agarrar uma das arandelas tecidas na hera e arrancá-la da parede. Ele a jogou por cima do corrimão e ela se despedaçou aos pés de um de seus seguranças. O homem saltou para longe para evitar os projéteis ricocheteando nos paralelepípedos.

Todos nós paralisamos, esperando para ver o que Jarod faria a seguir, o que ele jogaria, porque a raiva estava apenas começando a crescer dentro dele. Seus dedos se fecharam, como se ele tivesse a intenção de esmurrar outra pessoa. Pela maneira como ele ainda me encarava, imaginei que esse alguém fosse eu.

Ele gritou com Amir para tirar Tristan de lá. O grande homem envolveu os braços sob os ombros caídos de Tristan e o içou para fora da fonte, manchando as pedras cinzentas com sangue. O cheiro forte de sal e cobre encheu o ar até que a respiração se tornou quase dolorosa, mas lidei com isso, lutando contra a náusea, afastando todos os sinais de fraqueza.

Eu precisava me manter forte por Jarod, porque temia que a morte de Tristan pudesse destruir as boas intenções do meu pecador e deixar cicatrizes em sua alma novamente.

O sangue escorria de seus dedos, ou era das palmas das mãos? Ele havia rasgado a pele na arandela de vidro ou ao atingir Tristan?

Seus olhos ferozes ainda estavam nos meus, como se me desafiassem a desviar o olhar primeiro. Ele não sabia que eu era mais teimosa que ele?

Cada tendão em seu pescoço se destacou enquanto ele ofegava. Dei um passo à frente lentamente, com medo de que se me aproximasse muito rápido ele se assustasse e corresse. Mas ele não se mexeu.

Dei mais um passo, e depois outro, até ficar a apenas um milímetro de distância. Seu corpo tremia tanto que passei os braços ao redor dele. Esperei que ele me afastasse. Que gritasse comigo para ir embora. Que me culpasse.

Em vez disso, seu corpo derreteu sobre o meu, sua cabeça se encaixou na inclinação do meu pescoço. Seus soluços soaram emaranhados em meu cabelo comprido e no meu pescoço machucado. Não pensando que poderia segurá-lo por muito mais tempo, eu o guiei até a cadeira e o coloquei de lado, em seguida subi em seu colo e enrolei meu corpo ao seu redor, colocando sua cabeça debaixo do meu queixo, deixando seu coração partido sangrar sobre o meu que se contorcia.

Muriel estava ao lado das portas francesas, com boca apertada e os olhos brilhantes. Ela estava lamentando por Tristan ou por Jarod? Suspirando, ela fechou os olhos e uma lágrima brilhou.

Jarod falou contra meu peito, mas suas palavras foram distorcidas pela seda molhada.

Eu o pressionei de leve.

— O que você disse?

— Montparnasse. Eu preciso... ligar...

— Vou ligar para o agente funerário, Jarod — Muriel falou, compreendendo.

— Eu prometi a ele... um lugar em... — Um grito saiu de seus lábios. Ele uniu seus braços em volta das minhas costas e me apertou contra si, gritando sua dor no meu peito.

— Eu vou cuidar de tudo — Muriel garantiu. Ela estava prestes a se retirar do quarto, mas em vez disso veio em nossa direção. Ela tirou a cabeça dele do meu peito e segurou seu queixo. Seu polegar acariciou a bochecha dele. — Ele mesmo causou isso, Jarod. Você não é o culpado.

— Eu o matei, Mimi. Meu melhor amigo — ele lamentou. — Meu irmão.

— Ele nunca foi seu irmão. Ele nunca teve o seu melhor interesse no coração. Ele nunca te deu um grama de tudo que você deu a ele.

— Ele me salvou. Muitas vezes. — A voz rouca de Jarod arranhou o ar.

— E eu sempre serei grata por isso, mas ele só te salvou porque viu sua própria salvação dentro das paredes desta casa... dentro de você. — Ela acariciou sua bochecha novamente. — Ele nunca permitiu que você se aproximasse das pessoas. Nosso relacionamento o enfurecia. Mais de uma vez, temi que ele sugerisse me demitir.

— Ele sugeriu.

Ela grunhiu.

— Claro que sim. Espero que você saiba que mesmo Amir, com seus grandes músculos e armas assustadoras, não conseguiria me afastar de você. — Seu olhar se voltou para mim, e como se seus olhos estivessem conectados aos de Jarod, os dele se moveram para o meu rosto também. — Eu não queria falar antes, mas naquele dia na loja... a forma como o Tristan agiu... — Ela deixou a voz sumir, mas sua acusação foi alta e clara.

Jarod desenhou o formato do meu rosto com os dedos, afastando uma mecha de cabelo e colocando-a atrás do meu ombro com uma gentileza de partir o coração.

— Descobri isso tarde demais.

Ele tinha ouvido Tristan confessar ou adivinhou isso de outra maneira? Não querendo trazer isso à tona, não agora, talvez, nunca, abaixei meu olhar para seu pomo de adão que se moveu de forma brusca, como se empurrando para baixo um raio de tristeza.

— Mas isso não me torna menos monstro — ele murmurou.

Eu lancei meu olhar de volta para ele.

— Você não é.

— Acabei de quebrar a coluna de alguém, Pluma. Alguém que, apesar de tudo, significava algo para mim.

— Me salvou de cometer um crime — Muriel murmurou.

— Mimi! — Jarod ofegou.

— O quê? Você acha que eu não seria capaz de matar? Você acha que seu tio me contratou porque eu era boa com mamadeiras e bate- deiras? Ele me contratou porque soube que coloquei uma bala no cérebro do meu pai abusivo.

O corpo de Jarod parou embaixo do meu.

— Você nunca me disse isso.

— E eu nunca vou contar a nenhum de vocês mais sobre isso. — Seus lábios se contraíram com a memória. — Agora, vou ligar para o agente funerário. Vocês dois voltem para dentro e se livrem da culpa. Não vou permitir que você fique deprimido pela casa, Jarod. Eu criei um homem durão. Um *bom* homem. E eu não poderia estar mais orgulhosa do que você fez hoje, e eu não estou falando sobre... — Ela inclinou a cabeça em direção ao pátio.

Jarod engoliu em seco.

— Como você soube?

Ela bateu um dedo sobre sua testa franzida.

— Você realmente acha que alguma coisa nesta casa me escapa? — Ela deu um beijo onde seu dedo estava, então se virou e saiu.

Em algum lugar abaixo de nós, os seguranças falavam em voz baixa, mas ficaram em silêncio quando Muriel começou a dar ordens.

— E eu que pensei que era o chefão — Jarod murmurou.

Mesmo que tantas coisas sobre este momento fossem terríveis, eu sorri.

— É melhor eu não pegar o lado ruim dela, hein? — Toquei seu nariz com o meu.

Ele grunhiu.

— Jarod, do que ela estava falando?

Ele deu um suspiro pesado.

— As evidências surgiram hoje. O suficiente para reviver um caso arquivado e destruir uma carreira política. — Um músculo em sua mandíbula se contraiu. — O primeiro-ministro — seu olhar se fixou no guarda-corpo de pedra, e eu sabia que ele estava pensando em Tristan — está partindo. Para sempre. O Tristan não concordou com minha decisão e saiu furioso da reunião. Eu deveria ter seguido ele antes. Antes... — Seus cílios grossos cobriram os olhos avermelhados.

Beijei sua testa.

Por um longo tempo, nenhum de nós falou. Então, eu suspirei.

— E eu deveria ter tentado ajudá-lo.

Ele abriu os olhos.

— Ele não teria aceitado sua ajuda, Pluma. Era orgulhoso demais para aceitar a ajuda de alguém. Especialmente de uma mulher. — Jarod examinou minha garganta, depois a acariciou e, embora minha pele parecesse em carne viva, seu toque era calmante. — Não vieram atrás dele.

— Quem?

— Os... como você os chamou mesmo? Malahim?

— Malakim. Nos matar... bem, tentar é um grande pecado.

— *Certo...* — Ele provavelmente estava se lembrando de como ganhou seu posto. — Então, sua alma está... perdida?

— Acho que sim.

Jarod balançou a cabeça lentamente.

— E quanto a do meu tio?

Mordisquei o lábio, sem vontade de responder a ele e aumentar sua tristeza.

Ele olhou para o céu.

— Se algum dia eu acabar lá, não conhecerei ninguém.

— Podemos não falar sobre você acabar lá? Por favor?

Ele respirou fundo.

— Você está certa. Chega. — Ele expirou novamente enquanto se levantava, me levando consigo.

Não achava que ele tinha terminado de chorar por Tristan. Não se superava alguém com quem se compartilhou sua vida por tantos anos no espaço de alguns minutos, nem mesmo se estivesse acostumado com a morte.

A dor de Jarod estava apenas começando, e por mais duro que Muriel o tivesse criado para ser, ele desabaria novamente, e eu estaria lá, e ela também.

Juntas, pegaríamos os pedaços de seu coração culpado e os colaríamos de volta até o dia em que ele pararia de se culpar.

58

Na manhã seguinte, nos vestimos de preto e partimos ao amanhecer, não para nossa viagem. Pelo menos, nenhuma viagem que exigisse malas. Fomos de carro até o cemitério de Montparnasse. Seguidos por Luc, Amir e dois outros guarda-costas, caminhamos por uma longa estrada ladeada por lápides, mausoléus e tílias em plena floração.

Muriel segurou o braço de Jarod, como se tentasse dar a ele um pouco de força. Eu andei ao seu lado, mas nossas mãos nem sequer roçaram. Mesmo que eu quisesse estar ao seu lado hoje, eu estava preocupada que minha presença fosse uma intrusão. Ou pior, um lembrete do motivo pelo qual estávamos andando por esse repositório de ossos. Li as gravuras em lápides, fazendo caretas quando os anos que separavam um nascimento de uma morte eram muito poucos. A vida humana era frágil e passageira e, às vezes, injusta.

Sem perceber, minhas asas caíram em cascata de minhas costas. Foi a mão de Jarod acariciando minhas penas que me alertou de sua presença.

— Obrigado por ter vindo — ele sussurrou.

Entrelacei os dedos nos seus e pressionei nossas palmas uma na outra.

— Sempre, Jarod.

Ele olhou ao nosso redor para o mar de lápides que registravam vidas humanas.

— Receio que não haja isso de sempre.

Ele estava se referindo a Tristan, a seu tio, a sua mãe.

Espere... ele sabia que a alma de sua mãe não havia sido coletada? Eu contei a ele? Ele ergueu nossas mãos entrelaçadas e deu um beijo em meus dedos.

Quando finalmente chegamos na frente de uma cripta que tinha o nome Adler, Jarod soltou meus dedos para cumprimentar o agente funerário. Um pilar de mármore preto margeava a cripta, com os nomes inscritos: Isaac Adler, Jane Adler, Neil Adler, Mikaela Adler, Tristan Michel. Eu nem sabia o sobrenome de Tristan, não que os sobrenomes fossem importantes. Afinal, os anjos não nasciam com nenhum.

Mãos gentis envolveram meu braço - o de Muriel.

— Da última vez que estivemos aqui, ele tinha oito anos. — Ela suspirou. — A história é apenas um ciclo eterno.

Se ela soubesse.

— Jane era a esposa de Isaac?

— Sim.

— E Neil?

— O pai do Jarod. — Depois de um momento de silêncio, ela disse: — Quando meu nome subir na pedra, você pode garantir que eles escrevam Adler em vez de meu nome de solteira?

Olhei para ela, surpresa com seu pedido por muitos motivos.

— Não fique tão chocada. Eu já disse ao Jarod meus desejos. Eu só queria compartilhar com você, caso ele se esqueça.

Atordoada com o silêncio, eu só consegui assentir. Jarod se virou em nossa direção, com os olhos tão negros quanto o pilar de mármore mapeando sua árvore genealógica. Ele cruzou os braços e os manteve assim até que a urna contendo as cinzas de Tristan foi baixada para dentro da cripta e o agente funerário o presenteou com uma tigela e uma colher.

— Cinzas em cinzas, poeira em poeira, sujeira em sujeira. —

Muriel suspirou, me soltando. Depois que Jarod jogou duas colheradas no buraco escuro, Muriel pegou a colher e jogou mais um pouco. — Que você finalmente encontre a paz, Tristan.

Mordi o lábio, cravando meus dentes com tanta força que quase tiraram sangue.

A alma de Tristan não encontraria paz.

Ele morreu Triplo, e os Triplos não tinham alma.

59

*O*s dias que se seguiram ao enterro de Tristan foram estranhos e pacíficos.

Estranhamente pacíficos.

Fiquei esperando o que mais poderia acontecer, Jarod se despedaçar ou alguém tentar me matar, mas nada disso aconteceu. Embora houvesse momentos em que Jarod estava contemplativo, *La Cour des Démons* se encheu de conversa e risos. Jarod e eu passamos horas nos reunindo com pessoas que precisavam de ajuda e, assim que terminávamos de ponderar os casos mais urgentes, buscávamos a privacidade e a quietude de seu quarto.

Passamos horas juntos, explorando o corpo um do outro, assistindo filmes, lendo livros, dando passeios por jardins públicos repletos de flores da primavera antes de voltar para sua casa para comer a comida de Muriel ou experimentar novos restaurantes em toda a capital francesa.

Foi maravilhoso.

Maravilhoso demais para durar, embora eu ousasse esperar que durasse.

Foi só quando entrei no escritório de Jarod em uma tarde chuvosa, rindo com Celeste sobre como nós duas estávamos encharcadas, e vi

Asher sentado em frente a Jarod que a realidade me atingiu e secou meu riso.

Assim que o guarda-costas de Jarod fechou a porta atrás de nós, eu disse:

— O que você está fazendo aqui, Seraph?

Jarod sorriu e, embora fosse suave, eu sabia de cor a forma de seus sorrisos, e havia algo de errado com este.

— Ele passou para ver como eu estava.

— Desde quando os Arcanjos fazem visitas sociais? — perguntei.

As penas cor de turquesa de Asher vibraram atrás de suas costas.

— Você está certa. Esta não é uma visita social. Eu parei para dizer ao Jarod como ficamos impressionados com sua classificação cada vez menor.

— Setenta e dois, Pluma — Jarod falou. — Quase lá.

— Setenta e dois? — gritei, caindo em seu colo e envolvendo meus braços em seu pescoço. Apesar da nossa audiência, eu o beijei.

E ele me beijou de volta.

Eu costumava pensar que setenta e dois era uma pontuação terrível, mas era quando eu avaliava pontuações começando em zero em vez de cem.

Asher pigarreou e se levantou da poltrona de veludo verde.

— Eu deveria... *nós* deveríamos deixar vocês dois...

Celeste estava carrancuda, o olhar saltando entre Asher e Jarod.

Asher inclinou a cabeça em direção à porta.

— Vamos, Celeste. Eu vou te dar uma carona.

Quando ela não se moveu, a água da chuva escorrendo por seu corpo e absorvendo no tapete de Jarod, Asher tocou seu ombro. Tirando as botas do tapete, ela se virou e o seguiu para fora.

No segundo em que ficamos à sós, agarrei seu rosto.

— Estou tão orgulhosa de você.

Seu sorriso se fortaleceu, mas ainda não alcançou seus olhos.

— Como foi seu dia, meu amor?

— Surpreendente. Muriel me deu uma aula de culinária. Então eu li mais alguns daqueles livros antigos que você tem lá em cima – podemos, por favor, comprar alguns mais novos? – toda vez que viro uma página, a poeira se solta do papel e me faz espirrar. Além disso, eles são um pouco chatos.

Jarod riu, mas o doce som foi fraco, como se a visita de Asher tivesse feito sua voz perder o poder.

— Depois disso, Celeste ligou e fomos experimentar aquela padaria éclair de que Muriel nos falou. — Eu ainda podia sentir o sabor do creme de café rico em minha língua, a casca flexível, a cobertura brilhante. — E então, enquanto corríamos para casa — sim, *casa*... a ironia de que um anjo tinha feito um lar para si dentro da Corte dos Demônios não passou despercebida por mim —, pensei em algumas novas maneiras de salvar sua alma.

Ele sorriu, mas ainda estava muito tenso para o meu gosto.

— O que vou fazer quando você for embora? — ele murmurou.

Minhas suspeitas de que algo estava errado pioraram.

— Quando eu for embora? Para onde vou?

Seu pomo de adão se moveu, e ele limpou a garganta.

— Andar de cima. — Ele se levantou tão abruptamente que eu teria caído de seu colo se ele não tivesse me levantado. — Na minha cama. *Nossa* cama.

— Eu gosto do som disso — falei, entrelaçando meus braços ao redor de seu pescoço.

— E eu gosto do som que você faz — ele caminhou até a porta — quando você geme meu nome.

Minhas bochechas aqueceram quando seu cotovelo pressionou contra a maçaneta para abri-la.

Contornamos Luc, que estava postado fora do escritório. Felizmente, ele manteve seu olhar desviado. Como eu gostaria que não houvesse guarda-costas, nem necessidade deles, mas infelizmente Jarod nunca poderia viver sem pessoas o protegendo, especialmente agora que sua posição estava diminuindo. Para retificar seus erros, ele provavelmente estava crucificando alguns de seus clientes.

— Sabe, eu *posso* andar — eu disse enquanto ele subia as escadas.

Ele beijou meus lábios.

— Mas eu posso andar mais rápido. Pernas mais longas.

Eu ri.

— E estamos com pressa?

— Eu posso torcer um músculo.

Mudei minha boca para seu ouvido.

— Não é um músculo.

Ele grunhiu.

— Então por que posso flexioná-lo?

Revirei os olhos quando ele finalmente me colocou no chão para abrir a porta. Eu a fechei atrás de nós. Antes mesmo de a trava clicar, sua boca estava na minha, suas mãos em meu cabelo molhado pela chuva, depois em meus quadris enquanto caminhávamos – tropeçávamos em direção à cama, batendo em uma das colunas de madeira.

— Me deixe ver aquele músculo do qual você tem tanto orgulho — eu o provoquei, tirando meu cabelo do rosto enquanto caia na cama, minha cabeça nivelada com a ereção em suas calças.

Quando ele sorriu, a preocupação que senti em seu escritório começou a desaparecer.

Eu murmurei:

— É muito impressionante.

— Impressionante? — Ele bufou. — Vou solicitar o mesmo tamanho ou maior quando eu tiver acesso à minha forma elysiana.

A emoção vibrou sob minhas costelas. Era isso que Asher e Jarod estavam discutindo? *Elysium?*

Estar junto na terra dos anjos significava que eu teria que completar minhas asas, e ele teria que perder mais pontos em sua pontuação de pecador. Sem mencionar que ele teria que morrer.

— Jarod?

— Sim, Pluma.

— Você só tem 25 anos.

— Seu ponto?

— Você é muito jovem para pensar em morrer.

Ele soprou um pouco de ar pelo canto da boca.

— Por que você acha que vou deixá-la por aí sozinha? Um anjo como você? Tão linda, por dentro e por fora? Vou me juntar a você assim que minha classificação cair para menos de cinquenta.

— Que tal no dia em que sua classificação cair para menos de cinquenta, discutirmos minha ascensão?

Ele apertou os lábios e estendeu a mão.

— Venha aqui.

Enrosquei meus dedos nos dele e o deixei me puxar para cima. Lentamente, ele colocou minha mão sobre seu coração, apoiando-a ali.

— Pluma — ele murmurou, com a voz rouca —, obrigado por me escolher. Por voltar para mim sempre. Por sua paciência e seus sorrisos. Por suas risadas e até por suas lágrimas. Obrigado por arder em chamas por mim e por me beijar. Por me permitir profanar seu corpo. — Seus lábios se contraíram e eu revirei meus olhos. — Por me mostrar que as asas nem sempre são usadas para voar.

— Jarod, eu...

— Espere. Eu não acabei.

Fechei meus lábios.

— Este último mês foi... tem sido... — Sua pausa foi brutal, mas me mantive em silêncio e esperei, sentindo que compartilhar emoções ainda era um desafio para Jarod. — O que estou tentando dizer, e fazendo um péssimo trabalho, é isso... é que eu te amo, Pluma.

Arqueei as sobrancelhas.

Ele pressionou a palma da minha mão com mais força contra seu peito, e parecia que eu estava tocando o próprio órgão que batia ali.

— Você vai conseguir se lembrar sempre disso, baby?

— Que tal você me dizer todos os dias?

Seus olhos escuros brilharam, embora minha pele não tivesse se iluminado. Quando seus cílios grossos baixaram e uma única lágrima correu por seu rosto, prendendo-se em sua barba escura, o tempo desacelerou.

Parou.

— Jarod? — murmurei seu nome através da extensão esguia que nos dividia. — O que está acontecendo?

— Foi a minha vez de te salvar. — Seu tom rouco fez a expansão crescer cada vez mais.

O pânico encurtou meus batimentos cardíacos, eu curvei meus

dedos para agarrar algo sólido. Como não consegui alcançar seu coração, agarrei sua camisa.

— Eu não posso te proteger aqui embaixo, Leigh.

Gotas de água da chuva escorreram do meu cabelo e desceram pela minha espinha.

— Eu não posso morrer.

— Por enquanto! — Seus olhos se abriram e sua dor se transformou em raiva.

Meus olhos se arregalaram.

— Eu não vou deixar ninguém te machucar de novo, Pluma.

Seu coração batia forte em meus dedos cerrados, o trovão em seu corpo atingindo o meu.

— E aí? — Minha voz vacilou. — Você está terminando comigo?

— Não.

O estrondo em meu peito diminuiu, mas não se dissipou.

— Então... então o que está acontecendo?

— Sei que você quer me esperar, mas você vai ascender antes de mim.

— Não! — Balancei a cabeça. — Eu não vou.

A raiva foi drenada de Jarod tão rápido que achei que fosse formar uma poça a seus pés.

— Vamos embora juntos ou não vamos — eu disse, ainda balançando a cabeça como uma louca.

As mãos de Jarod subiram ao meu rosto, firmando-o.

— Shh.

— Eu não vou me desvincular de você, Jarod Adler. *Nunca.* — Pelo menos, ninguém poderia tirar essa decisão de mim.

Seus olhos brilharam novamente, e eu vasculhei suas profundezas em busca da fonte dessa dor para que pudesse arrancá-la de uma vez por todas.

— Eu estarei bem atrás de você — ele disse, depois do que pareceu uma eternidade.

— Pare de falar como se eu estivesse indo para algum lugar, porque eu não. Vou. Embora.

— Suas asas estão completas. Desde a noite passada.

Abri minha boca, mas nenhum som saiu.

— Depois do funeral de Tristan, Asher parou para ver como eu estava. Como você estava. Nunca tive medo de nada... pelo menos, não em muito tempo.... mas depois que o Tristan tentou te matar, eu fiquei com medo pra cacete. Com medo de que um dia, quando você não tivesse mais penas para mantê-la segura, você sucumbisse ao meu mundo da mesma forma que ele. Da mesma forma que minha mãe fez. E eu compartilhei meu medo com Asher, pedi a ele seu conselho. Pluma, eu imaginei os piores cenários — ele estremeceu — para fazer você me odiar, mas eu era covarde demais para encenar qualquer um deles. Quando o Asher me deu uma solução, eu aceitei.

— Que... solução? — Minha voz tremia tanto que as sílabas se chocaram enquanto caíam.

— O Asher te desvinculou de mim.

Olhei com a boca aberta de horror para Jarod.

— Todas aquelas pessoas que temos ajudado...

A chuva batendo nas janelas refletia a dor batendo em meu peito.

— Por favor, não fique com raiva de mim, baby. Foi a única maneira que pude pensar para mantê-la segura.

As lágrimas se formaram e distorceram seu belo rosto.

— A decisão não era sua. Era *minha*.

As pontas de seus polegares acariciaram minhas bochechas, tentando conter as lágrimas que caíam muito rápido.

— Eu não quero te deixar — solucei.

Ele suspirou, empurrou meu cabelo para trás, em seguida, passou as mãos pelo meu corpo paralisado e o juntou contra o dele.

— Eu sei, Baby. — Seu queixo pousou no topo da minha cabeça.

— Te odeio. — Esperei sentir o golpe de uma pena caindo. Ansiava por isso. Nenhuma caiu, cimentando meu medo, da mesma forma que Jarod e Asher cimentaram minhas penas nos ossos das asas.

Seu pomo de adão se projetou contra minha testa latejante.

— Eu me odeio mais do que você jamais poderia me odiar.

Fechei os olhos e apertei meus braços ao redor dele.

— Eu não vou.

Sua mão tocou meu cabelo.

— O Asher prometeu vir no último minuto.

O caroço que inchou dentro da minha garganta ficou sólido como uma rocha.

— Que bom. Ele pode queimar minhas asas.

— Ele não fará tal coisa.

— Jarod, eu...

Suas mãos se enrolaram suavemente em volta do meu bíceps e me afastaram.

— Me ouça. Você vai ascender e fazer uma casa para você. Para nós. E nada de quartzo branco por toda parte, certo? — Seus lábios flexionaram, mas afrouxaram quase tão rapidamente quanto haviam se curvado.

Respirei fundo, tentando aliviar a dor em meu peito.

— A sua classificação é realmente setenta e dois?

Ele assentiu.

— Não acredito que estou prestes a dizer isso, mas você não pode tirar sua própria vida. Pessoas que cometem suicídio, suas almas... elas não são coletadas.

Uma de suas mãos saiu do meu braço e pousou no meu queixo.

— Não se preocupe. Muita gente faria fila para enfiar uma bala na minha cabeça.

Eu estremeci.

— *Pardon, ma plume.* — *Me perdoe, minha pluma.*

Engoli em seco, e minha saliva escorregou em torno do caroço recuando. Ele ia conseguir.

— Não espere que eu te perdoe quando você aparecer na minha porta. Vou deixar você entrar, mas posso não falar com você por dias. Meses até.

— Contanto que você faça amor comigo, aceitarei seu silêncio.

Olhei para ele.

— Eu posso fazer você esperar por isso.

Sua boca se suavizou em um sorriso.

— Você sabe que odeio ficar esperando.

Suspirei, e o ar em meus pulmões pareceu encher a sala inteira.

— Não acredito que você fez isso.

Seu sorriso ficou tímido, depois dolorido.

— Também não posso acreditar que fiz.

Decidi afastar meu aborrecimento e raiva. Brigando não era como eu queria passar nossas últimas horas na Terra.

— Me beije, Jarod, e não pare até que o Asher me arranque de seus braços.

Seu rosto se inclinou centímetro por centímetro. Foi tão lento, que achei que ele nunca me alcançaria antes que eu tivesse que ir. Quando sua boca tocou a minha, meu corpo faiscou e ardeu. E minhas asas... elas se abriram de minhas costas espontaneamente da mesma forma que selaram meus ossos espontaneamente.

60

Quando Asher veio me buscar, eu não estava pronta.

Mas quem está pronto para ter seu coração dividido em dois?

Tentei permanecer forte, mas falhei miseravelmente. Quando meus dedos escorregaram para fora dos de Jarod pela última vez em sabe-se lá quanto tempo, um grito saiu de meus pulmões e encheu seu quarto. Ele se virou logo antes de Asher cobrir nossos corpos com pó de anjo para nos tornar invisíveis para os guarda-costas no pátio.

A linha orgulhosa dos ombros de Jarod caiu e então seu corpo começou a tremer como o meu. Eu queria ficar com raiva de novo, porque a raiva vencia a miséria.

Asher franziu a sobrancelha e fiquei feliz por sua culpa. Feliz por seu silêncio. Eu não tinha estômago para falar com ele agora.

Talvez eu ficasse muda até que Jarod ascendesse para mostrar o quanto eu me sentia violada pelo Arcanjo ter agido contra minha vontade. Desde quando os Arcanjos ouvem os desejos dos pecadores?

O Arcanjo envolveu um braço em minha cintura e saltou para o céu fechado que não continha lua ou estrelas esta noite, apenas nuvens de aço e agulhas de chuva. Fechei os olhos ao sobrevoarmos

Paris, enquanto o vento e a chuva açoitavam meu cabelo, transformando-o em uma tempestade laranja.

Quando chegamos à associação, ele me colocou no chão e abriu a porta. Não olhei para trás quando entrei. Eu não possuía vontade nem o desejo de fixar meu olhar em tudo o que estava deixando para trás. Enquanto cruzava o Átrio, puxei o cheiro de Jarod em meus pulmões sensíveis – mineral, almiscarado e doce. Muito doce. Meu coração – o que restou dele – se desintegrou ainda mais, e as batidas caíram no chão como migalhas.

Migalhas para levar meu pecador até mim.

Os Plumas que estavam fora de casa pararam para assistir, com os olhos arregalados de inveja, embora eu me sentisse como uma prisioneira sendo conduzida para sua execução. Como eu gostaria de poder arrancar minhas asas e oferecê-las a um de meus colegas para que eu pudesse correr de volta para as ruas encharcadas.

Quando nos aproximamos do Canal, as Ophanim da Associação 7 estavam alinhadas. Elas me parabenizaram e me desejaram uma boa ascensão. Eu não disse nada e teria mantido meu voto de silêncio se Celeste não tivesse vindo correndo, quase derrubando os corredores de quartzo como uma bola de boliche. Ela jogou os braços ao meu redor, e meu coração frágil deixou cair outra migalha, uma para ela desta vez.

— Ah, Leigh, vou sentir muito a sua falta — ela chorou.

Eu a esmaguei contra mim, desejando poder levá-la comigo, pelo menos.

— Eu também, querida.

Nosso sistema era cruel – nos expulsando de casa, nos fazendo crescer sem pais em um mundo que nem sempre era gentil, e então, quando tínhamos feito um lar para nós, uma vez que tivéssemos laços com humanos e Plumas, nos chamavam de volta e esperavam que rompêssemos os fios do nosso passado para que pudéssemos começar a trançar outros.

— Leigh, precisamos ir — Asher avisou baixinho. Foram as primeiras palavras que ele disse desde que deixou o escritório de Jarod naquela manhã, quando o mundo ainda era um lugar brilhante.

— Faça crescer essas lindas penas roxas rápido, tá?

Celeste enxugou as bochechas sardentas.

Me inclinei em direção ao seu ouvido e sussurrei:

— E cuide do Jarod por mim. Proteja-o até que ele chegue aos cinquenta. — Ao me endireitar, acrescentei: — E a Muriel!

Eu nem tinha me despedido da mulher que me acolheu no mês passado. Não a tinha abraçado. Não expressei o quanto estava grata por sua infinita paciência e ternura.

Outra migalha caiu do meu peito.

Celeste engoliu em seco, seus olhos estavam tão vermelhos que suas írises pareciam mais âmbar do que castanhas.

— Amo você, garota. — Dei um longo beijo em sua testa, depois me virei e entrei no Canal.

Asher entrou atrás de mim, e a fumaça cintilante engrossou enquanto lambia nossos corpos. Ele estendeu a mão e, embora a única que eu queria segurar tivesse sido arrancada dos meus dedos, coloquei minha palma sobre a dele.

Enquanto subíamos como um foguete, pensei ter ouvido o Arcanjo murmurar que estava arrependido, mas talvez fosse o vento soprando em meus ouvidos e dançando em meu cabelo que criou a ilusão de um pedido de desculpas.

61

*N*ossa infância foi repleta de histórias sobre Elysium – o arco feito de madrepérola que dava as boas-vindas a anjos e almas na capital de quartzo, as sete cachoeiras cintilantes que desciam pelas paredes de pedra branca e batiam de forma melódica em uma fonte larga como um lago, os andares de residências, lojas e restaurantes esculpidos na rocha lustrosa, as criaturas da cor do arco-íris que saltitavam no ar ameno, suas escamas, pelos e penas brilhando tanto à luz do sol quanto à luz das estrelas.

Meu coração partido bombeou de alegria vazia quando a pedra debaixo dos meus pés começou a brilhar, as veias de fogo angelical ganharam vida enquanto o dia elysio escurecia. A fumaça lavanda cintilante se enroscou em meus pés quando saí do Canal, uma cavidade construída bem na fachada de pedra, muito simétrica e lisa para ser natural.

— O Canyon de Reckoning — sussurrei, me virando para ver as paredes de rocha sólida e branca, tão altas que pareciam perfurar o próprio céu.

Acima de mim, uma confusão de pássaros – não eram pássaros... *anjos* – voaram ao redor do arco, alguns mergulhando por baixo e outros subindo mais alto antes de mergulhar de volta para baixo. Perdi o pouso por causa da distância e do muro alto que guardava a entrada da cidade fortificada.

Sonhei com este lugar, mas ele ofuscou todos os meus sonhos.

Como eu desejava ouvir Jarod reclamar sobre como tudo era tão brilhante e branco, como eu ansiava por sentir seus dedos apertando os meus e me girando para que eu pudesse assimilar tudo. Mas o homem que estava ao meu lado era loiro, alado e com olhos azuis, não o meu pecador sombrio com seu senso de humor distorcido, ternos ridiculamente caros e ombros lisos sem asas.

— É assim que você imaginou? — Asher perguntou, e eu o senti tentando injetar entusiasmo em sua voz, entusiasmo que ele mesmo não estava sentindo.

— É mais bonito.

Ele arqueou as sobrancelhas, provavelmente surpreso por eu ser capaz de encontrar esplendor em qualquer coisa.

— Mal posso esperar que o Jarod veja — murmurei. — Esse é o arco perolado, não é?

— Exatamente. — Seu timbre era baixo e suave como a brisa que soprava pela praça, trazendo os aromas de frutas cítricas e sal.

A superfície perolada do arco refratou a luz e atingiu a pedra ao redor. Dois pardais com asas de arco-íris voaram ao meu redor, me saudando com uma ária melodiosa antes de descerem pela extremidade oposta do cânion.

— O Mar do Nirvana — Asher explicou, embora eu não tivesse perguntado o que havia naquele lado.

— E onde fica Abaddon?

Ele ergueu o queixo em direção à parede oposta e ao vazio idêntico que enfeitava a parede de pedra.

— A entrada é por aquele Canal.

Uma fumaça escura e cintilante deslizou ao redor da rocha branca, sedutora e gelada.

— Quanto tempo você acha que vai demorar para o Jarod chegar a cinquenta? — perguntei, assim que dois Malakim se materializaram no Canal atrás de nós, com orbes douradas aninhadas em suas palmas – almas colhidas.

— Boa noite, Seraph — os dois entoaram.

— Boa noite — Asher respondeu.

— Quanto tempo? — perguntei de novo, focada nisso.

Asher pigarreou.

— Seus pais estão aqui. — Ele acenou com a cabeça para o Canal Abaddon.

— Meus... pais?

Duas figuras aladas emergiram da fumaça de aço, envoltas em couro preto do pescoço aos pés. Eles pararam no meio do desfiladeiro, com as asas cintilantes escondidas em suas espinhas.

Afastei todos os pensamentos sobre Jarod e me concentrei nos anjos que me criaram. Não corri para eles, da mesma forma que eles não correram para mim – éramos estranhos.

O cabelo dourado da minha mãe balançava com a brisa, ondulado e comprido como o meu. O do meu pai era curto, mas não o suficiente para esconder o tom cobre que brilhava nas rochas brilhantes que nos confinavam.

— Você está pronta para conhecê-los? — Asher perguntou, enquanto outro Malakim passava por nós, conduzindo sua alma recolhida em direção à entrada escura do purgatório.

O rosto de Jarod me veio à mente e levei a mão ao coração.

— Não. Mas eu não estava pronta para nada disso.

Pressionei a palma da mão no peito, fechei os olhos e, por um segundo, quase pude imaginar que era o pulso dele que eu estava sentindo em vez do meu. Comecei a conhecer o ritmo de seu sangue melhor que o meu.

Logo, eu disse a mim mesma, inspirando o cheiro persistente dele.

Quando abri os olhos, os dois anjos estavam me observando, com paciência ou sem pressa, eu não tinha certeza.

— Como devo chamá-los? Mamãe e papai?

— Você decide.

— Como você chama seus pais, Seraph?

— Eu os chamo pelos nomes.

Meu olhar se demorou nas asas do meu pai, inteiramente prateadas, como se estivessem em uma cuba de metal líquido. Como as minhas.

— Quais são os nomes dos meus pais?

— Raphael e Sofia.

Observei suas feições enquanto me aproximava, tentando localizar outras semelhanças.

— Olá, criança — Raphael disse.

Criança? Quantos anos meu pai tinha? Como ele era um Verity puro como eu, e eu fui a primeira a nascer em várias gerações, estimei que ele era bastante antigo.

— Como você é adorável — Sofia falou, olhando para mim do mesmo jeito que olhei para ela. Ela se separou de meu pai para se aproximar e ergueu a mão, mas hesitou.

— Posso?

Ela podia o quê? Me tocar? Assenti e as pontas de seus dedos pousaram suavemente na minha bochecha.

— Você tem os meus olhos e boca, mas suas asas... — ela se virou para Raphael e suas penas rosa clara com pontas prateadas balançaram com o movimento abrupto — ... são como as do seu pai. Asas Verity Pura. — Ela se virou, com os olhos verdes brilhando de espanto.

No mundo humano, ela seria considerada minha irmã. Não minha mãe. Os anjos que permaneciam em Elysium não eram afetados pelo tempo. Apenas aqueles que viajavam para a Terra ou viviam em associações envelheciam, lentamente, mas ainda assim seus rostos enrugaram e sua pele suavizava.

— Por que vocês nunca foram me visitar? — Odiei como soei infantil, especialmente porque a maioria dos pais não visitava seus filhos.

Sofia olhou para Asher como se procurasse ajuda para responder à minha pergunta.

— É difícil sair de Abaddon. Nossa força de trabalho não é muito efetiva na região inferior de nossa dimensão.

O trabalho os manteve afastados?

— Em vinte anos, vocês não puderam tirar um único dia de folga?

Minha mãe se encolheu.

A mão do meu pai envolveu seu pulso e a puxou de volta para si.

— Poderíamos ter viajado para a Terra, mas optamos por não fazer a viagem, criança.

— Por que não?

— Você é nossa terceira filha — Raphael disse.

Talvez ouvir que eu tinha irmãos devesse ter me despertado alegria, mas o ciúme surgiu.

— E o quê? Você usou todos os seus dias de folga com eles?

Meu pai semicerrou os olhos. Eu o conhecia há um minuto, e ele já não gostava de mim. Começamos bem.

— Nossos dois outros Plumas não completaram suas asas.

— E isso nos destruiu, porque viajamos para as associações, construímos relacionamentos com eles — Sofia falou. — Não poderíamos passar por isso de novo, Leigh. — Ela sorriu, levando sua mão em direção à minha bochecha novamente.

Respirei fundo, mas permiti que a palma da sua mão tocasse à minha pele.

— Estamos muito felizes em conhecê-la e muito orgulhosos. — A voz da minha mãe estremeceu. — Ouvimos dizer que você deu trabalho ao marido da Seraph Claire. Um Triplo. Muito bem, minha linda menina.

Eu me arrepiei. Jarod não era um Triplo, não mais. E baixar sua classificação não foi uma conquista. Era justiça.

— Você vai conhecê-lo em breve. — Olhei para Asher, que estava olhando para o arco perolado como se nunca o tivesse visto antes. — A classificação dele está caindo rapidamente. Ele vai chegar ao Elysium em algum momento.

Minha mãe assentiu. Meu pai nem mesmo estremeceu. Aparentemente, não herdei minha efusividade dele.

O silêncio cresceu ao nosso redor como a fumaça dos canais.

— Que maravilha — minha mãe finalmente falou.

A pedra luminescente fez as penas prateadas de Raphael brilharem.

— Devíamos deixá-la se instalar, Sofia.

— Mas acabamos de...

— Podemos visitá-la amanhã, criança?

Eu gostaria que ele não tivesse sentido a necessidade de pedir minha permissão, mas eu era tão estranha para ele quanto meus pais eram para mim.

Suspirei, demonstrando minha frieza indevida. Eles perderam dois filhos. Mesmo que eu desejasse que eles tivessem visitado, eu entendia sua reticência.

— Vocês podem vir me ver a qualquer hora.

A postura dos ombros do meu pai relaxou e um sorriso rompeu sua expressão rígida.

Era estranho pensar neles como meus pais, já que os dois pareciam tão jovens. Eu me perguntei se essa incongruência algum dia mudaria. E se minhas viagens para a Terra – uma vez que me tornasse Malakim – deixassem mais rastros em meu rosto do que existiam no deles?

Olhei ao redor novamente, para esta casa que eu precisava conhecer, e isso me lembrou da primeira vez que entrei no reino de Jarod. Como me senti perdida naquela noite, mas eu teria dado tudo para virar os ponteiros do tempo e voltar àquele dia. Eu daria qualquer coisa para que Jarod me encontrasse de novo.

Olhei de volta para a fumaça lavanda ondulando dos portais e sussurrei:

— Se apresse.

asher me conduziu por baixo do Arco Perolado, que se erguia de uma altura impressionante e brilhava como o interior de uma concha de ostra, apesar do crepúsculo estabelecido. O fogo do anjo também o irrigava ou alguma outra magia o fazia brilhar?

Eu estava prestes a perguntar a Asher quando me distraí com um bando de anjos voando alto, com as asas estendidas, as penas esvoaçantes e vozes cruzando o ar quente. Seus olhares se voltaram para Asher, depois para mim, e suas sobrancelhas se ergueram, mas eles não pousaram para me cumprimentar ou saudar o Arcanjo.

— Você também pode fazer isso agora. — A voz de Asher me fez pular. — Quer tentar?

— Hum. — A brisa fez cócegas em minhas penas. Não. Não o vento. Elas estavam se contorcendo. — E se eu cair?

— As asas fazem você voar, Leigh. É a ausência delas que te faz cair.

Ele me deu um sorriso encorajador, o tipo de sorriso que as Ophanim nos ofereciam, nós, Plumas, quando duvidávamos de nós mesmos. *Nós, Plumas...* Eu não era mais Pluma. Me formei nas associações, mas não houve comemoração. Minha promoção passou despercebida. Eu comemoraria quando Jarod chegasse. Meu peito se apertou pela trilionésima vez, deixando cair outra migalha invisível.

Escondi minhas asas nas costas, decidindo que esperaria por Jarod. Eu não tinha vontade de voar sem ele.

— Em alguma outra hora.

Asher franziu o cenho e suas asas, que haviam começado a se abrir, se retraíram um pouco.

— Não tenha medo, Leigh.

— Medo? Ah, Seraph, voar não me assusta.

— Então por que você não quer tentar? — Seus longos cabelos dourados brincavam ao redor de seu rosto. Ele o prendeu com a mão para mantê-lo longe de seus olhos.

— É um grande marco para os anjos. Eu gostaria de compartilhar isso com o Jarod.

As pupilas de Asher diminuíram, e ele soltou o cabelo.

— A pé, o caminho é mais longo, por isso devemos ir.

Seu tom estava afiado com algo... uma emoção que eu não conseguia identificar. Aborrecimento? Frustração?

— Você está com raiva de mim — eu disse.

— Você parou de viver no dia em que conheceu o Jarod. Você parou de sonhar!

— Não, Seraph, eu nunca parei de viver ou sonhar. Eu só redesenhei minha vida e meus sonhos para caber nos do Jarod. Você não pode abrir seu coração para alguém e esperar que as coisas não mudem.

Seus olhos azuis se fixaram nos meus, me condenando. Assim como Celeste, ele achava que eu estava louca. Não usei isso contra eles. O amor precisava ser experimentado para ser compreendido.

Ele bufou quando cruzamos o Arco e parou no topo de uma colina. Ele apontou para o ar, gesticulando para o centro afundado onde uma fumaça dourada se enrolava na superfície de uma fonte larga e redonda que parecia ridículo chamá-la de fonte, embora sete colossais estátuas de anjos subissem no meio e espirrassem água de suas mãos levantadas.

— O Lev – é o coração da cidade. — O tom de Asher foi curto.

Ele apontou para a rocha em forma de ferradura ao redor da fonte ao longo da qual corriam as sete cachoeiras. As aberturas eram esculpidas na rocha brilhante, como janelas salientes.

— Cada camada de rocha compreende uma camada da sociedade elysia. No final, você tem o Neshamaya, onde as almas humanas residem e operam negócios abertos a todos – restaurantes, lojas, clubes. Em seguida, o Hadashya, onde os novos anjos vivem.

— Minha parada.

— Sim. Acima disso, está o Yashanya, onde os anjos mais velhos residem até que decidam se retirar para as Montanhas do Nirvana.

— Onde estão as montanhas?

Ele apontou na direção em que os pardais haviam voado antes.

— Além do mar. Você não pode vê-las daqui.

Apertei os olhos em direção à fenda na rocha, tentando localizar o que havia além, mas os quilômetros e a estreiteza da abertura escondiam a paisagem, então me concentrei na cidade.

— O que há na quarta camada?

— O Emtsaya, onde você será classificada por vocação e aprenderá tudo o que precisa saber. E no topo — ele apontou para o planalto de onde corriam as cachoeiras —, é onde eu moro e trabalho. O Shevaya. Anjos e almas – ou Neshamim na língua celestial – podem vagar por toda parte. Erelim guardam a capital e todas as cidades ao seu redor, mas raramente precisam intervir.

Eu o segui descendo uma escada esculpida na rocha. Como os Neshamim flutuavam e os anjos voavam, duvidei que as escadas tivessem muito uso.

O Arco lançou manchas de cor na propagação derretida que enchia a bacia da fonte e ondulava como água, mas inchou como fumaça. Eu me agachei na beirada e mergulhei minha mão, sentindo a substância lamber meus dedos como nuvens quentes.

— Nossa água é chamada de *ayim*.

Um lírio d'água iridescente bateu suavemente em meus dedos e suas pétalas se abriram, como se para me dar as boas-vindas... ou foram as estrelas que deram as boas-vindas? Floresciam à noite como as das associações?

Quando me levantei, repeti a palavra, rolando-a na minha língua.

— *Ayim.*

— Também preenche o Mar do Nirvana.

— Que estranho.

— Um dia, você vai achar a água humana estranha. — Asher desestabilizou uma fração. — Manter você aqui por cem anos não é simplesmente para te proteger do reconhecimento no mundo humano. A lei foi implementada principalmente para ajudar a se ajustar ao seu novo mundo.

Ainda era uma lei cruel.

Ele me conduziu ao redor do cinto de quartzo, me alimentando com mais palavras da língua celestial. Anjos e humanos – não humanos... almas envoltas na carne humana de sua escolha – olharam para nós enquanto passávamos. Bem, para o Seraphim. Não era costume que novos anjos fossem escoltados até Elysium por um dos Sete. Normalmente, Ophanim conduziam seus alunos. Mas não havia muita coisa habitual em minha ascensão.

Havia aberturas entre as lojas e restaurantes que conduziam a ruas sinuosas. Parei ao lado de um e observei a faixa de céu que corria ao longo dele, embora uma rocha sólida cobrisse a passagem.

— O céu é uma ilusão, a pedra é feita de magia para espelhar o firmamento elysio, assim como nas associações.

Espelhar? Não era um céu real que passei minha infância olhando? Estrelas reais que eu desejei?

— As Ophanim mentiram para nós, Seraph. Elas nos disseram que era real.

— Elas disseram o que foram ensinadas a dizer.

— Elas são ensinadas a mentir? Que exemplo isso representa para nós.

Ele rangeu os dentes, mas não contestou minha afirmação. Senti que sua paciência estava se esgotando, mas gastei meu tempo explorando este novo mundo. Ele me forçou a entrar nele, então era justo que ele pagasse o preço da minha curiosidade.

Não havia placas ou números nas ruas. Como eu deveria encontrar meu caminho de volta se eu me perdesse?

Quando passamos por baixo de uma das cachoeiras, estendi a mão e a deslizei pelo *ayim*. Ela passou por entre meus dedos como as mechas de Jarod pela manhã quando o gel saía de seus cabelos macios.

— Não há endereços?

— Como você encontrava o caminho para o seu dormitório nas associações?

Sequei a mão na calça preta esvoaçante, embora meus dedos não estivessem molhados.

— Com todo o respeito, Seraph, Elysium não é do tamanho de uma associação.

— Você tem um século para mapear a capital e as cidades vizinhas e aprender cada rua de cor. — Suas botas se levantaram do chão e ele pairou. — Seu andar é o próximo. Não há escadas.

Senti que ele estava esperando que eu agitasse meu presente dado pelos anjos, mas não o fiz.

— Você vai me ajudar a subir, Seraph?

— Como você vai descer mais tarde?

— Vou descobrir alguma forma. — Eu provavelmente não teria escolha a não ser voar e temia a perspectiva, mas cruzaria a ponte quando chegasse lá.

Ele ofereceu uma mão rígida, que eu segurei. Meus dedos se apertaram ao redor dos dele enquanto ele me puxava para cima. Assim que pousamos, ele me soltou e seguimos por uma estrada que era muito mais larga do que todas as outras pelas quais passamos.

— Atrás de cada cachoeira, você encontrará as artérias do Lev – nossa versão de avenidas.

Observei a cortina de *ayim* por mais um momento, em seguida a rua abaixo – *bem* abaixo – antes de engolir em seco e seguir para alcançá-lo. Portas de bronze e painéis de vidro cintilantes se alinhavam nas paredes de quartzo, ao longo das quais trepadeiras pesadas com flores perfumavam a rua branca e brilhante.

Estiquei o pescoço para encarar os truques angelicais do céu, tentando encontrar falhas na ilusão, mas não havia nenhuma, da mesma forma que não havia nenhuma nas associações.

Ops. Distraída pelo céu falso, esbarrei nas penas turquesa de

Asher. Ele segurou meus ombros para me impedir de cair para trás, então escondeu suas asas e me soltou.

Atrás dele, o mar cintilante espumava.

— Isso também é uma ilusão?

— Não, o mar é real. Assim como as montanhas do Nirvana.

Picos altos cobertos de flores que brilhavam no escuro embotavam o céu de cobalto. Me lembrei de Ophan Mira nos dizendo que as flores fofas eram escorregadias como a neve, mas quentes como a areia do deserto.

— Por ser Verity, você tem vista para o mar — ele explicou.

— Eu não deveria receber tratamento especial por causa da minha origem.

— Eu não fiz as regras, Leigh.

— Talvez não, mas você é um dos Sete, então tem o poder de mudá-las.

Ele semicerrou os olhos que brilhavam como as estrelas na minha rua.

— Assim como você desbloqueou a pontuação de Jarod. — Meus dedos se curvaram contra as palmas das minhas mãos. — Assim como me desvinculou da minha missão.

Seus olhos endureceram junto com sua voz.

— Completar suas asas foi ideia do Jarod, Leigh. Não minha.

— Leigh?

O fluxo de sangue em minhas veias parou com o som familiar do meu nome. Me virei lentamente, ficando cara a cara com meu passado.

Meu presente.

E supus, uma vez que nossas asas agora estavam completas, meu futuro.

$\mathcal{E}$ve pousou na beira da avenida, com o corpo coberto por suas asas amarela com as pontas douradas e o mar agitado em suas costas.

— Boa noite, Seraph.

Muito atordoada para pronunciar uma palavra, eu simplesmente a encarei. Para seu rosto oval, seus olhos castanhos e o longo cabelo escuro que caía sobre um vestido feito de várias camadas de chiffon vermelho acentuado por um cinto de couro dourado.

— Acabei de jantar com minha mãe que me disse que você estava ascendendo, Leigh. — Eve estava ligeiramente corada, como se tivesse voado na velocidade do vento para chegar antes de mim. — Eu não acreditei nela, mas aqui está você.

— Aqui estou — falei, seca.

Asher pigarreou.

— Vocês duas são vizinhas. Achamos que gostariam de ter uma amiga por perto.

Ah, a doce tortura. Imaginei que ele não tenha sido informado da nossa pequena briga em Paris. A menos que ele tivesse considerado nosso vínculo muito sólido para ser destruído por palavras duras.

Eve arrancou uma pequena flor da parede e a girou embaixo do nariz.

— A minha mãe queria falar com você, Seraph. À sua conveniência, é claro. Você pode encontrá-la em Great Oak.

Quando ele começou a recuar pela avenida, gritei:

— Te vejo amanhã, Seraph?

Ele olhou por cima do ombro para mim.

— Se você quiser.

O que eu queria era voltar para a Terra e ver Jarod, mas isso era impossível. Os segundos se passaram enquanto ele esperava pela minha resposta. Uma que não veio, porque eu não queria dar a Asher a impressão de que eu desejava algo além do que sua amizade. Até que ele ficasse noivo ou Jarod chegasse – o que quer que acontecesse primeiro – eu manteria distância.

— Boa noite — ele disse com uma voz firme que retumbou pela rua, atraindo mais do que um pouco de atenção dos anjos que passavam ou observavam de suas janelas.

Uma vez que ele se foi, Eve disse:

— Não pedi este arranjo.

— Eu imaginei.

Ela deixou cair a mão para o lado, machucando a pequena flor que segurava.

— Eu me desculpei. O que mais você quer de mim?

— Não estou zangada pelo Jarod. Eu estava no começo, mas o Jarod é a melhor coisa que já aconteceu comigo, então, obrigada por ele.

Suas longas sobrancelhas arqueadas baixaram.

— Então por que você explodiu comigo em Paris?

— Está se referindo à quando você insultou a Celeste?

— Ela me insultou também.

— Eve, você acha que é melhor que todo mundo e, de muitas maneiras, você é, mas não espere ter amigos de verdade se os menosprezar em todas as oportunidades.

Ela ofegou e a flor deslizou de seus dedos, flutuando como uma pena em direção à pedra polida.

— Menosprezá-los? Quem eu menosprezei?

— A mim. — Mesmo que eu mantivesse a voz baixa, o calor queimou o ar. — Você sempre me menosprezou – meu peso, minha propensão para romances, minha lentidão deliberada para cumprir missões. Estou longe de ser perfeita e, considerando tudo o que aconteceu comigo nos últimos dias, isso — gesticulei entre nós — parece ridículo, para não dizer mesquinho. Eu não quero brigar com você. Estou cansada de brigar. Estou muito cansada.

— Você parece exausta.

Fechei os olhos, sentindo o aborrecimento ameaçar transbordar.

— Mas, acima de tudo, parece deprimida.

Abri os olhos.

— Uau. Obrigada. Uma crítica era exatamente o que eu precisava.

— Eu não quis dizer dessa forma — Ela endireitou os ombros. — Esqueça. Eu sou a malvada e isso é tudo que serei para você. — Suas asas se abriram e seus pés com sandálias se ergueram do chão.

Antes que ela pudesse decolar, eu disse:

— Eu não queria ascender. O Jarod e o Asher tiraram a escolha de mim. O Seraph me liberou para que eu pudesse começar a ganhar penas novamente. Estou tentando não ficar com raiva de nenhum deles... nem de você. Não quero essa raiva. Eu odeio raiva. É tóxico.

Eve se virou para mim, com os olhos brilhando de pena.

— Sinto muito. O que eles fizeram não foi justo ou certo.

Baixei o olhar para a flor cujas pétalas tremulavam como asas de joaninha. De muitas maneiras, compartilhamos o mesmo destino - depenadas, pegas e lançadas, mas onde ela murcharia, eu viveria para sempre. A menos que as flores não morressem aqui.

— Em primeiro lugar, não entendo como ele entrou no sistema — ela falou. — O sistema ranqueia almas, e ele não tem uma.

As raízes do meu cabelo pareciam ter pegado fogo.

— Só porque ele fez algumas coisas ruins, isso não o torna sem alma.

— Ele é um Nephilim, e você sabe tão bem quanto eu, que eles não têm alma. É por isso que nenhum Malakim vai até eles depois de suas mortes.

Meu coração começou a bater forte.

— Se isso fosse verdade, ele não estaria no sistema.

— As Ophanim explicaram...

— Elas também explicaram que o céu nas associações era real, então me perdoe se eu não dou a mínima para o que elas nos contaram! Se o Jarod está no sistema, então ele tem alma!

A rua ficou terrivelmente silenciosa.

— Seu pai era humano — acrescentei, com a voz trêmula — e todos os humanos têm alma.

O queixo pontudo de Eve pareceu ficar mais pontudo.

— O sangue Nephilim envenena as almas. Mesmo se ele for um híbrido...

— Ele é o primeiro de sua espécie!

— Minha mãe me disse que conheceu outro híbrido Nephilim – sem alma como o seu Triplo.

— Jarod não é um Triplo. Não mais!

— Isso não muda...

— Pare com isso! — Pressionei as palmas das mãos contra meus ouvidos, e meu coração dolorido parou, interrompendo o fluxo de sangue sob minha pele.

Eve franziu as sobrancelhas como se estivesse sentindo arrependimento genuíno.

Lenta, *muito* lentamente, eu abaixei minhas mãos.

— Eu preciso... preciso falar... falar com o Asher. Onde fica... onde fica Great Oak? — Minha garganta estava tão seca que as palavras eram frágeis e doloridas para serem pronunciadas.

Eve suspirou.

— Venha. Eu te levo. — Ela começou a descer a avenida, passando por anjos de olhos arregalados.

Quando eu não a segui, ela voltou para o meu lado e pegou minha mão inerte. Tropecei atrás dela. Ela pulou da borda atrás da cachoeira, e eu desci com ela, suas asas abertas desacelerando nossa queda. Em seguida, ela me puxou para além da cachoeira e mais ao redor do Lev, passando por grupos de anjos compartilhando risos e bebidas ao lado da fonte e casais jantando ao fogo do anjo.

Esbarrei em alguém.

— D-desculpe. — Se não fosse pelo aperto firme de Eve, eu teria desmaiado com o impacto.

O anjo com quem colidi – um homem com ombros largos e um sorriso ainda mais amplo – olhou para mim, depois para minhas asas.

— Pode esbarrar em mim quando quiser, Prateada.

Eve revirou os olhos.

— Você está perdendo seu fôlego, sem mencionar sua fala extraordinariamente original, Jax.

Olhei boquiaberta para ele enquanto Eve me arrastava mais ao redor do arco, parando algum tempo depois da quarta cachoeira. Três anjos vestidos com túnicas brancas estavam lado a lado. Ao nos aproximarmos, um deles ergueu a palma da mão. "Este restaurante está fechado até novo aviso.

— Erelim não são conhecidos por sua inteligência — Eve murmurou para mim. Então, para eles, ela disse: — Eu estava aqui. Você já se esqueceu de quem eu sou?

Um deles deu uma cotovelada no outro, então inclinou a cabeça em direção à fachada espelhada atrás deles. Em perfeita sincronia, eles se separaram, autorizando nossa entrada. Eve me soltou enquanto passava por eles, com a cabeça erguida e as pontas das asas douradas estendidas como se ela fosse um dos Sete.

O interior do restaurante – era um restaurante? – era inteiramente feito de cobre, desde o piso de mosaico até as lajes marteladas cobrindo a parede até o teto espelhado em tom de cobre com o equivalente a dois andares de altura. A única coisa que não era feita de cobre era a árvore grossa enraizada no centro do restaurante, cujos galhos sustentavam pedaços de mármore verde ou haviam sido talhados em tocos para se empoleirar.

Um conjunto de asas fúcsia com ponta platina balançou em um dos galhos superiores, onde um garçom sem asas depositou duas taças cheias de algo claro e borbulhante.

— Quer que eu fique? — Eve perguntou baixinho.

Antes que eu pudesse responder, meu nome soou. Seraph Claire abriu um sorriso mais majestoso do que a tiara em seus cabelos negros.

— Que surpresa esplêndida. O Seraph Asher estava me informando de sua chegada. Junte-se a nós para uma bebida. Agora que você ascendeu, você pode finalmente experimentar algo um pouco mais adulto do que Bolhas de Anjo.

Eu não tinha vontade de beber. Além disso, experimentei muitas bebidas para adultos antes da minha ascensão forçada.

— Lamento interromper, mas tenho um assunto urgente para discutir com Seraph Asher.

Claire inclinou a cabeça para o lado.

— Se isso diz respeito ao seu pecador, então fale livremente.

Forcei meus saltos no chão de mosaico.

— Ele vai ascender?

As sobrancelhas de Seraph Claire se contraíram.

— Ele é um Nephilim, Leigh. Nephilim não ascendem.

Segurei meus cotovelos.

— Ele é apenas parte Nephilim.

— Sua metade Nephilim cancela sua metade humana.

— Seraph Asher disse que sua classificação estava caindo, o que significa que ele tem alma.

Ela franziu os lábios.

— Certo? — Minha pergunta estremeceu no ar como as penas em minhas costas.

— Não permitimos que as almas dos Nephilim sejam colhidas.

— Eles têm alma, mãe? — Eve gaguejou.

Claire fixou seus olhos cor de esmeralda em sua filha.

— Cada criatura viva possui uma alma, mas as almas Nephilim são tóxicas para nossa espécie e, portanto, não podem ser colhidas.

As lágrimas se formaram em meus olhos, transformaram a árvore em um gigante nodoso.

— Isso não é justo.

— O que não é justo? Que escolhemos não envenenar nosso reino com suas almas nocivas? — O tom de Claire era tão frio quanto a camada de gelo envolvendo minha pele.

— Por que você disse ao Jarod que ele iria ascender, Seraph Asher?

Suas asas turquesa ficaram tensas.

— Eu não disse, Leigh. O Jarod sabe que não pode entrar em nosso mundo.

— Mas ele disse... ele disse... — *Que estaria bem atrás de mim.* Sua promessa ecoou em meu crânio latejante, transformando as batidas em minhas têmporas em agonizantes.

Manchas amarelas e vermelhas coagulavam diante de mim. Pisquei para encontrar Eve se aproximando de mim. Ela não estendeu a mão, apenas ficou lá, com o braço tocando o meu, me emprestando um fio de solidariedade.

Foi a minha vez de te salvar.

Ele me enganou para que eu não sacrificasse minhas asas.

— Ele é mais nobre do que eu acreditava — Claire admitiu.

Engoli em seco, e isso deixou um rastro de fogo dentro da minha garganta apertada.

O braço de Eve deslizou ao redor dos meus ombros curvados.

— Mãe, ele salvou a Leigh, uma Verity. Isso deve garantir o acesso de sua alma ao Elysium.

— Lei é lei — Claire respondeu.

A mandíbula de Eve tensionou.

— Você estaria condenando uma alma merecedora.

— Uma alma merecedora? Ele é um *Nephilim*, Eve!

— Mas ele tem alma, mãe. Pelo menos, leve o caso dele ao Conselho.

— Você pode ser minha filha, mas isso não permite que sua língua corra solta. Além disso, Seraph Asher já levantou seu caso e nós votamos. Fim da história.

Toquei o antebraço de Eve, apreciando seu apoio inesperado.

— Não quero que você tenha problemas por minha causa.

Seus lábios pressionaram em uma linha dura.

— Isso não está certo — ela murmurou.

— Seraph Asher — falei, sem emoção —, por favor, queime minhas asas.

A cor deixou pele de Asher.

— Não seja ridícula — Claire disse. — Ninguém vai queimar as asas de ninguém.

Segurei meus cotovelos com mais força, moldando minhas palmas em torno dos ossos afiados.

— Elas são minhas para eu fazer o que eu quiser e quero que elas desapareçam.

Eve me olhou.

— Leigh, não!

Asher abriu suas grandes asas. Um instante depois, ele pousou na minha frente.

— O Jarod mandou você embora para protegê-la.

— A decisão não era dele. Nem sua. Era minha.

Claire voou de onde estava, suas asas cor-de-rosa brilhantes manchando o mosaico de cobre.

— Você está se comportando como uma criança petulante.

Meu sangue ferveu em minhas veias como se fogo de anjo irrigasse meu corpo. Mas isso não aconteceu. Ainda não. Nunca aconteceria. Eu me virei para Asher.

— Queime-as.

Passando a mão pelo cabelo comprido, Asher sibilou:

— Ele não iria querer isso.

— Mais uma vez, as asas são minhas. Minhas para manter ou descartá-las. E essa é a minha escolha.

Não achei que Asher pudesse ficar mais pálido, mas ficou.

— Leigh, por favor, tire algum tempo para refletir sobre isso.

Eu as estiquei para que seu fogo pudesse ter acesso, desobstruído a cada pena prateada.

— Agora.

— Suas boas maneiras são deploráveis — Claire bufou. — Se falássemos assim com nossos antecessores, eles teriam queimado mais do que nossas asas.

Semicerrei os olhos.

— Peço desculpas por ter sido uma decepção tão terrível para nossa raça. — Soltei meus cotovelos. — Por outro lado, assim que seu companheiro Arcanjo remover minhas asas, você se livrará de mim e de minhas maneiras deploráveis.

As feições de Claire ficaram tensas.

— Se ela não aprecia seu presente, então, por favor, remova-as, Seraph.

O braço de Eve endureceu em volta dos meus ombros.

— Leigh, por favor — Asher murmurou. — Isso vai partir o coração de seus pais.

— Meus pais? Você quer dizer aqueles anjos que me deram à luz, mas nunca me visitaram porque estavam muito receosos de que eu falhasse? Me desculpe se pareço ingrata, mas prefiro meu coração ao deles.

— Leigh. — Meu nome saiu de seus lábios, um murmúrio vazio.

Os olhos arregalados de Eve brilharam.

— Dê a si mesma alguns dias para pensar sobre isso. Por favor — ela adicionou em um sussurro trêmulo.

— Seu coração pode estar partido — Asher disse — mas vai sarar e, um dia, você agradecerá ao Jarod pelo presente que ele lhe deu.

— Eu entendo as consequências da minha escolha. Entendo que a dor vai encerrar minha imortalidade e deixará uma cicatriz em minha mente, mas meu desejo permanece o mesmo. Quero voltar para a Terra e estar com o homem que amo. Agora, você vai fazer isso aqui, ou deve ser feito no Shevaya?

— Você já usou suas asas? — Asher perguntou.

Apertei meus molares.

— Aqui ou no Shevaya?

— Voe uma vez, Leigh. Circule Elysium. Olhe o nosso mundo antes de decidir abandoná-lo. — Ele realmente achava que um passeio alteraria de forma milagrosa a minha vontade? — Uma vez. E se depois disso, você ainda deseja renunciar a sua herança, eu vou despojá-la.

— Vou com você — Eve se ofereceu.

— Não. — Claire olhou para Asher. — Deixe-os ir sozinhos. — Ela provavelmente me considerava uma influência terrível e queria manter a filha longe de mim.

— Você promete queimá-las assim que terminarmos nosso passeio, Seraph?

Asher parecia buscar paciência.

— Prometo.

— Vamos então.

Uma mão agarrou a minha e me puxou de volta. E então um par de braços finos e rígidos me envolveu.

— Sei que te mandei embora — Eve murmurou —, mas odiei viver sem você. Odiei nossa briga. Quero você de volta e juro que, se decidir ficar, serei a amiga que você merece.

Lentamente, levantei minhas mãos e a abracei de volta.

— Eu não posso ficar, mas agradeço cada palavra que você acabou de dizer. E você tem sido uma boa amiga. — Eu sorri. — A maior parte do tempo.

Uma risada estrangulada saltou dela, seguida por um soluço.

— Nos escolha, Leigh. Fique conosco.

Beijei sua bochecha, meus lábios ficando molhados com o sal de sua tristeza. Em todos os anos que conheço Eve, sua compostura nunca se fragmentou.

— Você vai ser um grande anjo, mas use essa grandeza para melhorar nossos mundos, tá?

Um novo soluço escapou dela. Ela pressionou os nós dos dedos contra os lábios trêmulos.

Suspirei.

— Eu gostaria que você não tivesse que esperar um século antes de retornar à Terra.

Celeste estava certa. Muita coisa precisava ser mudada, e por mais que eu quisesse ver essa mudança acontecer, ajudá-la a acontecer, eu precisava voltar para Jarod antes que ele assumisse que eu o havia abandonado para sempre.

— Estou pronta para minha turnê, Seraph.

sher estendeu suas grandes asas e deu impulso no chão de quartzo brilhante, então esperou por mim, suspenso entre as estrelas.

— Você se lembra de quando costumávamos pular entre nossas camas com os braços estendidos e fingir que voávamos? — Eve gritou.

Procurei por ela e a encontrei parada ao lado do Erelim, com os olhos ainda brilhantes, mas o rosto novamente composto.

— Bem, não se parece nada com aquilo. — Ela esboçou um sorriso.

Retribuí seu sorriso com um suave, em seguida girei os ombros e abri minhas asas.

Se eu tivesse asas, elas estariam estendidas de uma parede a outra deste escritório. As palavras de Jarod passaram pela minha cabeça, encurtando cada batida do meu coração. Olhei para o Arco, para o Canal que logo me levaria para casa, então movi minhas asas.

O chão desapareceu sob meus pés, e então todos os anjos olhando para cima se tornaram pequenos como formigas. Ofegante, forcei minhas penas para frear minha subida vertiginosa, depois retraí minhas asas e despenquei tão rápido quanto havia subido. Um braço me pegou pela cintura e me manteve estável.

— Está tudo bem. Peguei você — Asher disse enquanto a angústia me atingia. Ele inclinou meu corpo para que meu estômago ficasse paralelo ao chão. — Abra suas asas, mas não as bata.

Segui suas instruções, sentindo o tecido fluido da minha calça balançando ao redor das minhas pernas.

— Vou soltar agora.

Cada músculo do meu corpo se contraiu de medo. Eu estava prestes a implorar ao Arcanjo para não me deixar, mas não parecia certo deixá-lo me abraçar, então mordi a língua e enrijeci minha espinha.

Seu braço se soltou devagar e depois completamente.

E eu não caí.

Permanecemos suspensos no ar, nossas penas tremulando na brisa amena.

Ele observou as linhas tensas do meu corpo antes de mudar seu olhar para o topo do planalto de onde se erguia um edifício de pedra de sete pontas aninhado no *ayim* enfumaçado que se espalhava pelas laterais do penhasco e descia pela fachada de pedra em sete cachoeiras poderosas. A princípio, pensei que a estrutura pontuda fosse uma ilha, mas depois percebi que ela se movia, flutuava, como uma estrela descartada do céu.

— Essa é a Shevaya, Seraph?

— É, sim.

Observei a estrela brilhante e sem amarras, depois a terra que a envolvia – as montanhas à distância salpicadas de flores fosforescentes e as dezenas de outras ilhas brancas que se erguiam do *ayim* ondulante como os suflês de Muriel.

Depois de ter absorvido minha porção desta terra estranha, me virei para Asher.

— Como faço para manobrar essas coisas?

— Flexione-as uma vez, em seguida deslize. Quanto mais você bater, mais rápido você irá. A chave é encontrar o equilíbrio certo.

Movi minhas asas para cima e para baixo. Quando meu corpo balançou para frente, estiquei os braços, tentando me equilibrar com a brisa. De alguma forma, eu consegui.

— É isso — Asher disse de forma encorajadora.

Minha velocidade diminuiu, então bati as asas novamente e, embora eu tenha balançado um pouco, consegui fazer meu caminho pelo céu sem cair. Outros anjos esvoaçavam ao nosso redor, mantendo distância, como se não quisessem atrapalhar minha lição.

— Devo pousar ao lado do Canal?

Asher franziu a testa.

— Imagino que seja onde você vai queimar minhas asas? — Ainda posso viajar pelo Canal sem asas? — A menos que você tenha que fazer isso na Terra?

Sua confusão se transformou em fúria.

— Você quase não voou!

O vento balançou meu cabelo e o jogou nos meus olhos.

— Você já se apaixonou, Seraph?

— Não, e espero nunca me apaixonar.

— Por que você diz isso?

Ele balançou a mão em minha direção.

— Olhe o que isso fez com você.

Pisquei, mas suspirei ao perceber que ele estava atacando porque não entendia o que era compartilhar o coração e a alma com outra pessoa.

— Olha o que isso fez com o Jarod, — rebati.

Ele tensionou a mandíbula.

— Outra razão pela qual você não deve desistir delas. Imagine quantas almas humanas você será capaz de tocar com sua paciência e amor.

Sorri com tristeza.

— Sacrificar sua vida por alguns anos na Terra — ele balançou a cabeça — não vale a pena.

— Mude a lei e permita que sua alma ascenda ou me permita retornar à Terra com minhas asas intactas agora.

Ele afastou o cabelo do rosto.

— Você não entende o que está pedindo! Não posso simplesmente estalar os dedos e alterar leis que foram estabelecidas para manter nossa espécie segura.

— Acho que você é capaz de muito mais do que acredita, Seraph.

— Se eu te levar de volta para a Terra, vou perder meu lugar no Conselho, sem mencionar que os outros Arcanjos provavelmente queimarão as *minhas* asas.

— Melhor as minhas do que as suas, então.

— Leigh — ele grunhiu.

— Sinto muito se minha decisão o irrita, Seraph, mas não quero viver em um mundo governado por leis que considero desatualizadas e sem sentido.

— Você acha que o mundo humano é muito melhor?

— Não. Mas o mundo humano tem Jarod.

Ele me fixou com seus olhos cor de turquesa.

— Case-se comigo e mude as leis.

Uma onda de tristeza me atingiu.

— Sinto muito, Seraph, mas não posso. Eu seria uma parceira terrível, porque nunca seria capaz de te dar meu coração.

— Não preciso do seu coração, apenas da sua voz.

— Você gostaria de passar a eternidade com uma pessoa que ama outra?

— É um sacrifício que estou disposto a fazer para salvar sua vida.

Sorri com seu gesto brusco e pouco romântico.

— Por mais que eu aprecie seu altruísmo, não posso aceitar. E um dia, você vai me agradecer por ter recusado.

Seu olhar endureceu.

— Agradecer? — Ele bufou. — Sua morte – porque sem asas, você *vai morrer* – ficará para sempre em minha consciência, então não vejo como vou te *agradecer*.

Afastei o olhar de seu rosto e olhei para as nuvens de fumaça lavanda saindo do cânion branco além do Arco.

— Por favor, me leve para casa.

— Você *está* em casa. — A dor em sua voz me fez querer estender a mão, mas não o fiz.

— Esta é a sua casa, Seraph, não a minha.

— Você já pensou em como ver você sem asas fará o Jarod se sentir?

As palavras de Jarod se dilataram dentro de mim, preencheram o vazio que ele havia deixado quando me mandou embora: *Eu quero você aqui. Comigo. Preciso de você aqui.*

Eu sorri.

— Zangado. Ele vai ficar terrivelmente zangado por eu desconsiderar seus desejos. *De novo.*

Asher olhou para mim como se eu já tivesse perdido a cabeça.

— A Celeste também. Ela vai arrancar minha cabeça.

Asher continuou me olhando, perplexo com a minha ânsia de sentir sua ira, sem entender que algumas fúrias eram alimentadas pelo amor.

— Vamos acabar com isso então — ele falou com rispidez.

Meu coração se iluminou como se também fosse feito de penas.

Ele mergulhou, suas asas enormes criando uma corrente que me empurrou mais para o alto. Minhas asas se esforçaram para me manter no lugar, e então elas também se moveram, me enviando em direção ao Arco e ao futuro que me esperava além dele.

65

— Posso fazer isso rápido, mas não sem dor — Asher avisou enquanto eu limpava a poeira depois de pousar sem jeito.

Eu concordei.

— Não há como reverter isso, uma vez que esteja feito.

Finas cordas de fumaça lilás se enroscaram em meus tornozelos, como se tentassem me levar para casa.

— Compreendo.

Ele fechou os olhos e suas narinas se dilataram.

Olhei ao meu redor uma última vez. Talvez eu não tenha dado a este mundo uma chance justa, mas como eu poderia se ele não daria uma chance a Jarod?

— Estique suas asas e se ajoelhe. — A voz profunda de Asher veio até mim na brisa. — Não quero que você caia e se machuque.

Fiquei comovida com sua preocupação.

— Você é um homem gentil, Seraph.

Ele grunhiu.

— Minha gentileza custou suas asas.

Fiz uma careta.

— Se eu não tivesse dado ouvidos ao Jarod... — Ele deixou sua voz sumir, mas ouvi todas as palavras não ditas.

Eu ainda as teria perdido, mas a morte não teria pesado em sua consciência.

— Lamento que você tenha se envolvido em nossa história, mas, por favor, não se culpe. Nada disso foi culpa sua.

— *Tudo* isso foi minha culpa. — Ele apertou a ponte do nariz. — Se eu não tivesse inserido o Jarod no sistema, você não estaria me implorando para queimar suas asas.

— Se você não o tivesse inserido no sistema, eu teria perdido o encontro com minha alma gêmea.

Ele arqueou a mão em direção a sua coxa, batendo no couro marrom que a protegia.

— Não existem almas gêmeas!

Eu não queria perder mais tempo brigando com Asher por causa de nossas crenças divergentes, então escolhi o silêncio e me ajoelhei, pressionando as mãos na pedra quente e oferecendo minhas costas ao Arcanjo.

Por vários segundos, nada aconteceu, e achei que ele fosse voltar atrás com sua palavra. Mas então, o cheiro de penas queimadas encheu minhas narinas, seguido por uma dor lancinante. Cerrei os dentes enquanto línguas de fogo dilaceravam minhas costas, dolorosas e insistentes, como cortes de uma lâmina serrilhada. Pontos brancos dançaram no limite da minha visão.

Eu perguntaria se todos os anjos são tão bonitos quanto você, mas eu os vi, e nenhum dele chega a seus pés.

Lutando para ficar consciente, enterrei as mãos e joelhos na pedra, sentindo o suor escorrer da minha testa franzida. Outra onda de fogo passou por mim, tão violenta que pensei que meu corpo inteiro iria virar fumaça.

A Abaddon e ao anjo magnífico que irá compartilhar minha vida.

Outra onda brutal de dor afundou em minha espinha. Mesmo que eu apertasse a mandíbula, um soluço abafado escapou. O mundo ficou cinza, e o rosto de Jarod, o que havia dançado para fora do meu holofote, cintilou por trás das minhas pálpebras fechadas.

Você está me cegando para o mundo ao redor, Pluma.

Mais cinza manchava minha visão e eu agarrei a pedra quente para ficar de pé, mas meus cotovelos se dobraram e o chão avançou em minha direção. O mundo escureceu, então entrou em foco. Tufos de cinzas prateadas caíram ao meu redor como neve fresca.

A temperatura caiu, e eu estremeci, a geada que substituiu o fogo queimando com a mesma intensidade.

— É isso... terminou? — Suor e lágrimas escorreram pelos cantos da minha boca.

— Sim.

Fechei os olhos, deixando o ar sussurrar pelos meus lábios rachados e pela minha pele machucada. Lentamente, meus batimentos cardíacos se espaçaram, minha respiração também. Tentei me levantar, mas meus músculos estremeceram, assim como meus ossos. Minha bochecha bateu na pedra dura.

— Não se mova, Leigh — Asher ordenou.

Meus dedos tremeram quando os pressionei na pedra. O Arcanjo ergueu meu corpo inerte e eu ofeguei com a dor de seu braço pressionando contra minhas costas.

Como tinta descascada, o mundo se desmanchou, pedaço por pedaço, até que restasse apenas uma escuridão sem estrelas.

66

Uma luz clara atingiu meus olhos fechados. Lentamente, eu os abri. O céu mais azul e brilhante passava por uma grande janela. Estiquei meu corpo como se tivesse sido pisoteado durante a noite.

Eu ascendi, e depois... depois... tentei me mover para verificar se havia penas por cima do ombro, mas um rosto apareceu sobre o meu e eu paralisei.

— Como você pôde fazer isso? — Os olhos de Celeste estavam mais vermelhos do que quando eu a deixei.

As últimas horas passaram pela minha cabeça, parecendo um sonho e um pesadelo. *Foi* real? Eu tinha sobrevoado Elysium? Asher queimou minhas asas?

— Não posso acreditar que você renunciou a suas asas — Celeste falou e sua voz falhou com um soluço.

Aparentemente, tinha sido real.

Levantei minha mão e toquei seu queixo. Suas lágrimas correram pelos meus dedos.

— Quando o Asher te carregou pela associação na noite passada, eu achei... achei que você estava morta.

Respirei fundo, e isso despertou a agonia remanescente do fogo do arcanjo, então eu segurei minha respiração, e isso aliviou a dor.

— Onde estamos?

— Em um hotel. Você não tem mais permissão para entrar nas associações.

Olhei para o quarto desconhecido decorado com brocados pesados e pintado de amarelo amanteigado.

— Eu preciso chegar a...

— Por quê? — A voz de Celeste soou tão crua quanto minhas costas.

— Por que o quê?

— Por que você fez isso? Por que você se livrou delas?

— Porque eles não iam deixá-lo ascender.

— O quê?

— O Jarod é parte Nephilim, e eles não permitem que as almas Nephilim sejam colhidas.

— Nephilim têm almas?

Respirei fundo e em seguida segurei o ar até que a dor cedeu.

— Tem.

Seus grandes olhos ficaram maiores.

— Você estava certa, Celeste. Nossas leis... suas leis... — Eles não eram mais meus. — Elas precisam ser reavaliadas e reformadas.

Suas pupilas incharam de descrença.

— Pode me ajudar a me sentar?

Ela colocou os dedos em volta dos meus ombros e começou a me levantar, mas me soltou quando estremeci.

— Não. Continue.

Ela enganchou os dedos em volta dos meus ombros e me tirou do travesseiro felpudo.

Meus ossos pareciam estar sendo quebrados, um após o outro, como se o fogo de Asher tivesse soldado minhas vértebras e elas estivessem se partindo. O quarto do hotel vacilou e desapareceu.

Quando reapareceu, estava envolto na escuridão, e Celeste estava aninhada ao meu lado, seus roncos suaves preenchendo o espaço silencioso. Me movi debaixo dos lençóis, fazendo um inventário do meu corpo. A carne nas minhas costas ainda formigava, mas não senti choques de dor.

Me afastei de Celeste e tirei as pernas da cama. A sala girou, mas finalmente se acomodou. Eu me levantei com uma mão agarrada ao redor da cabeceira da cama, caso a gravidade roubasse meu equilíbrio. Quando vários minutos se passaram e meu corpo ainda não havia entrado em colapso, fui até o banheiro. Eu me fechei e tateei a parede procurando por um interruptor. Acendi a luz, temporariamente cega pelas arandelas ao lado do espelho. Pisquei, e mármore pêssego – não quartzo branco – encheu minha visão.

Pêssego de repente se tornou minha cor favorita.

Abri a torneira, joguei água fria no rosto e encarei meu reflexo. Meus olhos pareciam fundos, e uma das minhas bochechas pálidas estava com um hematoma. Abaixei as alças da camisola azul-marinho que Celeste devia ter resgatado do meu armário na associação, coloquei o cabelo sobre um ombro deixei a seda deslizar para baixo e me virei.

Havia duas marcas crescentes e angulares na pele sobre minhas omoplatas – um lembrete do que eu desisti para voltar para Jarod.

Embora eu não tenha me arrependido de meu sacrifício, dizer que sua ausência não pesou em meu coração seria uma mentira. Se eu pudesse mantê-las *e* a Jarod...

Mas essa não tinha sido uma opção.

Colocando a camisola de volta, voltei na ponta dos pés para dentro do quarto e abri o armário, mas estava vazio, exceto pelas botas pretas de Celeste, um par de chinelos felpudos e um roupão de banho. Calcei os chinelos e dei um beijo leve na testa da minha amiga antes de sair.

Quando cheguei ao saguão, percebi que não tinha dinheiro. Sem telefone celular também.

Ah, bem... eu resolveria isso assim que chegasse à casa de Jarod.

Passei pelo saguão do hotel, felizmente deserto a essa hora. O concierge que cuidava da recepção olhou para mim, depois para meus chinelos, franzindo a testa.

— *Bonsoir* — falei, passando por ele e saindo pelas portas giratórias.

O manobrista piscou para mim.

— Você pode me chamar um táxi, por favor, senhor?

Depois de outra olhada rápida em minha roupa estranha, ele ergueu a mão enluvada e assobiou, e um táxi deslizou ao lado do meio-fio.

— Para onde? — a motorista perguntou assim que eu me acomodei.

— Place des Vosges.

Ela olhou no espelho retrovisor várias vezes durante a viagem.

— Não sei se vou conseguir chegar muito perto. Está um circo por lá.

Fiz uma careta.

— Aquele mafioso, Jarod Adler, bem, ele vazou nomes e documentos detalhando crimes para todos os jornais do país. A imprensa está chamando isso de Arquivos do Demônio. Você não ouviu falar disso?

O alarme desceu pela minha espinha.

— Estive fora.

— As coisas nunca estiveram tão loucas em Paris desde os atentados, há alguns anos.

Olhei pela janela, desejando que o hotel que Celeste ou Asher haviam escolhido fosse mais perto da casa de Jarod.

O rádio ganhou vida, e enquanto o táxi rodava lentamente pela cidade escura, ouvi o nome de Jarod sendo falado sem parar enquanto os apresentadores da madrugada especulavam sobre o que poderia ter desencadeado a mudança de opinião do chefe da máfia. Eu os ouvi mencionar a morte de Tristan e, em seguida, arriscar outra hipótese – *agente secreto da DGSI.*

Estou tentando ser um homem melhor, Pluma. Estou tentando ser digno de você.

Ao mesmo tempo orgulhosa e assustada com suas revelações, remexi a bainha de renda da camisola de seda, sentindo meu pulso bater cada vez mais rápido até abafar o som do rádio.

Estou quase em casa, meu amor.

Quando a cerca de ferro emoldurando o parque bem cuidado apareceu, quase arranquei a maçaneta da porta do carro. Vans de emissoras de TV e barricadas da polícia obstruíam a rua de Jarod e fachos brilhantes cortavam a escuridão. O trovão em meus ouvidos ficou tão alto que pensei que fosse cortar meus tímpanos. Assim que o carro diminuiu a velocidade, pulei para fora.

A taxista baixou a janela.

— Ei. Você se esqueceu de me pagar!

— Vou mandar alguém com dinheiro.

Um policial entrou na minha frente.

— Esta estrada foi fechada.

O taxista ainda estava gritando.

— Preciso ver Jarod Adler — eu disse e o desespero fez minha voz falhar.

— Desculpe, mas não posso deixar você passar.

Calculei como poderia contorná-lo e, ao fazer isso, meu olhar pousou em Amir, que estava discutindo com um homem segurando uma câmera enorme.

— Amir! — gritei, acenando as mãos.

O guarda-costas com o rosto machucado olhou para cima e seus olhos, que estavam tão machucados quanto minha bochecha, se arregalaram.

— Mademoiselle Leigh? — Ele passou pelo câmera. — O Jarod disse que você tinha ido embora.

— Eu nunca iria embora.

Alguém bateu no meu ombro e eu me virei.

— *Mon argent.* — A taxista estendeu a mão.

— Eu cuido disso. — Amir empurrou a barricada policial de lado para que eu pudesse passar, em seguida tirou uma nota verde do bolso e entregou à mulher.

Essa é a garota da ópera? Por que ela está usando chinelos de um hotel? O que aconteceu com ela? As perguntas foram lançadas de todos os lados. Os flashes das câmeras iluminaram a escuridão antes de escurecê-la ainda mais.

Amir colocou seu paletó ao redor dos meus ombros enquanto me levava para o porte-cochère. Mesmo que o tecido cheirasse a suor, eu o puxei em volta de mim, grata pelo pouco mais de calor e privacidade que ele me proporcionou.

Não houve um clique familiar esta noite. A porta cedeu quando Amir pressionou os dedos na madeira laqueada.

— O Jarod quebrou a fechadura — explicou ele, os ossos do rosto esticando a pele. — O menino deseja morrer desde que você... desde que você partiu.

Mesmo que eu tenha sido levada desta casa contra minha vontade, a culpa tomou conta de mim.

— Estou de volta.

Passei pela soleira, olhando para a varanda de Jarod. Eu queria gritar seu nome, dizer que estava em casa, mas minha pulsação violenta tornou o ato miserável de respirar uma façanha.

Acelerei meus passos, quase colidindo com um guarda-costas. À medida que passávamos um pelo outro, um cheiro amargo e cinza emanou da barba espessa e rala do homem – fumaça de arma? O homem havia disparado sua arma? Alguém tentou machucar Jarod?

Ele olhou para mim e seus olhos ficaram tão arregalados quanto os de Amir. Supus que a equipe de Jarod não deu muita importância ao meu retorno.

Passando a mão pela careca que refletia o brilho das arandelas, ele acenou para mim antes de correr pelo pátio, provavelmente para tomar conta das portas que não mantinham Jarod seguro.

Olhei para a varanda. Tudo estava calmo dentro de casa, mas eu acelerei.

Finalmente encontrei minha voz no foyer xadrez.

— Jarod!

Uma porta se abriu e me preparei para me lançar em seus braços.

— Leigh? — Os olhos de Muriel estavam manchados com maquiagem preta e preocupação. — *Ma chérie!* — Em três passadas rápidas, seus braços me envolveram, se unindo contra as cicatrizes em meus ombros.

Apertei meus lábios para evitar gritar.

— Ah, *ma chérie*. Ele disse que você o deixou, mas eu sabia que você não faria.

Eu a abracei de volta, com força.

— Sinto muito por ter ido embora, Muriel. — E não apenas por Jarod, mas por ela também. — Sinto muito — sussurrei, a emoção ameaçando transbordar. — Eu tive que fazer algo e está feito. E eu nunca vou embora de novo.

Ela me empurrou para longe, passando as mãos sobre minhas bochechas como se quisesse ter certeza de que eu era real. Em seguida, semicerrou os olhos em meu hematoma.

— O que aconteceu? Quem...

— Onde está o Jarod?

— No andar de cima. — Ela colocou uma mecha de cabelo embaraçado atrás da minha orelha e suspirou. — Graças a Deus você está em casa.

— Amir disse que ele quebrou a fechadura das portas da frente.

— Quebrou. Depois demitiu a todos. *Todos* os seus guarda-costas. *Todo mundo*. Incluindo eu e Amir.

— Mas você ficou. — Assim como Amir e o outro guarda-costas com quem cruzei no pátio.

— Como se eu fosse deixá-lo. — Sua boca se curvou em um sorriso triste, que ela pressionou contra minha testa. — Estou tão feliz por você estar em casa, *ma chérie*. Agora, vá até ele.

Eu me virei para longe dela e subi as escadas, chutando os chinelos depois de tropeçar duas vezes.

Sua porta já estava escancarada, então a empurrei mais, sentindo meu corpo inteiro voltando à vida como se estivesse adormecido desde que fui arrancado de Jarod.

— Meu amor, estou em casa!

Ele estava imóvel na poltrona reclinável de couro.

— Jarod?

Sua cabeça pendeu na minha direção, e então suas pálpebras se ergueram e seus olhos escuros e radiantes fixaram-se nos meus.

Fechei a porta e corri em sua direção, prestes a me jogar sobre sua forma prostrada e beijá-lo intensamente quando a caixa roxa virada para cima ao lado da poltrona me fez parar. O paletó de Amir caiu silenciosamente dos meus ombros, se acumulando aos meus pés. Penas prateadas cobriam o tapete oriental, balançando com minha chegada brusca.

Foram aquelas que eu perdi na noite em que contei mentiras como se fossem expirações? Nunca perguntei o que tinha acontecido com elas, mas agora, eu sabia. Jarod as guardou.

Todo esse tempo, ele as guardou como um tesouro.

Pelo menos até esta noite. A repetição de uma das minhas memórias o irritou tanto que ele jogou a caixa fora?

— Pluma? — O timbre profundo de Jarod fez meu olhar voltar para o dele.

Evitei a caixa, tomando cuidado para não tocar em uma pena – não tive coragem de revisitar meu passado.

— O Asher me disse que você não teria... permissão para retornar... na minha vida. — Sua fala tranquila era pontuada por longas inspirações de ar. — Mas você os fez... mudar as regras. — O medo queimando em seus olhos provocou arrepios em minha pele. — Essa é minha garota.

Minha pele enrijeceu, e eu engoli em seco. Ele achou que os Sete tinham permitido que eu saísse do Elysium com minhas asas intactas? Me ajoelhei ao seu lado e segurei a mão pendurada na beirada da poltrona, pressionando-a contra minha bochecha.

Seus dedos trêmulos pareciam gelo.

— Eles também... mudaram as regras... das almas caídas? Você veio... recolher a minha? — Seus lábios se entreabriram com a respiração mais curta e silenciosa, e então seus cílios pesados se fecharam.

Eu o encarei, perplexa.

— Recolher a sua?

Algo bateu na minha coxa nua.

Algo quente e úmido e...

— Jarod! — Ofeguei quando o sangue pingou da borda do couro e no meu colo.

Ele ergueu os olhos e depois moveu o corpo como se tentasse rolar para o lado, mas sua mandíbula se cerrou, e ele grunhiu. Soltei sua mão, abri o paletó e em seguida a camisa.

Logo abaixo das costelas, uma depressão em sua pele gotejava sangue.

Um buraco de bala!

Quando o cutuquei, seus pulmões e os músculos de seu estômago se contraíram. Afastei a mão. Eu queria gritar por socorro, mas minha voz estava presa na garganta da mesma forma que meus joelhos estavam no tapete que escurecia lentamente com o sangue.

— Dei a meus inimigos todas as chances de se vingarem... porque eu não queria viver — ele ergueu a mão em direção ao meu rosto, mas ela caiu de volta sem fazer contato — sem você. — Seu peito subia e descia lentamente. Muito lento.

Eu finalmente encontrei minha voz, e ela rasgou minha garganta enquanto saía de mim.

— Muriel!

Ela me ouviria? Eu fechei a porta do quarto e as paredes desta casa eram muito grossas. Eu me virei para olhar a porta, então me virei de volta para Jarod, que parecia ter perdido mais cor durante o segundo fugaz em que desviei o olhar.

Inútil. Me senti muito inútil.

Quando seus olhos se fecharam, levantei meus joelhos para me inclinar sobre ele e envolver suas bochechas pálidas com minhas mãos, passando os polegares sobre suas maçãs do rosto orgulhosas.

— Fique comigo, Jarod — implorei antes de gritar o nome de Muriel novamente, rezando para que a madeira grossa não engolisse meu grito. Enquanto esperava alguém chegar, perguntei: — Quem fez isso, meu amor? — Eu tinha toda a intenção de encontrar o culpado e colocar uma bala em seu coração pútrido.

— O ex-primeiro-ministro... — suas feições se contraíram de dor — o guarda-costas.

O guarda-costas dele?

O horror me atingiu. O homem barbudo por quem eu passei! Ele parecia familiar. Presumi que era porque ele trabalhava para Jarod. Meu estômago se apertou enquanto a raiva me atingia. Gritei por Muriel novamente, depois por Amir, e então, embora minha voz não chegasse ao Elysium, gritei por Asher.

Jarod ergueu a mão e segurou meu pulso, seus olhos brilhantes perdendo um pouco do brilho.

— Me mostre suas asas.

Engoli em seco. Queria mentir, dizer a ele que Asher me avisou para mantê-las escondidos enquanto estivesse na Terra, mas Jarod estava tão familiarizado com minhas expressões quanto eu com as dele. Ele viu a verdade antes que eu pudesse enterrá-la.

— Pluma, você não... — Seu pomo de Adão estremeceu com raiva.

Minha pulsação selvagem atingiu as marcas em minhas costas.

— Eu também não poderia viver sem você.

Ele fechou os olhos como se me ver fosse insuportável.

— Olhe para mim, Jarod. Abra seus olhos e olhe para mim. Eu não vou a lugar nenhum, e você também não. Vou buscar ajuda.

— É tarde demais.

Me aproximei de sua boca, acariciando as maçãs do rosto salientes mais rápido.

— Não, não é. Não é. Eu vou socorrer você.

Ele grunhiu.

— Não me odeie, por favor — resmunguei.

Seus olhos se abriram, endurecidos pela dor.

— Eu também te amo... *puta merda* — ele assobiou de dor — muito para te odiar.

Por que ninguém estava vindo? Tentei me desvencilhar de seu aperto para tirar o telefone da mesa de cabeceira, mas o aperto de Jarod aumentou.

— Já que você não pode me dar o "para sempre"... então, pelo menos, me dê o agora. — Seu tom baixo e aflito fez as lágrimas se formarem em meus olhos.

Afastei uma das minhas mãos de sua mandíbula e pressionei sobre seu peito, arranhando os cachos escuros desesperados para romper a pele e alcançar o órgão que falhou.

Seu polegar acariciou o interior do meu pulso.

— Me beije, Pluma. Quero acabar a minha vida... com o seu gosto em meus lábios.

Balancei a cabeça.

— Este não é o fim. Não é. Não pode ser.

Ele sorriu com tanta tristeza que meu coração partido se desintegrou como uma pena desperdiçada.

— Se não for... então você pode apostar... que eu vou te encontrar novamente.

Choraminguei, arrastando meu olhar para o ferimento. Talvez, eu pudesse pressionar com um pano ou...

Jarod gaguejou, e meus olhos se voltaram para os dele. Quando sua testa franziu, pressionei meus lábios trêmulos nos dele para engolir sua dor e torná-la minha.

— Não me deixe, Jarod. Por favor, não me deixe — falei contra sua boca.

Seu polegar acariciou meu pulso com uma ternura de partir o coração, e então sua boca sussurrou sobre a minha tão suave e fria como uma brisa de outono. Encaixei nossos corpos, soldando minha pele à sua, meu pulso ao seu.

— Eu te amo — murmurei.

Seu polegar parou, e em seguida seu aperto afrouxou.

Meus ouvidos começaram a zumbir.

— Jarod? — Empurrei minha mão contra seu peito. Ou minha pele estava ficando dormente ou eu estava perdendo as batidas de seu coração. — Não não não não não. Você não pode me deixar.

Seus dedos caíram do meu pulso, batendo contra a poltrona antes de se abrir como um lírio que floresce à noite.

— *Não não não não.* — Meus gritos se misturaram.

Eu o beijei novamente, desejando que seus lábios se movessem sobre os meus, que seus pulmões se expandissem e que seu coração voltasse a se mover.

As lágrimas escorreram do meu queixo e caíram em sua boca imóvel. Rezei por um milagre, para que meu beijo fizesse esse homem incrível voltar à vida. Mas sua boca não se moveu contra a minha, suas mãos não se enredaram no meu cabelo, seus cílios grossos não vibraram contra minha bochecha.

Era a minha punição por desistir das minhas asas?

Como o destino era cruel!

Afastei os lábios dos seus, mas não do seu rosto. Beijei sua mandíbula áspera pela barba por fazer antes de lamentar minha agonia contra a pele fria de seu pescoço.

O cheiro que me embriagou e seduziu noite após noite se enrolou em meus pulmões como veludo espinhoso – suave, mas dilacerado.

Entendi, então, por que sua mãe havia acabado com seus dias. Como alguém poderia continuar com o coração despedaçado? Como ela durou quatro anos quando quatro segundos já pareciam muito longos?

Me afastei, esfregando as lágrimas dos meus olhos enquanto eu examinava as estantes de livros de Jarod. Quando o abridor de cartas brilhou para mim, me levantei, atravessei a sala e agarrei o metal frio, enrolando meus dedos anestesiados em torno do cabo.

Eu já havia cometido o pecado mais grave de todos. O que seria mais um?

O anjo agora era um pecador.

Voltei para a poltrona reclinável e subi em Jarod, me aninhando em seu corpo, me lembrando de uma época em que ele me segurou tão perto que achei que ele nunca iria me soltar.

Encarei o abridor e avistei meus olhos verdes inchados na lâmina. Tentei criar coragem para enfiar em meu peito. Pressionei a ponta na minha pele, mas o metal encontrou o osso. Como Mikaela fez isso?

Uma gota de sangue floresceu e escorreu entre meus seios. Eu precisava aprofundar o corte para me juntar a Jarod.

Eu sabia que acabaríamos, nós dois Nephilim, mas não tão cedo.

Não assim.

Lambi as lágrimas dos meus lábios rachados.

Cortar minha pele foi muito brutal, mas não era a dor que eu temia. Era o tempo. O tempo que minha alma levaria para encontrar a de Jarod, onde quer que as almas dos Nephilim fossem.

Talvez elas viajassem pelo mundo juntos... para sempre.

Levantei meu pulso e observei a teia de veias azuis, focando na mais espessa, e então passei o abridor de cartas afiado sobre ela até que a lâmina rasgou a pele e o sangue jorrou, escorrendo como o vinho que Jarod tinha me forçado a provar que existia mais para a vida do que regras e regulamentos.

Como eu o odiei naquela noite. Mas como eu o adorei todas as noites seguintes.

Alcancei sua mandíbula, arrastando manchas vermelhas sobre seu peito rígido.

— Estou indo, meu amor. Espere por mim desta vez.

Quando o mundo de Jarod começou a desaparecer, segurei sua bochecha e inclinei seu rosto em direção ao meu, em seguida, pressionei meus lábios nos dele.

Em sua boca, derramei minhas batidas cardíacas lentas e respirações amolecidas até que meu corpo liberou minha alma arruinada de sua gaiola de carne e sangue.

EPÍLOGO

ASHER

*M*orte.

No meu mundo, morrer não era uma noção que infundia tristeza ou raiva. Era apenas uma etapa essencial no ciclo das almas.

Até hoje à noite.

Até que o Ishim veio me alertar que dois Nephilim haviam falecido em Paris.

A palavra me devorou.

Coloquei minhas roupas de couro e disparei do Elysium para a Terra em um piscar de olhos.

Pensei em Celeste, em como ela ficaria arrasada ao saber que Leigh havia morrido.

Partido *eternamente.*

Puta merda!

Puta merda.

Eu nunca deveria ter queimado suas asas.

Eu deveria tê-la forçado a mantê-las.

Leigh acreditava que o amor era uma parte vital, mas coisas vitais não levavam à aniquilação.

Entrei na varanda de Jarod e procurei na escuridão por seus corpos, encontrando-os entrelaçados na poltrona.

Ensanguentados.

Marmoreados.

Pacíficos.

Empurrei as portas de vidro, mas elas estavam fechadas. Quebrei uma das vidraças, enfiei meu braço e girei a maçaneta fria. Coberto por pó de anjo, eu estava invisível, não que alguém guardasse o pátio.

Onde estavam todos os seus guarda-costas?

Onde estava aquela senhora que cuidava dele como uma leoa?

Perdê-lo iria matá-la. A menos que ela já estivesse morta. Eu esperava que ela não tivesse tirado a vida, porque sua alma primitiva merecia outra rodada, mas não receberia uma se ela acabasse com seus dias.

Como eu odiava a morte esta noite.

E nosso sistema. Ele também merecia minha raiva.

Segui em direção à poltrona reclinável e encarei os amantes, fechando minhas mãos. Grunhindo, esmurrei a parede ao meu lado, estilhaçando a madeira e pele.

As dobradiças da porta rangeram no chão abaixo de mim, seguido por uma voz feminina que ecoou contra as paredes de mármore desta tumba pródiga.

— Amir?

Muriel. Pelo menos, ela ainda estava viva. Mas por quanto tempo?

Voltei o olhar para os corpos, desejando jogá-los sobre meus ombros e carregá-los noite adentro para poupar a mulher de uma visão cruel.

Mas o sangue.

Havia muito sangue.

Eu poderia queimar tudo, mas levaria tempo.

Tempo que eu não tinha.

Fechei os olhos, sentindo minhas asas em chamas enquanto eu lutava contra uma consideração perigosa, algo que me custaria meu título, minhas penas e, muito possivelmente, minha vida.

Murmurando um juramento, apoiei uma palma contra a caixa torácica de Jarod, a outra contra o peito de Leigh, e trouxe as duas almas para a superfície.

Enquanto os fios de ouro de Leigh lambiam meus dedos e se ligavam à minha pele, flexível e quente, palpitando com energia calma, sua virtude e beleza me impressionaram de novo, me cegando do mesmo jeito que suas penas prateadas fizeram na tarde em que colidimos no corredor da associação.

Naquela época, percebi o potencial para mudanças prodigiosas contidas em sua alma.

Esta noite, finalmente entendi o quanto isso estava para alterar o mundo celestial.

Ou, pelo menos, meu mundo.

A HISTÓRIA NÃO ACABOU...
LEIA O PRÓXIMO LIVRO DA SÉRIE *ANJOS DE ELYSIUM*:
CELESTIAL

AGRADECIMENTOS

Gostaria de começar esta carta pedindo desculpas por ter matado Jarod e Leigh. Até o final, eu queria salvá-los, dar a eles o felizes para sempre que eles tanto mereciam, mas eu teria feito isso pelos motivos errados, por motivos egoístas, para preservar nossos corações.

Este livro foi o mais difícil e doloroso que escrevi em meus quatro anos de carreira. Eu amei e detestei cada segundo, porque sabia para onde a história estava indo. Na maioria das vezes, meus enredos dão voltas inesperadas, mas não dessa vez. Com esse livro, tudo se desenrolou de acordo com o plano.

Meu plano tremendamente triste.

No entanto, ofereci a você uma fresta de esperança no final. Isso não foi planejado. **Pluma** deveria ser um livro único, mas mergulhei nesse mundo muito profundamente para vir à superfície. Não vou te contar tudo o que planejei para Asher, Celeste e a gangue celestial, mas admito que você vai conseguir aquele Felizes para Sempre.

Para *todos*.

O que vou dizer é que a história se passa quatro anos depois e que o tempo está passando para Celeste, que perdeu toda a motivação para ascender.

Agora, na parte dos agradecimentos.

Em primeiro lugar, obrigada a *você*. Estou muito grata por você escolher meu livro e ler todas as minhas palavras. Espero que você tenha gostado desta viagem e que acompanhe outras comigo.

A seguir, gostaria de agradecer aos membros do meu grupo de leitores do Facebook, *Olivia's Darling Readers*, pelas contribuições, entusiasmo e amor constante. Se você gostou do cenário, tem que agradecer a eles – eles escolheram Paris. Desse grupo maravilhoso, quero enviar um grande abraço extra a Kate Anderson por suas incríveis habilidades de revisão, e a Kalli Bunch e Maria Silk por lerem uma cópia inicial de **Pluma** e me dar um feedback tão útil. Deixo ainda um grande obrigada à mulher que editou meu romance angelical, Kelly Hartigan.

Em terceiro lugar, Astrid, Katie, Theresea. Meu time dos sonhos. Minhas colegas de trabalho. Minhas melhores amigas. Eu amo vocês três. Obrigada por sempre reservarem tempo para mim e meus livros.

Em quarto lugar, meu marido. Esta história é sobre almas gêmeas. Se você tinha alguma dúvida, Jon, você é a minha, então você não tem permissão para ir a lugar nenhum, porque não existe nenhuma versão da minha vida que valeria a pena viver sem você nela. Quando nos conhecemos, você me disse que foi amor à primeira vista, que sabia que eu seria sua. Sua convicção inabalável e seus dons revelando nossas iniciais entrelaçadas quase me assustaram quando estávamos em Nova York, mas, em retrospecto, eu era imatura, egoísta e ainda não tinha entendido que tinha ganhado na loteria do amor. A cada dia, fico um pouco mais apaixonada por você, o que é assustador, porque sei que para sempre não existe, embora eu goste de pensar que há algo depois desta vida. Mas você pode ter certeza de uma coisa: se houver vida após a morte, eu *vou* te encontrar. Não são mais apenas nossas iniciais que estão entrelaçadas, mas nossas almas.

E nosso sangue. Espero que você tenha apreciado minha transição para o quinto grupo de pessoas a quem gostaria de agradecer: meus filhos. Meus filhos maravilhosos, barulhentos (ah, *tão* barulhentos), Adam, Gabrielle e Estée. Obrigada por tornarem minha vida tão colorida e vencer o tédio antes que ele pudesse criar raízes. Vocês podem não possuir todo o meu tempo, mas vocês possuem todo o meu coração.

Para a família em que nasci, gostaria que não houvesse distância geográfica entre nós. Gostaria que ainda pudéssemos viver todos na mesma cidade. Mas não na mesma casa... não acho que eu poderia sobreviver à necessidade do meu pai de fechar todas as portas escancaradas ou às tendências de discurso da minha irmã. Me desculpem por escolher vocês dois. Da próxima vez, vou direcionar aos outros. ;)

Para a família com a qual me casei, amo muito vocês e nosso bate-papo animado no WhatsApp. Que sorte ter sido adotada por um clã tão extraordinário e unido.

Amor sempre,
Olivia

SOBRE A AUTORA

A autora bestseller do USA TODAY, Olivia Wildenstein, cresceu na cidade de Nova York e se formou em literatura na Brown University. Depois de projetar joias por alguns anos, Wildenstein trocou suas ferramentas pela vida de escritora, o que fazia mais sentido, considerando seu diploma universitário.

Quando não está sentada em frente ao computador, ela está psicanalisando todos que encontra (Sim. Todos), espionando conversas para juntar material para seu próximo livro e tentando não esquecer um de seus filhos na escola.

Ela tem uma leve obsessão por romance, que pode ser a razão pela qual ela os escreve.

OUTROS LIVROS DA AUTORA

Romance paranormal

Série *Anjos de Elysium*

PLUMA
CELESTIAL
ESTRELA

Série *Crônicas do Quatrefoil*
SANGUE CRUEL
CORAÇÃO CORROMPIDO

***The Lost Clan* series (English)**

ROSE PETAL GRAVES
ROWAN WOOD LEGENDS

RISING SILVER MIST
RAGING RIVAL HEARTS
RECKLESS CRUEL HEIRS

***The Boulder Wolves* series (English)**
A PACK OF BLOOD AND LIES
A PACK OF VOWS AND TEARS
A PACK OF LOVE AND HATE
A PACK OF STORMS AND STARS

ROMANCE CONTEMPORÂNEO

***Cold Little Games* series (English)**
COLD LITTLE LIES
COLD LITTLE GAMES
COLD LITTLE HEARTS

Standalones (English)
GHOSTBOY, CHAMELEON & THE DUKE OF GRAFFITI
NOT ANOTHER LOVE SONG

9 781948 463386